阿尔卑斯

第五辑

涂卫群 刘晖 主编

社科院外文所东南欧拉美文学研究室 主办

商务印书馆
The Commercial Press

2015 年·北京

涵芬楼文化　出品

目 录

论 文

译　文

论文题目英译：

1.Manifold Views and Degrees of Complexity:An Exposition on the Homeric Concept of Heroes .... Chen Zhongmei

2. Hesiod's Mythos : the Narrative Techniques of the Poem.................................... Li Chuan

3. Faith and Imagination :Interpretations of the Holy Spirit............................ Chen Zhongyi

4. Dialogue between Seasons:A Study of Nicholas Bozen's Poem "De l'Yver et de l'Este" ....Gu Jun

5. A Critique on Nazi Literature : Reading Roberto Bolaño .... Wei Ran

6. The French New Criticism and Proust Studies..Tu Weiqun

7. A Possibility of diving into another civilisation ....Yu Zhongxian

8. How to translate narrative point of view in novel translation.........................Zhao Danxia

9. How does the mechanism of social reproduction work:Commentary on Bourdieu's theory of reproduction...Liu Hui

10. Individuality in Literature...Du Changjing

11. Annual Report on Eastern European literature (2012) ....Gao Xing

12. Narrative Strategy of the *Dream of the Red Chamber* : Recording the Vicissitudes of Life in a Cultural Encyclopedia ....Tu Weiqun

论　文

多面性与复杂程度

——解读荷马的英雄观

陈中梅

内容提要　荷马史诗颂扬英雄们（hérōes）的业绩，因此也是英雄史诗。作为神的后裔，英雄出身豪门，相貌俊美，心胸豪壮，战力超群。"英雄"是一个凡人范畴，荷马从不称神为英雄。英雄也不同于平头百姓，阿伽门农和赫克托耳等交战双方的首领们之所以能够成为英雄，除了自身的卓越（aretaí），主要取决于他们与生俱来的贵族血统。然而，尽管上述评估基本上契合史诗的内容构成和叙事旨归，也符合中外文论家们对故事的展开态势和行为主体的阶层属性的认知，荷马对"英雄"的理解却没有就此止步。荷马是"复杂"的，他的英雄史观除了受血统论和等级观念的支配，还受到史诗的叙事背景，亦即它所赖以生成的"历史"积淀（包括史实和神话）潜移默化的影响。阅读英雄史诗，人们会想当然地忽略平民的作用。然而，普通士兵是可以有所作为的。战场上，阿基琉斯、奥德修斯和埃阿斯是贵族英雄，而士兵群众则是平民英雄，hérōes Danaoí（达奈英雄们）这一程式化用语在《伊利亚特》里的多次出现，使得血战疆场的希腊将士拥有了一个能把二者统合起来的集体身份。除了谈到中外学者鲜有论及的平民英雄、居家英雄以及作为一个整体的特洛伊将士是不是英雄等内容，文章还探讨了英雄们战场上缺少英雄气概的怯懦表现，揭示了在一个尊崇人性与共性的神人杂糅的世界里，诗人对"英雄"内涵的完整把握。荷马没有针对英雄作过生前和死后的身份区分，更没有说过死去的英雄已不再是英雄。但是，诗人从不对首领们的亡灵以英雄或英雄加人名的方式相称，也从不让史诗人物这么做，尽管针对活着的勇士，这两种称谓都很普通。荷马史诗里，死人或死去的英雄可以威慑活人并因此受到后者的敬畏和善待，但他们还不是介于神（daímones）和凡人（ánthrōpoi）之间的半神（demigods），亦即还不是后世以祖先和保护者身份接受部族和城邦的祭奠、具备明显的社会与宗教功能的"英雄"。

关键词　英雄　英雄族　平民英雄　英雄气短　英雄史观

荷马史诗里，"英雄"是一个极其重要的概念。如果不了解"英雄"，那么即便是喜欢荷马的文学爱好者，恐怕也很难真正读懂他的史诗。除了诸神，荷马史诗的行为主体是英雄。我们的研究将从探析"英雄"（hérōs）的词源开始。在希腊神话和人文传统里，hérōs（英雄）是一个古老的印欧语词汇，迈锡尼时代的希腊人熟悉该词的古朴词式，线形B泥板文书上的ti-ri-se-ro-e被一些学者解读为thrice hero（trishēros），可作"三次英雄"或"三倍英雄"解，但也可能指某位神灵。[1]希腊词hérōs至迟在公元前 2 世纪已为罗马的学界人士所知晓，写作hērōs，以后经由拉丁语的传播渐次进入欧洲各主要语言，现代英语中作hero，复数为heroes。hérōs的词干为hērō-，词根为hēr-，也许在"广义"上和拉丁语词seruāre（中古拉丁语作servāre）同源，意为"护卫"，词干为seru-（或serv-），词根为ser-（比较英语词servant，"仆人"）。hérōs与女神赫拉的名字Hérē（héra）同源，如同该词原本作hērwa，hérōs原本作hērowos，以后w（作F音读）脱落，缩约读作hérōs。hérōs和héra的基本词义均为"保护者"。古波斯琐罗亚斯德教经典《阿维斯陀》里有haurvaiti一词，意为"他持续护卫着"，可能与hérōs同源。[2]赫拉是宙斯的妻子，也是迈锡尼王国的宫廷女神。国王在世时，她是宫廷的祭司和王权的保护者；国王死后葬入她的领地，接受国民的祭祀，被称为hérōs，或 ho hérōs。[3]在荷马史诗和希腊神话里，hérōs只用来指对凡人。和神人通用的ánax（王者、主子）不同，hérōs（复数hérōes）是一个凡人范畴，荷马从不称神（theós，复数theoí）为英雄。[4]鉴于希腊诸神的拟人化特征，学者们容易忽略英雄的凡人本色。诸神的确"和人类英雄（the human heroes）讲说同一种语言"[5]，然而需要记住的是，他们既不是人类，也不是英雄。神（theoí）和人（ándres）分属不同的族类，[6]英雄是人中的一部分，通常不与神形成类别上的对比。hérōs的阴性形式为hērōínē，复数hērōínai，二者均未出现在荷马史诗里。

荷马史诗颂扬英雄们的业绩（kléa andrôn）[7]，因此也是英雄史诗。[8]对于史诗尤其是《伊利亚特》里叱咤风云的英雄们，战场是他们熟悉和向往的地方，经常也是他们生命的归宿。英雄相貌堂堂，武艺高强，战力超群。他们是神的后裔，出身豪门，因此大都志向高远，心胸豪壮，举足轻重，受荣誉感和责任心的驱使，好胜心极强。战场既是他们冲杀的去处，也是他们验证自身社会价值的最佳场所。相对于会场和赛场（尽管这二者也很重要），战场更能展示男子汉的血性和刚强，直接与英雄们的身份、地位和业绩相挂钩。英雄奔赴战场，为的是攻城拔寨，夺取胜利；就本意而言，没有哪一位英雄会愿意、更不会乐于为了失败而舍生忘死。战争夺杀失败者的生命，也彰显胜利者的豪强。能够经受血与火的洗礼，在战斗中击败对手并证明自己的强健，是一种莫大的光荣。史诗社会重视家族的荣誉，因此能够在战争中脱颖而出，不仅是当事人的荣耀，而且也是养育他们的显赫家族的光荣。在史诗人物看来，历史在很大程度上是由战争的发起、进程和结局构成的，英雄们的宏伟业绩会因为受到诗人的颂扬而进入千家万户，为子孙后代所铭记。

除了流芳千古，战争也与英雄的现实利益密切相关。英雄通常不会也不屑于经商，战争才是他们敛财的途径。仗打胜了获胜方全盘通吃，财富自然会滚滚而来，英雄们对此心知肚明。不是说英雄没有廉耻感，但通过战争抢夺失败方的财富和女人却不在此例。明火执仗的掠夺不是罪恶；相反，它是一种能让英雄们乐此不疲和引以为豪的业绩。能够通过战争敛财，是一件名利双收、耀祖光宗的事情。打仗是英雄的职业，也是他们谋生的重要手段之一。以阿伽门农和阿基琉斯为代表的阿开亚[9]将领们都有丰厚的"战礼"（géra）收入，从物质的角度来衡量，他们都是战争的受益者。财富象征荣誉，彰显王者和英雄们的社会地位。在一个崇尚英雄的社会里，财富是衡量人的价值和评估他们人生成就的重要参照。史诗英雄不会羡慕穷人。在他们看来，乞丐和无产者有生存的权利，一般情况下也应该受到同情，但他们品质低劣，不是人中的豪杰。所以，一位英雄理所当然地也应该是一个富人。奥德修斯知道，能够带着大量的财富返回故乡伊萨卡，对他来说有多么重要。[10]有了经济实力，就能巩固既有的政治地位和社会影响力，受到民众的景仰。对于荷马史诗的作者，唯物主义不是唯一的思想源泉，却始终是他内涵丰富的认知观里的一项重要内容。

英雄社会认可并严重依赖于神的存在。在史诗里，王者、首领和英雄都是神的后裔，荷马用富有诗意然而在本质上又颇为贴切的程式化语言（formulae），称其为"宙斯哺育的"和"宙斯养育的"。特洛伊老王普里阿摩斯是"宙斯哺育的王者"（diotrephéos basilêos）[11]，他的儿子们也是"宙斯哺育的"（diotrephéessi，《伊》5.463），当然也可以说是"宙斯养育的"人中豪杰，尽管他们的生身父亲不是宙斯。在《伊利亚特》1.337里，阿基琉斯称帕特罗克洛斯为"宙斯养育的"（diogenès）；在11.809-811里，帕特罗克洛斯遇到欧埃蒙腿部受伤的儿子，称其为"宙斯哺育的英雄欧鲁普洛斯"（diotrephès Eurúpul' hérōs）[12]。英雄是天生的，换言之，从出生的那一刻起，通神的家族背景和显赫的门第，已经决定了他们长大成人后必将成为英雄。[13]奥德修斯之子忒勒马科斯是一位涉世不深的青年，父亲还家之前从未参加过战斗，但诗人却依然以英雄（hérōs）视之。除了门第和出身，英雄也是社会和战争造就的。没有战争和战场，英雄将失去用武之地；而没有经受过战火的洗礼，他们的英雄属性也不可能得到切实和最充分的彰显。此外，失去来自于战争的所得，英雄们的进财渠道也会受到限制，而财富缩减的必然结果，将是生活质量的严重受损。下文还将讨论"英雄族"的问题，表明凡人也可以因为"族类"的原因而成为英雄，不一定非得接受战火的锤炼。荷马对包括英雄在内的一些重要议题的"全面"认识，不一定总是很有道理的，但他不受"唯物"和"唯心"囿限的认知取向，体现了希腊思想崇尚自由和多样化的知识论品质，就开拓心智而言，其功效有可能胜过任何过分拘泥于某种单一化或单向度表述的思维模式。家族的神性起源决定了英雄必然与众不同，而现实生活和战争文化的实际需求，也会促使他们必须具备某些必要的品性、素质和优长。

英雄不同于一般的平头百姓。[14]阿伽门农和赫克托耳等交战双方的将领们之所以能够成为英雄，除了出身的因素，还因为他们具备使英雄成其为英雄的属性，以及由这一属性所决定的"卓越"——荷马称之为areté（复数aretaí）。areté（"阿瑞忒"）指人和事物的属性、品质和功用，也指这种属性、品质和功用的具体实施，可作"精湛"、"卓越"和"优长"解。在少数特定的语境中，尤其是当我们把行动或属性展示的效果也考虑在内的时候，该词还可能带上某种道德色彩，其含义接近于"德"、"德性"乃至"美德"。"希腊语的'areté'一词（后来被译成'德性'）在荷马史诗里，被用于表达任何一种卓越；一个快速跑步者展现了他双脚的卓越（areté）。"[15]男人和女子有各自的属性和功用，不同职业的人们也都有显示各自功用和存在价值的"阿瑞特"。英雄的功用是战斗，是在战斗中展示男子汉的强悍与刚勇。作战的效能如何决定英雄的出色程度，最强健的勇士不一定是地位最高的，却一定是具备最强的战斗力的，能够在战斗中最大限度地发挥并体现英雄的功用。areté是一个典型的希腊概念，如果说"现代英语中没有一个与之完全对应的词汇"[16]，无论是古汉语还是现代汉语中，也同样找不到一个词义上完全与之相匹配的词语。areté在希腊文化及其所依托的观念体系中占有极其重要的位置，按照德国古典学家维奈尔·耶格尔的理解，该词体现了"全部希腊教育的核心理念"[17]。解析英雄离不开对areté词义的精当把握，透彻理解荷马的英雄世界，道理也一样。

　　史诗是强者的舞台，英雄通过武力和辉煌的战功显示自己的"阿瑞特"。没有力量就无所谓真正的英雄，强健乃英雄的第一卓越，是最重要的"阿瑞特"[18]。力量和基于力量的勇敢是英雄的立身之本，也是他们克敌制胜的法宝。所以，在需要强调精练的语境中，我们甚至可以说，英雄的卓越就是他们以战力为依托的勇敢，是他们在战场上的出色表现。荷马"强调战力是评估人之价值的基础"[19]；通过对史诗里英雄行为的解读，"我们不难认识到：力量在这样一种卓越概念中占有中心位置，或者，勇敢是主要德性之一，甚至可能是唯一主要的德性。"[20]力量和勇敢相辅相成，可以作为一个概念或一个概念的两个侧面来理解。我们刚刚说过"基于力量的勇敢是英雄的立身之本"，其实这句话的前半部分也可以倒过来说，那就是"展示勇敢的力量是英雄的立身之本"。汉语中有"勇力"一词，或可把上述两个侧面统合起来，只是在使用中需要做出说明，否则人们便不一定能看出该词的合成性质，容易将其理解为"力量"的另一种说法。英雄的卓越是基于力量的功能释放；战斗中，勇敢杀敌是他们的本分，是他们强悍战力的符合自身属性的圆满体现。上述引文中出现了"卓越"一词，读来甚感贴切，但对"德性"一词我们则应保持警觉，以避免将英雄们的"卓越"道德化，人为冲淡常态语境中aretế原本具备的中性色彩。"阿瑞特"是英雄内在属性的体现，是他们自身能量的豪迈释放，却不一定是他们的"德性"或"美德"。当阿基琉斯因好友帕特罗克洛斯被杀而几近疯狂，开始凭借自己超强的战力胡乱屠杀特洛伊军兵时，荷马对他的行为深表反感，称其为kakà érga（邪恶的举动）[21]。勇力是一种卓越，本身不必具备道德内涵，但它的实施却可能乃至很可能带来道德问题，需要人们进行仔细的分辨。荷马没有做出这样的区分，近当代西方业内学者也没有作过类似的提示，笔者会在另一篇文章中，亦即在讨论赫克托耳的"保家卫国"时继续就此议题展开深入的解析。

从词源上来看，aretế与áristos（最出色的、最杰出的）因而也与aristeîa（战场上的豪壮举动）同根，在描述英雄业绩的语境中，他与人的豪情和战力相关。然而，决定战争胜负的还有其他因素，在诸如"木马破城"这样的著名事件中，谋略和智慧发挥了关键的作用。所以，在史诗中，aretế并非仅指力量或体力（biế），它还涵盖与作战相关的其他能力（如果需要的话，也可以分开来算），譬如容貌（eîdos）、身材（démas）、谋略（boulế）和智性（nóos）等。奈斯托耳年迈，不能身体力行，如同年轻人一样血战疆场，他的"阿瑞特"主要体现在运思和出谋划策上。有时，谋略（boulế）是战力的一个组成部分。[22]打仗不能仅凭蛮勇，aretế是"勇力和技巧的结合"[23]。C. B.贝耶称aretế为人的"质量"（quality），而它的外化便是体力和精神力量的强劲展示，表现为英雄们在战场上的豪壮举动，亦即aristeîa。[24]对于"阿瑞特"，史诗人物有着贴近战场环境和实际生活的真切理解。作战经验丰富的伊多墨纽斯认为，伏击战最能反映勇士的aretế。[25]在这里，aretế显然并不仅指体力，它的所指还涵盖勇气、[26]忍耐力、精细的观察和准确的判断。aretế（复数aretaí）事关人的杰出与精湛，指英雄的各种excellence（卓越）和merit（优点）[27]。奥德修斯多才多艺，极其能干，是史诗里最接近于完人的人中豪杰。裴奈罗佩对丈夫的完美深有感触，称赞他拥有所有的aretaí。[28]记住aretế还有其他所指是重要的，但这么说并不意味着在认知英雄和英雄世界的过程中我们应该平分秋色，主次不分，淡化力量的作用。勇力是荷马史诗尤其是《伊利亚特》里英雄豪杰的第一卓越，没有它便没有英雄们的业绩，也不可能有荷马史诗的成篇。一个只会造船的奥德修斯不可能成为"战场英雄"[29]，他可能具备造船匠的"阿瑞特"，却不可能具备"战场英雄"的卓越。希腊文化始终对"力"或"力量"难以释怀。即使在倚重雄辩而非武力的民主政制中也有"力"的参与，dēmocratía（民主）由 dēmo-（民众）和 kratia（派生自 krátos，"力量"）组成，表明民主的社会和制度基础是来自人民的力量。

　　参加特洛伊战争的希腊将领们都是英雄，换言之，都是践行英雄属性和功用的人中豪杰，这一点没有问题。但是，诗人知道，阿开亚人并非都是能征惯战的勇士，因为人有优劣之分，有贵贱之别。战场上，阿开亚联军中有的骁勇无比（éxotos），有的战力居中（mesêeis），还有的比较次劣（khereióteros），并非所有的人都能在战斗中发挥同样的作用（oú pō pántes homoîoi anéres en polémōi，《伊》12.269–271）。他们中的许多人，尤其是那些"比较次劣"的下层士兵们，也许很难配得上"英雄"的称号，很可能根本就不是或不应该被看作是英雄。从字面上来看，khereióteros 是形容词 khereíōn（次劣的）的比较级形式，可以作"更为次劣的"解。由此反推，荷马对"战力居中"的人的评价其实也不是很高，因为他们很可能是"次劣的"，只是在"次劣"的程度上比那些"更为次劣"的军士们略好，亦即不那么次劣一些。既然是"次劣的"，大概也就成不了英雄，即便其中的某些人或能跻身这一群体，他们中的大部分人却很可能不具备人中豪杰的属性潜质，不是也成不了名副其实的英雄。只有王公贵族才是严格意义上的英雄，这一认识符合迈锡尼社会的历史状况，也与荷马所处时代的人文状况有一些相似之处，因此极有可能在他的头脑中挥之不去，根深蒂固。英雄史诗描述的，其实就是诸如阿伽门农、阿基琉斯、奥德修斯、赫克托耳和萨耳裴冬这样的王者或首领级英雄们的业绩，其故事情节不同于作为点缀的明喻或明喻情节，[30]与远离战火的普通人的生活相去甚远，基本上没有什么关系。

　　然而，尽管上述评估基本上契合史诗的内容构成和叙事旨归，也符合古今文论家们对故事的展开态势和行为主体的阶层属性的认知，荷马对英雄的认识却没有就此止步。荷马是"复杂"的，他的英雄史观除了受血统论和等级观念的支配，还受到史诗的叙事背景，亦即它所赖以生成的"历史"积淀（包括史实和神话）的潜移默化的影响。在成文于公元前 7 世纪的《劳作与时日》里，赫西俄德讲了一个"五族人的故事"，其中"英雄族"排位第四，位居"青铜族"与赫西俄德本人所在的"铁族"之间。这是一个"神一样的英雄人的种族"（andrôn hēróōn theîon génos），族民们的群体素质和正义感都优于之前的青铜族，被誉为"半神"（hēmítheoi）[31]。这个"神一样的英雄人的种族"，参加了著名的攻打忒拜的战斗和特洛伊战争，一部分族人在那两场鏖战中丧生。[32]赫西俄德不太可能无中生有，编造一个关于人类起源和族群替换的故事。此人既非神谱记事，亦非训诫诗的首创者，而是如同荷马在英雄史诗领域一样，承续了一种古已有之并吸收了许多东方元素的叙事传统。[33]"五族人的故事"或类似神话的产生应该先于赫西俄德的创作，在荷马创编史诗的年代里大概已相当流行，而作为一名阅历丰富的歌手（aoidós），荷马不太可能对此无所耳闻。

生活在英雄时代的人们，同属于"一个神一样的英雄人的种族"。这个种族经历了延续十年之久的特洛伊战争，参战的全体将士，包括贵族和平民，自然都是英雄。神话也讲究逻辑，只是它的前提合理性仰仗虚构，不受也不在乎科学规则的制约。对这一神话历史观的认同，构成了英雄史诗的另一种叙事指向，与基于史实和生活经验的英雄史观互为表里，从一个重要的方面展示了荷马史诗的"复调"特色。迈锡尼社会等级森严，国王、贵族、平民和奴隶之间的区别泾渭分明。与之相比，古老神话讲述的是另一种情形。生活在英雄时代的所有成年男子都是英雄，他们属于同一个英雄的种族，并不特别在意贵族与平民之间的身份区别。受现实考虑的驱使，荷马有时会忽略故事的神话背景。但总的说来，无论是出于有意识的安排还是无意识的巧合，他的叙事是有所兼顾的；细读原文，我们还会觉得刻意安排的可能性要更大一些。描写战争场面时，荷马对士兵群众英雄身份的认定有时不是时隐时现的含蓄暗示，而是直接的指称。战场上的阿开亚将士不可能人人都是王公贵族，只要引入基于常识的判断，我们就能得出士兵群众的主体，当由在家时务农、牧羊、制陶、造船和从事其他行当的平民构成的结论。平民英雄的观念于是跃然纸上，一定程度上与关于王者或首领级英雄业绩的描述交相辉映，如同在描述宏大战争场面时插入一些表现民众日常生活情景的明喻，[34] 在英雄史诗浓郁的贵族氛围中注入了些许或可起到调节作用的平民气息。[35]

"英雄"并非只能指王者、首领以及包括他们在内的贵族。在《伊利亚特》的起始处，诗人开门见山，吁请女神唱诵（实际上是请求女神助佑他唱诗）"裴琉斯之子阿基琉斯招致灾难的愤怒"[36]。阿基琉斯的自负、任性和火爆脾气给阿开亚联军造成重大的损失，使众多豪杰强健的魂魄（pollàs d'iphthímous psukhàs…hērṓōn）坠落到哀地斯的冥府（《伊》1.2-4）。hērṓōn 是 hērōes 的所有格形式，在此作泛指用，并非特指某几位英雄。形容词"许多"（pollá）浓添了 hērṓōn 的泛指意味，使得该词的涵盖面更有可能延扩至包括普通的中下层军士。阿基琉斯含恨休战后，阿开亚联军损兵折将，伤亡惨重，但即便迟至他重返战场前，除了骁将帕特罗克洛斯以外，诗中提及的主要将领虽然大多有伤在身，却并无一人阵亡。hērṓōn（或 hérōes）泛指阿基琉斯罢战后阿开亚联军中阵亡的军勇们，其中有若干位将领，也有一些次要的首领或军头，但绝大多数当为草根士兵，是成千上万名不见经传的普通人。

按照诗人的理解，特洛伊战争不只是一场凡人之间的争斗，交战的双方都有神明助佑。战场上，神界使者伊里斯向波塞冬转述了宙斯对他的严厉责斥，波塞冬先是不服，但经伊里斯劝慰后勉强压下怒火，同意暂作退让（《伊》15.168 以下）。裂地之神（即波塞冬）怒气冲冲地讲完一番话后，离开他热心助佑的阿开亚军队（laòn Akhaiïkòn），潜入大海，给阿开亚英雄们（hérōes Akhaioí）留下深切的盼念。[37]laón 为 laós 的宾格形式。laós（或 lāós）词义上可与 dḗmos（民众）互通，但在战争氛围里，该词指战斗中的人群，作"将士们"或"军勇们"解。laòn Akhaiïkón 的妥帖释译当为"阿开亚人的军伍"，或"阿开亚军勇们"，其涵盖面应该包括所有当时在场的阿开亚人。可能是觉得 laós 的指义与"英雄"尚有差距，诗人紧接着又用了 hérōes Akhaioí 一语，突出了阿开亚人的英雄身份。和 laòn Akhaiïkón 一样，hérōes Akhaioí 在此泛指当时在场的全体阿开亚将士，他们中有的是王者和首领，但更多的当为普通士兵。你死我活的战场上，所有的阿开亚人都是 hếrōes，都是荷马心目中的英雄。

　　根据以上分析，我们得知《伊利亚特》1.4 里的 hếrōes 泛指希腊英雄。此外，通过推理，我们还得知这个泛指的 hếrōes 其实并非泛指所有的英雄。有必要强调的是，阿开亚联军中的主要英雄们基本上不在它的涵盖范围之内，因为他们依然活着。15.218-219 里的 laòn Akhaiïkón 和 hếrōes Akhaioí 基本上等义，hếrōes 明确了 laón 的所指。[38] 荷马史诗里，希腊人有三个称谓。一个是我们已经多次提及的阿开亚人，另两个分别是达奈人（Danaoí）和阿耳吉维人（Argeîoi）。在《伊利亚特》第十五卷里，因阿基琉斯恶怒攻心退出战场而给阿开亚联军造成的伤害达到了顶峰。特洛伊人已突破护墙，兵临阿开亚人的海船，军情万分紧急。为了保卫海船，使其不致被特洛伊人焚毁，阿开亚人没有别的办法，只能竭尽全力，背水一战。身材魁梧的忒拉蒙之子埃阿斯独当一面，持枪挑落诸多试图烧船的特洛伊军兵，但毕竟独木难支，无奈中发出粗莽的叫喊，激励达奈军勇，希望他们血战到底，以求绝处逢生：

　　　　哦，朋友们（phíloi），达奈英雄们（hếrōes Danaoí），阿瑞斯的伴随（therápontes Arēos）！
　　　　拿出男子汉的勇气（anéres éste），朋友们（phíloi），念想暴烈的激情。
　　　　我们能以为后面还有部队，有救助的援兵？
　　　　我们可有一道更坚实的护墙，挡避毁灭？
　　　　不！……[39]

　　显然，埃阿斯的这番话是针对全体在场的达奈人说的。如果只是针对在场的将领们，他也许会像奈斯托耳等首领们那样，用"朋友们，阿耳吉维人的首领和统治者们"相称。[40] 猛将埃阿斯本人自然是一位 hếrōs，但当时和他并肩战斗的达奈人也都是英雄。hếrōes Danaoí 既含蓄回应了人们对神话中"泛英雄时代"的模糊记忆，也体现了战场上的实时需要，明确了达奈军勇们在战争中的身份定位。不是说埃阿斯的一声呼唤使他们的身价陡然倍增，刹那间变成了像埃阿斯一样的典型意义上的英雄。他们之间的区别依然存在。埃阿斯是贵族英雄，而众多的普通士兵则是平民英雄，[41]他们不可能取代埃阿斯，永远也不可能像他那样名垂史册，以个人的身份流芳千古。然而，他们曾经与忒拉蒙之子埃阿斯一起浴血苦战，经历了同样的艰难，分担过同一种使命。首领和士兵之间是有共性的，把二者统合在一起的是一个集体身份，那就是所有参战的将士都是英雄（hérōes）。当时在场的普通士兵们不会觉得埃阿斯的用词有什么不妥；相反，他们会觉得这是他们应该领受的荣耀，是他们应该得到的回报。hérōes赋予全体达奈将士某种共性，使得他们在"达奈英雄们"的层面上不分彼此，大家都是"朋友"（phíloi）[42]，都是"阿瑞斯的随从"（therápontes）[43]。请注意，埃阿斯在上述引文中两次使用了phíloi，突出了将士们之间的生死与共的"朋友"关系。英雄史诗的作者不必总是非常忽略普通人的。如果没有贵族英雄埃阿斯的骁勇和身先士卒，如果没有众多以平民作为行为主体的达奈英雄们的殊死拼搏，特洛伊军勇们便会在赫克托耳的带领下杀上海船，放火将其烧毁，从而切断大部分希腊将士的退路，大有全歼后者于海滩之上的可能。如果这一幕真的发生了，那么特洛伊战争的结局将不同于我们现在所知道的样子，最后的胜利将被同样骁勇善战的特洛伊人收入囊中。

是英雄创造历史，还是人民创造历史？国内外至今仍有学者就此争论不休。倘若把这一问题放入荷马史诗的语境里来考量，我们会发现不仅回答的难度有可能超出人们的想象，而且问题本身的学观合理性亦有可能受到质疑，需要重新做出解释。有了对荷马英雄史观"复调"性质的认识，我们知道民众可能具备双重的身份，既是平民，又是英雄。通过让史诗里的首领级英雄尊称他们为hérōes，诗人颂扬了普通人在战斗中的积极参与，肯定了他们的作用。荷马的英雄史观突出贵族或首领级英雄的奉献，但经常也不抹杀士兵群众的作用，而这后一点是我们以往范畴性地予以忽略的内容。简单地谈论荷马的英雄史观，亦即以为它忽略了普通人对重大事件的参与，容易流于笼统，事实上也不够公允。一刀切地把英雄和人民对立起来的史学观，有时会显得于事无补。平民英雄也是英雄，他们参与了战争，也参与了历史的建构。普通人在史诗中的地位，将因为英雄身份的取得或某种程度上的被解蔽而得到大幅度的提升，他们的作用应该得到更为客观和公正的评估。参加特洛伊战争的士兵也是英雄。由此可见，英雄和人民（即普通人）之间是有契合点的，荷马史诗客观上为我们找到这个契合点指明了方向。单方面强调英雄创造历史的人们，有必要看到人民也是英雄；而单方面强调人民创造历史的人们，则有必要看到英雄和人民之间的契合点。过度宣扬人民创造历史的观点，容易事与愿违地造成一种错误和贬低民众的假设：民众和英雄不可互通，民众不是英雄。上述两种观点各有所长，自19世纪以来都很流行，业内学者需要做的也许是摒弃偏颇，创新思路，在互通有无、博采众长和全盘兼顾方面多做一些探索。

无论是在迈锡尼时代还是公元前8世纪，现实生活中贵族与平民之间的等级差别明显，荷马知道这一点。但是，我们说过，荷马史诗描述发生在英雄时代或"英雄族"生存年代里的战争景况，因此不可避免地必然带有浓烈的神话色彩。生活在那个时代的成年男子都是英雄，或者说都是可以被当作hérōes的男人，[44]荷马史诗的作者也许会觉得为了与听众的期待相吻合，自己有必要在适当的场合至少是零星地提到这一点。在《奥德赛》1.271–272里，女神雅典娜要奥德修斯之子忒勒马科斯服从她的指令（múthōn），召聚"阿开亚英雄们参加集会"（eis agorèn…hérōas Achaioús）。雅典娜所说的"阿开亚英雄们"（hérōas Akhaioús），即为《奥德赛》1.90里的"长发的阿开亚人"（kárē komóōntas Achaioús），亦即所有有资格参加集会的伊萨卡成年男子。在《伊利亚特》19.34里，阿基琉斯的母亲塞提斯对儿子说过同样的话，有所不同的是，在那个语境中，hérōas Akhaioús指阿基琉斯麾下的慕耳弥冬军勇，[45]等同于19.54里的"全体阿开亚人"（pántes aollísthēsan Akhaioí），包括负责看守海船的人员、领航员、舵手和分管食物的后勤人员，也就是说，包括阿基琉斯所部以往不直接参战的全体非战斗人员（19.42–44）。

《伊利亚特》19.34和《奥德赛》1.272都用了eis agorèn kalésas hérōas Akhaioús一语，意思相同，但语境有别。上文已经指出两句诗行中hérōas

Akhaioús外延指对上的不同，但更重要的区别还在于前者是在战争语境中表述的，而后者的表述语境则是和平或非战争的，其叙事背景与战争无关。这就引出了另一个话题，表明英雄并不一定需要参加战斗，和平环境中的人们也可以名正言顺地成为hḗrōes的合宜指对。在《奥德赛》第二卷里，国民大会是在伊萨卡的会场里举行的，参加集会的男子们留守家中，没有跟随奥德修斯奔赴特洛伊前线。但是，如同浴血疆场的同胞们一样，没有参战的伊萨卡男子也是英雄，参战与否不是定义"英雄"的唯一标准。当然，这是我们的判断，荷马本人也许从来没有想过是否有必要对"英雄"的所指下一个严格的定义。尽管如此，有一点可以肯定，诗人对英雄的理解内涵丰富，涉及面宽广。他的英雄观不仅在"身份"的层面上为我们提供了双向解析的可能，而且还在"生存状态"的层面上为我们保留了接受"两可"解析的余地。不参战乃至从未参加过战争的平民（贵族亦然）也可以被称作英雄，这一认识为上文所说的"复调"设置了一项它所无法涵盖的内容，要求我们在既有的"复调"之外谋篇布局，继续进行必要的观念创新，另外建构一组与之配套的"复调"。出于研究的需要，我们拟用"参战"和"非参战"来区分英雄所处的两种生存状态，并以此作为扩充的基础，将处于这两种不同状态中的人们，分别称为"战场英雄"和"居家英雄"。

在古希腊人看来，神话是他们最初的历史；而在诗人的心目中，神话还是他们的精神家园，继承和改编神话（也是故事）是诗人谋生的手段。诸如《奥德赛》1.272这样的表述，既体现了诗人对"英雄族"和英雄时代的模糊认识，一定程度上也反映了他对传统的尊重。我们说过，类似赫西俄德在《劳作与时日》里讲述的"五族人的故事"那样的传闻，一定是荷马有所了解的，因为此类故事源远流长，其核心内容的形成有可能早于赫西俄德的出生。《劳作与时日》明确交代了"英雄族"的归宿，他们中的一部分人战死于围攻忒拜和特洛伊的战争，另一些人则备受克罗诺斯之子宙斯的宠爱，得以远离凡人的常规居地，在环地长河俄刻阿诺斯滩边的幸福之岛上享过丰衣足食和无忧无虑的生活。[46]荷马史诗里也有类似于幸福之岛（或幸福群岛）的地方，诗人称之为斯开里亚（Skheríē）[47]。斯开里亚位于激浪汹涌的海边，但 poluklústōi enì póntōi（《奥》6.204），亦可作"位于激浪汹涌的大海中"解，所以在《奥德赛》作者的想象中，斯开里亚也可能是一个岛屿。[48]自古以来，西方学者从未放弃孜孜以求该地在现实世界中的对应，却一直未能得出一个令人信服的结论。问题的症结也许在于人们误解了诗人的初衷。斯开里亚是一个虚构的地名，而它的所指也很可能是一个虚构的地方，诗人称其远离已知的人类居地（细读6.8、255），所以想要在现实世界中寻找这样一个实际上不存在的去处，其难度肯定不会低于缘木求鱼。斯开里亚的居民为法伊阿基亚人，他们来头不小，用公主娜乌茜卡的话来说，是神的近亲。[49]熟悉《劳作与时日》的读者，也许会由此联想到赫西俄德所说的"半是神灵的种族"（hēmíthoi）[50]。法伊阿基亚人与世隔绝，也与世无争，族民们喜好航海、歌舞和美食，长期过着富足、悠闲和美满的生活。[51]

就是这片"世外桃源"，英雄奥德修斯在历经千辛万苦之后，终于登上了它的海滩。经由变作小姑娘模样的雅典娜引领，奥德修斯来到王宫，见到了国王阿尔基努斯。斯开里亚人迹罕至，不存在外族入侵的可能，阿尔基努斯无需带兵打仗，事实上也从未有过作战的经历。奥德修斯已经听过娜乌茜卡的相关介绍（《奥》6.200-205），对此应该心知肚明。[52]史诗里，对人直呼其名不是冒犯；事实上，奥德修斯首次称呼阿尔基努斯时，采取的就是这种做法（7.208）。也许是觉得自己作为客友并且有求于人，所以应该更加客气一些，奥德修斯第二次称呼阿尔基努斯时用了"英雄"（hérōs）一词。[53]不知是否因为这一改变而博得了对方更多的好感，国王随即称赞奥德修斯是一位杰出的人才，表示愿意把女儿娜乌茜卡许配给他（7.311-313）。"英雄"是一种身份，也是一个尊称，能让受称的对方感到高兴。基于这一认识，我们就可以更好地理解为什么奥德修斯会把宫廷诗人德摩道科斯称作"英雄"（hérōi Dēmodókōi，8.483），而在此之前，阿尔基努斯也曾很有礼貌地请奥德修斯回到家乡后，把法伊阿基亚人舒适而美满的生活状况转告"别的英雄"（állōi hēróōn）[54]。斯开里亚实行名义上的集体领导。除了阿尔基努斯，另有十二位王者（basilées）[55]，如果需要，奥德修斯完全可以尊称其为英雄，而无需担心他们中的任何一位会产生唐突之感。十三位首领中，阿尔基努斯拥有世袭和不可替换的执政权，其他王者的作用主要在于为阿尔基努斯的施政出谋划策，提供一些供主政王参考的建议。这种执政与参政的区别，亦以更大的规模和更为显著的方式，体现在希腊神话的神权运作图谱之中。以宙斯为首的奥林波斯神族，尤其是其中的核心成员，拥有无可争辩的统治世界的特权，是为执政神；其他神祇构成另一个庞大的非执政群体，其中的绝大部分成员只能在神权体系的边缘地带发挥作用。谁打天下，谁坐江山，对于宙斯和奥林波斯执政神族这是至理名言。希腊神话的政治内涵非常丰富，这里简要提及的只是它的一个方面。斯开里亚当然不是类似于公元前 5 世纪的雅典那样的民主"国家"。但是，阿尔基努斯不是暴君，其他十二位辅政的王者也不是唯国王之命是从的政治摆设。斯开里亚的政治制度不仅优于那些暴君当道的国度（参看 18.83–87），而且也优于宙斯统治的天界。神界没有专门用于集会的会场（agorḗ）[56]，作为这一重要缺失的必然结果，宙斯的独断专行甚于人间的王者。人们容易想当然地以为神界的一切必然优于人间，却未必知道若就文明程度而言，神界也有明显不如人间的地方。

包括阿尔基努斯在内的十三位王者都是英雄。不过，他们的英雄样式是"非战场"的，换言之，他们都是"居家英雄"。如果说《伊里亚特》讴歌的主要是叱咤风云的"战场英雄"，《奥德赛》却以它的方式隐约保留了"英雄族"中的另外一支，亦即传说中在世界的某个边远福地享受美满生活的那部分英雄们的存迹，其潜在的文献史价值不可低估。斯开里亚是一个属于英雄的国度，这是因为不仅它的王者们不是等闲之辈，就连它的普通居民也都是英雄。抵达王宫前，奥德修斯穿行城区（katà ástu），在国民中（dià sphéas）边走边看，赞慕他们的港口和线条匀称的海船，连同英雄们的会场（hērṓōn agorás）以及高耸的墙垣。[57]hērṓōn 是 hérōes 的所有格形式，而 agorás 是 agorḗ 的复数 agoraí 的宾格展示，一般宜作单数解（《奥》8.16，《伊》2.788）。原文在 hērṓōn agorás 前还有一词，即 autôn（他们自己的，《奥》7.44），修饰 hērṓōn，突出了（英雄们）"自己的"这一层意思，与上文所示"以航海著称的法伊阿基亚人"（7.39）和某些国民的实际在场（dià sphéas）相呼应，达成了场景与人物的互衬和融合。"英雄们的会场"当然不宜简单地理解为王者和首领们的会场，其中"英雄们"的贴切所指，当为全体成年的法伊阿基亚男子，而非仅为王者和首领们。法伊阿基亚人乃神的近亲，将他们中的成年男子整体地理解为"居家英雄"或"会场英雄"，应该不算为过。王者和首领们也会经常聚在一起议事，但那是boulé（商议、议事会），而非agoré（集会）。boulé面向王者和首领们，是一种贵族会议，平民无权参加。和议事会不同，集会不为王者和贵族所垄断。斯开里亚的"英雄们的会场"，是全体既有权利、也有义务参会的法伊阿基亚国民聚会并参与讨论公共事务的场所。会场里，王者阿尔基努斯是"英雄"（hérōs），到会的民众（démos）也是英雄，统治者和被统治者在"英雄"或"居家英雄"的层面上达成了一种平等。

　　承认国民拥有基于人身自由的平等权利，是建立公正合理的政治制度的观念前提。这么说并不等于认可史诗里普通人和王者们的地位是平等的，但英雄身份的平民化有助于平等意识的产生，大概也是一个可以得到文本支持的事实。荷马欣赏斯开里亚的政制，那片神奇的土地既是他虚构的产物，某种程度上也是他心目中的理想国度。如果以他对斯开里亚政制的描述为轴心，再把散见在史诗里的其他相关见解串联起来，我们便有可能大致勾勒出他的政治蓝图的轮廓。斯开里亚有一位贤明、好客的执政王，有高贵、通情达理的十二位辅政王者，还有"英雄们的会场"，换言之，还有很可能定期举行以供全体具备自由人身份的法伊阿基亚成年男子讨论公共事务的集会。在这一政治格局中，王者的决断、首领们的协商和全体国民的参与，得到了明显不同于专制国家施政方式的比较有序和层次分明的体现。[58]在《伊利亚特》里，集会上士兵群众的作用通常并不重要，无权通过正式的发言公开表达自己的意愿。这种情形在《奥德赛》里得到了一定程度的改善，民众有了在大会上发表意见的权利，只是迫于求婚人的淫威，为了明哲保身而自愿选择了保持沉默。[59]民众是可以有所作为的，并非像有的西方学者所以为的那样，只有武士（warriors）和贵族的言论才能对国王或当政者的特权形成制约。[60]即使在《伊利亚特》里，普通士兵亦可在集会以外的场合议论首领们的言行，而他们的意见通常也会受到被议及者们的重视。阿基琉斯为了一己之私而不顾大局，拒不出战，引来其麾下慕耳弥冬士兵们背后的非议。[61]与之达成"平衡"的是，阿伽门农也因为冒犯在先，无理抢夺阿基琉斯心爱的床伴（此举直接导致了后者的罢战），遭到了阿开亚军勇们的批评。[62]赫克托耳不听父母的规劝，拒绝退回城里，原因不在于规劝本身有错，而是因为酷爱面子，不愿听闻特洛伊人对他的过错说三道四（《伊》22.99—107）。在斯开里亚，国民的议论对王公贵族的言行构成了明显的制约。公主娜乌茜卡忌惮国人的流言蜚语，为避免损害自己的名誉（加之她本人也赞同姑娘在结婚前不应未经父母同意便与男人交往），表示不宜在人多眼杂的城区里与奥德修斯同行。[63]

荷马的政治理念如同润物的无声细雨，潜移默化地影响了后人对如何建立公正、合理和健全的政治体制的思考。荷马重视国王的核心作用，也知道他们的施政需要其他首领的辅佐。此外，他还重视普通人有节制的参与，关注个人在团体中的地位。这种综合考量所具备的观念优势，使得"《伊利亚特》和《奥德赛》所涉权力的基础和限度问题"，有可能与后人对"城邦的自治和宪政实验的关切相联系"[64]，推动了发轫于公元前7世纪中叶的政治体制改革的进程。无论是后世希腊思想家们的政制构想，还是罗马历史学家们喜欢谈论的"三合政府"，都没有根本远离史诗设定的政治框架，也就是说，在对政体的考察中，都程度不等地体现了三方的概念，预设了一个人、少数人和多数人的参与及其正当的利益诉求。细读史诗，我们还会发现诗人也许已经粗略考虑过如何对权力，尤其是最高权力进行必要限制的问题，并且以他的方式含糊其辞地表达了自己的看法。命运、宙斯（和阿波罗、雅典娜等）以及某些老辈神祇（和复仇女神等）三方，构成了某种权力三分的态势，从中我们或可隐约领略到西方三权分立政治体制最古老的史诗表述。命运实际上参与了古代权力图谱的建构，这一点在西方思想史上的意义也许比人们能够想象的更大。毫无疑问，荷马的设想是混乱、粗糙和非常简陋的，没有什么比认为他刻意完成了某个事关政治前景的制度设计更加接近于天方夜谭。受时代、思力和理论素养的限制，荷马不可能提前承担应该由后世哲学家和思想家们承担的工作。但是，他的朦胧见解会引发后人的遐想，使他们从中得到启示，潜移默化地调整他们对相关问题进行深入思考的探索进路。世袭制或对最高权力的家族垄断会产生哪些弊端？国王或最高统治者的政治追求是否应该止步于"像一位父亲"[65]？为了切实保障国民的言论自由，国家或它的立法机构应该做些什么？荷马留给后人思考的问题还有很多，这里只是择要举出几例，以供读者参考。对神话图谱进行理性化和现实化改造肯定不是一件容易做到的事情，但有一个"图谱"总比白手起家好，何况荷马史诗讲述的并非全都是神话，诸如首领们的议事会和民众大会等，很可能都是实际存在过的事物，是对迈锡尼时代政制运作状况的融入了史诗特色的真实写照。

对于英雄，史诗人物有着贴近希腊文化底蕴的真切而全面的认识。"战场英雄"也好，"居家英雄"也罢，都不可能是超越凡人人性本质和没有缺点的完人。裴奈罗佩以为丈夫奥德修斯是一位具备所有优点（aretaí）的完人，却未必知道，此人在战场上同样有过我们即将谈到的不完美表现。非战争状态下，奥德修斯也不是没有缺点的，跟随他逃离人怪波鲁菲摩斯巢穴的同伴们应该对此深有感触（《奥》9.491–500）。足智多谋的奥德修斯的判断力有时还不如随行的伙伴们，这听起来有些匪夷所思，却是荷马史诗提供的文本事实。只要是人都可能鲁莽，都可能做事不计后果，包括奥德修斯。连"幸福的"奥林波斯诸神都不可能白璧无瑕，遑论"有死的"凡人？"战场英雄"豪勇，但也会在强敌面前索索发抖；而"居家英雄"是有资格参加集会的体面男子，却也会像某些法伊阿基亚人那样，同时也是喜欢在背后窃窃私议别人长短的小市民。荷马史诗不缺乏浪漫情调，但在其中占主导地位的，还是受制于人性和世俗习惯的现实主义元素。英雄固然比常人强健，但他们也是人，不具备抵御恐惧的特殊功能。阿伽门农害怕过，赫克托耳害怕过，就连"英雄中的豪杰"（éxokhon hērṓōn）[66]阿基琉斯也曾害怕过。木马破城的勇士们固然勇敢，但人们未必知道，大战前，除了阿基琉斯之子尼俄普托勒摩斯，藏身木马之中的"其他达奈人的首领和统治者们"（álloi Danaôn hēgétores ēdè médontes）无不吓得面色苍白，双腿发抖，泪水横流。[67]战场上，惊惧之余的英雄们还可以选择逃跑。当眼见战神阿瑞斯挥舞枪矛、奔走在赫克托耳身边，"时而居前，时而殿后"，"啸吼战场的"（boền agathòs）狄俄墨得斯吓得索索发抖（rhígēse），开始退却，对着人群呼喊（eipé te laôi,

《伊》5.596 以下）。其时的狄俄墨得斯被吓得浑身发抖，但在另一个场合，他却会临危不惧，怒斥奥德修斯撒腿逃跑。按照既定的安排，宙斯仍需助佑特洛伊人。他从伊达山上扔下响雷，使阿开亚将士见后无不心惊胆战，陷入极度的恐慌（hupò khlōròn déos, 8.77）。伊多墨纽斯无心恋战，阿伽门农和两位埃阿斯（尽管诗人仍然称其为"阿瑞斯的随从"）也都一样，只有"阿开亚人的监护"、老英雄奈斯托耳没有逃跑，"不是不想，而是因为驭马中箭倒地，已被美发海伦的夫婿、卓著的亚历克山德罗斯射杀"（8.78-82）。文武双全的英雄奥德修斯（参看 11.484-484）此时无心恋战，混杂在溃跑的人群之中。狄俄墨得斯察觉后对他发话，喊声可怕（smerdaléon d' ebóēsen）：

> 莱耳忒斯之子，宙斯的后裔（diogenès），多谋善断的奥德修斯，
>
> 你往哪里撒腿，临阵逃脱，像个懦夫一样？
>
> 别在逃跑中伤穿你的脊背，被敌人的投枪！
>
> 站住，让我们救出长者，打退此人的凶狂。[68]

狄俄墨得斯言罢，奥德修斯没有听见（oud' esákouse），撒腿跑过，直奔阿开亚人"深旷的海船"（《伊》8.97-98）。奥德修斯真的没有听见？也许只有他自己心里明白。修饰狄俄墨得斯的常见词语是"啸吼战场的"（8.91，5.596），此人的嗓音之洪亮当可想而知。奥德修斯的足智多谋令人羡慕，但有时也可以转化为让耿直的狄俄墨得斯无法理解的小聪明。当然，狄俄墨得斯自己也会逃跑，这一点我们刚刚说过。此外，如果说面对战神阿瑞斯（还有女神厄努娥）的亲临战场，狄俄墨得斯的胆怯尚属有情可原，那么在没有神明在场的时候这位年轻人也会被赫克托耳的强健吓得浑身发抖（11.343-345），就只能从英雄自身的人性中寻找原因。打不赢就走，这是符合人性乃至人之常情的表现。在明知取胜无望的情况下逃跑，不应受到指责。事实上，诗人不仅没有以自己的身份指责奥德修斯，而且还用"没有听见"一语为他打了圆场。奥德修斯应该也像其他阿开亚将领一样，亲眼目睹了宙斯从伊达山上掷下的炸雷，所以选择适时逃跑，从某种意义上来说还是避免违逆神意

的明智做法。[69]神的参与会改变人类世界的游戏规则，为人们认知和解释自身的活动，开辟更为广阔的混合了虚拟与真实的叙事空间。虚构有可能比真实更为接近真实，正如真实有可能比虚构更为接近虚构。不熟悉史诗文化的人们，会以为英雄都是或只能是一往无前、视死如归的铁血汉子，其实不然。处于逆境之中的英雄可以选择暂时退却，荷马的英雄观里没有包括只要逃跑就不是英雄这样的认知意向。史诗英雄们习惯于按英雄世界通行的规矩办事。打不赢就跑固然谈不上天经地义，却是可以理解、一定程度上还是应该得到包容的做法。

史诗里没有从不逃跑的英雄，至少在阿开亚联军方面是这样。除了临阵逃脱，面对不可战胜的强敌或在被俘以后，勇士还可以名正言顺地缴械投降。特洛伊王子鲁卡昂有过这样的经历，阿德瑞斯提亚和阿派索的统治者阿德瑞斯托斯，亦曾请求阿特柔斯之子墨奈劳斯答应接受赎礼，对他网开一面。阿德瑞斯托斯抱住墨奈劳斯的膝盖，[70]恳切求饶，后者被他的言辞打动，准备把俘虏带回营地，但其时兄长阿伽门农快步赶到，告诫他不应对敌人心慈手软。于是，墨奈劳斯一把推开已经投降的对手，阿伽门农即时出枪，杀了阿德瑞斯托斯（《伊》6.45-65）。诗人非但没有谴责后者的做法，而且还称其为"英雄阿德瑞斯托斯"（6.63），仿佛是有意在此人临终之前重申他的高贵身份，对他的一生进行盖棺定论。用人们对后世"烈士"的评价标准来衡量，阿德瑞斯托斯死得不够英勇，配不上"英雄"的头衔，但在荷马的理解中，此人因投降未成丧生，虽说死得有些窝囊（但也体现了另一种形式的悲壮），却不会改变当事人的英雄身份。英雄投降与变节无关。鲁卡昂之前曾被阿基琉斯抓过，这是他第二次当了同一个人的俘虏，所以较之阿德瑞斯托斯，似乎更为熟悉英雄世界的办事规则。鲁卡昂不仅抱住阿基琉斯的膝盖，而且明确声称"我在你的膝下"，恳请他"尊重我"（m' aídeo），怜悯一位请求得到宽恕的"乞求者"（hikétao）[71]，试图借此感化对方，以求死里逃生。阿基琉斯全然没有指责他贪生怕死，反而以"朋友"（phílos）相称，由对手的即将被杀联想到英雄们"共享"的命运，提到了挚友帕特罗克洛斯之死，也说到自己即将到来的死亡（21.106-113）。鲁卡昂的做法没有任何不当之处，他甚至还觉得自己是在按英雄世界通行的规矩办事，因此理应得到对手宽赦。他没有想到的是，其时的阿基琉斯已因好友帕特罗克洛斯的被杀而变得极其狂躁，下定决心要诛杀所有遇到的对手，"尤其是对普里阿摩斯的儿郎"（21.103-105）。

阿基琉斯不是天生的杀人狂。打仗固然是他的拿手好戏，但"理财"也是他的强项。帕特罗克洛斯阵亡前，他有可能是抓获并变卖俘虏最多的阿开亚英雄。[72]英雄可以投降，有时甚至还觉得这是一种理直气壮的战场行为。荷马不一定是上述观念的原创者，但他的史诗肯定参与了为这种不甚豪迈的英雄举动的通行铺设文化背景的进程，客观上使其得到普及，成为后人效仿的战场规则。2004年，美国学者约翰·W. 奥马利发表了一本名为《西方的四种文化》的著作。按照他的划分，"荷马、伊索克拉底以及维吉尔和西塞罗的诗人、戏剧家、演说家和政治家的文化"位列第三（即属于第三种文化）[73]。奥马利将这四种文化"定性为深深植根于西方历史中的现象"，并称"这些现象相伴我们至今"，却因为"它们植根于西方历史是如此之深"，也因为"形式上已面目全非"，"以至我们有时候对于它们的意义浑然不觉"[74]。奥马利教授的此番经验之谈值得我们仔细品味，认真思量。荷马史诗对西方人思想和行为方式的影响体现在诸多方面，它的渗透和模塑有时显而易见，但更多的时候却会通过间接和隐蔽的方式，其"观念酵素"[75]的作用甚至很难被当事者本人所察觉。不过，如果能够带着"问题"意识，细心且熟悉荷马史诗的人们还是会有所觉察，能够从日常生活和见闻中领略到传统与现实之间的隐秘关联。譬如，他们也许既可从西方人的尚武和热衷于公开竞争的精神品质中读出史诗英雄们的好勇斗狠，亦可从它的反面，亦即从战场上西方士兵打不赢就体面或名正言顺地缴械投降的行为中（大战前他们还会在赎金上有所准备）读出它的史诗原型：战败后的英雄们可以选择放下武器，而请求以支付财物的方式保全性命，通常情况下不会被视为蒙受奇耻大辱。西方荷马学者中有人注意到史诗人物的性格中有羸弱的一面，他们在战场上并非总是勇往直前，因此与崇尚永不退却的马克利亚人和斯巴达勇士有所不同。[76]马克里亚人和斯巴达勇士固然英勇，但他们顽强得近乎偏执的战场表现，却没有成为后世西方军人自觉效仿的经典样式。荷马讴歌英雄们的拼搏精神，也理解他们为什么贪生怕死；他宣扬英雄们的强悍，也知道他们会在许多场合下表现得与常人一样软弱。史诗里，平民亦可成为英雄，这为普通人与英雄的"沟通"提供了社会渠道。奥德修斯武艺高强，智勇双全，是特洛伊前线希腊将领中主战派的代表，但所有这一切，都未能阻止他在自以为应该放弃战斗的时刻选择逃跑。荷马对英雄形象的描述体现了他的全局观，表明他对世界和人生的理解触及本质，有着一种融合了理想境界与现实关怀的比较精准的把握。

奥德修斯当然知道，他的偶尔为之的怯战行为，不会实质性地损害自己作为英雄的崇高声望。一个人是不是名副其实的英雄，要看他一生中的战斗经历，而不在于一时一事的表现。[77]赫克托耳会临阵胆怯（《伊》7.216，22.136），也有过长时间逃跑的经历（22.136以下），但此人阵亡后，神界使者阿耳吉丰忒斯却称他"战斗中从不在阿开亚人面前退却"（24.385），母亲赫卡贝也赞誉儿子"从来不思逃跑和躲藏"（24.216）。有过临阵脱逃的不良记录，并不表明奥德修斯从此以后将不再会勇敢战斗。奥德修斯可以预期，当他年老体弱，哪怕在生命垂危之际，人们依然会尊他为英雄。在史诗里，"英雄"是一份终身荣誉，不受当事人是否有过"劣迹"的干扰。壮士年迈，但雄风不在的他们，却依然可以享领"英雄"的头衔。奥德修斯的父亲莱耳忒斯年事已高，一般情况下不能也不宜参加战斗，但变作门忒斯模样的女神雅典娜在对忒勒马科斯谈到他时，却依然称其为"老英雄莱耳忒斯"（géront'…Laértēn hérōa）[78]。埃古普提俄斯是一位弯腰弓背的长者，在伊萨卡享有很高的威望，敢于在集会上率先发言，诗人尊其为"英雄埃古普提俄斯"（hérōs Aigúptios，《奥》2.15）。埃古普提俄斯之子安提福斯已跟随奥德修斯远征特洛伊，想必老人年轻时亦曾活跃在莱耳忒斯的麾下，也是一位能征惯战的勇士。在斯开里亚，国民们虽然无需参加战斗，但因为成年的法伊阿基亚男子都是英雄（或都是"英雄族"的成员），所以年迈且经验丰富的厄开纽斯理所当然地也应在英雄之列，是国王阿尔基努斯言听计从的非战争环境中的老英雄（gérōn hérōs，7.155，11.342）。

按照史诗人物的理解，英雄死后，他们的魂魄或亡灵（psūkhaí，单数psūkhḗ）会飘离躯体，进入死神哀地斯掌管的冥府。在世时的英雄死后依然如是，得以享领英雄的名分。所以，"英雄"不仅是一份终身荣誉，而且还是领受者们永久的身份。"英雄"比领受者的肉体"活"得远为长久。帕特罗克洛斯阵亡后，阿基琉斯悲痛欲绝，哀伤之余下令火焚挚友的遗体，点火前割下自己的一缕头发，说是要献给死去的英雄（hḗroï，《伊》23.151）。冥府里，奥德修斯见到了迈拉、克鲁墨奈和厄里芙勒等著名女人的灵魂，并称这些女子均为"英雄们的妻子和女儿"（hóssas hērṓōn alóchous ídon ēdè thúgatras，《奥》11.329）。这些名女的丈夫和父亲均已作古，但他们作为人中豪杰的身份没有改变，"英雄"这一他们共享的英名永存。西方业内学者通常会忽略这些"间接"证据，譬如B. C.迪特里赫就很可能因为在这方面有所疏忽而做出了"荷马史诗里hḗrōs仅适用于指对活人"[79]这一不尽正确的判断。在奥德修斯看来，阿基琉斯生前受到阿开亚人敬神一般的崇敬，死后又能成为统治所有亡灵的王者，因此堪称是最幸福的凡人（11.482-486）。然而，喝过羊血并因此具备了思考能力的阿基琉斯的亡灵，却认为所有的英雄中，阿伽门农才是最得宙斯恩宠的凡人，因为他生前大权在握，统辖着强健和人数众多的军勇（24.25-26）。阿基琉斯提及的"英雄们"原文作andrôn hērṓōn，意为"英雄人"或"作为英雄的男子汉们"。这些豪杰中的许多人其时已经作古，包括阿伽门农和他本人，该短语的指涉范围当包括仍然活着（譬如奥德修斯）和已经死去的英雄。考虑到此番言论的指涉背景是"生前"，而阿基琉斯看重的又是今生，所以andrôn hērṓōn亦勉强可作战死或死亡前的勇士们来理解。但即便如此，这位弗西亚王子肯定不会设想已经死去的他们不能算作英雄，而他在此处所说的"英雄们"（或"作为英雄的男子汉们"），也只与他们活着时的身份相符。虽然人已经死了，不能参加人世间的战斗，但阿基琉斯的亡灵不可能因此认为自己是非英雄的，绝不会把自己排除在英雄们的群体之外。

荷马从未针对英雄作过生前和死后的身份划分，更没有说过死去的英雄已不再是英雄。但是，荷马本人从不对上述亡灵以英雄或英雄加人名的方式相称，也从不让史诗人物这么做，尽管针对活着的勇士，这两种称谓都很普通。荷马史诗的叙事重点是今生，而非来世。活着，意味着活在今生今世，离开了人间的酸甜苦辣，就不会有真正和有意义的生活。冥府阴森、黑暗，是一个毫无生气的地方。死者的亡灵虽然保留了生前的形貌，却没有骨肉和心智（nóos），只是一个影像或虚影（eídōlon），在地府里聊无休止和漫无目的地游荡飘忽。[80]阿基琉斯的亡灵曾对造访冥府的奥德修斯说过，他宁肯做个一无所有、只能在别人的田地上劳作的帮工，也不愿当一名在冥府里颐指气使、对所有死人发号施令的王者（《奥》11.489-491）。相信对于奥德修斯来说，阿基琉斯的此番表白不难理解，因为他也极为看重今生今世，曾经拒绝女仙卡鲁普索让他成仙的许诺，宁愿回到家乡伊萨卡，和妻儿一起过常人"有死"的生活（5.206以下）。亡灵虚软无力，既失去了为人的实体，也失去了作为英雄的刚勇。"阿基琉斯梦中显现的帕特罗克洛斯的鬼魂（the ghost），是一个虚弱、无力的影子（the shadow），由于脱离了真人（the real man）而失去了所有的能量。"[81]我们知道，力量是英雄的基本属性，也是他们的"卓越"（areté），即便对于无需浴血拼搏的"居家英雄们"，航海和参加各项竞技比赛也需要付出体力（8.147-148），软弱无力者不会得到社会的尊重。修饰斯开里亚国王阿尔基努斯的常见词汇之一是ménos（7.167, 8.385等处），可作"豪健的"解。按照阿尔基努斯的说法，法伊阿基亚英雄们在拳击和摔跤方面虽然尚存可以提高的余地（8.246），却也已经好生了得，水准上超过"其他人"（细读8.102-103），也就是说，水平已在其他族民群体之上。冥府里，亡灵软弱无力，虚无缥缈，英雄生前所拥有的力量荡然无存。诗人和活着或死去的史诗人物从不直接称呼亡灵为英雄，有可能与此相关。为了避免性质（即英雄的卓越）与名称（即"英雄"这一称呼）之间产生矛盾，诗人采取了不作直接指称的办法，由此可见他的良苦用心，以及在处理复杂问题时所表现出来的老到。[82]需要记住的还有，荷马史诗里，死人或死去的英雄依然保留了英雄的名分，此外亦可威慑活人并因此受到后者的敬畏和善待，[83]但他们还不是介于神灵（daímones）和凡人（ánthrōpoi）之间的"半神"（demigods），亦即还不是后世以祖先和保护者身份接受部族或城邦的祭奠、具备明显的社会与宗教功能的"英雄"[84]。

注释：

[1] Gunnel Ekroth, "Heroes and Hero-Cults", in D. Ogden ed., *A Companion to Greek Religion*, Blackwell, 2007, p.101.

[2] 详 阅 Eric Partridge, *A Short Etymological Dictionary of Modern English*, 3rd edition, London: Routledge & Kegan Paul, 1961, pp.286-287。

[3] M. L.West (ed. with Prolegomena and Commentary), *Hesiod: Works and Days*, Oxford: Clarendon Press, 1978, p.371. 参看 Gregory Nagy, *The Best of the Achaeans*, Baltimore and London: The Johns Hopkins University Press, 1979, p.303. A. B. Cook 和 M. P. Nilsson 等学者已先行提出过类似的观点。Émile Boisacq 对 hérōs 的词源有细密的考证，对此感兴趣的读者可参阅由他编纂的 *Dictionnaire étymologique de la langue grecque* (Heidelberg-Paris, 1907-1916) 中的相关词条。

[4] 下文将会谈到，"英雄"指对常规意义上的凡人，"人怪"和"奇人"不在其涵盖范围之内。

[5] R. C. Jebb, *The Growth and Influence of Classical Greek Poetry*, London and New York: Macmillan, 1893, p.17.

[6] 参看《伊利亚特》(简称《伊》) 24.259 (即第 24 卷第 259 行)。文中所引荷马史诗语句均出自拙译《伊利亚特》和《奥德赛》(译林出版社，2008 年版；原文依据见 *Homeri Opera* Vols. I-IV, Oxford, 1912-1920)；其他少量西方古籍引语译自哈佛大学出版社洛伯丛书中的相关著作，节码和行次等随文标示。

[7] kléa andrôn (《伊》9.189，《奥德赛》[简称《奥》]8.73)，直译作"人的名声"("fames of men", Andrew Ford, *Homer: The Poetry of the Past*, Ithaca and London: Cornell University Press, 1992, p.59)，可作"人的光荣"解("glories of men", Nagy, *The Best of the Achaeans*, p.22)。名词 kléos (复数 kléa) 的本义为"听到的信息"，同根动词为 kle(i)ō，意为"称颂"，由此可以看出希腊史诗与古老印欧语颂诗 (praise poetry) 之间的传承关系 (Ford, *Homer: The Poetry of the Past*, p.59)。kléa 指关于广泛流传的重大事件的传闻，亦可指事件本身乃至"英雄业绩"("heroic deeds", Bryan Hainsworth, *The Iliad: A Commentary*, Vol. III, Cambridge University Press, 1993, p.88)。kléa andrôn 的信息含量丰富，有西方学者在同一部著作里将其释译作 "glorious stories of men"、"glories of men" 和 "famous deeds of epic heroes" (K. C. King, *Achilles: Paradigms of the War Hero from Homer to the Middle Ages*, Berkeley and London: University of California Press, 1987, p.10, p.15)。安德鲁·福特对该短语的释译中还包括了女人："kléa andrôn are the 'fames' only of men and women of old" (Ford, *Homer: The Poetry of the Past*, p.46)。在荷马史诗尤其是《伊》里，"人"(ándres) 经常可作"勇士"(hérōes) 解 (4.445, 5.166, 11.762；参看《奥》24.87 等处)。与之形成对比的是，从"人"的角度看问题，hérōes (英雄、勇士) 有时可作"军勇"、"兵勇"乃至"人们"解 (《伊》15.702, 19.34；细品《奥》1.272,《伊》15.733-734)。史诗里的男人应该具备英雄气概。kléa andrôn 即为 kléa hérôōn (尽管后者没有出现在荷马史诗里)，如此解析符合荷马对英雄世界里"人"或"男子汉"的理解。"人"是一个更大的类概念，涵盖"英雄"。诗人有时会连用 andrôn 和 hérôōn，或者说在既有的 andrôn 的基础上再加上 hérôōn，以突出史诗里"人"或"男人"的英雄气质，以及"男人"与"英雄"之间的品质关联。细读：kléa andrôn hérôōn (9.524-525)。andrôn hérôōn 的字面意思为"英雄人的"或"(作为) 英雄的男子汉的"，含义上大致等同于 andrôn aikhmētáōn ("枪矛勇士的"，West <ed.>, *Hesiod: Works and Days*, p.190)。kléa andrôn hérôōn 意为"英雄人的业绩"，或"作为英雄的男子汉们的业绩"，默雷的译文作 "the fame of men of old that were warriors" (A. T. Murray <trans.>, *Homer: The Iliad*, Cambridge <Mass.>: Harvard University Press, 1988 <first published 1924>, p.421)；纳吉的译法是 "kléa of men who were heroes" (Nagy, *The Best of the Achaeans*, p.115)；福特的处理趋于简练，略而不译 hérôōn，解作 "fames of men" (Ford, *Homer: The Poetry of the Past*, p.60)。类似的例子还有：stíkhas andrôn hérôōn (《伊》5.746-747, 8.390-391)，其中 stíkhas 意为"队列"(比较：stíkhas hérôōn, 20.326)；boulén te nóon te andrôn hérôōn (《奥》4.267-268)，其中 boulén te nóon 作"商议和心智"解。andrôn hérôōn 突出了英雄的"人"性，而非他们的"神"性，提示人们不要忘记，尽管英雄都是神的后裔，可以"像神一样"，他们所在的类别范畴却是"人"的，其生存质量和最终的身份定位不可能超出"人"的范

围。andrôn hērṓōn 是一个程式化用语，在荷马史诗（即英雄史诗）里，"人"或"男子汉"在其中的意蕴参与走强；而在赫西俄德的《劳作与时日》里，由于描述的侧重点是"英雄族"，所以该短语中"人"的语义参与，在分量上要稍轻一些。andrôn 为 ándres 的所有格形式，其单数主格形式为 anḗr（人、男人）。andreía（勇敢）是男人的基本品质，派生自 anḗr 的所有格形式 andrós，是古典时期希腊人推崇的 aretaí（卓越）之一。基于力量的勇敢是英雄的首要品质，荷马用 aretḗ 示之，andreía 没有出现在荷马史诗里。西方学者对所用希腊词（以拉丁字母表示）的处置方式不一，有的标示长音和重音，有的仅标长音或重音，还有的则全然不标。有鉴于此，笔者对所引著作中出现的相关词汇作了统一处理。本文中，凡由两个或两个以上希腊词组成的短语，其最后一个重音均按主重音处理。为避免误解，解析中出现的单个希腊词汇，无论其在原文中的重音状况（即以主重音还是次重音的形式出现），皆一概以主重音标示。

[8] kléa andrôn "乃荷马的用语"，所指即为"我们所说的英雄史诗"（Hainsworth, *The Iliad: A Commentary*, Vol. III, p.88）。吉尔伯特·默雷的下述观点在学界颇具代表性：荷马史诗即为英雄史诗（详见 Gilbert Murray, *A History of Ancient Greek Literature*, London: William Heinemann, 1902, p.8）。

[9] 阿开亚位于伯罗奔尼撒西北部，在荷马史诗里泛指希腊。因此，阿开亚人（Akhaioi）即为希腊人，既指全体希腊人，亦可指局部地区的希腊人，譬如阿基琉斯麾下的慕耳弥冬人（《伊》19.34）和奥德修斯家族治理下的伊萨卡人（《奥》3.217）。

[10] 细读《奥》11.358-361。需要说明的是，奥德修斯在此谈论的是通过客谊（xeniē）的文明敛财，而非通过战争的野蛮掠夺，但无论通过何种手段获取，能够带着大量财富返乡都是一种荣耀，民众不会在乎财富的来源。奥德修斯通过客谊获得的"大量的青铜、黄金和织纺的衣衫"，比他通过特洛伊战争获取的全部财富还要多（13.135-138）。荷马从未就财富来源的正当性问题进行过深入的思考。在史诗里，文明与野蛮的现象并存，人物在敛财方式上所表现出来的"矛盾"现象，可以从一个侧面帮助我们看到这一点。有必要提及的，还有战争中的"文明"敛财。相对于血腥的掠夺，收取投降者的赎礼和变卖俘虏，亦是英雄们常用的敛财手段（参看《伊》21.64 以下，重点阅读 99-105）。

[11] 《伊》5.464。basileús（王者、贵胄）只用于指对凡人，如同 hḗrōs 一样，诗人从不用其指称神明。

[12] 《伊》11.819。欧鲁普洛斯亦以"宙斯养育的帕特罗克洛斯"回敬（11.823）。

[13] 不过，人的身份不是绝对不可改变的。一位英雄被俘以后便有可能被卖作奴隶，而基于习惯和常识，人们很可能不会称一名奴隶为英雄。与之相关的另一个问题是，奴隶不是英雄，却可以具备英雄气概，我们会在下文以欧迈俄斯为例就此展开讨论。

[14] 上文刚刚说过，英雄是一个凡人范畴。英雄不是神，他们也和普通人一样，是"有死"或"会死"的凡人。在突出英雄的与众不同时，我们不应忘记英雄的"人"性，记住人中的豪杰也是人。

[15] A. 麦金太尔《德性之后》，龚群等译，中国社会科学出版社，1995 年，第 154 页。"一个快速跑步者"指特洛伊老王普里阿摩斯最小的儿子波鲁多罗斯，被阿基琉斯所杀（《伊》20.407-412）。作为最强健的勇士，阿基琉斯以"捷足的"（pódas ōkùs Akhilleús, 1.58）著称，跑速之快无人能比（13.324-325, 23.791-792）。史诗英雄以步战接敌，腿脚快捷经常是取胜的关键。

[16] Werner Jaeger, *Paideia: The Ideals of Greek Culture*, Vol. I, Gilbert Highet trans., New York: Oxford University Press, 1973, p.5. 细读该书第 418 页注 10。

[17] Werner Jaeger, *Paideia: The Ideals of Greek Culture*, Vol. I, p.15.

[18] "体强力壮，是荷马史诗中神灵的一种特性：宙斯是神灵中的最强者。为什么呢？就因为体强力壮自在自为地是某种可贵的、属神的东西。在古日耳曼人看来，战士之德行是至高的德行；为此，他们的至高的神，就也是战神：欧丁……"（路·安·费尔巴哈《基督教的本质》，荣震华译，商务印书馆，1977 年，第 52-53 页）希腊人重视办事的效率，赞赏知道自己需要什么并具备得到它的能量的"强人"（the strong man）；作为一种观念（conception），aretḗ 从很大的程度上来说即为"取得成功的能力"（Frederick Copleston, *A History of Philosophy*, Vol. I, Part 1, New York: Image Books, 1962, p.34）。荷马对豪勇的认识是非思辨性的。掠夺需要勇气和战力，因而在史诗里，它也像战场上的厮杀一样体现男人的"阿瑞

特"。荷马史诗里，areté可作virtue（美德）解的例证"极为稀少"（"extremely rare", M. Finkelberg, "Timé and areté in Homer", in *Classical Quarterly* 48 <1998>, p.20）。areté的含义与时俱进。在公元前5世纪的雅典民主制城邦社会里，卓越（areté）的核心所指，已从盛行于史诗社会的"战争中的卓越"（excellence in war），转向了"市民质量的卓越"（excellence in civic qualities），修辞技巧和讲演能力在其中占据突出的位置（M. R. Wright, *Introducing Greek Philosophy*, Berkeley and Los Angeles: University of California Press, 2010, p.136）。这种"卓越"含义宽广，泛指能让男青年们成为合格乃至优秀公民的各种质素、素养和能力，哈里奥特沿用了英美学者对aretaí的常见译法，称之为"virtues"（Rosemary Harriott, *Poetry and Criticism before Plato*, London: Methuen, 1969, p.107）。对于方阵（phálanx）中的重装士兵，他们的areté不是放纵自我的血气方刚（thūmós），而是节制（sōphrosúnē），是严明的纪律和团队精神（J.-P. Vernant, *The Origins of Greek Thought*, translated from the French, Cornell University Press, 1982, p. 63；维尔南也许未必知道，phálanx已出现在荷马史诗里，见《伊》4.282）。当然，勇敢依然是重要的。在整个古典时期，表示"勇敢"的规范用词是andreía（词干于andr-，意为"成年男子"；比较anér，"人"、"男子汉"。美狄娅责怪丈夫伊阿宋"不勇敢"（anandría，欧里庇得斯《美狄娅》466）。柏拉图概括出希腊人崇尚的四种aretaí，即智慧（sophía）、勇敢（andreía）、节制（sōphrosúnē）和公正（dikaiosúnē，《国家篇》4.427E10–11）。即便单纯作为"勇敢"解，areté的外延也大于andreía（详见K. J. Dover, *Greek Popular Morality in the Time of Plato and Aristotle*, Oxford: Basil Blackwell, 1974, pp.65-66）。在近当代英语世界学者们的著述中，areté的常见英译为virtue（德、美德）或excellence（卓越、优秀、精湛），但二者远不能涵盖该词在各种上下文里的全部含义（J. J. Pollitt, *The Ancient View of Greek Art: Criticism, History, and Terminology*, New Haven: Yale University Press, 1974, p.145）。波利特教授结合该书的叙事主旨，追溯了areté的词义演变及其丰广的应释潜力（详阅前引书，pp.145-150）。同样具备参考价值的是，韦斯特马克指出了goodness（善）与areté（德、德性）的区别。"'善'是进行道德赞誉的常规用词，而'德性'则指心灵的以体现某一种'佳好'为特征的状态。"（Edward Westermarck, *The Origin and Development of the Moral Ideas*, Vol. I, London, 1924, p.48）。艾伦伯格认为，perfection（完善）比学者们常用的virtue更接近于areté的精义（Victor Ehrenberg, *From Solon to Socrates*, London and New York: Routledge, 1967, p.381），但其立论的侧重点却似乎全在于人的"完善"，而没有兼顾其他事物的卓越。英语词virtue来自拉丁语virtus（男子气概、强健、豪勇），后者派生自vir（男人）。"一个人不必成为古典学术专家，就可以看出，尤利乌斯·凯撒《高卢战记》第1页上'美德'这个词意指勇气和尚武的勇猛——这正是军事指挥官最惧怕敌人具有、而最欲求他自己的战士具有的那类东西。（这是历史的畸形发展，当一个爱开玩笑的哲学家谈到这一点时，讲了一个完全尼采式的笑话：'美德'这个词，原本指大丈夫气概，到了维多利亚时代却意指女人的贞洁。）我们也需要更高深的古典学问，就可以在我们今天译成美德的希腊词areté里，听出战神阿瑞斯发出的刀剑铿锵的声音。"（威廉·巴雷特《非理性的人》，段德智译，上海译文出版社，1992年，第209-210页）"我们在柏拉图的著作中遇到这个词（即areté——引者按），我们将它翻译为'德性'（virtue），结果是令其丧失了所有的希腊风味。至少在现代英语中，'德性'完全是一个道德方面的词汇；而与之相反，'阿瑞忒'这个词被普遍地用于所有领域中，其含义简单说来就是'卓越'（excellence）。它的用法可以由其所处的特定上下文得以限定。一匹赛马的'阿瑞忒'在于它的速度，一匹拉车的马的'阿瑞忒'在于其力量。"（H. D. F. 基托《希腊人》，徐卫翔、黄韬译，上海人民出版社，1998年，第222页）

[19] Peter Hunt, *Slaves, Warfare, and Ideology in the Greek Historians*, Cambridge: Cambridge University Press, 1998, p.198.

[20] 麦金太尔《德性之后》，第154页。麦金太尔之所以在此混用"卓越"和"德性"，大概主要是为了便于读者的理解。事实上，他很清楚二者词义上的区别，从我们先前引用的他对areté所下的"定义"中，可以看出这一点。如同上文提及的基托等西方学者一样，麦金太尔教授真正忽略的，不是二者之间的词义区别，而是我们即将论及的"阿瑞特"本身与它的运作或实施结果之间的关系。

[21]　《伊》21.19。阿基琉斯在那个时候的举动是"非英雄的"（详见 King, *Achilles: Paradigms of the War Hero from Homer to the Middle Ages*, p.25）。

[22]　详阅 M. Schofield, "Euboulia in the Iliad", in *Classical Quarterly*, 36 (1986), pp.6–31。

[23]　Dover, *Greek Popular Morality in the Time of Plato and Aristotle*, p.164.

[24]　C. B. Beye, *Ancient Greek Literature and Society*, 2nd edition, Ithaca and London: Cornell University Press, 1987, p.39.

[25]　《伊》13.277；详阅 276–294。参看阿基琉斯之子尼俄普托勒摩斯的出色表现（《奥》11.523–532）。

[26]　Kathleen Freeman, *God, Man and State: Greek Concepts*, Westport: Greenwood Press, 1970, p.71.

[27]　Georg Autenrieth, *A Homeric Dictionary*, 9th edition, Norman and London: University of Oklahoma Press, 1987, p.45.

[28]　《奥》4.725。裴奈罗珮没有忘记突出奥德修斯的英雄品质（亦即他的第一卓越），称其拥有一颗象征豪勇的"狮子的心"（4.726）。

[29]　下文即将谈到"战场英雄"与"居家英雄"的区别。

[30]　关于故事情节（或情节语言）和明喻情节（或明喻语言），详见拙著《荷马史诗研究》，译林出版社，2010 年，第 46–52 页。

[31]　《劳作与时日》158–160。艾福林 - 怀特将 andrôn hērốōn theîon génos 英译作 "a god-like race of hero-men" (H. G. Evelyn-White <trans. and ed.>, *Hesiod, The Homeric Hymns and Homerica*, Cambridge <Mass.>: Harvard University Press, 1974 <first published 1914>, p.14)。andrôn hērốōn（英雄人的）中的主体是"人"，"英雄"是对"人"的修饰，译作 "of hero-man" 不仅贴切，而且传神。andrôn 起着提示 hērốōn 的"人"性以及平衡其由 theîon génos 和 hēmítheoi 所体现的"神"性的重要作用，不可或缺。基于这一认识，可知一些西方学者在翻译中略而不译 andrôn 的做法（Nagy, *The Best of the Achaeans*, p.159; A. N. Athanassakis <trans. with Introduction and Notes>, *Hesiod : Theogony, Works and Days, Shield*, Baltimore and London: The Johns Hopkins University Press, 1983, p.71; M. W. Edwards, *Homer: Poet of the Iliad*, Baltimore and London: The Johns Hopkins University Press, 1987, p.17; M. L. West <trans.>, *Hesiod: Theogony, Works and Days*, Oxford and New York: Oxford University Press, 1988, p.41）虽说未尝不可（毕竟这是一个以"英雄"作为集体名称的种族），却似乎仍有稍欠妥帖之虞。比较：hēmithéōn génos andrôn（《伊》12.23），意为"半是神灵的凡人种族"（指阿开亚人）。参看柏拉图《克拉底鲁篇》398C。

[32]　《劳作与时日》161–167。一个有趣且耐人寻味的问题是，"英雄族"（或"神一样的英雄人的种族"）是否包括特洛伊人？如果说赫西俄德的"回答"似乎有些模棱两可（细读 161–165），荷马却采取了折中的做法，即一方面曲折否定了他们"半是神灵的种族"（《伊》12.23）亦即"英雄族"成员的优越地位（"半是神灵的种族"是定位英雄族的"关键词"），另一方面却让特洛伊首领们受和阿开亚首领们同等的待遇，把他们当作同样受人尊敬的英雄。指出这一点是重要的，它使我们依稀看到了荷马心目中残存的民族本位主义，领略到荷马英雄观的多面性和复杂程度。荷马心仪公正和不偏不倚，但他毕竟是一位希腊人，不可能做到百分之百的无私。当然，有一些描述也许对特洛伊联军不利，却很可能是对当时情形的真实写照（譬如 2.867–873），具备重要的史料价值，因此不宜不加分辨地将其视为诗人对非希腊人的歧视。

[33]　详阅 West (ed.), *Hesiod: Works and Days*, pp.28–29、176–177。参看 R. M. Frizer (trans. with Introduction and Comments), *The Poems of Hesiod*, Norman and London: University of Oklahoma Press, 1989, pp.8–11。

[34]　详阅陈中梅《荷马史诗研究》，第 329–382 页。

[35]　研究西方观念史不能撇开亚里士多德。作为古代思想的集大成者，亚里士多德接受了赫西俄德关于英雄时代的提法。然而，不知是否正确解读了赫氏的相关描述（参看《劳作与时日》156–173），也可能是在理解中融入了时代的因素和自己的"浪漫"想法，他对英雄的解析趋于狭义，即把他们仅限于"古时人民的领导者"，因为"民众只是普通人而已"（详见 E. A. Havelock, *The Greek Concept of Justice*, Cambridge

<Mass.>: Harvard University Press, 1978, p.104）。显然，在他看来，英雄不是普通人，与民众不同。对英雄和英雄时代的这种含带分辨意味的解读，经由希腊化时期著述家们的作品而为包括西塞罗、贺拉斯和维吉尔在内的罗马文人们所熟悉，并由此顺势进入了连接中世纪和近当代的流通渠道。荷马的英雄观要比亚里士多德想象的远为宏阔，因此不同于后世流行的把英雄与民众截然两分的观点。荷马区分了首领和民众，自然也会有很强的区分人中豪杰和普通人的意识，但在需要的时候，他也会把包括贵族和平民在内的所有阿开亚将士全都当作英雄，让首领们在当众演讲尤其是在战斗的紧要关头，称其为"达奈人的英雄们"。除了民族自豪感和创编英雄史诗的需要，对传说中"英雄族"的依稀了解，大概亦会从另一个角度促使他突破"阶层"的阻碍，突出所有阿开亚将士的共性，用"英雄"一词把他们统括起来。鉴于所处时代和文化背景的迥异，荷马对英雄的理解与热衷于宣扬超人政治的尼采有很大的不同，在一些重要的方面也与《论历史上的英雄、英雄崇拜和英雄业绩》的作者托马斯·卡莱尔大相径庭。

[36] 《伊》1.1—2。参看《奥》24.68。细读《伊》23.131—134。12.165 和 13.629 等诗行里的 hḗrōas Achaioús 也不专指阿开亚将领。

[37] 《伊》15.218—219。在迈锡尼时代，laós 为军事首领拉瓦格塔（lawagetas）统领的武装人员。

[38] 细读《伊》15.699—702；699 里的 Achaioí 和 702 里的 hḗrōas Achaioús，指的都是当时在场的阿开亚军勇。《伊》里，称阿开亚将士为英雄的例子另见 12.165，13.629 和 15.219 等处。与之形成鲜明对比的是，诗人从不整体地称特洛伊将士为英雄，包括赫克托耳在内的特洛伊联军首领们，亦从不以"特洛伊英雄们"指称和激励己方的军勇。从这一事实中或可看出荷马对"英雄族"是否应该包括特洛伊人的疑虑，否则便可能是民族偏见作怪，使他不愿整体地把特洛伊人当作英雄。我们说荷马客观、公允、不偏不倚，是就他的认知品质和叙事风格的整体态势而言，并非旨在表明此人总能一碗水端平，根本不在乎己方和他者，全然不知道内外有别。阿开亚人是己方，特洛伊人是他方，因此史诗里频繁出现的"阿开亚人的儿子们"（1.162，2.129，7.403，13.146；《奥》3.104，4.285，8.514 等处），有时听起来似乎带有"我们"的弦外之音，比实际上与之等义的"阿开亚人"或"阿开亚军勇们"更为贴近民族的血脉底蕴，也更具情感上的冲击力。比较："冲啊，希腊的儿子们！"（埃斯库罗斯《波斯人》402 显然是出于内外有别的考虑，荷马在叙事中基本上避而不用与"阿开亚人的儿子们"对等的"特洛伊人的儿子们"，以表明自己虽然赞赏客观和持中的诗家立场（诗人也是古代的"历史学家"），却并非缺少己方意识，全然不会在适宜的场合里和可能的情况下，合理而有节制地表露自己的民族认同感。在《伊》15.513 里，他还巧妙利用了阿开亚人在战场上所处的不利局面以及需要有人站出来激励士气的机会，通过埃阿斯之口间接表述了特洛伊军勇比阿开亚人"低劣"（andrási kheirotéroisin）的观点。荷马也会有所偏袒，这是事实。但是，偶尔的"偏离"和习惯性的"迷失方向"不是同一个概念。此外，对某些事态，我们在评价中还需要透过表象，抓住本质。譬如，针对荷马没有把特洛伊人整体地称作英雄这一文本事实，如果变换审察的角度，我们就有可能看出，其实这只是一个表面现象。诗人的共性意识和良好的持中感，不会允许他真的把作为一个群体的特洛伊军勇们视为缺少英雄气概的平庸之辈。在他的心目中，参战的特洛伊人也像阿开亚人一样，是勇敢善战的英雄。他没有使用"英雄"一词来指称作为一个整体的他们，却用别的赞褒之词填补了由此造成的缺失。特洛伊人是"驯马的"（《伊》3.343）和"心志高昂的"（6.111），其阵营中埃内阿斯麾下的达耳达尼亚军兵是擅长"近身作战的"（15.486），参战的盟军是"名声遐迩的"（6.111）。所有这些饰词都显示了被修饰者的英雄本色，表明这支军队中的主力作战群体具备良好的军事素养。没有被直接贴上"英雄"标签的特洛伊人其实也是英雄。概念以及与之相关的观念，经常会体现在不言或不直接明言（亦即曲折表述）的语境之中，以上所述或可作为一个例证。顺便说一句，讲说诸如"拿出男子汉的勇气"（anéres éste）之类的豪言壮语，不是阿开亚人的专利。埃阿斯可以把它用来激励阿开亚将士（15.734），赫克托耳也可以把它用来激发特洛伊人的斗志（6.112）。事实上，在《伊》第十五卷里，赫克托耳还先于埃阿斯使用了此语（487）。我们即将说到（见下注），15.734 里的 anéres 几乎和 733 里的 hḗrōes 等义，这一看法原则上也适用于对 487 里的 anéres 的诠释，尽管 hḗrōes 没有出现在之前的第 486 行里。特洛伊军勇的群体英雄身份，也隐约体现在个别虽有"英雄"一词出现却未予明确点

明其所指即为或包含特洛伊人的程式化用语中。《伊》20.326 里的 stíkhas hērṓōn 泛指战场上"英雄们的队伍",涵盖交战双方的军勇们。比较 stíkhas andrôn hērṓōn（5.746-747,同 8.391-392）。这一程式化用语亦出现在《奥》1.100-101 里,从上下文来看,与特洛伊人全然没有干系。

[39] 《伊》15.733-737。15.733 同 2.110,6.67 和 19.78。参看 2.256。15.733 是一个程式化诗行（参看 Richard Janko, *The Iliad: A Commentary*, Vol. IV, Cambridge University Press, 1992, p. 307）,hḗrōes Akhaioí 和 hḗrōes Danaoí 都是程式化用语（formulae,见 Alfred Heubeck (et al.), *A Commentary on Homer's Odyssey*, Vol. I, Oxford, Clarendon Press, 1988, p.378）,也就是说,相关词语之间已经形成固定的搭配,若有需要,诗人可以随时"复制"使用。指出以上事实当然不会没有意义。它表明普通人的作用不是偶尔,而是已经合乎规则地进入了"阿开亚英雄们"和"达奈英雄们"这样的程式化表述之中,已经被当作一个可以重复提及乃至突出强调的事实,得到了诗人和首领级英雄们的认可。anéres ésti（《伊》15.734）直译作"做男子汉";anéres 在此几乎和 733 里的 hḗrōes 等义。

[40] 参看《伊》2.79 和 22.378 等处。

[41] 亦可称其为王者英雄或首领级英雄。

[42] phílos（复数 phíloi）的常规英译为 friend、beloved 或 dear (one)。phílos 的对立面是 ekhthrós（敌人、敌对者）,战场上的敌人为 polémios（详阅 J.-P. Vernant, *Myth and Society in Ancient Greece*, Janet Lloyd trans., Harvard University Press, 1980, p.20）。polémios 没有出现在荷马史诗里;表示"敌人",诗人会用 dusmenês（《伊》5.488、10.193 等处）。战场上,称士兵群众为 phíloi,无疑有助于消除阶层和地位造成的隔阂,拉近首领与普通士兵之间的距离。埃阿斯知道这一点,奥德修斯亦深谙此道（2.299）,他的用词（即 phíloi）传递了一种伙伴情感,"把军士们提升到了与他平等的地位"（Hilary Mackie, *Talking Trojan: Speech and Community in the Iliad*, Rowman & Littlefield, 1996, p.29）。史诗人物有时会称敌人为 phílos（《伊》21.106;比较 6.215、224）,这也许与他们具备较强的共性意识以及对人区别于神和动物的种族认同感有关。公元前 6 世纪以后,phílos 的词义进一步扩大。在政治关系中,该词可作"同道"或"搭档"解,而在商业关系中,将其解作"伙伴"或"合作者"会比"朋友"显得贴切（参看 M. W. Blundell, *Helping Friends and Harming Enemies: A Study in Sophocles and Greek Ethics*, Cambridge: Cambridge University Press, 1991, p.39）"友情",希腊语作 philía,是 phílos 的同根词,但该词亦可作"爱"或"亲爱"解（详阅 Gregory Vlastos, "The Individual as an Object of Love in Plato", in *Platonic Studies*, 2nd edition, Princeton, 1981, pp.3-34）。亚里士多德区分了三种友情,即基于德性的 philía,基于快感的 philía,和基于利用的 philía（《尼各马可斯伦理学》8.1156a6-10,《欧德摩斯伦理学》7.1236a15-33）。

[43] 阿瑞斯为宙斯和赫拉之子,战神。therápontes 是 therápōn 的复数形式,意为"随从"或"侍从"（为求押韵,我们在翻译 15.733 时用了"伴随"一词）。阿瑞斯不讨宙斯喜欢,战力也不及雅典娜和阿波罗,但因其所具备的战神身份,所以被史诗英雄们想当然地视为战争和战力的化身。浴血疆场的勇士们嗜战如命,"阿瑞斯的随从"是一种他们乐于接受并引以为豪的象征表述。"阿瑞斯的随从"经常指首领（譬如《伊》19.47）,但在 2.110 和 15.733 等处则意指所有在场的达奈人。比较:"宙斯的随从"（《奥》11.255）;"阿瑞斯的等同"（《伊》20.46）。史诗里,王者和首领（hēgétores）拥有自己的扈从（therápontes）,战场上通常可起助手或副将的作用（1.321,5.48、6.53）。therápōn 的含义有时与 hetaîros（伙伴、同伴）等同或近似。譬如,帕特罗克洛斯是阿基琉斯的随从（therápōn,细读 16.272）,也是他的伙伴（hetaîros,16.240、19.315）;帕特罗克洛斯死后,其地位由阿基琉斯的另外两位伙伴,即英雄（hḗrōs）奥托墨冬和阿尔基摩斯取而代之（24.574-575;参看《奥》16.253）。在《伊》16.269 里,帕特罗克洛斯称所有准备参战的慕耳弥冬人（即阿基琉斯麾下的阿开亚军勇）为"阿基琉斯的伙伴们"（参看阿基琉斯的用词,16.248）。就战力而言,帕特罗克洛斯是阿基琉斯军中的第二号人物,地位相当之高。此人统兵出战时,慕耳弥冬人的首领（hēgétores）和头领们（médontes）聚集在阿基琉斯的"这位骁勇副手（agathòn theráponta）的周围"（16.164-165）。称歌手（aoidós）为缪斯的随从（therápōn）,首见于赫西俄德的《神谱》99-100。古典时期的诗人（poiētḗs）,譬如巴库里德斯,会以缪斯的随从自诩,而品达则自称

为缪斯的使者。在荷马史诗里，therápontes虽然处于从属的地位，却远非奴隶（Autenrieth, *A Homeric Dictionary*, p.137）；帕特罗克洛斯的地位甚至还在一般的hēgétores和médontes之上。至古典时期，该词所包含的从属性有了较大的扩展，人们偶尔也用它指家奴意义上的仆从，而对女奴则用therápaina称之（Y. Garlan, *Slavery in Ancient Greece*, Janet Lloyd trans., Ithaca and London: Cornell University Press, 1988, p.21）。

[44] 细读《伊》12.23。参看韦斯特对《工作与时日》第159行里的andrôn hērōōn所作的诠释（West <ed.>, Hesiod: Works and Days, p.190）。

[45] 听罢母亲的嘱咐，神一样的阿基琉斯迈步海滩，发出巨大的喊声，召集阿开亚英雄（hérōas Achaioús, 《伊》19.41）。

[46] 《劳作与时日》167以下。

[47] 《奥》5.34。参看诗人关于"福地"厄鲁西亚平原的描述（4.563-568）。

[48] See Heubeck（et al.), *A Commentary on Homer's Odyssey*, Vol. I, p.306.

[49] 《奥》5.35。参看5.203, 7.201-206。

[50] 《劳作与时日》160。

[51] 《奥》8.247-253。法伊阿基亚人原本居家徐裴瑞亚（Hupereíēi，"遥远的边地"），因不堪强横霸道的库克洛佩斯人的侵扰，由波塞冬之子、阿尔基努斯的父亲那乌西苏斯率领，全体迁徙至斯开里亚（6.4-10）。

[52] 斯开里亚国民和伊萨卡成年男子虽然同为"居家英雄"，却依然有所不同。斯开里亚国民从不参加战争，而伊萨卡人则随时有可能被卷入战争或各种械斗，从而将自己的生存状态由"居家英雄"转变为"战场英雄"。

[53] 《奥》7.303。参看6.302-303。奥德修斯本人亦曾受到过同样的待遇。特洛伊战场上，摸黑外出侦探军情的特洛伊人多隆被奥德修斯和狄俄墨得斯拿获。多隆不知对方是谁，但为表示敬意，也为博得好感（以求保命），遂以"英雄"称呼奥德修斯（《伊》10.416）。

[54] 《奥》8.241-242。allōi的主格形式为allos（别个、另一个）。阿尔基努斯的用词表明，他已经不言自明地把奥德修斯当作英雄。

[55] 《奥》8.390-391。

[56] 荷马史诗里，宙斯召集全体神祇开会之事仅有一例（《伊》20.4以下），地点是在宙斯的殿堂（dôma, 20.10）。

[57] 《奥》7.40-44。拥有会场是文明社会的标志。落后的库克洛佩斯人没有会场，也从不举行讨论公共事务的集会（9.112），他们的文明程度明显低于法伊阿基人。诸神使阿尔基努斯拥有智慧（theôn ápo médea eidós, 6.12）。战场上，英雄们凭借勇力和手中的兵器战胜对手；会场上，英雄展示自身"阿瑞特"的法宝是智慧和基于智慧的雄辩。从这个意义上来说，"居家英雄"也是"会场英雄"（参看1.272）。和《伊》有所不同，《奥》突出了人的智慧。库克洛佩斯人极其强悍，波鲁菲摩斯甚至扬言毫不惧怕"带埃吉斯的宙斯"和其他奥林波斯诸神，因为"我们远比他们强健"（9.275-276），但这帮人怪心智顽钝，缺少智慧，诗人从不称其为英雄。库克洛佩斯人不是常规意义上的凡人，诗人称波鲁菲摩斯为"一个魔怪般的人"（anēr pelōrios, 9.187）。"英雄"的指称范畴当为常规意义上的凡人或他们中的豪杰。"神一样的"俄托斯和"声名退逸的"厄菲阿尔忒斯长相及其俊美，加之雄心勃勃，力大无比，却因为不是常规意义上的凡人（他俩的高大远非常人可以比及，堪称"奇人"，详阅9.305-320），同样没有得到"英雄"的美誉。

[58] 详阅R. C. Jebb, *The Growth and Influence of Classical Greek Poetry*, London and New York: Macmillan, 1893, p.19。当然，斯开里亚国民的权利是非常有限的，阿尔基努斯的统治并非也无需基于他们的"授权"，便是明证。

[59] 细读门托耳在伊萨卡集会上的慷慨陈词（《奥》2.235-241）。从常态情况下不能发言到能够发言，自然是一种进步。但是，可以说和可以无需惧怕报复地说不是同一个概念，荷马史诗的作者显然还不能理解这

一点。塞耳西忒斯因为辱骂王者而受到奥德修斯的严厉惩罚（《伊》2.211 以下），求婚人琉克里托斯则不仅对门托耳的慷慨陈词当即予以驳斥，而且还公开警告在场的民众，不要试图自我苦吃，用武力与求婚的贵族子弟们对抗（《奥》2.242-251）。荷马史诗触及了一些"敏感"的议题，却未能通过诗人的叙述和人物的对话展开探讨，表明作者可能具备某些浅层次上的问题意识，却缺乏进行深究的能力，其思力明显跟不上心智的体察和意识的流动。有时，荷马只是提供现象，却没有意识到其中可能包藏着某种深邃的哲理或可供深入发掘的思想内涵。在《伊》里，不仅国王阿伽门农受到"阿特"（átē，"愚狂"）的摆布，就连神主宙斯也未能幸免（19.87-97），这一现象其实事关人和神的局限，涉及包括最高统治者在内的所有行为主体难以彻底杜绝的可偏错性，在我们读来引人入胜，发人深省，但在荷马看来却很可能只是一个神话事件，并不一定包含可作深度开发的思想资源。细致研读荷马史诗，有时需要引入"说者无心而听者有意"的解读视角。

[60] W. T. Jones, *A History of Western Philosophy*, New York: Harcout and Brace, 1952, p.28.

[61] 《伊》16.202-207。慕耳弥冬人居家弗西亚，为阿基琉斯的本部人马，经常也被称作阿开亚人。

[62] 《伊》19.85-90。细读原文，可知阿开亚人平时针对阿基琉斯和阿伽门农的过错多有议论，16.207 里的 tháma（经常）和 19.85 里的 polláki（多次）清晰表明了这一点。

[63] 《奥》6.273-285。参看《伊》3.241-242。

[64] Robin Osborne, "The polis and its culture", in C. C.W. Taylor ed., *Routledge History of Philosophy: From the Beginning to Plato*, London and New York: Routledge, 1977, p.40.

[65] 细读《奥》2.47、234、5.12。治国和治家是不一样的，前者重法，后者重情，法治国家里的民选总统，不会也没有理由设想自己是人民的"父亲"或"父母官"。如果一定要用"父亲"一类的词语，我们要说，人民才是国家领导人和各级行政首长的"衣食父母"。后人的思考有时应该开始于荷马史诗的作者止步的地方，换言之，从史诗人物以为事态已经达到完美或理想状态的地方起步。

[66] 《伊》18.56、437。参看老英雄奈斯托耳的自我表白（23.645）。

[67] 《奥》11.523 以下。藏身木马的是"最优秀的阿耳吉维人"（Argeíōn hoi áristoi, 11.524）。当时，奥德修斯针对阿基琉斯灵魂的提问作答，自然会想到应该突出尼俄普托勒摩斯的镇定和临危不惧。但是，谦虚不是史诗英雄的"阿瑞特"。如果木马中的奥德修斯其时也能像尼俄普托勒摩斯那样镇定自如，相信他一定会以某种方式予以提及。从上下文来看，他极有可能于无意中透露了某种不便明说的信息，把自己也纳入了有过怯战表现的"其他达奈人的首领和统治者们"（11.526）的行列。

[68] 《伊》8.93-96。"长者"指奈斯托耳；"此人"指风头正健的赫克托耳。

[69] 尽管如此，临阵脱逃毕竟不是什么光彩的事情。奥德修斯没有替自己的行为辩护，表明他知道即便有神的干预作为托词，他也无法义正词严证明狄俄墨得斯的指责丝毫没有道理，而他在那个时刻撒腿逃跑是唯一可行的选择。史诗英雄们喜欢临阵炫耀，却从来不会把自己曾经当过逃兵的经历作为吹擂的内容。

[70] 史诗里，这是符合求情者身份的常规做法。祈请时，求情者还可一手抱住对方的膝盖，另一手（右手）上伸托住对方的下颌（《伊》1.500-501），以示尊重。求情者受宙斯的保护，但这条规则在战场上更像是潜在的，英雄可以根据具体情况灵活处置。

[71] 《伊》21.71-75。参看歌手菲弥俄斯的祈求（《奥》22.342-344）。祈求产生了作用，加上忒勒马科斯为其求情，奥德修斯没有杀他（22.375-380）。

[72] 从阿基琉斯的表白中可以听出（《伊》21.100-102），不杀俘虏在当时并非罕见的做法。连凶暴的阿基琉斯都会手下留情，其他阿开亚英雄肯定也都会在条件许可的情况下沿用此法，或多或少地通过收取赎礼或变卖俘虏敛财。

[73] 另外三种文化分别是"以赛亚和耶利米（Jeremiah）的先知文化"，"柏拉图和亚里士多德的哲学家和科学家的文化"和"菲迪亚斯（Phidias）、波利克里塔斯（Polycletus）、普拉克西特列斯（Praxiteles）以及其他无数艺术家、工匠与建筑家的艺术和表演（performance）的文化"（约翰·奥马利《西方的四种文化》，宫睿译，北京大学出版社，2012 年，第 5 页）。

[74]　奥马利《西方的四种文化》，第 3 页。

[75]　A. N. 怀特海《科学与近代世界》，何钦译，商务印书馆，1997 年，第 38 页。怀特海高度重视观念（ideas）的作用，认为西方 17 世纪科学革命的发生，是之前几个世纪相关观念的积累与"发酵"的结果。"观念酵素"原文作"a ferment of ideas"（A. N. Whitehead, *Science and the Modern World*, New York: The New American Library, 1959, p.42）。

[76]　Andrew Lang, *The World of Homer*, London and New York: Longmans, Green, 1910, p.28.

[77]　"内行"或"有效"理解荷马的英雄观，要求我们部分改变已经形成的认知定势，不宜简单和想当然地把与"英勇无畏"等义的"英雄气概"，一概看作是对"英雄"概念的自然延伸。奥德修斯是一位典型意义上的英雄，但他有时却会害怕乃至临阵逃脱，也就是说有时也会缺少英雄气概，是一位英雄气概有所不足的英雄。荷马史诗里还存在一种与之形成有趣对比的现象，那就是有的人虽然不具备英雄身份，却颇具英雄气概，譬如牧猪人欧迈俄斯。此人身份低下，却不乏英雄气概，不仅在出行前的自我"武装"中体现出英雄风范（《奥》14.528-531），而且还身体力行，积极参加了以少胜多的灭杀求婚人的战斗（22.265 以下）。然而，尽管诗人偶尔也会沿用程式，称他为"卓著的"（dion, 14.3）和"民众的头儿"（14.22），却从不称其为英雄。欧迈俄斯出身贵族，但在《奥》里的现实身份却是奴隶；而人一旦沦为奴隶，便会失去（作为人的）"一半的精湛"（亦即 areté，17.322-323），自然成不了英雄。欧迈俄斯不是英雄，却不缺少英雄气概，堪称是一位具备英雄气概的非英雄。需要细致区分的还有英雄"气概"和英雄"品格"。一位"合格"的史诗英雄，应该熟悉并适应英雄世界的行为规范，包括践行客谊、敬畏神明以及尊重人性并在需要撤离战斗的时候及时逃跑。所以，如果说奥德修斯有时缺少英雄气概，但此人从不缺乏史诗英雄的"品格"，是一位熟悉史诗社会办事规则、完整具备史诗英雄"品格"的阿开亚英雄。

[78]　《奥》1.189。由于求婚人作乱家中，莱耳忒斯早已撤离城区，在乡下过着清苦的生活（详见 1.189-193）。就这位伊萨卡的前国王而言，"英雄"只是一种名分，与生活待遇无关。

[79]　B. C. Dietrich, *Death, Fate and the Gods*, The Athlone Press, University of London, 1965, p.25.

[80]　《奥》11.219-222。参看《伊》23.99-107。

[81]　R. D. Hicks (trans. with Introduction and Notes), *Aristotle: De Anima*, Cambridge University Press, 1902, p.xx.

[82]　然而，为了表明死去的勇士依然是英雄，诗人偶尔会很别扭地称英雄们的灵魂为"强健的"。细读："把众多英雄强健的魂魄打入了哀地斯的冥府"（pollàs d' iphthímous psukhàs···hērṓōn，《伊》1.3-4）。在《奥》11.485 里，奥德修斯称阿基琉斯的亡魂"强有力地统治着死人"（méga kratéeis nekúessin）。不过，总的看来，荷马没有赋予灵魂后世希腊作家赋予它的心智和精神层面上的重要性，也没有使其获得指对主体本身实存性的内涵。荷马尚不具备灵魂优于肉体的观念，灵魂主导并掌控肉体的观点，首见于苏格拉底的论述（Ehrenberg, *From Solon to Socrates*, p.382）。在《伊》的开篇诗行里，指代"英雄们本身"或"他们自己"的，不是 1.3 里的 psukhás，而是 1.4 里的 autoús（主格形式为 autoí），意为"他们自己"或"他们本身"（"the men themselves", M. R. Wright, *Introducing Greek Philosophy*, p.107）。柯克认为，荷马在《伊》1.3-4 里把 living souls（即 psukhás）与 dead bodies（由 autoús 代指）形成了对比（G. S. Kirk, *The Iliad: A Commentary*, Vol. I, Cambridge University Press, 1985, p.53），观点可资参考，但在细节的处理上也许不很贴切。称地府里的亡灵为"活的"（living）容易引起误解；事实上，它们只是活着时的英雄"无力的影子"（M. M. Willcock, *The Iliad of Homer*, Books I-XII, London: St Martin's Press, 1978, p.185）。荷马史诗里的亡灵"仅为自我（the self）的虚弱的再现"（John Burnet, *Early Greek Philosophy*, 3rd edition, London: Adam & Charles Black, 1920, p.81）。亡灵或灵魂不是"自己"，"对于荷马来说，'英雄自己'是与他的'鬼魂'不同的东西，是他的身体"（A. E. 泰勒《苏格拉底传》，赵继铨、李真译，商务印书馆，1999 年，第 84 页）。《伊》的开篇诗行在"英雄们自己"和他们的亡灵之间"划出了严格的界限"（Hicks <trans. with Intrduction and Notes>, *Aristotle: De Anima*, p.xx）。psūché 只是英雄身份的传达者（conveyor），而非身份本身（not the identity itself），"autós（自我）实际上指英雄去世时 psūkhé 离开后的身体"（Gregory Nagy, *Greek Mythology and Poetics*, Ithaca and London: Cornell University Press,

1990, p. 88）。"英雄的身体而非'灵魂'（psūkhaí）才是他们的自我。"（D. Kagan and G. F. Viggiano, *Problems in the History of Ancient Greece*, Prentice Hall, 2010, p.10）。有必要说明的是，以上评述是针对英雄死后灵魂虚弱的本体属性而言的。对于活着的凡人，灵魂是生命力的体现，没有了psūché的驱动，人的活力即刻终止，生命将无法得以延续（详阅 Jan Bremmer, *The Early Greek Concept of the Soul*, New Jersey: Princeton University Press, 1983, pp.14–15）。

[83] 详见《伊》23.65 以下。参看《奥》11.51 以下。细读厄尔裴诺耳的魂魄（psukhē）对奥德修斯发出的"威胁"（11.73）。

[84] 这种意义上的"英雄"，指已经作古的著名先人（L. B. Zaidman and P. S. Pantel, *Religion in the Ancient Greek City*, Paul Cartledge trans., Cambridge University Press, 1989, p.178；详阅 Ecroth, "Heroes and Hero-Cults", in D. Ogden ed., *A Companion to Greek Religion*, pp.100–101），祭祀的中心所在地是他们的坟冢（hērŏon），或传说中其躯体的被掩埋之处（前引书，p.179；参看 J. D. Mikalson, *Athenian Popular Religion*, Chapel Hill, NC and London, 1983, p.63; Simon Price, *Religion of the Ancient Greeks*, Cambridge University Press, 1999, p.19），受祭者"不必是一位勇士，也无需生活在英雄时代"（West <ed.>, *Hesiod: Works and Days*, p.370）。参看希罗多德《历史》1.168，修昔底德《伯罗奔尼撒战争史》4.87，柏拉图《法律篇》5.738D，亚里士多德《政治学》7.14.1332b18。把英雄（hérōes）当作半神（demigods）来祭祀是一种后荷马（post-Homeric）现象（G. S. Kirk, *The Iliad: A Commentary*, Vol. II, Cambridge University Press, 1990, p.162），但荷马史诗里似乎存在可作如是释解的模糊迹象（参看《伊》2.550–551；细读12.23）。英雄不同于神灵（daimones），后者不受死亡的威胁，不会寿终正寝。英雄是"曾经活过的凡人（men），由人而变成英雄，并且只能在死去以后"（Erwin Rohde, *Psyche: The Cult of Souls and the Belief in Immortality among the Greeks*, W. B. Hillis trans., London: Routledge and Kegan Paul, 2002 <first published 1925>, p.117）。罗德在此谈论的是"受祭英雄"，与荷马史诗里的英雄不同。英雄祭拜的渐趋盛行，始于公元前 6 世纪中叶。"在荷马史诗中，英雄是活着的强人，打仗时威力无比；在宗教崇拜里，英雄是已经去世的强人，被人赋予更大的、鬼魂般的力量。"（简·艾伦·赫丽生《希腊宗教研究导论》，谢世坚译，广西师范大学出版社，2006 年，第 306 页）生前，英雄通常是部族的领袖和城邦的创建者；"死后，英雄成为保卫城市免遭侵略、疾病以及各种灾难的守护神"（米尔恰·伊里亚德《宗教思想史》，晏可佳译，上海社会科学出版社，2004 年，第 244 页）。雅典人相信，在马拉松战役中，雅典先王忒修斯帮助他们击败了入侵的波斯人（普卢塔克《忒修斯》35.5）。柏拉图不止一次地"把神（gods）、精灵（daimones）、英雄（heroes）和死人（the dead）作为研讨的一方，以便范畴性地将他们与作为另一方的在世的人类（mankind）形成对比"（Zaidman and Pantel, *Religion in the Ancient Greek City*, p.178）。在公元前 5 世纪，英雄祭拜已成为希腊宗教不可或缺的组成部分，起到了凝聚民族精神和维系民族传统的重要作用，一些像赫拉克勒斯这样知名度极高的古代英雄，甚至冲破部族或族群的限制，受到各地希腊人的祭祀（详阅 N. J. Richardson, "Early Greek Views about Life after Death", in P. E. Easterling and J. V. Muir eds., *Greek Religion and Society*, Cambridge University Press, 1988, pp.56–57）。抒情诗人品达称这位古代力士为 hérōs theós（《奈弥亚颂》3.22；参看《奥》11.601–604），约翰·桑迪斯的译文作 "that hero and god" (John Sandys <trans.>, *The Odes of Pindar*, Cambridge <Mass.>: Harvard University Press, 1978 <first published 1915>, p.337)。本文开篇部分谈到，迈锡尼时代的君主生前是统治民众的国王，死后则成为受到国民祭祀的英雄（hérōs）。由此或可联想到这一情形似乎与上文所述公元前 6 世纪以降的"受祭英雄"不无相似之处。如果二者之间真有某种"内在"的承续关系，那么我们是否可以设想"受祭英雄"的来路同样源远流长（详阅 B. C. Dietrich, *Death, Fate and the Gods*, pp.33–39），其产生年代甚至有可能比史诗英雄更早。

赫西俄德的"秘索思":代缪斯立言

李川

内容提要 通过分析赫西俄德《神谱》一诗中缪斯的"秘索思",指出诗人在创作中可能运用到的两种表达方式。缪斯的言辞中体现出了表达方式的划分:1、"说讲"的表达方式。2、"述说"的表达方式。而《神谱》的"述说真实"本身就是缪斯的"秘索思"所讲的内容之一,从而也就意味着,缪斯们的"秘索思"暗示了"述说真实"这一意味深长的方式。缪斯进而对这两种表达方式予以区分,指出一种方式是以假乱真的,一种则径直就是真实的:(1)把假话说的"像真的"。(2)述说"真实的"事情。在缪斯的谈话语境中,她们用"言说"的方式表述第一层的"真实",而用"述说"的方式表述第二层意义上的"真实"。

关键词 《神谱》荷马 秘索思 真实

"秘索思"是陈中梅先生首先提出的一个西方文化范畴,陈先生专文分析了"秘索思"和"逻各斯"此消彼长的历史关系,指出学界目前已经普遍接受"逻各斯"而忽略了另一个重要的范畴"秘索思"。[1]本文步武陈先生提出的命题,利用其理论分析《神谱》中的"秘索思"的含义,以期对该范畴和该诗有进一步的理解和把握。我们主要采取文本细读的方法,通过分析赫西俄德《神谱》一诗中缪斯的"秘索思",指出诗人在创作中可能运用到的两种表达方式。在此基础上据以分析通过"秘索思"表达的"真实"所具有的权威性质,并将荷马和赫西俄德对秘索思的用法做一比较,进而估量它可能对应着两种不同的思考方式和生活方式。

小引:《神谱》序诗写到赫西俄德由牧人向歌手的转化,有几行写了缪斯

的"秘索思",她们宣称既能说真话,也可以说假话:

> 我们知道如何把许多虚构的故事说得像真的,但是如果我们愿意,
> 我们也知道如何述说真事。(张竹明、蒋平译文)[2]
>
> (ἴδμεν ψεύδεα πολλὰ λέγειν ἐτύμοισιν ὁμοῖα,
> ἴδμεν δ', εὖτ' ἐθέλωμεν, ἀληθέα γηρύσασθαι. Th.27-28)

我首先关注缪斯的"秘索思"是真是假的问题,这也是某些现代学人所关注的一个问题[3]。Bruce lincoln敏锐地意识到这段话中包含着真—假的二元对立,如下表所示:

表一: 缪斯的话

言说方式	言说内容
"说说" λέγειν	"假的……和真的相似" ψεύδεα……ἐτύμοισιν ὁμοῖα
"述说" γηρύσασθαι	"真实" ἀληθέα

ψεύδεα-ἀληθέα(psúdea, alethéa,"真"与"假")构成一组矛盾,此处真实虚假之分针对表述内容而言,而与表达方式密切相关。是否可以认为,不同的表达方式决定表达内容的真实性?缪斯宣称拥有关于"表达"的知识:"我们知道(ἴδμεν, idmen)……"。这意味着她们懂得怎样表达和表达什么,缪斯区分出两种表述方式:λέγειν(λέγω, légō)和γηρύσασθαι(γηρύω, gērúō)。商务本将前者译为"说",后者译为"述说"。不同的表达形式和内容必然应用于不同的场合,从而与不同的生活方式相关。"说"和"述说"的划分和"虚假""真实"问题交织在一起,是否意味着不同的生活场合所讲的话有"真""假"之分?果然如此的话,哪种场合应"述说真事"?哪种场合又"把许多虚构的故事说得像真的"? 我们能否将其与赫西俄德的诗作联系起来加以理解?

1、缪斯的两种表达方式

M.L.West注疏 28 行指出 ἀληθέα γηρύσασθαι(alethéa gerúsasthai)在荷马史诗中的对应说法 ἀληθέα μυθήσασθαι(alethéa muthesasthai)[4]，依他的指点，我们浏览了荷马史诗中的用例，荷马的四次用法中，ἀληθέα μυθήσασθαι 只是普通意义上的"讲真话""吐露实情"的意思，其用例也全部是在日常生活场景中，并没有这里人神相会的语境。因此，这两组用法容或有可以意义相通之处，而后者似乎是一更为普遍的形式。但若考虑到"述说真事"之于全篇的价值意义，两者之间便不能轻易等同，要理解"述说真事"，应当对 γηρύσασθαι 的使用语境进行分析。词的基本意思是"说，唱，（鸟）鸣"，《劳作与时令》以及《赫尔墨斯颂诗》各有一次用例。《劳作》260 行，用于正义女神，诗行说的是无论何时无论哪个王公大人嘲笑她、中伤她，她会立即坐到父神宙斯身旁，数说人间的邪恶心性，直到民众报复了那伙王公大人的倒行逆施。笔者将其翻译为"数说"，这一含义与《神谱》中的用例没有多大关系，姑置不论。《颂诗》中的用例是，赫尔墨斯用龟壳制作了弦琴，站在阿波罗身边，"序曲似地唱起来"，他的述说内容是诸神以及黑色的大地，他们如何诞生以及如何班禄序爵。这个歌唱内容和《神谱》中缪斯交给赫西俄德述说的相当一致。因此，就语境意义分析而言，《神谱》和《赫尔墨斯颂诗》在相同的意义上使用 γηρύω 一词，并且该词不仅仅是口头的"述说"，而很可能是带有某种音乐性质的、更为庄严而正式的"述说"。究其内容而言，大旨不出遂古之初以来诸神如何建立宇宙秩序，某种意义上，这种"述说"含有神秘的、超越性的意义。为此，笔者试图将其译作"述说"，而将 λέγω 翻译成"说讲"。故而，缪斯的言辞中体现出了表达方式的划分：

1、"说讲"的表达方式。2、"述说"的表达方式。

从内容上说，"说讲"的是"许多假话……像真的"，而"述说"的是"真事"，"像真的"之"真"与"真事"之"真"并非一码事，赫西俄德用了两个不同的词表示之：ἐτύμοισιν（ἐτύμος，与格复数）ἀληθέα（ἀληθής，宾格复数）。这便意味着，缪斯那里，"说讲"之"真"和"述说"之"真"也应当有所不同。理解这个差异，不妨先荡开一笔，看看荷马和赫西俄德在传达"真"和"秘索思"关系方面有怎样的异同。

2、"秘索思"与"真实"的关系：以荷马与赫西俄德诗作为例

荷马那里，ἀληθής意义上的"真"通过μυθέομαι表达，后一词和μῦθος源于同一词根，不妨将其译作"言说"。其含义可以理解为：言说"秘索思"（着眼于内容的）。或者：采取"秘索思"的形式进行表达（着眼于表达方式的）。如果这一理解方式不误的话，就意味着荷马所说的讲述"真"的含义是：

用"秘索思"的方式讲讲"真"；或：言说"秘索思"＝言说"真"。

以上是通过阐释"言说真实"这一词组得出的结论。而就"秘索思"这一词的使用语境看，荷马史诗的全部293次用例中，"秘索思"只是一般意义上的言辞，并不具有什么特殊的含义。因此，"秘索思"意同一般的"说话"。总之，尽管荷马那里，"秘索思"和"真"（ἀληθής）确实有着某种隐秘的联系。[5]但是却并未体现在使用"秘索思"一词的语境中，而是通过"言说真实"这个动宾词组分析才看出"秘索思"和"真实"的关系。

那么，赫西俄德《神谱》中，"秘索思"和"真"（ἀληθής）之间有什么关系？我们认为，尽管缪斯的表达方式是"述说"而非"言说"，但是仍然能够从上下语境中推究出"真"与"秘索思"的关系。不过，《神谱》中的"秘索思"则有特殊意指，Bruce lincoln指出，赫西俄德笔下的"秘索思"用法多与"真""强者""阳刚"等语境有关，就赫西俄德的文本而言，我认同这一结论。而缪斯和赫西俄德相遇这一场景下的用例，含义尤为特殊。缪斯的"述说""真"这些言辞就是其"秘索思"的具体内容，按照lincoln的意见，这"秘索思"有其权威性。那么，到底是何种意义上的权威性呢？这点我们后文再谈。

T:神谱；E:劳作与时令	真实否	强者之辞	显与"阳刚气质"有关	军事语境的辩说	律法环境的申辩	$\sigma\kappa o\lambda\iota o\tilde{\iota}\varsigma$修饰（歪曲的）
T24：缪斯	是	？				
T169：克若诺斯	是	是	是	是		
T665：科托斯	是	是	是	是		
E194：黑铁时代		是	是		是	是
E206：鹰	是	是	是	是		
E263：作伪证者·贪污的国王		是	是		是	是

总之，如果我们着眼于"真实"的表达形式的话，荷马和赫西俄德《神谱》采取了不同的形式，前者采取了"言说真实"的方式，而后者则是"述说真实"。但是，"言说真实"就是"言说秘索思"这一语义探查，透露了荷马的"秘索思"和"真实"之间的隐秘关联。而《神谱》的"述说真实"本身就是缪斯的"秘索思"所讲的内容之一，从而也就意味着，缪斯们的"秘索思"暗示了"述说真实"这一意味深长的方式。

前文说过，赫西俄德和荷马使用了不同词组，荷马通过"言说"表达"真"，而赫西俄德则是"述说真"，两者当然会具有不同的含义，尽管都使用了同一个词语"真"。这里我们将荷马、赫西俄德的异同归结为如下："言说"和"述说"的表达方式不同，使用了同一个词语"真"。

这不同暂且放下，荷马和赫西俄德也同样都有使用"言说"的情况，不过，赫西俄德在表达"言说真"这一意义时，却又使用了另外的词汇，《劳作与时令》：

还有你，佩耳塞斯啊，我将对你述说真实的事情。（张竹明、蒋平译文）

(ἐγὼ δέ κε, Πέρση, ἐτήτυμα μυθησαίμην. op.10)

这一词组还见于《德墨忒尔颂诗》44 行，使用语境是：德墨忒尔爱女被抢走，她悲伤已极，但是却没有谁向她"吐露真情"。这里 μυθησαίμην（中动祈愿式）的动词原形即上文的μυθέομαι，这就是说，无论荷马的ἀληθέα μυθέομαι，还是《劳作与时令》以及《颂诗》的ἐτήτυμα μυθησαίμην，都应该和"秘索思"（或是讲述"秘索思"的方式）有关。我们将荷马和赫西俄德的第二个异同归纳如下：两者都是用了"言说"这一词语，却用了不同的"真"。那么，这两个词所传达的含义是否相同？从表达方式上理解，都是"言说秘索思"，问题只在于荷马之"真"（ἀληθής）与《劳作与时令》之"真"（ἐτήτυμα）所指是否一致。前文交代过荷马之"真"就是生活场景中的"实情""真事"，这里需要判定赫西俄德笔下ἐτήτυμα是何种"真实"？《神谱》27行把假话说得像真的，用了该词。"说得"希腊文是λέγω，它和λόγος同源，也就是以"逻各斯"的方式说话。

这里把前文的意思总结一下：荷马和赫西俄德使用了"言说真"这一词组，但用法却大不相同，荷马"言说秘索思"的"真"是ἀληθής，而赫西俄德却是ἐτήτυμα。此外，赫西俄德还使用了"述说真"（ἀληθής），以及通过"言说逻各斯"表达"真"（ἐτήτυμα）。这意味着，赫西俄德的用法较之荷马复杂得多。关于这点如何理解？我们认为这不仅仅是一个随机的选择词汇的问题，而应当有较为深刻的思想意图。

3、赫西俄德《神谱》中"真实"（ἀληθής）的含义

根据上文，关于ἐτήτυμα这个真实，就有以下两种表达方式：

1、《劳作与时令》之"言说秘索思"的方式。

2、《神谱》之"言说逻各斯"的方式。

这样，ἐτήτυμα的"真实"就有两种可能性：依据《神谱》，是以假乱真的、虚构的真实（赫西俄德的诗句写的很明白）；依据《劳作与时令》，是"言说秘索思"的真实。不过，我们还不太明了这种"真实"的实际含义。为此，需要确定《神谱》中的ἀληθής的含义。

ἀληθέα γηρύσασθαι和ἐτήτυμα μυθησαίμην(etētuma muthēsaímēn)都出现在赫西俄德的序诗中，我们将其还原到诗作的整体结构中加以理解。《神谱》

1—115 行叙述缪斯如何引导作者，交代缪斯诞生及职司；116—1020 为诸神和英雄世谱；最后两行为尾声。ἀληθέα γηρύσασθαι 恰恰出现于《神谱》叙述赫西俄德由牧人向诗人转变的关节上。诗人说，缪斯教与赫西俄德妙不可言的歌艺，那时他正在圣山赫利孔之麓放牧。女神们对我第一次说这番言语，并赐他月桂之杖和唱歌技艺。诗中 Ποιμένες 用了复数（类似例子见于《伊》18.162.）为什么缪斯对赫西俄德讲话，指称牧人时候要用复数形式？一种理解认为是泛指，但是此处与《伊》的例子不同，那是比拟，可以视为是普通的泛指（另外，用复数指代单个人的例子也可参《神谱》240 行）。而此处是一个特殊场景，赫西俄德确实在赫利孔山下牧羊，理解为泛指我认为不妥。"牧人们"不能看作是虚写，而是实有所指。这意味着缪斯所与言者不只赫西俄德一人，女神们在辨认出赫西俄德的诗人潜质之前并未选定某位牧羊人，而是针对所有牧人讲话，以期从这些牧人中发现自己的代言人，但只有赫西俄德才听懂了缪斯的话。为此，缪斯的弦外之音是：你们这些牧人啊，只知道浑浑噩噩地度日，却从不曾思考到另一种可能的生活方式。而我们却懂得两种和"真实"有关的表述方式，它们通向两种生活。缪斯进而对这两种表达方式予以区分，指出一种方式是以假乱真的，一种则径直就是真实的：

（1）把假话言说得像真的：ἐτύμοισιν。

（2）述说真实的事情：ἀληθέα。

从缪斯的言辞分析，（2）与（1）并非平行关系，而是一种递进关系，也就是说，（2）所传达的"真实"是比（1）更高一层级的真实。在缪斯的谈话语境中，她们用"言说逻各斯"的方式表述第一层的"真实"，而用"述说"的方式表述第二层意义上的"真实"。既然赫西俄德是通过聆听缪斯的"秘索思"受教的，那么缪斯所述说之词也不妨视作"秘索思"，这可以推究出，"述说"的方式暗含了"言说秘索思"的方式。这一假设如果可以成立的话，那么第二层意义上的真实就可以理解为"言说秘索思"。这样，在缪斯的谈话语境下，两种"真实"便是：

1、以假乱真的"言说逻各斯"的方式。

2、述说真实的"言说秘索思"的方式。

就赫西俄德本身诗作而言，他的两首长诗在讲述ἐτήτυμα这层意义上的真实时，《神谱》采用的是"言说逻各斯"的方式（以假乱真），而《劳作与时令》采取的是"言说秘索思"的方式（述说真实）。亦即，ἐτήτυμα意义上的真实可以采取"秘索思"和"逻各斯"两种方式进行表达。而荷马笔下的"言说真"只是相当于第一个层次。也就是说，荷马的ἀληθής等同于赫西俄德的ἐτήτυμα。就《神谱》中缪斯的谈话细节分析，"言说秘索思"是较之"言说逻各斯"更深一层表述方式，ἀληθής所对应的"真实"较之ἐτήτυμα更深一层。

4、《神谱》中缪斯之"秘索思"的权威性

从《神谱》分析，"秘索思"若是缪斯的言谈方式，则不仅仅是将诗人引向ἀληθής这种真实，同时还因仅有赫西俄德听懂了这番"秘索思"而起了划分牧人与诗人的作用。如果我们适当地做些引申性的推论，是否可以认为"秘索思"不仅暗示了真实，还是神启（或天启）的标志？既然下文是关于神族的建立，ἀληθής作为"真"是否可以理解为，诗人赫西俄德受缪斯之教所唱关于缪斯和诸神这一神灵秩序？ἀληθής是否就是"代缪斯立言"的全部内容？ Nagy论述说"ἀληθέα γηρύσασθαι并不仅仅意味着说出某一具体言语的动作，而是指明了某种言语的行为，某种带有特殊权利的叙述"。他进而对ἀληθέα进行了词源分析，认为它确实含有真正看见某物的意思。但更为重要的是，— ληθέ（-lethé）的否定概念是何种形式等同于μεν(men)的肯定概念，μεν不仅可解释为记忆，而且可以更为确切的解释为恢复存在的根本，在古希腊神话思想里面，类似的存在根本超越感性现实，超越时间。古希腊传统正是通过诗人的掌控来确定这一存在根本，使人也就是真理或者ἀληθέα的大师。[6]

ἀληθής的词源学分析揭示此词表示"不被遗忘的"，因此是在"记忆"这一层面的"真实"。如果上文的推论可以成立的话，我们此处应当承认，"述说真事"的含义就是讲述一个记忆传承。换言之，这种"真实"乃是合

于"先王之训""祖宗之法"的真实，是"人之自我立法"意义上的主观赋义的真理，而不必倚待外在的、客观事实的检验。

《神谱》说缪斯赐予赫西俄德月桂之杖，[7]给予美妙神奇的声音，"让我歌唱将来和过去的事情"（ἵνα κλείοιμι τά τ᾽ ἐσσόμενα πρό τ᾽ ἐόντα. Th.32）。但是下文的歌唱，只有"过去"而并没有"将来"，缪斯的意图仅仅在于复述陈年旧事？何以理解序诗"让我歌唱将来和过去的事情"而后文内容并无"将来的事情"这一矛盾？就词义而言，πρό基本意思表示时间或位置的先后，τά τ᾽ ἐσσόμενα πρό τ᾽ ἐόντα的含义当然可以理解为时间的前后——将来在过去的前方，但也不妨从"预见"的角度理解。所谓"将来"犹之"鉴古知今"，通过已发生的预见将要发生的，缪斯"让我歌唱将来和过去的事情"而"我"只是歌唱"过去的事情"，"将来的事情"自可依据"过去的事情"加以推断。ἀληθής作为"真实"既是"回忆"的真实，也是"预见"的真实，回忆以预见为其归依，预见以回忆为基础。所以ἀληθής并不能刻板地理解为过去的那些"事情"，而是事情何去何从的"必然"或"运数"（真理）。如果缪斯的"说说真实"确实属于记忆层面——九位缪斯女神的母亲是记忆女神——那么"说说真实"是否意味着稽考古说？是否可以认为，缪斯暗示：祖传的（故事）才是真实的？

上引Nagy的词源学分析是一条新颖可参的路线，但我们不太容易理解其所谓的"存在根本"究竟是什么意思，循着这一路线可以继续追溯：遗忘（－ληθη）在希腊人的思想中代表什么？希腊人善于将抽象概念具体化，ληθη在他们那里就被物格化为一条冥间之流。据讲，人死后，亡魂向左走，就能找到记忆女神摩涅默绪涅（Μνημοσύνης, mvemosúnes）的清泉，喝了此泉之水，才能保持关于神圣起源亦即人和神同根生的记忆；如果向右走，则是遗忘之水勒塞（ληθη, lethe），喝了此川之水灵魂便会忘记一切前世的事情，从而投胎转世，重新繁衍和生活。由此，从遗忘记忆引申出一系列相对应的范畴无知和有知，轮回和永生，世俗和神圣。[8]结合这个叙事，我们对于ἀληθέα有更为深刻的把握，就是说它所代表的正是一种神圣性的真实。现在返回头理解《神谱》中缪斯所说的"述说真"，此"真（ἀληθέα）"不就恰恰是缪斯授权诗人赫西俄德所歌唱的"神谱"么？

5、《劳作与时令》-《神谱》以及荷马-赫西俄德之异

参照Bruce lincoln的分析，如果他关于赫西俄德笔下"秘索思"和"逻各斯"的分析是正确的，那么即便赫西俄德没有明确"秘索思"与ἀληθέα的对应关系，我们仍有理由推论，缪斯所言说的"秘索思"的意涵和ἀληθέα是一致的，赫西俄德如果要兑现其教诲意图，就必须保证他所叙述之真实性和权威性，故此强调与缪斯相遇亦即缪斯所说的"秘索思"真实性，ἀληθέα指下文关于神族的全部故事之"真相、真实"。赫西俄德只是代缪斯立言而已。也就是说，缪斯教授赫西俄德"神谱"之意并非在于传授一神族故事，实蕴有为生民立法的深意在焉；换言之，其目的在于确立文化上的新传统。这里展现了"秘索思"与"传统"（或曰"祖宗之法"）之间剪不断理还乱、千丝万缕的瓜葛。从这一角度理解，我们是否可将"述说真"用汉语表达为"祖述尧舜，宪章文武"？——这就是缪斯对赫西俄德的教诲方式，也是赫西俄德《神谱》的写作意图。

缪斯说"我们知道将许多假话说得如同真话一般"[9]，在此可以理解ἐτύμος 和ἀληθής这两个词汇所表示的"真"？"如同真话"意义等于"像真的"，亦即比照"真的"依样画葫芦，"如同真的"尽管采取了"真的"的形式，但本质上不是"真的"。缪斯的 ἴδμεν δ'并不是ἴδμεν的又一次重复，δ'表示"另外，再者"，是递进的意义；因此"将许多假话说得如同真话一般"和"说说真事"不是一件事的两种情况，而是两件不同的事情。也就是说，ἐτύμος 和ἀληθής尽管都有"真实"的意义，但是却不能等同视之。

ἐγὼ δέ κε, Πέρση, ἐτήτυμα μυθησαίμην. (op.10)

ἐτήτυμα作为ἐτύμος延长体，意义当无大别。如果前文对于《神谱》"述说真"的理解不误的话，这里"言说真"作为序诗中的一句也应有统括全篇的意义。《劳作与时令》由五部分结构而成。1—10 行为序诗，呼唤缪斯、赞美宙斯；11—382 行劝谕人们勤作，中间穿插潘多拉和夜莺与鹰的故事；383—

694 描绘农作、出海、畜牧以及四季，基调仍是农事；695—764 是格言集锦；最后 765—828 关于时日宜忌。ἐτήτυμα 作为"真"是否可以理解为下文这些"叙述"的"真实"，即：我所写的，现实中也如此这般的发生了。ἐτύμος 意思是"字源"，其"真实"是否应当理解为"描绘的真实"（"字面上的真实"），犹如说"活灵活现""栩栩如生"。我们再对比上文那两句诗：

ἴδμεν ψεύδεα πολλὰ λέγειν ἐτύμοισιν ὁμοῖα, (Th.27)

ἐγὼ δέ κε, Πέρση, ἐτήτυμα μυθησαίμην. (op.10)

缪斯说：我们能把假话说的活灵活现，靠神明保证其权威而成真（没有的事，却可乱真）。

诗人说：兄弟啊，我将把生活场景如实的展现在你眼前（你可以有自己的不同经验）。

如果考虑《神谱》诗人"代缪斯立言"这一细节（荷马史诗、赫西俄德的《劳作与时令》《神谱》在开端都召唤缪斯之神[10]），我们倾向于将 ἐτύμος（ἐτήτυμος）理解为"立言"之"真"，而非终极的"真"。[11]因此，赫西俄德划分出两种真实，"真话"ἐτύμος（ἐτήτυμος）和"真理"ἀληθής：前者属于诗人，后者只属于缪斯女神。缪斯既是神明，又是诗人——她们既可以把谎话说得像是诗人（以亲临其境的身份出现）之作，又可以说出真理（赋予权威性的诗歌）。《神谱》和《劳作与时令》有不同的创作取向，《神谱》是缪斯教给赫西俄德的美妙的歌（Th.22），而《劳作与时令》则是关于农事、航海、畜牧、吉凶宜忌等日常生活的辞作。ἐτύμος（ἐτήτυμος）和 ἀληθής 分别属于日常生活的"真实"和指向真理层面的"真实"，联系着两个不同的世界（神圣与世俗）。也可以说，ἀληθής 是回忆的、自省的、不倚待外物的真实，而 ἐτύμος 是亲历的、体验的真实；"述说真"意味着"回忆传统的故事"，"言说真".则是讲讲我亲身经历过的事情（教给你我的生活经验）。在这里我们也看到荷马和赫西俄德的分别，赫西俄德划分出了两个层次的"真"：荷马观念中的"真"就是"秘索思"，而赫西俄德则通过不同的诗作，表明一种"真"可以通过"言说秘索思"或者"言说逻各斯"表达，而还有一种真只能"述说"——通过"秘索思"的方式。

注释：

[1] 陈中梅《秘索思》，载《言诗》，北京大学出版社，2008 年。

[2] 赫西俄德《工作与时日·神谱》，张竹明、蒋平译，商务印书馆，1991 年。

[3] B. Lincoln, Theorizing Myth,The University of Chicago Press,1999, p.15.

[4] M. L. West, Hesiod:Theogony,Oxford University Press,1966.p.163.例 如《 伊 》vi.382 ;《 奥 》xiv.125，xvii. 15, xviii.342.

[5] 《美狄亚》保傅偶然听到伊阿宋另娶的"消息"（秘索思），怀疑是否真的（σφαὴς，72 行），这种"真"便是可靠准确以及真实诸方面的含义，参 D.J.Mastronarde, Euripides: Medea, Cambridge University Press ,2002, p.177.说明"秘索思"的"真"包含有真正和准确的意义。

[6] 《赫西俄德<神谱>的权力和作者》，载（法）居代·德拉孔波编《赫西俄德：神话之艺》，吴雅凌译，华夏出版社，2004 年，第 140 页。

[7] καί μοι σκῆπτρον ἔδον δάφνης ἐριθηλέος ὄζονδρέψασαι, θηητόν·σκῆπτρον意为"节杖，权杖"，Loeb丛书译为"rod"；但是汉译本译作"便从一棵粗壮的橄榄树上摘给我一根奇妙的树枝"，似误。另外原文δάφνης指的是"月桂"，并非橄榄。故此处不采商务本汉译。

[8] 吴雅凌编译《俄耳甫斯教辑语》，华夏出版社，2006 年，第 85-86 页。

[9] 商务版译为：我们知道如何把许多虚构的故事说的像真的。原文似乎并没有特别突出"故事"的含义，笔者理解为含义更为宽泛的"假话""真话"，这当然并不排除"故事"这样的说"话"方式。

[10] 诗人常常在序诗或者诗中呼唤缪斯给予自己灵感，如《伊》：i.1-7、484-493 和 760-762、xvi.112-113 以及《奥》：i.1-10 等等。另外，有些诗作中也会在中间提到缪斯之神，如传为荷马所作的《阿波罗颂》166 行。

[11] 终极真实带有信仰意涵，它通过祖述遗训而构建某种绝对性的价值。而"立言"之真着眼于利用言辞的说服，令对方顺从。这两者之间有较大的差别。《阿波罗颂》177 行"他们信服，乃是因为它是真的"，参考 M.L.West, Homeric Hymns/ Homeric Apocrypha/Lives of Homer, The Loeb Classical Library, 2003, p. 84.

信仰与想象——关于圣灵的几种阐释

陈众议

内容提要 圣父、圣子、圣灵"三位一体"是基督教的核心理念。然而，诚如胡适所谓，"在不疑处有疑"是学人本分；指向"三位一体"，尤其是圣灵的怀疑和争鸣故而从未停歇，尽管随着时间的推移，有关理念被习以为常，甚至被定格为"纯粹的精神"，譬如某种绝对信仰、绝对力或本原想象。但是，习常或争论的淡出并不意味着问题的解决。

关键词 三位一体 选择主义 怀疑主义 神秘主义

《路加福音》说道：大天使加伯列奉圣父之命前往拿撒勒通知玛丽亚，谓圣灵将降临其身，并使她怀孕。其时，她虽已许配约瑟，却还是童贞，故而甚是不解。于是，天使安慰她说，她怀了圣子。[1]

大意如此。诚然，围绕圣灵说，中世纪神学（或文学）进行了旷日持久的阐释与争鸣，并多少影响了文艺复兴运动。至于信仰是如何被演绎、建构、怀疑和重构的，本文所示当可说明一二。

一

话得从西哥特神学家埃利潘多说起。此公生于 717 年，卒于 800 年，是地道的托莱多人，因宣扬基督并非上帝之子而"闻名遐迩"。在他看来，基督降生是人类自然繁衍的结果，而非"圣灵之功"。为自圆其说，他认为"基督是上帝的选择，而非上帝之子"。[2]"选择主义"由此得名。这一观点被认为有可能受到了伊斯兰教的影响。盖因当时穆斯林已然将伊比利亚占为己有，而其与天主教的和平共处也是有条件的：伊斯兰教迅速擢升为主流意识形态，《古兰经》和有关穆罕默德的著述，乃至诸多阿拉伯诗文（当然还有不少被天主教会有意忘却的古希腊罗马经典）亦被相继移译到了拉丁文。[3]如是，伊斯兰教，甚至更为悠远的犹太教、佛教和古希腊哲学等东西方思想关于"觉悟者"、"觉醒者"的说法无疑进入了埃利潘多等天主教僧侣的视阈。这或可反证天主教道统对埃利潘多大为不满当非简单的"内部矛盾"。于是，埃利潘多招致大多数天主教僧侣的批判无可避免。一时间舆论哗然。但哗然的结果反使"选择主义"不胫而走，并得到了穆斯林"友人"的支持，同时也为费利克斯、费德利奥等少数天主教僧侣所认可。后者认为"圣灵－圣母"之说不仅有违自然法则，且对约瑟也颇为不公。反之，承认基督乃上帝所选，才合情合理，也才令人信服。[4]

埃利潘多由此出发，并一发而不可收。他在其作品《信征》和有关信笺、辩论中大肆宣扬"选择主义"。他的思想被天主教道统视为修正主义和异端邪说，有天主教同道甚至叱责他是天主教叛徒、穆斯林奸细。但历史开了个大玩笑。公元800年，"离经叛道"的埃利潘多死于穆斯林的一次谋杀。时任科尔多瓦艾米尔的后伍麦叶王子——哈克姆一世对托莱多的"混乱状态"十分不满，故派其亲信阿穆鲁前去整肃。根据"特奥多米洛和约"，托莱多作为西哥特王国的故都享有高度自治。因此，那里除了穆斯林，还集居着大量西哥特遗老遗少和西法底犹太人；宗教信仰也比较庞杂，可谓伊斯兰教、天主教和犹太教三教并列。关键是大批前朝贵胄和宗教僧侣继续对伊比利亚半岛发挥着影响力，从而危及伊斯兰安达卢斯的稳定。阿穆鲁抵达托莱多之后，设宴"犒劳"各界名士，应邀者四百有余，其中就包括埃利潘多等天主教高级僧侣。是夜，赴宴宾客陆续到齐，阿穆鲁命人关闭门窗、点燃毒香，四百余人全数遇害、无一幸免。遇害者被连夜埋入预先挖好的巨坑之中，是谓中世纪著名的托莱多大屠杀，史称"坑宴"。

与此同时，围绕"选择主义"的争鸣在伊比利亚及其周边地区继续发酵。譬如，有个叫做皮尔米尼奥的僧侣，于公元 8 世纪中叶成功离开半岛。随行的还有其他一些教士和西哥特文献。他们从今加泰罗尼亚北部经地中海逃至罗马，后到莱茵河流域及今瑞士、比利时和卢森堡一带，一路上传教、布道，并创办了若干修道院。有关皮尔米尼奥的身世，学术界至今没有形成共识。大多数学者认为皮尔米尼奥实非西哥特人，惟有佩雷斯·德·乌贝尔皓首穷经，藉有关文献及皮尔米尼奥本人的作品钩沉索隐，终于将后者定格为西哥特僧侣。在《萨卡拉普斯典藏》等著述中，佩雷斯发现了皮尔米尼奥曾大篇幅援引埃利潘多以及胡利安、马丁、伊尔德丰索、伊西多尔等西哥特作家的确凿证据。皮尔米尼奥的另一部作品是后人编纂的《皮尔米尼奥主教文存》。它辑录了作者的宗教文稿和少量颂歌，凡数十篇，史料价值固不容否认，然文学价值不大。他所取法的是折衷态度，即认为圣灵在玛丽亚受孕过程中发挥了重要作用。也正是基于其折衷主义（又曰间接主义）对天主教会的贡献，一些后世教士曾为他树碑立传，其中较为著名的有 9 世纪教士霍恩巴赫的《第一生平》、沃曼的《第二生平》和赖歇瑙的《第三生平》。

和他几乎同时逃离伊比利亚半岛，并参与争鸣的另一位僧侣是贝尼托。此人据传为西哥特贵族爱古尔福伯爵的次子，阿拉伯大军逼近比利牛斯山脉时加入法兰克加洛林王朝查理大帝的军队，并在罗兰麾下参加抗阿战争，后在圣塞纳修道院任职。据此，有不少学者认为贝尼托原本就是法兰克人。这倒无妨。关键是贝尼托毕生致力于正本清源、对埃利潘多的"选择主义"进行针锋相对的斗争，认为后者的一切"新见"都是哗众取宠、图谋不轨。他的主要作品为《协和教规》，关涉法兰克王国的宗教改良。然而，学术界对此作品归属迄今无有定论。贝尼托表现出强烈的厚古薄今倾向自不待言，且很少提到西哥特作家作品。

与贝尼托志同道合的人委实不少，奥尔良的特奥多尔福便是其中一位。后者著述颇丰，但留传较寡。后人以其名号命名的文集《奥尔良的特奥多尔福》是一部相当怪异的作品。首先，特奥多尔福据称生于萨拉戈萨，却缘何唤作"奥尔良的特奥多尔福"？其次，有关文献资料既谓他信守天主教教义并举家逃离穆斯林统治的伊比利亚半岛，缘何又被查理大帝逐出法兰克王国？

传说中的三大发现（类似于风水先生或道士作法，帮助查理大帝未雨绸缪、免灾祛弊）毕竟是传说，否则也不至于因为"参与意大利东哥特人争夺天主教大权的密谋"而被羁押和驱逐。

　　有关史料称特奥多尔福为饱学之士。因捍卫天主教道统有功，且激情澎湃，特奥多尔福还被认为是中世纪最杰出的拉丁诗人之一。然而，迄今为止罕有作品被确认出于其手。在貌似所属，并应教皇保罗一世之邀创作的长诗《赞美你的荣耀》中，歌颂天主及其圣灵的美丽诗句光焰四射、才情横溢，为一代代天主教徒所传诵，至今仍在复活节期间被西班牙的一些天主教神父吟唱、朗诵。此外，他还应查理大帝之邀创作了符合道统的反选择主义著作《论圣灵》。晚年被法兰克王国羁押，期间撰写狱中札记《反指控》、和明显模仿奥维德的《列女志》等，世俗情怀有所升腾。以下是特奥多尔福歌颂诗艺自由的作品：

　　　　世界被抛光后盛进盘子，

　　　　树上装点着一枚枚果实。

　　　　树下是巨大的语法根基，

　　　　孕育出无数清新的作品。

　　　　我们人人都是参天大树，

　　　　艺术是大树结出的硕果。

　　　　有人左手持鞭右手执剑，

　　　　殊不知艺术无惧强权和

　　　　皇冠装点，只须美好的

　　　　情感和意志。艺术之树

　　　　犹如教堂的尖塔，向着

　　　　无际天空自由伸展肢体。

　　　　……[6]

　　他甚至将诗艺比作美女：

她亭亭玉立，婀娜多姿，

恰似喷泉水柱随风摇曳。

她口吐莲花，字字珠玑。

她与虔诚同名，是诗性

伴侣，守护她就是美德。

……[7]

二

中世纪中后期，罗马教廷通过神圣罗马帝国和政教合一的西方新兴王国使选择主义销声匿迹。但好景不长，文艺复兴运动悄悄发育，反圣灵论开始变脸，并以新的、更加强劲的方式呈现出来。那便是世俗喜剧的兴盛。

宗教政治的高压政策固然使喜剧乃至一般意义上的幽默远离了中世纪文艺，却并不意味着它对幽默的疏虞和排斥以同样强劲的方式影响了日常生活。从但丁时代的俗语文学以及民间喜剧的兴起当可想见，人们的日常生活中并不缺乏幽默。保存较多的中世纪卡斯蒂利亚语谣曲则是这方面的最佳见证。屈为比附，即使在"文化大革命"时期，幽默也仍是我国人民日常生活的重要调料，尽管当时的文艺作品确实罕有幽默或喜剧的影子。从某种意义上说，东方传统的进入确实是中世纪末年西方喜剧，乃至幽默传统复苏的一剂强心针。且不说阿拉伯文学如何充满了诙谐和幽默。即便是在中国，幽默（调笑）的基因也从未中断。从先秦诸子笔下洋溢着讽刺意味的诙谐段子，如《守株待兔》、《揠苗助长》等等，到后来愈来愈向下指涉的各种笑话（见《笑林广记》），以至于当今无处不在的黄绿段子，真可谓源远流长、绵延不绝。诚然，政治高压确实是幽默和调侃、喜剧或闹剧的最大敌人。反过来说，如果没有万历年间因变革引发的相对宽松的社会氛围，《金瓶梅》及冯梦龙的《笑史》、《笑林》等就不可能出现；如果不是乾隆中晚期相对开放的时代背景，《笑林广记》也不可能编撰成如此规模。而西方喜剧原是颇有渊源的，阿里斯托芬和米南德等古希腊喜剧创作显然是西方喜剧的源头和根基。

只不过从阿里斯托芬到米南德就已然显示出了向下的趋势。相对而言，阿里斯托芬的喜剧因其讥嘲权贵名人而指向形上，而米南德的喜剧则因表现家长里短相对指向形下。

再说中世纪末叶，西方宗教政治的高压态势相当程度上是在文艺界的调笑声中被慢慢消解的。开始是东学西渐，阿拉伯人经由伊比利亚半岛将相对轻松、奇崛的东方文学翻译成拉丁文。在众多作品中，数夸张的《天方夜谭》和幽默的《卡里来和笛木乃》影响最大。于是，巨人、阿里巴巴和两个人做梦的故事不胫而走；狡猾的笛木乃、聪敏的和愚钝的动物，以及农夫和农妇的逗笑故事广为流传，并如阵阵清风吹动了静滞的西方文坛。14 世纪，意大利作家萨凯蒂（尤其是赫拉尔多夫妇的故事）显然受到了《卡里来和笛木乃》的影响。在萨凯蒂笔下，虔信的赫拉尔多老人古怪而可笑，70 高龄时居然心血来潮，从佛罗伦萨出发去邻近的一个村庄参加比武大会，结果被几个居心不良的家伙戏弄了一番（他们将一把铁兰草塞进其坐骑的屁股，使那匹马突然狂奔起来还不时地弓背跳跃，直到回到佛罗伦萨才消歇下来）。在所有人的哄笑声中，他妻子将这位被愚弄的老人接回家里，一边让他躺在床上给他治疗身上的挫伤，一边对他愚蠢而疯狂举动大加呵斥。这在后来被塞万提斯（《堂吉诃德》）推向了极致。15 世纪，波尔契和博亚尔多则以玩笑的态度对待之前的文学或文学人物。前者为骑士奥兰多的故事添加了不少民间笑料，后者则索性让奥兰多这么一位身经百战的人坠入情网后变成了笨拙害羞、被安赫丽卡玩弄于股掌之间的傻瓜。这种调笑在阿里奥斯托和拉伯雷的笔下演化为"戏说"与"大话"或"狂欢"，而在曼里克等人的喜剧中则已然发展为"恶搞"。这种比严格意义上的讽刺更为随意，但也更有感染力的调笑与文艺复兴早期蓬勃兴起的喜剧化合成一股强大的文化力量，将相对僵硬的中世纪慢慢解构、熔化。

如此，骑士奥兰多（罗兰）"因迷恋安赫丽卡而发疯"。都说描写他发疯的过程和心理变化是阿里奥斯托最出彩的地方，因为作者藉此嘲笑离奇的冒险，歌颂爱情、忠贞和勇敢，并由此体现出人文主义思想。福伦戈在其长诗《巴尔杜斯》中则有意将意大利俗语，尤其是日常生活中带有戏谑和嬉闹功能的词汇和概念同一本正经的拉丁语杂糅起来，以便用前者颠覆后者。作品因此而获得了强烈的喜剧效果。这颇让人联想到韩寒等年轻写手对某些八股腔和主流意识形态中某些空洞语汇的讽刺性模仿。巴赫金认为拉伯雷的狂欢（《巨人传》）多少受到了《巴尔杜斯》的影响。几乎是在同一时期，巨人卡冈都亚降生了，他呱呱坠地就能喝掉上千头奶牛的乳汁，以至于在摇篮里就迫不及待地将一头奶牛吞入腹中。而这一直被认为是拉伯雷人文主义的表征：从另一个角度表现了人的精神（也即以巨人嘲笑巨神，或以巨人丑化巨神）。

狂欢之后是恶搞。这是宗教僧侣们始料未及（即使想见也难以阻止）的。在西班牙作家曼里克等人的喜剧中调笑和狂欢获得了新的维度。于是，约瑟变成了笑容可掬的老头儿，他甚至会说这样搞笑的话：

> 呵，不幸的老头！
> 命运是如此漆黑，
> 做玛利亚的丈夫，
> 被她糟践了名誉。
> 我看她已经怀孕，
> 却不知何时何如；
> 听说是圣灵所为，
> 而我却一无所知。[8]

或者，还有无名诗人的恶搞：

> 修行生活
> 固然圣洁，
> 只因他们
> 皆系耆老。[9]

类似恶搞颇多。听众、读者在哈哈的笑声中被消解并消解了一切。

就这样，萨凯蒂或波尔契、博亚尔多或阿里奥斯托、福伦戈或拉伯雷、曼里克或无数无名诗人的讥嘲调笑和恶搞嬉皮笑脸地在民间蔓延。到了15、16世纪，南欧大小不等的各色喜剧院、喜剧场如雨后春笋，大量涌现，从而以燎原之势对教廷和宫廷文化形成了重重包围。

俗话说，"笑一笑，十年少"。生活不能没有笑，逗笑也确是西方近现代文艺的要素之一。但含泪的笑、高雅的笑往往并不多见，多数调笑大抵只为搞笑、指向低俗。这一方面迎合了人们的低级趣味，另一方面或可对高雅道统造成更大、也更为广泛的杀伤。比如卡冈都亚暴殄天物，用手指"梳头"、"洗脸"之后，便拉屎、撒尿、清嗓门、打嗝、放屁、呵欠、吐痰、咳嗽、呜咽、打嚏、流鼻涕……又比如庞大固埃在教会图书馆里看到的《囊中因缘》、《法式裤裆考》、《神女卖笑》、《修女产子》、《童贞女之赝品》、《寡妇光臀写真》、《臀外科新手术》、《放屁新方》种种以及曼里克们的诸多恶搞；再比如薄伽丘们或伊塔司铎们兴高采烈的性描写、性指涉。这些不是很让我们联想到当下充斥文坛艺坛的搞笑作品和下半身写作吗？至于曼里克对圣灵的嘲讽，则已然达到了不惮的地步。

亚里士多德早就说过，"索福克勒斯是与荷马同类的摹仿艺术家，因为他们都摹仿高贵者；而从另一个角度来看……喜剧摹仿低劣的人；这些人不是无恶不作的歹徒——滑稽只是丑陋的一种表现。"[10]这些丑陋从创作主体滑自己之稽、滑他者之稽，直至滑天下之大稽。传统价值及崇高、庄严、典雅等等在大庭广众的嬉笑和狂欢中逐渐坍塌，乃至分崩离析。

也许正是基于诸如此类的立场和观点，体现市民价值（或许还包括喜剧和悲剧兼容并包，甚至在悲剧中掺入笑料）的莎士比亚受到了老托尔斯泰的批判。如果不是因为他的悲剧作品，单凭喜剧他是断断无法高踞世界文学之巅的。然而，即使作为悲剧作家，据有关莎学家的新近考证，莎士比亚居然也会藉哈姆雷特们之口夹杂大量性指涉，以博观众一笑及一般市民的青睐；[11]或许，其在当时的逗笑效果当不亚于当下的许多小品、相声、电影、电视或二人转。

当然，凡事总有例外。而但丁也许是最有分量的例外之一。真所谓众人皆醉他独醒，他面对人生歧途的感怀发人深省："在人生的中途，我发现我已经迷失了正路，走进了一座幽暗的森林，啊！要说明这座森林多么荒野、艰险、难行，是一件多么苦难的事啊！……我说不清我是怎样走进这座森林的，因为我在离弃真理之路的时刻，充满了强烈的睡意……"[12]于是他遭遇了三只猛兽：狮、豹和狼。它们分别象征傲慢、肉欲和贪婪。这且不论，但说他在《神曲》中反复提到"三位一体"，并谓圣父即神圣之力、圣子即最高智慧、圣灵乃本原之爱。[13]如此等等，不仅是中世纪道统一脉相承，而且多少撷取了阿拉伯人的思想，譬如其与阿拉伯文学的关系已有阿辛·帕拉西奥斯所考证，[14]而阿维森纳有关灵魂的理论显然也为但丁无视选择主义提供了旁证。在阿维森纳看来，无灵就无法说明一切运动，而神真是通过无形的灵来支配一切的，[15]否则隐形而又无处不在、无所不能的神就会永远处于被怀疑的境地。

三

与此同时，纯爱主义大行其道，并同宗教裁判所矛盾地并存。而选择主义、怀疑主义和路德改革一定程度上形成合力，对天主教道统产生了威胁。

15世纪末，西班牙在取得"光复战争"节节胜利的同时，创立了臭名昭著的宗教裁判所（或称异端审判所），面向全欧讨伐异端（而罗马宗教裁判所，即现圣座信理部前身，成立于1542年）。它不仅是天主教女王伊萨贝尔效忠天主的信示，也是天主教危机的显证：首先是天主教内部的分化：一、新教的蔓延，二、思想的混乱；其次是资本的萌生、市民阶层的崛起。而在西班牙，还要加上一个不容忽略的历史因素：大批穆斯林和犹太人的存在。大量史料证明，后者也是西班牙宗教裁判所高压政治的主要牺牲品，许多天主教诗人则因被指血统不纯或心怀异端而受到迫害。正因为如此，极端非理性主义、反世俗主义和反穆斯林主义、反犹主义开始兴盛，并一发而不可收。

此后，随着人文主义，尤其是理性主义和科学主义的中兴，神学失去了重心，围绕圣灵说的论争逐渐消歇，但宗教精神依然存在，并时而与科学的未知及柏拉图的"绝对理念"或黑格尔的"绝对精神"殊途同归。这倒是印证了费纳龙的某些说法。[16]当然，这是后话。

且说文艺复兴运动轰轰烈烈的狂欢固然为资产阶级战胜封建王朝及其精神支柱奠定了思想基础，但即使在启蒙运动之后，资产阶级登上历史舞台依然靠的是武装斗争。这且不说。马克思主义从来不认为宗教是脱离社会生活的"自在物"。学者卡斯特罗断言，随着文艺复兴运动的兴起，一方面人们前所未有地强调理智和理想的力量，另一方面也前所未有地重视对身边现世价值的追求。两种倾向都在15、16世纪新兴的文学体裁中获得了新生。塞万提斯称西方第一部悲喜剧《塞莱斯蒂娜》是一本"神书"，同时也是一本"人书"。这种观点清晰地表达了上述情况：亦庄亦谐的风格和雅俗对立的人物。流浪汉文学和喜剧站到了英雄史诗和悲剧和神学的对立面。

在卡斯特罗看来，但丁时代的意大利已经十分明确地认识到了这两种艺术形式，在那里它们分别以费契诺的新柏拉图主义（如桑纳扎罗的《阿卡地亚》）和波尔契的世俗精神（如其《摩尔干提》）为代表。两者产生过程中有过交锋，即人文的、世俗的一方对神奇的、超然的另一方的猛烈攻击。那些理想的原型忙不迭地借助于喜剧顺坡而下，而这坡儿则是通过诸如阿里奥斯托和他的追随者们的作品作铺垫的。伊拉斯谟看到了这一点。他带着恶意的喜悦在《疯狂颂》中说："面对震撼了奥林匹斯山的人，众神之父、人类的君王不得不放下了他的权杖……当他想操练那项时常奏效的技能时，我是想说，当他想繁殖小朱庇特的时候，这个可怜的矮子像小丑那样带上了面具……我想，我的先生们，人类繁衍的工具是那样东西……那样东西，是那样东西，而非毕达哥拉斯派所说的数，那样东西才是万物的、生命的神圣源泉。"[17]我们仿佛听到了流浪汉面对奥林匹斯山倒塌的哈哈大笑。在这一点上，伊拉斯谟的思想的确影响了流浪汉小说的兴起和调笑文艺的发展。反过来，《小癞子》的故事或周星驰、赵本山的调笑远比伊拉斯谟的反宗教批判或持不同政见者的反体制攻击要更有力量。

伊拉斯谟熟谙并偏爱的卢恰诺就曾彻头彻尾地展示过这种颠覆的本领。米希利奥对公鸡说："我恳求你说一说特洛伊城被围困的事儿是否像荷马所写的那样。公鸡说：相信我，那个时候不像书中写的那样，根本没有那么美好：埃杰克斯没有那么高大，雅典娜也不像很多人想象的那么貌美倾城。"[18]图口舌之快、无所顾忌的阿里奥斯托不是也表现过相同的精神吗？请看这段描写：

> 埃涅阿斯并非那么虔诚，
>
> 阿喀琉斯的臂膀也不是强壮无敌，
>
> 赫克托耳更不像传说的那么勇敢……
>
> 奥古斯都亦非维吉尔所吹嘘的那般神圣与善良。[19]

怀疑主义一旦决堤、世俗精神一俟苏醒，便几何级生长、发散，从而为16世纪西方艺术的发展开辟出一片空前自由、丰腴的土壤，在那里精神只为凡人和世俗而兴奋。文学与宗教展开了真正的较量，后者被古典的权威光环与时代的杰出智慧所湮没，顿时显得岌岌可危。文学毫无阻力地走向世界，公然将天国抛诸脑后。而调笑在这里起到了关键作用。这也造成了另一个后果：在人们经历了文艺复兴胜利的第一次陶醉之后，天主教会终于在16世纪中叶改变阵容，全面退防，于是一次被动的反击开始了：通过特兰托教务会议对文学进行了强有力的监视，遏制了那些骑士小说以及宣讲、涉及、叙述或教授淫荡或淫秽之物的书籍。[20]但是，生机勃勃的调笑一发而不可收并逐渐融入了西方文化乃至对一般人等的精神生活产生了深刻的影响。

于是，以明图尔诺为代表的保守派与以钦提奥为代表的激进派围绕悲剧和喜剧进行了旷日持久的古今之争，尽管这一争论并未（甚至至今没有被）上升到政治的高度。在这期间，贺拉斯的《诗艺》由于在悲剧和喜剧的认知上对亚里士多德多有修正，因而以"寓教于乐"思想以及将喜剧和悲剧一视同仁的态度（欲使人笑，必自先笑；欲使人哭，必自先哭）契合了人文主义和喜剧化表演的需要。

上述喜剧化倾向部分地被天主教神秘主义[21]诗人所继承。圣特雷莎·德·赫苏斯将"圣灵"说演化为令人啼笑皆非的"带色"文字。其时路德改革运动如火如荼，罗马教廷已然无暇顾及她的文学表演。圣特雷莎本名特雷莎·桑切斯·德·塞佩达·伊·阿乌马达，生于阿维拉，从小热爱文学，先在奥古斯丁会修读并为圣奥古斯丁的《忏悔录》所感动，后应一位修女姑姑的影响加入加尔默罗会，开始参加并领导加尔默罗会的变革。这时，传统势力和宗教裁判所对她进行了严厉的报复，使她的支持者不得不求助于国王费利佩二世（史称腓力二世）。在国王的过问下，特雷莎得以在规定范围内实施她旨在清除宗教腐败（其实也是社会腐化）的变革计划：清欲苦修。这项变革被认为是加尔默罗会历次改革运动中影响最为深远的一次。为了推行其变革思想，她身体力行，在该会的隐修院苦修了三十年，并于 1562 年在故乡阿维拉成立了隐修所。隐修所实行严格的戒律，并最终发展成为声名卓著的加尔默罗女修会。为了扩大影响，她又着手建立了一批纪律严明的男修会。新修会修士一律着草鞋，不穿袜，故又被称为赤脚修士。圣胡安·德·拉·克鲁斯便是特雷莎麾下的一名修士。

她的散文作品可粗分为两部分：一部分属于自传，另一部分是神秘主义创作，尽管它们本质上相辅相成。《人生》是她的处女作，它又被后人尊称为《伟大之书》或《仁慈之书》，约创作于 1563 至 1565 年。作品描述了她从前辈弗朗西斯科·德·索托·伊·萨拉萨尔修士那儿获得的超验和感悟，因而是她如何一步步走向神秘主义的真实记录。作品写到 1562 年戛然而止，是年她开始全身心投入变革运动。作品的许多段落写得情真意切，其中的神秘"经历"更是被渲染得出神入化。比如她这样描述"亲身经历"的奇迹：假借天使看到了神的肉身降临身边，"他并不伟岸，或者应该说是身量小巧，但相貌俊俏。他的面容如此红润，使人猜想他来历不凡，仿佛光焰万丈。我见他手执一杆长长的金色投枪；但定睛一看却是一条红棍，犹如燃烧的铁器。我觉得它数次插入我的躯体，钻进我的脏腑。当他拔出铁枪时，我只感到浑身沸腾着对上帝的伟大而真挚的爱。痛苦如此愉悦，以至于我禁不住失声呼唤这伟大的而温柔之至的痛苦。我要惟一的要，我想惟一的想：灵魂和上帝同在。这痛苦并非来自肉体（尽管它多余而渺小地存在于一旁），而是精神所至。这是灵魂和上帝之间的一种温柔的邂逅，它使灵魂快乐地粉碎。我真诚地祈望那些以为我妄语骗人的读者经历同样的奇迹。"[22]

这里既有对圣灵说的戏谑式演绎，也有文艺复兴运动期间的世俗化表演。诚然，真所谓无神论者无法用奇迹治病，特雷莎的文学表演被其同道指称为"圣女亲历"。这免不了使人想起魏晋及魏晋以降我国的神怪小说。鲁迅有言："中国本信巫，秦汉以来，神仙之说盛行，汉末又大畅巫风，而鬼道愈炽；会小乘佛教亦入中土，渐见流传。凡此，皆张皇鬼神，称道灵异，故自晋讫隋，特多鬼神志怪之书。其书有出于文人者，有出于教徒者。文人之作，虽非如释道二家，意在自神其教，然亦非有意为小说，盖当时以为幽明虽殊途，而人鬼乃皆实有，故其叙述异事，与记载人间常事，自视固无诚妄之别矣。"[23] "人同此心，心同此理"，著名学者卡斯特罗也认为特雷莎的奇迹令人瞠目，而且其"诲淫程度"远远超过了人文主义杰作《塞莱斯蒂娜》。[24]这其中有否"诲淫"成分自是见仁见智，但特雷莎有关圣灵的描写确实达到了前无古人、后无来者、登峰造极的地步。而这恰恰就是西班牙神秘主义诗人达到的维度。面对人性和科学的理性挑战，不仅神秘主义如是，甚至整个神学都逐渐滑向了两个极端：世俗化和玄之又玄的神秘主义。它们在特雷莎的作品中合二为一，从而使基督教神学经历了一次具有明显内倾色彩的大转向。

然而，特雷莎并非世俗文人，她确是一位苦修者。以我们现在的认知方式看去，诸如此类的奇迹恐怕只能是错觉使然或布道需要。前者可能是生理和心理在特定条件下的一种反射，后者则纯属虚构。她的《创立之书》则似乎是《人生》的继续或补充，主要侧重于变革事迹。作品内容涵盖了作者在1567至1572年间的活动，但成稿时间是在1573至1582年间。此外，她还有一部《交流之书》和若干信札流传于世。信札中有致圣胡安或格拉纳达修士、格拉西安修士等同道的，也有致国王的上书，但内容始终围绕着宗教变革和清欲苦修。

有关神秘主义的作品主要由《净化之路》、《寓所》（或《内心的城堡》）和《关于〈雅歌〉的思考》组成。《净化之路》应同道请求而始作于1565年，主要用以劝人苦修，从而达到心灵的净化与升华。在这部作品中，特雷莎还明确表达了从自身做起以捍卫教义、消除天主教腐败和反对路德宗教改革运动的折衷态度。《寓所》被认为是她的代表作之一，集中体现了她的苦修精神和神秘主义思想。"寓所"比喻天堂，同时指涉心灵："它是一座钻石和水晶砌成的城堡……犹如重重天堂"。[25]作品中充塞着"欢乐的痛苦"、"被大写的爱人温柔地刺痛"等对语和反题。卡斯特罗把诸如此类模棱两可的双关语称为"大胆的暗示"。[26]

　　《关于〈雅歌〉的思考》体现了西班牙神秘主义与犹太文化剪不断、理还乱的冤家关系。犹太人和阿拉伯人为西班牙文艺复兴运动注入了最初的养分。但是，随着西班牙崛起而成为不可一世的帝国，犹太人和残留在西班牙境内的阿拉伯人曾多次遭受迫害。西班牙人普遍以具有纯洁的欧洲血统为荣，即便像特雷莎这样的圣女也不能免俗。曾几何时，她的父亲迫于政治和经济的双重压力，放弃了犹太教而改信天主教。[27]这一过程既残酷又屈辱，虽然特雷莎并非亲身经历，但血统问题却是无法回避的。因此，她曾一而再再而三地在其作品中提到血统问题。有学者甚至认为她之所以不惜一切代价创办新修会，多少与血统问题有关。也正因为如此，新修会接纳了大批改宗者——新基督徒。当然，一如她的其他指涉，血统也免不了具有双重意义：世俗意义上的血统和精神层面上的纯粹。然而，《关于〈雅歌〉的思考》回到了希伯来文化的源头，把《雅歌》解读得如同初民男欢女爱一般，天真烂漫，但不经意中作者已经陡转笔锋，回到了对精神丈夫圣父或圣子的爱恋。至于特雷莎的某些思想是否和犹太神秘主义有关，则不得而知。但可以断言的是，西班牙是中世纪犹太神秘主义的大本营。犹太神秘主义固然始现于公元一世纪，但其的主要"灵轮"经典《光明之书》和《隐喻之书》却是由西班牙犹太人分别于12和13世纪撰写的。而且，由于1492年及以后的几次宗族和宗教迫害、驱逐都使犹太人饱受创伤，喀巴拉犹太神秘主义愈来愈为西班牙犹太人所倚重。因此，特雷莎的城堡七重说很可能来自犹太教和犹太神秘主义关于上帝和天堂的说法。和犹太文化一样，阿拉伯文化也是西班牙文化的一个重要源头，尽管当时的西班牙人大都不愿直接或公开承认这一点。但有关研究家从特雷莎关于心灵→城堡以及"东方珍珠"等比喻中引申出她同伊斯兰文化的关系。比如，根据洛佩斯·巴拉尔特的分析，特雷莎的心灵→城堡七重说并非源自奥古斯丁关于抵达上帝所在的不同阶段，而是来自伊斯兰教有关真主为不同信徒建造的七座城堡：玉堡、金堡、银堡、铁堡、铜堡、矾堡和土堡。此外，洛佩斯·巴拉尔特还顺藤摸瓜，牵出了特雷莎在这方面的先驱，如弗朗西斯科·德·奥苏玛修士、圣贝尔纳尔迪诺等。前者在《精神ABC之三》中就曾用把心灵比作（伊斯兰）城堡，并指魔鬼入侵这些城堡的三大主要途径是"欺骗"、"恐惧"和"饥饿"。圣贝尔纳尔迪诺也常拿城堡喻心灵，并称必须"从上到下，从前到后，从左到右，全方位防御"。[28]

和散文一样，特雷莎的诗作也全都是神秘主义的产物，主张今生为来世铺路；形式上讲究深沉和凝重，不屑于辞藻华丽。她的诗作数量不多，但影响很大。她在一首名为《我生因为我不生》的诗中这样写道：

> 我生因为我不生，
> 但愿如是还我死：
> 我死因为我不死。
>
>
> 俗爱一去不复返，
> 生命徒然留我身。
> 我曾得到主的爱，
> 生在人间心在天。
> 灵魂从此有归属，
> 留下丹青纸一爿：
> 我死因为我不死。
> ……
>
>
> 我生因为我会死，
> 倘非如此我怎生？
> 但愿希望早成真，
> 换我一颗圣洁心。
> 死神切莫再等待，

给我生命终结令。

　　我死因为我不死。

　　……[29]

　　塞万提斯曾用"迷醉"形容特雷莎的境界，曰：

　　丰腴的圣女，幸运的慈母，

　　用乳汁把众人的心儿哺育……

　　你曾在迷醉中与上帝交往。

　　请上帝呼唤灵魂让你升腾，

　　抵达天庭的路已畅通无阻。

　　上帝已将全部的宠爱赐予，

　　滋润灵魂并使之日益丰盈。

　　……

　　如今你离开人寰飞向天庭，

　　英灵弃绝尘世和一切虚荣，

　　与上帝分享那不灭的永生……[30]

　　多数文学史家认为圣女特雷莎的奇妙之处在于用普通的语汇表现深奥的思想：模棱两可地扮演了正方与反方（"三位一体"说与选择主义）。诚如梅嫩德斯·皮达尔所说的那样，她是惟一善于用习常语言表述超验神奇的宗教诗人。[31]因此，她的诗是说出来的，却用最简单和最自然的方式表达了最深刻的感受。于是，神秘是可感的、家常的，但同时又是玄奥的、含混的。

注释：

[1] 参见《圣经》（1992年中文版，第1590页）。鉴于《圣经》中译版本的人名、地名与习常用法不尽一致，故此述略。在希伯来语中，"灵"（Ruach）这个词原本意指"气息、呼吸、风"等，后转意为精神。有关圣灵的指涉则可追溯到《旧约》摩西、扫罗、大卫等。自大卫起，圣灵的显现甚至不再以突如其来的唯一形式出现，他留在大卫身上、弥漫其身。

[2] López Pereira, José Eduardo, *Continuatio Isidoriana Hispana. Crónica Mozárabe de 754. Estudio, edición*

64

crítica y traducción, León: Centro de Estudios e Investigación San Isidoro, 2009, pp. 55-61.

[3] 史称"百年翻译运动"。

[4] Enrique Flórez, *Symbolus Fidei*, t.iv, Madrid: Antonio Marín, 1750, pp.533-562. 这改变了圣奥古斯丁关于上帝之灵对一切生命起作用的说法（"他是爱的引力"。见《忏悔录》第 13 卷第 7 章第 8 节或《论三位一体》第 2 卷第 1 章），也扬弃了阿奎那关于神圣之爱的观点（《神学大全》第 4 卷第 20 章））。

[5] L.Alfonsi, *Letteratura Latina Medievale*, Milan:LUM, 1972, p.77.

[6] *Poetae Latini Aevi Carolini*, t.1, Recensuit Ernestus Duemmler (ed.), Berlin: Weidmann, 1964, pp.544-546.

[7] *Poetae Latini Aevi Carolini*, t.1,p.547.

[8] Gómez Manrique, *La representación del nacimiento de Nuestro Señor [Texte imprimé]*, Madrid: M. Aguilar, 1942, p.1.

[9] Juan del Encina, *Egloga de Plácida y Victoriano*, en *Obras comletas*, t.3, Madrid : Cátedra, 1981, p.33.

[10] 亚里士多德《诗学》，陈中梅译，商务印书馆，1996 年，第 42-59 页。

[11] 小白《好色的哈姆雷特》，人民文学出版社，2009 年。

[12] 但丁《神曲·地狱篇》，田德望译，人民文学出版社，2002 年，第 1 页。

[13] 但丁《神曲·地狱篇》，第 15 页。

[14] Asín Palacios, *La escatologiamusulmana en la Divinacomedia*, Madrid: E. Maestre, 1919.

[15] 阿维森纳《论灵魂》，王太庆译，商务印书馆，1997 年，第 8-52 页。

[16] 费纳龙认为："信仰者，信仰也，是不容讨论的"，况且"信仰是一种精神需要，因此圣父有形无形、圣灵或是或非并不重要"。转引自 Batallon, *Varialección de clásicosespañoles*, p.439. 这颇似路德关于上帝的说法："那个你以心相通且有所依赖者其实就是上帝。"《路德宗新教教会认信集》，转引自卡斯培《现代语境中的上帝观念》，罗选民译，华东师范大学出版社，2011 年，第 7 页。总之，无法实证既是信仰存在的有力基础，同时也为怀疑论者和无神论者提供了更为充足的理由。

[17] Castro, *El pensamiento de Cervantes*, Madrid: Hernando, 1925, p.20.

[18] 转引自 Castro, *El pensamiento de Cervantes*, p.20.

[19] Cervantes，Don Quijote, ed. de Clemencin, t.4, Madrid: Acuado, 1835, p.55.

[20] Andrea Zweig, *La Inquisición española en la historia y literatura*, Woshington: Woshington University, 1986, pp.23-61.

[21] 且不说天主教神秘主义是否与苏非神秘主义有关，圣灵之争显然是天主教"内讧"的结果，并多少印证了这样一种说法，谓《旧约》为"圣父时代"、《新约》和神职教会的产生为"圣子时代"，而今为"圣灵时代"。见《圣灵的教会——方济各会改革的教诲观念与历史神学》，转引自《现代语境中的上帝观念》，第 209 页。

[22] Américo Castro, *Teresa la Santa y otros ensayos*, Madrid: Alfaguarra, 1972, pp.52-53.

[23] 《鲁迅全集》，第 9 卷，人民文学出版社，1981 年，第 43 页。

[24] Américo Castro, *Teresa la Santa y otros ensayos*, p.53.

[25] 根据教义，灵魂只有走到第七重即最后一重，才能与上帝团聚。萨因斯·罗德里盖斯称《寓所》为"西方神秘主义的巅峰之作"，认为它无论叙述逻辑还是精神内涵，都可与亚里士多德的《形而上学》相媲美。Sainz Rodríguez, *Introduccióna la historia de la literatura mítica en España*, Madrid: Espasa, 1984, p.35.

[26] Américo Castro, *Teresa la Santa y otros ensayos*, p.53.

[27] Menéndez Peláez, *Hsiatoria de la literatura española*, t.1, Madrid: Evireste, 1993, p. 211.

[28] López-Baralt, *Huellas del Islam en la literature española*, Madrid: Hiperion, 1985,pp.81-89.

[29] Santa Teresa, *Obras completas*, Madrid: BAC, 1970, p.77.

[30] Cervantes, *Obras completas*, Madrid: Castalia, 1999, pp.1190-1221.

[31] Menéndez Pidal, "El estilo de Santa Teresa", en *La lengua de Cristóbal Colón*, Madrid: Espasa, 1942, p. 156.

季节之间的辩论

——读勃真《冬天与春天》一诗

顾钧

内容提要 季节的变换是西方中世纪辩论诗的重要主题。本文以勃真（Nicholas Bozen）《冬天与春天》（De l'Yver et de l'Este）一诗为研究中心，分析了西方中世纪辩论诗的特点，特别是其中所蕴涵的宗教象征寓意。在此基础上，本文还简要讨论了中国古代辩论诗与西方中世纪辩论诗的异同。

关键词 中世纪　辩论诗　《冬天与春天》

一

季节的变换是西方中世纪辩论诗的重要主题，作为最容易为人所觉察的自然景象，季节的变换当然不可能迟至中世纪才进入诗人的视野，古希腊的诗人早就有歌咏季节的诗篇，斯特西科罗斯的诗篇虽然已经残缺，但还是可以让我们看到这样的歌咏春天的诗行：

> 我们应找出弗利基亚的柔和曲调，
> 对美发的喜悦女神唱颂歌，
> 春天快来到了。
> ……春日里燕子呢喃细语。[1]

春天让人产生放歌的冲动，是因为冬天确实是太漫长和压抑了。赫西奥德在《工作与时日》（或译《农事与农时》）这首长诗中就曾对让人痛苦的冬天做过生动细致的描绘：

> 勒奈月，天时恶，日日风吹牛皮裂，
> 宜防备，北风起，吹向大地，
> 吹来严寒霜冻，令人痛苦难耐。
> 这风经育马之邦色雷斯吹来，
> 在海上掀起巨浪。大地和森林呼啸。
> 这风把山谷中高大的橡树和松杉
> 吹得紧紧贴近养育万物的大地。
> 一时间千树万木发出巨吼。
> 野兽发着抖，吓得尾巴夹在腹下，
> 就连那些有厚毛蔽体的动物，
> 严寒也钻进它们毛茸茸的胸脯。[2]

这里冬天被描写得很可怕，但冬天也有它银装素裹、分外妖娆的可爱的一面；同样的，春天也并非全是好处，也有恼人的地方：蚊虫叮咬，疾病传播。古代的其他诗人们对这两个季节也有过不少出色的描写，但也都像上述两位诗人一样，只是把它们作为被动描写的对象，似乎从来没有想到让这两个季节主动地表白一下自己，以及面对面地一争高下。

古希腊人并不缺少辩论的精神和辩论的作品，柏拉图的对话录，除少数几篇外，几乎都是以苏格拉底与有关人物的辩论展开的。亚里斯多德更从理论上总结了演讲和论辩的精义，其中很多原则在今天同样是适用的，如他认为在辩论中"应当用戏谑扰乱对方的正经，用正经压住对方的戏谑"。[3]但古希腊人的辩论还只是人与人的辩论，物与物以拟人化的手法进行辩论要留待中古诗人们的创作。

二

勃真（Nicholas Bozen）的《冬天与春天》（De l'Yver et de l'Este）是中世纪季节辩论诗的代表作，[4]作品开宗明义，首先说明"有一天我听到冬天和春天之间的一场大辩论"，在诗的正文中，冬天和春天进行了三个回合的辩论：第一个回合，冬天首先发言，声称自己是万物的主宰，因为自己只要高兴，就可以使风雪大作，生产停顿，人们也无法出门；对此春天回应说，冬天唯一擅长的就是以寒冷损害所有人，这毫无尊荣可言，对此洋洋自得更是毫无道理。在第二回合中，冬天说，春天同样会带来蜥蜴、癞蛤蟆、毒蛇等等有害的东西，而自己对于万物的赐予是远远多于春天的；对此春天反驳说，在冬天收获的干草、小麦、豌豆等等都是在春天酝酿的，冬天只能使万物凋零，而春天却能带来生机。在最后的回合中，双方继续你来我往，唇枪舌剑，互不相让。到底谁更有道理，作者没有给出答案。该诗最后以春天向少女呼吁裁决而结束。

从表面上看，这是一首冬天与春天辩论优劣的诗歌，但两个因素使我们不能仅仅停留在这一层面。其一，中世纪是一个神学至上的时代，一切（包括诗歌）都成为它的婢女，所以完全应当从宗教的角度来分析这首诗的深层含义。其二，文学具有广义的象征特性，对于任何时代的文学来说，在能指（signifier）的后面都有一个或明或暗的所指（signified），例如古代作家用夫妻恩爱来象征君臣和谐，用香草美人象征高尚和理想就是人们熟悉的例子。

中世纪正是宗教势力最强大的时期，作者本人是14世纪生活在英国的一位多明我会的修道士，他曾经创作过大量的宗教诗歌，《冬天与春天》这首诗同样蕴涵着浓厚的宗教意味，即使单就字面来看也是如此，当冬天指责春天也养育害虫的时候，春天回答说：

> "至于你指责
>
> 我养育害虫
>
> 以及其他有害的东西，

我同样可以这样指责你，而且你的情况更糟！

　　但是人们并不总是对朋友

　　才做好事。我对万物的养育

　　完全代表着上帝的创造，

　　无论大小。”

　　紧接着它反戈一击，进而揭露冬天的可怕面目道：

　　　　“我们也知道

　　　　你是从何而来，

　　　　你对万物施暴是理所当然：

　　　　我们非常清楚你是一个听差，

　　　　在深渊中的

　　　　魔鬼和他的子孙的听差。”[5]

　　于是，春天与冬天的对垒变成了上帝与魔鬼的对垒。上帝创造万物，而魔鬼毁灭万物，但魔鬼并非一开始就与上帝对垒，根据英国诗人弥尔顿《失乐园》中的描写，魔鬼撒旦先前曾经是天使长，到后来才因为反抗上帝而被打入地狱，而上帝创造亚当夏娃正是为了取而代之。既然上帝创造万物，那么魔鬼也不在其外，所以冬天与春天或者也可以视为象征着上帝的复杂性，亦即慈眉善目和金刚怒目的两面。这在《旧约》中可以看到很多例子，例如在《创世纪》中，上帝对于人类的始祖亚当可谓疼爱有加，为了害怕他孤独，造出夏娃与他做伴，但是一旦两人犯下原罪，上帝便毫不留情地将他们逐出伊甸园，没有给予他们任何悔过的机会。上帝对于自己的“选民”以色列人同样是爱憎分明，正如约书亚在临终前对民众所说：“你们不能事奉耶和华，因为他是圣洁的神；他是嫉妒的神，他必不赦免你们的过犯和罪恶。如果你们离弃耶和华，去事奉外族人的神，那么在耶和华赐福给你们之后，他必转而降祸与你们，把你们消灭。”（《约书亚记》24∶19—20）同样，《失乐园》里的撒旦对于上帝的两面性也有清醒的认识：

> 因为他无论在高天或在深渊，
> 都已确定，始终是唯一君临的
> 独裁君主，他的帝国绝不因
> 我们的反叛而丧失尺寸土地，
> 反之，他还将扩张到地狱来，
> 用铁杖治理我们，像在天上
> 用金杖治理天国的民众。[6]

    这里"铁杖"表示严峻无情，而"金杖"表示恩爱，非常形象地写出了上帝恩威并用的统治手段。无论是天上的上帝，还是地上的君主，总是恩威并举，两手都很硬的，该打压的时候就打压，该怀柔的时候就怀柔，完全根据形势来定。关于后者，《伊索寓言》中一个著名的故事非常能说明问题："北风和太阳比谁更厉害，两人达成协议，谁如果能最先让一个走路的人脱掉衣服，谁就为赢。北风首先试它的威力，用尽力气呼呼地吹，但是它吹得越厉害，那走路人就把身上的衣服裹得越紧。最后北风舍弃了取胜的希望，让太阳来，看看它能怎么办。太阳一下子放出它的所有的热量。走路人忽然感觉到阳光的热量，就一件一件地开始脱衣服，直到最后觉得太热了，索性就把衣服全部脱掉，跳到路边一条小河里去洗澡。"[7]故事中的太阳和北风正可以和本诗中的春天与冬天相对应，勃真很可能从这一寓言中获得了某种灵感。

    同样地，勃真这首诗及其所代表的传统也给后来的诗人以灵感。莎士比亚《爱的徒劳》就是以"春之歌"与"冬之歌"的对唱结束全剧的：

春之歌

    当杂色的雏菊开遍牧场，蓝的紫罗兰，白的美人衫，还有那杜鹃花吐蕾娇黄，描出了一片广大的欣欢；听杜鹃在每一株树上叫，把那娶了妻的男人讥笑：咯咕！咯咕！咯咕！啊，可怕的声音！害得做丈夫的肉跳心惊。当无愁的牧童口吹麦笛,清晨的云雀惊醒了农人,斑鸠乌鸦都在觅侣求匹,女郎们漂洗夏季的衣裙;听杜鹃在每一株树上叫,把那娶了妻的男人讥笑:咯咕!咯咕!咯咕!啊,可怕的声音! 害得做丈夫的肉跳心惊。

冬之歌

当一条条冰柱檐前悬吊,汤姆把木块向屋内搬送,牧童狄克呵着他的指爪,挤来的牛乳凝结了一桶,刺骨的寒气,泥泞的路途,大眼睛的鸱鸮夜夜高呼:哆呵! 哆喊,哆呵! 它歌唱着欢喜,当油垢的琼转她的锅子。当怒号的北风漫天吹响,咳嗽打断了牧师的箴言,鸟雀们在雪里缩住颈项,玛利恩冻得红肿了鼻尖,炙烤的螃蟹在锅内吱喳,大眼睛的鸱鸮夜夜喧哗:哆呵! 哆喊,哆呵! 它歌唱着欢喜,当油垢的琼转她的锅子。[8]

这里的"春之歌"与"冬之歌"已经没有多少宗教象征的寓意,春天和冬天所代表的是浪漫的爱情与禁闭的苦修,它们之间的冲突正是该剧最主要的戏剧冲突。虽然戏剧结束时,"春天"还没有完全战胜"冬天",但前者的优势已经异常明显。加拿大学者弗莱(Northrop Frye)在分析莎士比亚戏剧的特点时发现,他的不少喜剧都弥漫着春天战胜冬天的气氛,特别是那些将情节安排在森林中的喜剧如《维罗那二绅士》、《仲夏夜之梦》、《皆大欢喜》、《温莎的风流娘儿们》等等更是如此,所以他将莎士比亚的喜剧称为"绿色世界的戏剧",并进而将喜剧称为"春天的叙事结构",[9]是不无道理的。

三

由此联想到有着悠久历史的中国文学,双方的辩论较量也曾大量出现,例如汉代的大赋以及后代的仿作,历来采用主、宾对话互相较量的格局来写，但那是人和人之间的辩论，而甚少出现欧洲中世纪常见的灵魂与肉体、动物、植物之间的辩论，更没有出现过季节之间的辩论。

但是后来也出现了动物、精魅和神灵之间的对话和论争。其详细情况这里无从深论，只须举两个例子便可见一斑。一是"建安之杰"曹植的《鹞雀赋》——

> 鹞欲取雀。雀自言："雀微贱，身体些小，肌肉瘠瘦，所得盖少。君欲相啖，实不足饱。"鹞得雀言，初不敢语，"顷来辘轲，资粮之旅。三日不食，略思死鼠。今日相得，宁复置汝！"雀得鹞言，意甚怔营："性命至重，雀鼠贪生。君得一食，我命是倾。皇天降监，贤者是听。"鹞得雀言，意甚怛惋。当死毙雀，头如蒜颗。不早首服，掣颈大唤……[10]

传世本《鹞雀赋》已经残缺不全，以上所引是比较成片段的，其中虽然仍有些短缺之处，但大意可以理解。弱肉强食，生死拼搏，这里显然有着强烈的象征性，有着曹植本人惨烈遭遇的影子。

陶渊明的《形影神》则是中国古代以诗歌形式安排辩论的著名篇章。诗凡三章，由形、影、神分别发言，其中形和影是尖锐对立的，神对他们二者皆有深刻的批判。诗云：

形赠影
天地长不没，山川无改时。草木得常理，霜露荣悴之。
谓人最灵智，独复不如兹。适见在世中，奄去靡归期。
奚觉无一人，亲识岂相思？但余平生物，举目情凄洏。
我无腾化术，必尔不复疑。愿君取吾言，得酒莫苟辞。

影答形
存生不可言，卫生每苦拙。诚原游昆华，邈然兹道绝。
与子相遇来，未尝异悲悦。憩荫若暂乖，止日终不别。

72

此同既难常，黯尔俱时灭。身没名亦尽，念之五情热。

立善有遗爱，胡为不自竭。酒云能消忧，方此讵不劣？ [11]

"形"讲生命是短暂的，劝人及时行乐；"影"则针锋相对地宣传只有"身没名亦尽"才是真正可悲的事情，应当争取确立身后之名，如此才能不朽。这些思想陶渊明都曾经有过。第三首《神释》则是总结性的发言，代表陶渊明本人晚年终于悟道以后的正面主张：

大钧无私力，万理自森著。人为三才中，岂不以我故？

与君虽异物，生而相依附。结托既喜同，安得不相语。

三皇大圣人，今复在何处？彭祖爱永年，欲留不得住。

老少同一死，贤愚无复数。日醉或能忘，将非促龄具？

立善常所欣，谁当为汝誉？甚念伤吾生，正宜委运去。

纵浪大化中，不喜亦不惧。应尽便须尽，无复独多虑。 [12]

在这里陶渊明指出"形"的现时享乐主义不过是怕死，单纯的享乐其实无助于养生，饮酒过量徒然伤身。而"影"的孜孜求名、有意立善，则不过是为虚名所拘，喜欢追求荣誉而已。

晚年陶渊明认为，最高的人生态度在于听其自然，委运任化。享乐也罢，为善也罢，都无不可，但不必孜孜以求，只应随遇而安，乐天知命。"神"的意见综合了"形"与"影"而又超越了它们，达到一种与大化同步运行的"不喜亦不惧"的超人境界。同许多中国文人一样，陶渊明没有任何宗教信仰，虽然他头脑里确有矛盾，但终于用自己独特的方式化解了人生的困境，所以他这一组诗中虽有辩论，最后还是得出了一个明智的古代中国式的结论。

中国古代诗歌中似未出现过季节之间的辩论，但这并不意味着中国人对季节的变化和差异的感受没有欧洲人强烈。事实上，中国作家常常因季节和物候的变化而触景生情。孔颖达解说《毛诗大序》云："包管万虑，其名为心，感物而动，乃呼为志。志之所适，外物感焉"（《毛诗正义》卷一）。进入儒学正宗的"物感说"实以中古时代的理论成果为其先导，齐梁时代的文论家非常重视客体对于诗人的感发作用，刘勰《文心雕龙》中专设《物色》一篇，深入地讨论了自然景物如何触发了诗人；钟嵘在《诗品序》中也说："若乃春风春鸟，秋月秋蝉，夏云暑雨，冬月祁寒，斯四候之感诸诗者也。"从某种意义上说，诗人是最先感觉到季节变化的人。

中国诗歌中有很多将春天和冬天对举的诗句，最著名的可能莫过于《诗经·小雅·采薇》中的"昔我往矣，杨柳依依，今我来思，雨雪霏霏。"如果说，在勃真的那首诗中，冬天与春天的辩论作为能指，目的是为了指向宗教的寓意；那么，在这首中国古诗中，对冬天与春天景物的描写也只是作为人物心情的背景和衬托。中外这两种写诗的路径当然很不同，但二者之间仍然具有某种相似相通之处：季节和景物全都不单单是它们本身。

注释：

[1] 《古希腊抒情诗选》，水建馥译，人民文学出版社，1988 年，第 155 页。

[2] 《古希腊抒情诗选》，水建馥译，人民文学出版社，1988 年，第 13 页。

[3] 亚里斯多德《修辞学》，罗念生译，三联书店，1991 年，第 215 页。

[4] 版本依据 Michel-André Bossy, ed. & trans., Medieval Debate Poetry: Vernacular Works, New York: Garland Publishing, Inc., 1987, pp. 2-15.

[5] Michel-André Bossy, ed. & trans., Medieval Debate Poetry: Vernacular Works, New York: Garland Publishing, Inc., 1987, pp. 9-10.

[6] 弥尔顿《失乐园》，朱维之译，天津人民出版社，1996 年，第 57 页。

[7] 《伊索寓言》，白山译，北京燕山出版社，2005 年，第 123 页。

[8] 《莎士比亚全集》第 2 卷，人民文学出版社，1978 年，第 281-283 页。

[9] 弗莱《批评的解剖》，陈慧等译，百花文艺出版社，2006 年，第 263 页。

[10] 严可均校辑《全上古三代秦汉三国六朝文》，中华书局，1958 年，第 1130 页。

[11] 《陶渊明集》，逯钦立校注，中华书局，1979 年，第 35-36 页。

[12] 《陶渊明集》，逯钦立校注，中华书局，1979 年，第 36-37 页。

纳粹文学批判

——阅读波拉尼奥的一种路径

魏然

一

《美洲纳粹文学》（*La literature nazi en América*）是罗贝托·波拉尼奥的第三本小说。1996 年成书后，曾向西班牙多家出版社投稿，但频频碰壁，只有 Seix Barral 出版社寄来了条件苛刻的合同。付梓后，作家获得了评论界有限的关注，但小说却没售出几本。不过，当 Anagrama 出版社的创立者豪尔赫·埃拉尔德（Jorge Herralde）读到手稿时，作家意外地遇到了知音。两人多次长谈，波拉尼奥旋即给埃拉尔德寄来了新作《遥远的星辰》，此后 Anagrama 出版了波拉尼奥大部分的小说成稿及身后遗稿。

《美洲纳粹文学》自有吸引出版人的形式感。这是一部百科全书式的文集，囊括了从 1930 年到 2010 年间美洲倾向于纳粹主义的多位作家。需指出的是，书中主要记述的 90 余位作家（正文 32 个，后记 62 个）都是虚构人物，整本书皆由文字谐谑的伪传记组成。传主大部分是拉美作家，也夹杂了七个美国人。他们的共同特征是，都曾创作带着纳粹色彩的文艺作品，都同情或参与了法西斯活动：阿根廷的门迪鲁塞家族曾和第三帝国元首合影，并"信誓旦旦地表示要做个坚定的希特勒分子"[1]；哥伦比亚的苏维塔和费尔南德斯－戈麦斯曾参加过西班牙内战，为佛朗哥军队效力；秘鲁的塞佩达主张南美国家相互对抗，并在诗作里呼唤回到殖民者皮萨罗统治时期；美国人西贝柳斯幻想纳粹德国攻占美国本土，凡此等等。各篇传记在行文格式上也有相似性：标明了每个作家的生卒年月、出生地和殒命处，这让读者产生一种墓园漫步，端详一座座墓石的感受。

早有评论者指出，这部小说的结构与主题受惠于阿根廷作家马塞多尼奥·费南德斯（Macedonio Fernández）与博尔赫斯（Jorge Luis Borges），特别是博尔赫斯的《恶棍列传》（*Historia universal de la infamia*, 1935）。对于谙熟文学史的读者来说，这条谱系或许还可以加上十九世纪法国作家马塞尔·施沃布（Marcel Schwob）的《幻想的生平》（*Vies imaginaires*, 1896）和西班牙流亡作家马克斯·奥夫（Max Aub）的虚构传记。

当然，《美洲纳粹文学》并非一味地向壁虚构，历史人物给虚拟生涯提供了时空参照和伦理环境。书里写到古巴作家佩雷斯·马松曾向伟大的莱萨马·利马三次提出决斗挑战，而这个故事结尾写道，《古巴作家辞典》对著名作家卡夫雷拉·因方特忽略不提，"却令人吃惊地选收了马松。"（《美》: 61）对于熟识拉美文学的读者而言，聊聊数行足以廓清传主的秉性和立场。

借着各个词条，波拉尼奥涉猎了 20 世纪拉美文学最关键的一些范畴，诸如民族主义、性别话题、极端政治运动、先锋试验、期刊的功能、译介的影响等等，淋漓地嘲弄了文学场域中保守的一翼。但显然，某些时刻左翼文艺实际上也分享右派的话题与形式，譬如右翼杂志《思想与历史》"并不歧视巴勃罗·聂鲁达和巴勃罗·德·罗卡"，因为"只是应该换掉一些人名即可，把斯大林换成墨索里尼，把托洛茨基换成斯大林，稍稍调整几个形容词，改掉几个名词，宣传诗的理想模式就准备好了。"（《美》: 251）

二

许多研究者将《美洲纳粹文学》定性为向博尔赫斯《恶棍列传》致敬的后续之作，但倘若说博尔赫斯这组短篇故事的内在关联是"恶行"或"丑闻"，那么《美洲纳粹文学》每则故事、每个人物所携带的意识形态要更加复杂。这些虚拟作家占据着不同的政治光谱，但他们的作品却被作者笼统地冠以"纳粹文学"的条目。从叙述笔调来看，前十二个段落大都带有狂欢色彩，故事诙谐轻快（或许伊尔玛·卡拉斯科这个故事后半部分是个例外），而第十三段落《拉米雷斯·霍夫曼，无耻之徒》已经转为一篇独立的不乏恐怖色彩的侦探小说。这一段故事脱离了此前持续的第三人称叙事，转入第一人称。与作者同名的流亡诗人波拉尼奥成了仅次于拉米雷斯·霍夫曼的第二主人公。更重要的是，假如说之前的纳粹作家们还只是谈论、妄想着右翼政治形态，那么拉米雷斯·霍夫曼却是货真价实地将暴行付诸实践。

侦探的出场值得思量。波拉尼奥在晚期访谈中，说他最憧憬的职业就是侦探，因为作为侦探，可以多次重返现场却不用惧怕死者的幽灵。侦探或警察的工作在波拉尼奥小说里经常是读者寻找、建构文本意义的喻说。阅读《美洲纳粹文学》这一隐喻层面的侦探行动在最后一个章节，真正转变成为侦探故事。通过这则侦探故事，叙事人"波拉尼奥"将自己与霍夫曼的生命联系在一切，他们曾经分享一段共同的历史，那就是阿连德的人民团结政府时期（1970-1973）和其后的皮诺切特独裁政府时期，这一信奉新自由主义的威权政府从 1973 年智利的"9·11 事件"开始，一直延续到九十年代才以皮诺切特的寿终正寝宣告结束。不过，叙事者与霍夫曼对这两段历史的判断和感受全然不同。叙事者波拉尼奥被独裁政府通缉，流亡海外，而霍夫曼则荣膺空军飞行员，成为受到政府庇护与嘉奖的前卫艺术家。拉米雷斯·霍夫曼原是先锋诗人，皮诺切特政变后加入智利空军，擅长驾驶战斗机在高空写宗教诗。效忠皮诺切特政府之后，他不仅是出卖过去的诗人和艺术家同人，而且还要将犯罪变成艺术，制造舞台化的犯罪现场。绑架贝内加斯姐妹只是一系列犯罪的开始——实际上，这篇传记是小说《遥远的星辰》的雏形。独裁结束之后，他因侵害人权等罪行遭通缉或被法庭传唤出庭作证。不过，正如皮诺切特本人也因为国际政治精英阶层的庇护和智利军方的压力，得以免遭审判，霍夫曼这样的人权罪犯竟然成功隐匿，被人们遗忘，就因为"智利共和国的事情太多，哪有精力关心一个多年前就失踪了的连环杀手在何方呢"（《美》: 217）。在这一情况下登场的侦探阿维尔·罗梅罗，仿佛是来匡正历史正义的英雄。

但有意味的是，虽然侦探罗梅罗携带着伦理使命，但这一使命不是由国家委派的，而是通过私人资助而实现的。历史性的复仇不能由智利政府承担，复仇的主体侦探罗梅罗更像一个赏金杀手。为了在巴塞罗纳找到藏身于此的诗人霍夫曼，罗梅罗决意求助于流亡诗人波拉尼奥，于是作家出场，化身侦探罗梅罗的"华生医生"，协助辨认藏匿海外的霍夫曼。为了完成现实犯罪事件的侦破任务，首先要实现文学侦破工作——波拉尼奥细致阅读了罗梅罗提供的两份极端主义文学刊物：法国的"野蛮写作运动"的刊物和一种马德里发行的文学杂志。而后从期刊写作的蛛丝马迹里，罗梅罗逐步定位了霍夫曼的藏身之所。这一过程里，诗人倍受煎熬，因为他从流亡者变成了雇凶杀人的同谋，从受害者转变为施加侵害的人。这一点或可读出波拉尼奥的高明之处：面对智利的创伤历史，他没有限于悲情控诉，而是把受害者/侵害人的位置颠倒过来，质疑了两者间的二元对立。在二十世纪智利的暴力历史中，亲历者都负有责任：这或许是在小说中使命自己名字的初衷。

拉米雷斯·霍夫曼的艺术家身份也值得我们推敲。实际上，波拉尼奥著作里充满了诗人、他的作家朋友及自己的分身，或那些善于杜撰寓言的人物。在后文中，我们将分析他如何为我们提供了作家、文学、政治与社会之间的关系的完整讨论和知识分子自我反省的契机。但首先，不妨细致考察霍夫曼不伦的艺术实践。小说完整记录了霍夫曼的两场空中诗歌写作表演和一次个人摄影展，均属于实验性的"行为艺术"，实际上读者只有了解70-80年代智利前卫艺术，才能充分领悟其中的互文意义。

叙事人讲述到，"在人民团结阵线政府被人拆台的日子里"，他和许多人一样被捕，被关押在康塞普西翁郊区的贝尼亚体育中心。此时天空中出现了一架老式飞机，在康塞普西翁上空写下了以"青春"起头的，语出《圣经·创世纪》的一段拉丁文诗句。狱友诺尔贝托坚持认为那是一架梅塞施米特战斗机，二战期间德国空军的战斗机。第二次表演发生在军事政府下令"他去首都做点响亮的事情"，"以表明新政权对先锋派艺术的关怀"（《美》：207-208）。（这一表述实则有历史依据：普遍认为阿连德政府获得左翼文化人士的喜爱，人民团结阵线时期艺术实践较有成果，而皮诺切特政府上台之初逮捕了大批艺术家与作家，迫使许多人选择流亡，因此艺术生活毫无起色。）于是霍夫曼兴冲冲地赶到首都，"白天到林德斯特伦上尉机场训练，晚上在住处自费张罗一个摄影展。"（《美》: 208）鉴于"（摄影展）开幕的时间恰好赶在他空中写诗的日子"，读者有把握认定两者是一场演出的前后两部分。霍夫曼从军用机场起飞，在"圣地哥亚郊区"、"铁路仓库"和市区总统府上空，陆续写下了下面的诗句：

> 死亡是朋友／死亡是智利／死亡要讲责任／死亡是爱／死亡是成长／死亡是交流／死亡是扫除／死就是我的心／拿走我的心吧／咱们的变化，咱们的好处／死亡就是复活。（《美》: 208–210）

诗歌本身是晦涩难懂的，但我们依然能从历史语境中尝试读解霍夫曼的整体立场：显然，他认为死亡是变化的必要条件，或借用皮诺奇特的话，政变初期的逮捕和秘密屠杀是促发"智利新生"的必要的恶。对霍夫曼而言，死亡并不仅仅是变化的手段，而是目的。

行为表演的第二部分是摄影展，展厅选在他在首都住所的卧室。参展人士是精心挑选过的小圈子成员（飞行员，有文化的年轻军人，三个记者，一小撮非军人艺术家，年轻的贵族夫人塔蒂亚娜·冯·贝克·伊拉奥拉）。霍夫曼还要求这二十几个人讲求秩序，"他打开了卧室的门，把客人一个一个地放进去。先生们，一次进一个。智利艺术不允许拥挤。"（《美》: 211）20世纪70年代，尤其在智利人民团结政府时期，艺术家与作家普遍设想的问题是如何连接大众与精英艺术，取消画廊艺术，打破精英小圈子的壁垒，而霍夫曼反其道而行。摄影展中间，霍夫曼始终没有发表评论，而是微笑着，此前他仅仅透露，摄影展是"一种直观的实验的诗、纯艺术，会让大家都喜欢的东西"（《美》: 208）。至于展厅内部情形，读者只知道照片铺满了墙壁和天花板，有几千张之多。贵族女士塔蒂亚娜进入展室之后一分钟便走出来，在走廊里呕吐。从参观者的反应中，读者有理由猜测，这些照片都是失踪者被刑讯、被虐杀的摄影纪实。鉴于白天的飞行表演被刻意安排在同一天，那么"死亡摄影"很可能就是霍夫曼为这出两幕表演拟定的主题。

波拉尼奥创造了这位擅长"空中书写"[2]并写下"死亡"诗句的纳粹诗人，并非全无历史痕迹。1982年6月，智利诗人劳尔·苏里塔（Raul Zurita）就曾在纽约进行巨幅表演，以五架飞机的尾气在空中书写了他的诗集《先于天堂》（*Anteparaiso*, 1982）的开篇诗《新生命》（Vida Nueva），其文如下：

> 我的上帝是饥饿／我的上帝是雪／我的上帝是不／我的上帝是醒悟／我的上帝是腐尸／我的上帝是天堂／我的上帝是草原／我的上帝是拉丁人／我的上帝是癌／我的上帝是空／我的上帝是伤／我的上帝是隔离区／我的上帝是痛／我的上帝是／我对上帝的爱。[3]

不仅是空中写诗的形式，就连诗句也与"死亡之诗"充满相似之处。但有意味的是，苏里塔是80年代智利左翼新先锋艺术运动的代表人物。新先锋艺术出现于70年代之后的智利。70年代后半期，军事威权政治全面统治时期，新先锋艺术作为对抗独裁的精英艺术而获得发展。支撑智利新先锋艺术的理论基础是当代法国哲学，具体而言是符号学和后结构主义。为了规避传统左派的胜利哲学和单一逻辑，也为了挑战愈发严峻的独裁压抑，新先锋艺术将斗争集中于能指一端。但由于表意的模糊性，偷换了语境的先锋艺术同样可以为法西斯政权所用。戏仿苏里塔的诗句，也透露出波拉尼奥对左翼先锋派反抗限度的质疑。

三

作为侦探小说的爱好者，波拉尼奥着迷于破解犯罪动机和恶行的发生机制。他本人即是拉丁美洲历史上多次重大社会性犯罪的目击者——1968年曾亲历墨西哥城"三文化广场"（Tlateloloco）大屠杀；几年之后，为了参与智利人民团结阵线的政治实践，他只身返回故国，在 1973 年政变初期遭到短暂监禁。鉴于这样的人生经验，文学与罪行、技艺与犯罪、作家和威权国家这几组关系时常复现在他的小说里也就不足为奇：《遥远的星辰》（1996）讲述一位诗人怎么成了独裁政府的连环杀手，正是从《美洲纳粹文学》霍夫曼的故事衍生而来，人物拉米雷斯·霍夫曼也改为卡洛斯·威德尔（Carlos Wieder）；《荒野侦探》（1998）讲述青年诗人对抗官方资助的主流作家；《护身符》（1999）记录作家在国家入侵墨西哥自治大学时，躲在浴室里免遭劫难；《智利之夜》设置了与虐杀政治犯的刑房共处于同一座房子里的文学沙龙；《2666》讲述在新威权体制下，从 1993 年开始，在墨西哥奇瓦瓦州的华雷斯城（在小说里稍加修饰，改名"圣特雷萨"）发生的虐杀 430 名女工和少女的犯罪事件。

在《美洲纳粹文学》、《遥远的星辰》等篇什中，波拉尼奥敏锐地提出了这样的问题，即文艺何以能服务于法西斯政权？

首先要指出，中文版勒口处辑出的那句话可能不是问题的答案（"文学是一种隐秘的暴力，是获得名望的通行证。在某些新兴国家和敏感地区，它还是那些一心往上爬的人用来伪装出身的画皮"，语出书中《马克斯·米雷巴莱斯》的故事），因为读者将注意到，在其他篇章，例如门迪鲁塞家族或斯基亚菲诺兄弟，他们都独立于政权之外，没有直接为政府效命，也谈不到粉饰出身。波拉尼奥要讥刺的纳粹文学不是博取名利的"听命文学"，不是依照上峰旨意而炮制的文艺。"官大好做诗"的文艺不是纳粹文艺。法西斯文学恰恰主张自律、自治，脱离历史或政治，追求自身的"纯净"。

真正与纳粹政权合谋的文艺是倡导巩固自我的强力，鼓吹不断向外部和他者发动战争的话语。右翼作家的书写，营构了一种排除异己的法西斯话语，这种话语的特征是，捍卫边界（倡导国家之间冲突）、追求强力、否定他者（同性恋、犹太人、女诗人）、净化自我（血统纯粹）。而"他者"常常被锁定在女性社会因素之上，成为法西斯主义试图抹除的进步障碍。例如孪生姐妹诗人遭到拉米雷斯·霍夫曼绑架前，朗诵了自己的作品，而这首诗是由许多美洲女诗人的诗作调酿而成的"鸡尾酒"，是否正是这首诗最终刺激了霍夫曼对女性因素的仇恨？

智利的法西斯话语还呈现出浓厚的"弥撒亚"意味。《遥远的星辰》中的法西斯分子神父就把自己定义为"战士/修士"。这种武士与神职人员的结合，可以追溯至西班牙本土的"光复运动"（Reconquista）和"美洲征服"时期，对领土的占领永远配合着强迫居民改宗基督教。宗教与军事话语的结合并不是智利政变时期的特例，而是智利军界的长期特征。这种否认他者的基督教神义论的真正危害，"在于它理解世界的分裂性方式，它把世界划分为神圣的和异端的，而这种分裂性的理解是几乎所有无法调和或解决的冲突和战争、迫害和征服的思想根源。"[4]诗人－飞行员霍夫曼在空中写下死亡之诗已经充分表露秩序和完美需要以他者之血为代价。

我们发现，纳粹文学可能先于纳粹政权而存在。法西斯因素不一定需要强有力的政府作为前提，它很可能已然呈现在微观政治层面。当这种法西斯话语弥散在整个社会，携带着病菌的社会主体呼唤着威权，然后威权顺势而生。

假如说法西斯文学的特征是纯粹，是对他者采取拒斥和驱逐的态度，那么波拉尼奥的文学允许历史和政治的"污染"；假如说纳粹色彩的话语在智利自有其传统，那么波拉尼奥要做的，就是分析它与艺术之间是如何成功地耦合在一处。就此而言，波拉尼奥对（拉丁）美洲纳粹文化倾向的分析是独一无二的：一方面，他既呈现法西斯文化的特殊本土表征，另一方面又讲述人们怎样与这种制度相伴生。正如欧洲和东亚的纳粹文化，智利的法西斯话语不能被认为"回归民主化"之后已经被"克服"或"超越"，这一段历史也不能被认为是西方政治传统的变异或失常，而应该被理解为欧洲、东亚、美洲各自政治哲学的延续线性段落。恰如拉米雷斯·霍夫曼将右翼文艺推向死亡的极致，军事独裁政府只是将排斥他者的逻辑推向法西斯的极致。

福柯在《反俄狄浦斯》的序言里写道，"法西斯主义诱导我们热爱权力，让我们渴望那些统治、剥削我们的东西。"[5]波拉尼奥所欲批判的纳粹文学正具有这种劝诱的作用，而我们自己很可能都属于纳粹病毒的易感人群。在作家的祖国智利，独裁政权已经被清除，但呼唤威权的纳粹话语却从来没有被认真反省。由此看来，《美洲纳粹文学》就不仅仅是一部谐谑的异国文坛"录鬼簿"或《儒林外史》，它的主题更加沉痛，即告诫我们，如何避免成为一个纳粹分子，怎样才能拒绝法西斯主义的生活，而这在当下并不容易。

注释：

[1] 罗贝托·波拉尼奥《美洲纳粹文学》，赵德明译，上海人民出版社，2014 年，第 7 页。后文出自同一著作的引文，将随文标出该著名称首字和引文出处页码，不再另注。

[2] 空中书写（英文 Skywriting 或 Skytyping）的起源目前还有争议，但根据《纽约时报》1926 年 10 月 9 日的一篇报道所指出的，英国的空中书写不晚于 1919 年，而在美国，有记录称飞行员阿特·史密斯（Art Smith）曾在 1915 年的巴拿马-太平洋万国博览会上在夜空里写下"晚安"（Good Night）二字。See "Skywriting in 1915", in New York Times, 9 October, 1926, F16.

[3] Ina Jennerjahn, "Escritos en los cielos y fotografías del infierno. Las 'Acciones de arte' de Carlos Ramírez Hoffman, según Roberto Bolaño", en Revista de Crítica Literaria Latinoamericana, 56 (2002), pp. 69-86.

[4] 赵汀阳《天下体系：世界制度哲学导论》，中国人民大学出版社，2011 年，第 33 页。

[5] Gilles Deleuze and Felix Guattari, *Anti-Oedipus: Capitalism and Schizophrenia*, trans. Robert Hurley, Mark Seem and Helen R. Lane, Minneapolis: University of Minnesota Press. P, 1983 xiii.

新批评对《追寻逝去的时光》的文本与写作阐释

涂卫群

内容提要　在英语批评界的影响下，20 世纪 60 年代兴起的法国新批评在 70 年代初达到巅峰状态，正是在此期间，法国的普鲁斯特研究进入一个新阶段，出现了多位对普学及文学研究发生深远影响的新批评理论大家，他们借助普鲁斯特的作品和文学与批评观发展自己的思想，并通过深入阐释《追寻逝去的时光》文本与写作的种种特点和他们各自的理论的影响力，将这部小说推向世界。如今近 50 年过后，人们开始重新反思普学中的新批评的得失，探讨其不足。不过本文将着重讨论新批评的方法和其对普学的贡献。

关键词　新批评　普鲁斯特　阐释　文本　写作

序言　相得益彰的普学与新批评

普鲁斯特的《追寻逝去的时光》（以下简称《追寻》）自 20 世纪初陆续出版（1913-1927），激起了层次分明的反响。这种反响基本上由作品与不断更替的流行的社会思潮及相应的批评话语的远近关系决定。在这一过程中，新批评对《追寻》在法国乃至世界范围内的传播扮演了决定性的角色。也许很少有一部文学作品，与批评之间存在如此和谐、如此相得益彰的关系：新批评在普鲁斯特那里找到了理论依据和最为适合于用新批评的方法进行阐释的文本；在阐释普鲁斯特作品的过程中，新批评家们充分发展各自的理论。作为新批评阐释的结果，普鲁斯特作品的影响不断扩大，并引出超越新批评的其他批评方法。

在法国文学范围内，广泛使用的"新批评"具体指20世纪六七十年代占主导地位的文学批评。七十年代初，新批评达到其巅峰状态，也正是在这段时间里，出现了一批重要的批评家兼普学家，他们对《追寻》的阐释，引起一波又一波的反响，直至今天。

让我们首先为普学中的新批评作一简单的批评史定位。根据法国批评家阿尔贝·蒂博代（Albert Thibaudet，1874-1936）的看法，"在19世纪之前，有一些批评家，但没有批评学科。"他所谓的批评学科，则指"一个由或多或少专业化的作家组成的团体，他们的职业便是谈论书籍。"[1]如果说，批评学科始于19世纪，那么该世纪的伟大批评家之一，无疑便是圣伯夫（Charles Augustin Sainte-Beuve，1804-1869）。新批评的直接对立面"传统批评"，指的恰恰是圣伯夫开创的批评传统，它包含几种不同批评方法：圣伯夫的"传记批评"或"肖像批评"[2]，泰纳（Hippolyte Taine，1828-1893）提出的"种族、环境、时机"决定论、布吕耐蒂耶（Ferdinand Brunetière，1849-1906）发展的进化论方法（文学体裁如同有机体，按照产生、繁盛、消亡的规律发展），以及文学史家朗松（Gustave Lanson，1857-1943）的历史（溯源）批评（注重从作家所归属的观念体系及流派的演变研究作家及作品）。朗松强调对作品进行全面深入了解，从文本历史（文本的形成，从草稿、初稿到终稿演变的过程）到作品历史（作品的历史地位，对前人作品的借鉴和对后人的影响）。其中最为关键的仍然是对作品本身的认识，从字面含义到文学含义[3]。朗松作为圣伯夫开创的批评传统的最后一个重要环节（实际上，朗松在称赞其前驱的同时，也试图与他们拉开距离。比如他曾称赞圣伯夫的"求真趣味"[4]；也曾指出其方法的不足，认为圣伯夫"不是以传记解释作品，而是用作品构筑传记"[5]，对人与作品不加区分，恰恰忽略了作品的"文学特质"）。由于朗松的影响一直延续到战后索邦大学[其门徒被戏称为"探源者（sourciers）"，该词原指以近乎巫术的方式寻找水源者]，因此他成为"新批评"所针对的主要目标，罗兰·巴尔特（Roland Barthes，1915-1980）认为他仅只意在"将作品与非作品也即非文学建立联系"。[6]

从理论基础来看，上述这些自 19 世纪中期以降渐渐占主导地位的批评方法，所依据的乃 19 世纪发展起来的实证主义哲学、进化论的历史观，以及诸如生物学、生理学等自然科学理论。与其针锋相对，20 世纪 60 年代兴起的法国的"新批评"，则舍弃了实证主义及自然科学理论，而将自己的方法建立在 20 世纪初出现的新的人文科学学科，对整个 20 世纪的文学理论产生重要影响的著名瑞士语言学家费尔迪南·德·索绪尔（Ferdinand de Saussure, 1857-1913）的现代语言学基础上，并辅之以其他一些新兴的社会科学理论，诸如符号学、精神分析学、结构人类学、现象学和俄国形式主义等。符号（le signe）、结构（la structure）、文本（le texte）、写作（l'écriture）、阐释——我以该词涵盖新批评家们分别采用的 l'herméneutique[7]（解释学），l'exégèse[8]（注解），l'interprétation[9]（解释）诸概念——等成为新批评的基本概念。

至于普学中的新批评究竟包含哪些方法，并不存在十分明晰和统一的界定。热纳维埃芙·昂罗·索斯特罗和热纳罗·奥利维耶罗认为，在结构主义影响下的新批评，可以指涉"诗学家"巴尔特和热奈特的诗学，也可以指涉塞尔日·杜布罗夫斯基和朱莉娅·克里斯特瓦所归属的文学精神分析学领域。[10]纪尧姆·佩里埃则将新批评视为与精神分析学和语言学并列的方法，如他指出："在上世纪下半叶，普鲁斯特乃新批评、精神分析学和语言学，更近些时，则是体裁研究的优选对象。"[11]

四十多年前，也即上世纪 70 年代初，新批评在法国批评界大获全胜，当时的学者对新批评所包含的方法与上述看法有所不同。如让-伊夫·塔迪埃（Jean-Yves Tadié, 1936）在他主编的普鲁斯特小说接受与批评史资料汇编《阅读普鲁斯特》（1971）[12]一书中，在"技巧分析"的章节下重点谈论了新批评。归入新批评范围的主要指"对作品形式与技巧的研究"（l'étude des formes et des techniques），或曰"形式批评"（la critique formelle），他指出：

　　　　这恰恰是普鲁斯特唯一采用的方法，它也是俄国形式主义、美国"新批评"（在亨利·詹姆斯的前言和文章中已出现）所发展的方法；在法国，除了个别的几篇文章，要到 50 年代才发展出对《追寻》的最早的技巧分析（伴之以或追随几部盎格鲁-撒克逊语的著作）。

　　属于形式批评的著作按照三大主轴编排：构思的问题（作品的生成与结构）、视角与叙述者的问题，最后本义上的叙述技巧问题。[13]

他的这番划分，基于当时的研究状况，与现在人们通常的看法有一个明显的不同之处，那就是关于作品的生成的研究，现在一般不将其归入新批评范围，普学中这方面的研究不久后发展出与新批评等量齐观的生成批评。如果排除了作品的生成方面，那么其余的几项：结构、视角、叙述者、叙述技巧的问题，无疑是普学中的新批评所关注的核心问题。

1972 年，纽约大学巴黎分校和巴黎高等师范学院联合组织题为《普鲁斯特与新批评》研讨会，研讨会共举行了四场学术报告和两场圆桌讨论，近乎涵盖了当时具有影响的所有普学方法。从事生成批评的普鲁斯特研究中心[14]的研究人员在其中的一场圆桌讨论上介绍了他们的研究方法。从研讨会的标题看，正像上述塔迪埃的划分，生成批评也在新批评之列。但实际上，即使在这次研讨会上，新批评与生成批评之间的区别[15]也是很明显的。研讨会上占据主导地位的无疑是新批评，四场学术报告会的发言人无一采用生成批评的方法，探讨《追寻》的文本生成，当然这主要是因为普鲁斯特研究中心刚刚成立，方法尚处摸索阶段。另一方面，最后一场圆桌讨论的主要参与者所采用的方法，都可归入新批评之列（关于这场圆桌讨论的主要内容，下文详述）。此中包括《普鲁斯特与符号》的作者哲学家吉尔·德勒兹（Gilles Deleuze，1925-1995），主要从文本与写作的角度研究《追寻》的文学批评家罗兰·巴尔特，从研究普鲁斯特的小说发展出一套小说诗学或叙事学理论的热拉尔·热奈特（Gérard Genette，1930）、从事主题批评的让-皮埃尔·里夏尔（Jean-Pierre Richard，1922）、采用精神分析学研究《追寻》的塞尔日·杜布罗夫斯基（Serge Doubrovsky，1928）、新小说理论家让·里卡尔杜（Jean Ricardou, 1932）。

在法国，自从新批评登场，对批评的反思，不同批评方法之间和在新批评内部展开的争辩便持续不断。热奈特在其《修辞格III》（1972）的开篇

《批评与诗学》一文中，便指出了在当时的法国文学界展开的两场争辩：在文学史[16]与新批评之间展开的争辩；以及在新批评内部，在"旧新批评"（une《ancienne nouvelle》，指"存在与主题批评"）和"新新批评"（une《nouvelle nouvelle》，指"形式主义与结构主义影响下"的批评）之间展开的争辩。[17]下文中我们还将就新批评内部的争辩展开一些讨论。

现在，让我们首先约略展开一下普鲁斯特的阅读、批评方法与新批评的方法的主要异同关系。

普鲁斯特曾反复强调，艺术家的真实的自我存在于他用一生的时间重建的失去的天堂之中，因而这一真实的自我，只能在他的作品中寻找。尽管类似的思想以各种形式散播在《追寻》中，五十年代以《驳圣伯夫》[18]（1954）的形式首次集中发表，却对批评家们以新的思维方式重返普氏的作品起到推波助澜的作用。因为这些思想恰恰与六十年代兴起的法国的新批评对作品本身的关注相一致；相应地，在那个年代，从作者生活出发解释作品（或者说强调作者的生活与作品的关系）则成为不足取的。1968年巴尔特在一篇题为《作者之死》的文章中，明确指出有必要将批评的重心从理解作者的意图转向读者与批评家个人的阐释，不久后他用文本的概念替代了作品。

前面我们曾引用塔迪埃的一段文字，他指出普鲁斯特所唯一采用的方法，便是对作品进行"形式与技巧的研究"。也可借用巴尔特的术语，称之为文本批评（la critique textuelle），尽管普鲁斯特的阅读目标与新批评家们明显不同，普鲁斯特的阅读与批评，以辨析相关作家的风格与眼光、在与他们的区分中找到自己的声音、创作一部文学作品为目标；热奈特式的新批评家则借助对文学作品形式与技巧的分析，建立他们各自的文学理论体系。

雅克·贝尔萨尼（Jacques Bersani）在他编选的普鲁斯特批评史资料汇编《我们时代的批评家与普鲁斯特》的导论中，触及了普鲁斯特的作品本身与普鲁斯特作品的批评史，进而与新批评的关系。在他看来，自1914年以降批评的历程与小说中的主人公马塞尔经历的从失去的时间到寻回的时间的历程相似，原因在于：

自圣伯夫以来，批评便遭受'生平'偏见的损害……它无法不混淆作者和其主人公，无法不把主人公最初含混的试言……当成作者的终语。批评的历程与主人公的历程的相似，还基于一个远为深刻的原因，它无疑解释了普鲁斯特何以在今天引起一种可以称之为"新"的批评的着迷（这种着迷有时略显尴尬）：这是因为《追寻》在小说的面目下，不停地对批评谈论批评本身……批评在普鲁斯特那里，岂不正像在我们时代的批评家那里，表征着这一暧昧的，并总是不确定的处所，在此，以一种优越的方式，实现了学习读解符号？[19]

因此，普鲁斯特的阅读与批评观与新批评之间的应和关系可以归结为如下几点：对作者生平的悬置和将注意力投向作品本身，以及对批评行为的不断质疑，这也意味着，批评的责任在于从批评家个人和其时代的语境出发，不断重返作品，并赋予作品新的阐释。

总之，上世纪六七十年代的普学家采用符号学、文本批评和叙事学等方法阐释《追寻》，引发大量从符号分析，叙事研究等角度进行的研究。与此同时及在随后的年代里，一些批评家还从主题批评、精神分析学、文笔（风格）研究、文本生成研究[20]、互文性与文化生成研究（在普学范围内，这两方面的研究，主要兴起于上世纪80年代[21]，笔者将另行撰文讨论）等角度对《追寻》进行了深入探讨。

如果说普学中的新批评究竟包含哪些方法，并不存在完全一致的看法，可以肯定的至少有两点。第一，从时间上看，普学中的新批评的鼎盛时期，无疑处于上世纪70年代；第二，新批评的方法与普鲁斯特倡导与实践的阅读与批评方法存在着共同之处，这也是之所以新批评与普鲁斯特的作品相得益彰的主要原因。基于这两点，下文中我们的探讨将限于六七十年代的普学和当时的几位重要普学家的论文、论著，这些学者基本上都属于终生与普鲁斯特对话的人物，无论在七十年代之后他们是否继续从事普鲁斯特研究并发表普学论文和专著。他们在国际学术界的影响，对于普学在世界范围内的展开，起着积极的促进作用。

一、吉尔·德勒兹

在法国，以新批评的方法研究《追寻》的最早的代表作，一般认为是哲学家吉尔·德勒兹的《普鲁斯特与符号》[22]（1964）。这部著作一经法国大学出版社（PUF）出版，便成为经典，随后多次纳入该出版社的不同的丛书再版；1970年再版时，作者在原来的七章的基础上增加了一章，第八章，题为"反逻各斯或文学机器"。到第三版（最后一版，1976[23]）时，作者将第八章变为全书的第二部分，并进行了分章。同时又加进了一篇后写的文章，作为结论："疯癫的到场和功能，蜘蛛"。

该著作的标题便相当时髦，回应着索绪尔的语言学。而实际上，德勒兹只是借用了索绪尔的概念并借助普鲁斯特的作品，在这本小书中，发展自己的哲学思想。这是一般普学学者的共识。塔迪埃在他编著的《阅读普鲁斯特》一书中，在肯定了德勒兹的独创性之后，紧接着指出："有必要探寻这种新颖究竟是基于对作品的发现，还是对作品投射的一种并非它原有的哲学；究竟是德勒兹揭示了普鲁斯特，还是普鲁斯特如同一位旅行者那样，前来占据了德勒兹思想的一节车厢。"[24]安娜·西蒙在她的文章《当代哲学：对普鲁斯特的记忆？》就普鲁斯特与德勒兹和其《普鲁斯特与符号》的关系，表达了类似的看法："普鲁斯特在德勒兹那里，至少在《普鲁斯特与符号》中，不是一位旅伴，而是一重自我投射，一种表达他本人即将踏上的哲学旅途的手段：《追寻》成为一面镜子，反射的不是普鲁斯特的世界，而是德勒兹的世界。"[25]

在这部著作中，德勒兹对《追寻》进行了符号学[将其视为一个具有多义性的"符号系统"（*Proust*:103）]的读解。他指出，"普鲁斯特的作品并非建立在展示记忆基础上，而是建立在学习读解符号（l'apprentissage des signes）基础上。"（*Proust*:11）其关键术语则是：符号、含义和本质；持续的学习和突如其来的启示（*Proust*:111）。在德勒兹看来，与清晰的理念不同，符号幽暗而隐晦，心智在与符号相遇时遭受的撞击迫使思想开始运作，对符号的含义进行解释、破译，由此开始学习的过程。其最终目标在于获得启示，也即认识本质——原初世界的性质。小说中的几个不同世界（社交、爱情、感性、

90

艺术）的区分取决于其发送的不同种类（等级）的符号。艺术作品所揭示的本质，是"终极和绝对的差异"，它是一种观点（point de vue）。一旦获得启示——理解了艺术符号揭示的本质，人便有可能追溯学习之路，明白所有其它种类的符号揭示的本质的不同特性。感性符号揭示的本质具有最低限度的普遍性。社交符号和爱情符号则更低一等，它们所揭示的本质具有更高普遍性，普鲁斯特称之为规律。学习读解符号以时间为线索；这一过程，恰恰是寻找真理的过程。德勒兹将寻求真理与读解符号相联系，以普鲁斯特的作品为依据向以理性主义为特征的古典哲学发出挑战：普鲁斯特既受柏拉图哲学的影响又与其构成根本性的区别；区别的关键则在于理智的作用。类似于柏拉图，普鲁斯特所提供的"思想的意象"强调的是迫使人思想的事物，不期而遇的符号。不过在苏格拉底那里，理智先于、激发并组织思想与事物的相遇。在普鲁斯特那里则是一种"不由自主的理智"（*Proust*:120）：受到符号的迫压后、为了解释符号而活跃起来的理智。

在该书 1970 年版本中增添的一章"反逻各斯或文学机器"中，德勒兹更加明确地发展普鲁斯特与古典哲学对立的思想。符号世界与逻各斯的对立体现为五个方面：部分、规律、用途、统一体、文笔。普鲁斯特摒弃了关于艺术作品的辨证观念，也即将作品看成有机整体，其中每一部分预先决定了整体，反过来整体又决定了所有部分。从形式上看符号有两种类型，作为"微启的盒子"（它涉及容器与容物的不匹配的关系）和"闭合的容器"（它涉及相邻的无交流的部分）。因此，由这两类符号构成的《追寻》的世界是"碎屑和混沌"的世界，与逻各斯所体现的"美丽的整体"完全不同。在这样一个支离破碎的世界，规律所支配的是无整体的部分。如果说作为"机件和机体"逻各斯的含义取决于它所归属的整体，那么作为"机器和机器设备"的反逻各斯（现代文学作品）的含义则取决于机器上的"散件"的运作。最终这种文学作品没有含义问题，而只有用途问题。文学机器生产三种类型的真理（产品）：关于回忆与本质的真理（寻回的时间的产品）、关于爱情与社交的普遍规律（失去的时间的产品），以及关于"普遍变化"的真理（灾祸的产品）。普鲁斯特的文笔的主要特征在于不考虑整体与和谐的"可怕的混杂"。

在这种情况下，惟一使作品拥有统一性的是斜贯线（la transversalité），它是作品的形式结构，它在不取消差异和距离的情况下使所有部分建立起联系。

也许是受到普氏将真理的昭示置于全书结尾处的启发，德勒兹在《普鲁斯特与符号》中，将普鲁斯特的真理与哲学家的真理加以区分。他指出，存在着两类真理，抽象的和具体的真理。抽象的真理，指的是哲学家们寻找的真理，这些真理具有不容置疑的确定性，因为它们是从一些最为基本的公理出发通过严密的推理而达到的。具体的真理则与个人的生活体验密切相关，文学所要揭示的常常是这些来自生活的真理[26]。普鲁斯特的真理属于后一类。德勒兹指出，"寻找失去的时间，实际上就是寻找真理。如果它被称为寻找失去的时间，那只是由于真理与时间有着本质的关系。"（*Proust*:23）真理与时间的关系在于，发现真理总是处于体验结束之后。时间意味着"事后"。真理显示为事后的理解，而非在体验之前的主动寻找。对应于两类不同的真理，有着不同的寻找路径。对于前者，哲学家们出于对智慧的爱，通过理智的道路去寻找；对于后者，德勒兹认为只有那些受到生活中暴力撞击的附庸风雅者、受骗的情人，才通过感官的路径，借助于理智，以寻找答案："我们寻找真理，唯有当我们由于一种具体的境遇而决心这样做时，当我们承受了一重驱使我们去寻找的暴力之时。什么人寻找真理？嫉妒者，在所爱者的谎言的迫压下。总是来自符号的暴力强迫我们寻找，剥夺我们的安宁。真理并非通过亲缘关系、良好的意愿而获得，而是由一些不由自主的符号所泄露。"（*Proust*:24）德勒兹认为，在普鲁斯特那里，寻找真理，是一种被动的行为——一种对生活中的暴力作出的反应。从而来自外界的暴力对于普鲁斯特式的寻找真理的人起着一种鞭策作用。德勒兹指出，普鲁斯特的叙述者的方法在于："向制约他的东西敞开，向对他施暴的东西敞开。"[27]德勒兹的这番解释，将小说中所表达的真理与个人的不利遭遇（尤其是失望、幻灭）联系在一起，无疑符合小说的真实。失望、幻灭激励主人公去发现导致这一切的理由，并从中总结出一些具有普遍性的心理规律。

从某种意义上说，普鲁斯特的小说不在于提供真理，而在于提供一种怀疑和探询的态度：没有什么问题不可以追问，不存在天经地义的真理。也许这恰恰是普鲁斯特的作品提供给读者的最为宝贵的东西。对此,德勒兹指出:"比思想更重要的,是'引发思考'的东西。"(*Proust*:117)这样一部作品帮助他人走上写作和思考之路。而这一点,确实既是哲学家德勒兹意义上的独特的哲学的追求真理的方式,也符合《追寻》的实际。

二、罗兰·巴尔特

罗兰·巴尔特在 70 年代初曾声称,普鲁斯特是他重读的少数作家之一。[28]在他此后的近 10 年的余生里,普鲁斯特一直在他思想的视野里。1974 年,他在一篇题为《罗兰·巴尔特反成见》的文章中写道:"普鲁斯特构成了阅读世界的完整体系……在我们的日常生活里,没有一件小事、一场遭遇、一种特征、一重境况,无法在普鲁斯特那里找到参照:普鲁斯特可以是我的回忆,我的文化,我的语言……阅读普鲁斯特的乐趣——或者更确切地说,重读他,类似于(尽管并无虔诚与敬意)查阅《圣经》。"[29]1978 年,巴尔特在法兰西学院的一次讲座的题目借自《追寻》的第一个句子:《长时间以来,我很早躺下》,安娜·西蒙认为,以这个题目巴尔特梦想的是《普鲁斯特和我》(巴尔特本想以此为题[30]),乃至《普鲁斯特,是我》。[31]

从 60 年代末至 70 年代末的 10 多年间,巴尔特发表多篇论述普鲁斯特的写作的文章,这些文章在普学界非常有影响,不但成为频繁引用的对象,而且在他开辟的主题下,一些普学家展开他们自己的研究。比如他首发于 1967 年的论文《普鲁斯特与名字》[32],对《追寻》的"克拉底鲁[33]命名观"(cratylisme)进行了研究。他首先指出,《追寻》是一部"写作故事"(l'histoire d'une écriture),使这一写作成为可能、并赋予作品中众多不连续、分散的单元更高的意群统一性的是一种黏合剂:名字(专有名词)。小说中存在着叙述者和作者的两重同源叙述,前者寻求属于参照物世界的回忆,后者寻求"回忆的语言形式"——名字。对应于两重叙述,出现了对符号的两重处理:叙述者解码——试图发现能指与所指之间的亲和关系;作者编码——"由于需要发明一些既是诺曼底、哥特式又刮风的地点,他要在音素的普通乐谱中找出某些符合这些所指的混合音响。"无论解码、编码都肯定了符号的"缘由"（motivation）。缘由有两重含义：符号与所指事物之间的自然相像的关系，或者符号的能指与所指之间的并非"任意性的"的关系。巴尔特认为《追寻》的体系恰恰"建立在能指与所指的模仿关系上"；并且这与克拉底鲁的命名观不无关系："名字的特性在于按事物本来的样子再现它"。普鲁斯特关于名字的"缘由"涉及自然和文化两类。自然类指的是属于"象征语音学"范畴的内容，简言之，符号的音响与色彩之间存在某种对应关系。文化类则指语言在历时发展中形成的逐渐成为语言的本性的含义，巴尔特认为普鲁斯特的名字有一种共同的含义，"它至少表明了民族性和所有与之相联系的意象"。此外，巴尔特认为普鲁斯特关于专有名词的理论的新颖之处在于，他转移了关于语言的现实主义的问题，在他之前，这一问题总是从参照物的角度提出的（事物与其表达形式的关系），而他的工作则围绕符号，也即能指与所指的关系进行。最后，巴尔特肯定，诗的功能的定义在于"对符号的克拉底鲁意识"：语言模仿思想，符号是有缘由的。巴尔特的这番借用符号学的术语对普鲁斯特专有名词的解读，同时显示出符号学的不足，因为他深切意识到，文学语言不仅仅是符号系统，同时也是象征系统，所以他求助于柏拉图的《克拉底鲁篇》。

他的另一篇论文《一重研究想法》[34]（首发于 1971 年），探讨了《追寻》中反复出现的有关人物塑造的一种现象。在小说发展过程中，不少人物多次出现，每一次出现呈现完全不同的面目。由此出发，巴尔特探寻普鲁斯特的写作规律。他认为，倒错/颠倒（l'inversion）在《追寻》中是一种被经常运用的叙述形式，它渗透到作品的结构中。《追寻》中人物的境况、信念、价值观、情感、语言都在经历着颠倒式的变化。这一独特的形式有着丰富的叙述效果。巴尔特认为，首先颠倒揭示了"时间性"或更确切地说，一种"时间效果"，因为两个相冲突的现象往往发生在不同的时间；其次，颠倒是一种修辞格——"极致"（le comble），普鲁斯特的小说充满这类"谜语"，一个表象往往具备一个与之完全相反的表象作为它的极致，如一位俄裔公主看上去酷似一个妓院老鸨；最后，颠倒带来"惊讶"，在《追寻》中，有很多这种时刻，叙述者发现人物以截然不同的面目出现，而这些使他惊讶的发现总是伴随着一种快感，巴尔特认为那是一种语言，或者说，写作的快感。他进一步指出，普鲁斯特小说中的颠倒，是从一个表象到另一个表象，而非从现象到本质，普鲁斯特的句法"同时也是……"完全不同于古典主义的句法，如拉罗什福科的句法"只不过是……"。换言之，在众多表象之间，并没有任何一个揭示主体的本质，主体是无法被简化或归纳的，然而众多表象最终被统一在作品中，通过隐喻的方式，也就是说，从表象到表象所经过的路径是迂回和环行的。

1979 年，他去世前不久，为法国《文学杂志》撰文《黏合在一起了》[35]，可以视为对七十年代的普学，特别是对他本人的普鲁斯特研究的一番总结。文中他探讨了究竟是哪些因素促使普鲁斯特的小说写作得以黏合在一起并顺利进行下去。他指出在 1909 年之前，普鲁斯特所写的基本上是些片段。从这关键的一年开始，发生了一个根本性的变化，他的所有主题终于黏合在了一起。巴尔特将这一发展归结为四方面的因素：1）一种说"我"的方式；2）一种关于专有名词的诗性的"真理"；3）篇幅上的扩充；4）一种结构小说的方式，巴尔特借用园艺术语，称之为形象的"压条法"，指普鲁斯特受到巴尔扎克启发的凝练人物的写法，每个人物具有多重侧面，每次出场各不相同。[36]仔细观照上述四点，不难发现，第一点涉及叙述人称、叙述者、主人公、作者等多方关系，正是六七十年代讨论最多的普学话题；第二、四两点则是在上文中我们讨论过的巴尔特的两篇文章的主要话题；第三点则比较独特，不过可以展开的余地可能不大。

尤为值得注意的是这篇文章的最后一句总结性的句子："所有这一切应成为一重研究的对象，而这一研究既是传记的，也是结构的。"以"作者之死"、反传记批评起步，以结构主义及解构思想为批评的观念基础的杰出批评家巴尔特，最终为传记研究网开一面。当然他始终没有离开写作研究的场地，因为他接下去写道："只此一次，博学多识可能是有道理的，因为它可以照亮'那些想写作的人'。"[37]

三、热拉尔·热奈特

根据一部《文学百科全书》的看法，热拉尔·热奈特是"'新批评'的最有代表性的人物之一"。[38]在普学中，他同样扮演了十分重要的角色。

从 60 年代末始，他发表多篇文章，如早已成为普学必读的《普鲁斯特隐迹稿本》[39]（1966）、《普鲁斯特与间接语言》[40]（1969）、《普鲁斯特小说中的换喻或叙事的诞生》[41]（1970），论述普鲁斯特作品的某些独特的方面。此外，他还发表过一篇同样比较有代表性的作品《写作问题》（这篇文章发表于1980 年，根据 1963 年他在一次《法国文化》节目上的讲稿修改写成）。文中他强调指出，普鲁斯特是那种罕见的将一生奉献给、并与唯一的一部作品认同的作家，他还提出了一个关于普鲁斯特的写作方式的观点，也即普鲁斯特的小说至他 1922 年去世，从"1913 年的一千四百页变成了三千页……不是通过延伸，而是通过内在膨胀。"[42]最终，普鲁斯特使生活的价值与艺术（写作）的价值合二为一，只有艺术（写作）能够与死亡抗衡。

具有里程碑意义的，是他发表于 1972 年的长篇论著《叙事话语》[43]。正是在这部作品中，他首次系统提出分析叙事作品的一整套术语，随后叙事学的概念和方法一直在法国统领对《追寻》的研究，以至在娜塔丽·莫里亚克·戴耶看来，即使是那些从事生成批评的普学学者，也深受热奈特的影响。[44]这部著作对普鲁斯特小说及其研究的更重要的贡献，则在于冲破现代语言系的界限，而将其引入其他人文社科系的研究视域。这便是伦敦大学普学家亚当·瓦特的看法，他指出："这部叙事学的奠基之作，得到了广泛的研读并对普鲁斯特的小说在现代语言系之外的传播扮演了重要角色。"[45]

在这部著作中，热奈特从顺序、时距、频率、语式、语态五大方面展开叙事学的方法。有意味的是，热奈特的《叙事话语》实际上是一套运用在《追寻》上的方法论，在他的整个论述过程中，始终以《追寻》为例；用热奈特本人的话说："这部研究的特殊对象是《追寻逝去的时光》中的叙事。"[46]在论著的开篇，他这样解释自己的方法：

我在此提出的主要是一种分析方法：我必须承认在寻找特殊性时我发现了普适性，在想让理论服务于批评时我不由自主地让批评服务于理论。这种悖论是任何诗学、恐怕也是任何认识活动的悖论，认识活动始终在两种不可绕过的俗见之间左右为难：只有特殊的对象，以及只有普遍的科学；但是认识活动总是受到另一个并不十分流行的真理的鼓舞，并仿佛受其吸引，那就是普遍性寓于特殊性之中，从而（与通常的偏见相反），可知者寓于神秘之中。[47]

也可以说，热奈特在《追寻》中发现了一些现象、方法，他把它们提炼出来，形成一些概念和理论，他试图用它们探讨其他叙事作品，它们同样有效。这也显示出，普鲁斯特的作品非常适合于文本分析和发展小说理论。在热奈特的一些归纳中，比较有影响的包括，将《追寻》视为对"马塞尔成为作家"这一陈述句的扩充。[48]在论及叙事频率的部分，他区分了一次讲述发生了一次的事（单次叙事：le récit singulatif）和一次讲述发生了n次的事（重复叙事：le récit itératif）[49]，这一区分基本上对应于法语中用于讲故事的两种常见的动词的时态：简单过去时和未完成过去时，对于理解《追寻》的叙事方式，乃至小说家的感受方式（对习惯与重复的力量的极度敏感），有一定的帮助。此外，在语式部分，热奈特则将视角（他名之曰聚焦）问题与叙述者分开，前者涉及作品中的某些人物，他们的视角引导了叙述的视野，后者则专指讲故事者。热奈特认为存在着三种聚焦类型的叙事：无聚焦或零聚焦叙事、内聚焦叙事和外聚焦叙事[50]；相应地，托多罗夫将其表述为叙述者>人物，叙述者=人物，叙述者<人物；对应于英美批评界的无所不知的叙述者叙事、拉伯克所谓的"视角"叙事、"客观"或"行为主义"叙事。这种将叙述者与叙述视角问题分离的做法，暗含了小说中的叙述者向读者提供信息的方式不同，更重要的是，叙述者的有限性并不妨碍作者以各种技巧向读者提供多重视角。换言之，叙述者视角的不足可以通过视角艺术（不同人物的视角）加以弥补。在论述了各种聚焦类型后，热奈特将《追寻》的聚焦方式归结为以主人公的内聚焦为主，但普鲁斯特并未放弃使用传统的无所不知的小

说家的零聚焦叙事以深入不同人物的内心世界，更有甚者，他甚至自由地在三种聚焦方式之间往返："随意从主人公的意识转入叙述者的意识，轮番寄居在他的各式各样的人物的意识中"。[51]他的这些归纳和分析揭示了《追寻》写作上的一些独到之处。

回过头来看他更早的两篇论文。第一篇长文《普鲁斯特与间接语言》由两大主要部分构成，对应于热奈特所理解的普鲁斯特曾经想给予他的小说的标题"名字的年代"和"词语的年代"[52]，因此论文的第一部分研究普鲁斯特对专有名词（名字）的处理，第二部分涉及小说中描写的对社会与人际间话语的运用和理解。热奈特如此解释"词语的年代"："实际上是学习人的真相，及人的谎言的年代"。[53]在这部分中，热奈特列举了《追寻》中出现的不同的社交场合采用的各种微妙的言外之意；只有长期浸泡于特定的社交圈的人，才能领悟其间话语的内涵。[54]

这篇论文的第一部分"名字的年代"，七年后热奈特将其作为单篇收入文集《词物相像说：克拉底里之旅》[55]（1976），这篇文章继续探讨巴尔特起始的对《追寻》中专有名词的研究，热奈特认为《追寻》实际上包含了《克拉底鲁篇》中的两种观点，克拉底鲁的观点和苏格拉底对其否决。普鲁斯特的小说是对马塞尔的双重幻觉的超越："参照物幻觉"——相信所指（"意象"）与参照物（地方）之间存在同一性；"语义幻觉"——相信所指与能指之间存在着"自然联系"。他认为普鲁斯特在《追寻》中对这双重"现实主义幻觉"进行了"时而言明的、时而暗含的，但总是严厉的批判"。他进一步探讨了巴尔特文章中触及的能指和所指的"积极关系"。他首先指出这一关系并不像作者本人提供的理论依据那样"单方面"：地点的"意象"从名字的"音响"吸取其全部内涵；作品中出现的具体的例子远为复杂、辨证。他认为，是名字和意念之间的互相感染构成了语言符号的想象缘由。有时名字的书写形象也会影响其意象。此外，有些名字的音响与色彩的对应，并非出于"彩色听觉"，而是"词语联想"（同音或谐音字的互相影响）的结果。总之，对名字的热情和关于名字的冥想，只是学习（认识）真理过程中的一个过渡阶段。最终，经过一系列幻想破灭，特别是布里萧（"新语言学的象征"）对地名的词源学探讨（"恢复了令人失望的历史演变关系的真相，语音的磨损，简言之，语言的历时维度"），对名字的冥想从小说中消失。普鲁斯特重复苏格拉底的里程：从模仿说到对其最终驳斥；而马塞尔和苏格拉底一样，先后承担两个角色：克拉底鲁式主人公和赫谟根尼式叙述者，并且后者是获胜的一方，因为他是执笔者。最终，"对语言的批判意味着写作的凯旋"。热奈特的这篇论文，上承巴尔特的《普鲁斯特与名字》，下启生成批评的创始者克洛迪娜·凯马尔的《以前文本澄清普鲁斯特关于名字的冥想》[56]，成为研究《追寻》中的专有名词的一个重要环节。

热奈特早期的另一篇论文《普鲁斯特小说中的换喻或叙事的诞生》，在70年代初被视为对《追寻》进行叙事技巧分析的典范之作。塔迪埃在《阅读普鲁斯特》一书中，高度评价这篇作品，认为它探询了"叙事技巧之源"，并如此界定和评价热奈特的批评方法：

> 在此，热奈特采用一种介于小说技巧分析、修辞学和风格学之间的批评，他重拾雅各布森的著名的篇页[57]，后者在"换喻的行程"中看到了"叙事的本然的散文性的方面"，在隐喻中则看到了"其诗性的方面"：普鲁斯特的叙事由语言的两个轴构成，从而"如果说不由自主的记忆最初的'小水滴'的确属于隐喻的类别，'回忆的大厦'则完全是换喻的。"因此我们对形式批评的研究结束于这一重大时刻，由此开始了将普通语言学用于描写文学文本……[58]

这一发表于70年代初的对热奈特的方法的界定与评价，同样适用于普学中的新批评，这一时期的主要批评方法，恰恰是以普通语言学为理论基础，对《追寻》进行技巧分析，并从修辞学、风格学（当然还需加上主题批评）的角度研究这部小说。

四、其他相关研究

将让－皮埃尔·里夏尔和塞尔日·杜布罗夫斯基的普学专著比照而读，是非常自然和发人深省的事。前者的《普鲁斯特与感性世界》[59]（1974）和后者的《玛德莱娜[60]的位置[61]：普鲁斯特作品中的写作与幻像》[62]（1974）同一年出版，两人的研究所依据的理论基础都是精神分析学并兼及语言学或符号学的某些观念。他们所关注的都是《追寻》中的写作与欲望的关系；在他们的论著的开篇，两人甚至从《在少女花影下》中选择了同一段原文——香榭丽舍的"散发出清凉的霉味"的"带绿色栅栏的小亭"（公厕）作为重要的分析对象。然而主要由于批评观念的不同，两位批评家对《追寻》的阐释显示出相当大的差别。

杜布罗夫斯基在他的论著中，借助弗洛伊德的精神分析学的某些原理，以挑衅、巧智与幽默结合的语气分析《追寻》，尤其致力于揭示他所认为的小说家在作品中向自己掩盖的东西。他在论著的开篇便指出："我认为人们过于美化普鲁斯特，为他解毒。我愿意还他以挑衅的指控，恢复属于他的暴力。"（*Place*:21）实际上，对于杜布罗夫斯基来说，普鲁斯特的作品是否具有挑衅和暴力内容并不重要，因为他先验地认为，"从定义上说，分析的任务，总是忘恩负义的"（*Place*:36）。于是他致力于以弗洛伊德采用的种种概念（记忆屏障、利比多）、发现的一些心理现象（自恋、自慰行为、心理防卫、压抑、转移）和情结（恋母情结）等等阐释小说中的一些重要片段，如小玛德莱娜点心的片段。他的论著的中心议题便是确立"在普鲁斯特的作品中'玛德莱娜的位置'"（*Place*:201）。首先他的标题《玛德莱娜的位置》便与此有关。杜布罗夫斯基指出，这个标题含有一重涉及"位置"的文字游戏，其深层含义则有两重："玛德莱娜，她存在的地点（玛德莱娜，她的位置何在？），但是在我的玩笑中还有相互性的含蕴（我的位置何在，在玛德莱娜中）"。他认为，这个片段中的记忆复苏，涉及的是记忆屏障（le souvenir-écran），它所遮蔽的，是压抑了的叙述者童年时期的自慰行为。在摆弄了一套弗洛伊德的概念之后，杜布罗夫斯基指出，"如果玛德莱娜的体验是关于有营养的陶醉的叙事，它的最后的位置，是厕所"（*Place*:48），也即我们前面提到的香榭丽舍大街的"散发出清凉的霉味"的"带绿色栅栏的小亭"。不容置疑，杜布罗夫斯基对小玛德莱娜点心及香榭丽舍大街的小亭的片段的分析主要建立在弗洛伊德的理论的基础上，不过这位有时自诩为作家而非批评家（*Place*:191）的批评家（兼小说家），确实有一种语不惊人、语不逗笑死不休的劲头，致使他的这部颇有影响的论著蒙上一层明显的恶搞色彩。

　　如果杜布罗夫斯基对普鲁斯特所不自知的内心暴力的挑衅性的阅读、德勒兹的将普鲁斯特的叙述者比喻为一只大蜘蛛的想法、热奈特的并非总是可资利用的一堆概念，过于个性鲜明（以至极端），往往让人难以心悦诚服地接受并继续发展，里夏尔对普鲁斯特的阅读，则使人重新返回一个聚精会神倾听普鲁斯特、与作品深入交流的比较温馨的阅读世界。这是因为里夏尔所关心的是揭示作家普鲁斯特的内心景色所具有的同一性。在他的《普鲁斯特与感性世界》的"前言"中，他表示，他的阅读意在"勾画出一场人生在世的意味深长的方向；重绘一次人生之旅的个人坐标"[63]。论著中，他从三个方面重构普鲁斯特的欲望所钟的对象："物质（或恒常性带来的欣悦）、意义（或解释的对象）、形式（或加工来自感性世界及小说写作中的形象）。"[64]在"物质"的标题下，里夏尔分析了小说中出现的各种感性对象：食物、清风、暖阳、丝绒、芳香等等；"意义"方面则涉及意义发生的空间及方式，想象力的拉近各种主题的作用等等；最后部分"形式"，则从聚焦、并列、隐喻、主题化等角度展开了普鲁斯特结构作品（也即构造他的"风景"）的方式。

　　最后，让我们回到杜布罗夫斯基和里夏尔对香榭丽舍大街的"散发出清凉的霉味"的"带绿色栅栏的小亭"的片段的两种不同的阐释上来，作为对他们的建立在精神分析学理论基础上的普鲁斯特研究的小结。在里夏尔那里，这个片段与玛德莱娜的片段遥相呼应，这"清凉的霉味"带来的欣悦表达了欲望对恒常性的渴求，借助感官人可以重新寻回完满与确信，以"进入，也许是返回这一真正的根基性的空间，在那里所有日常生活中的流弊、破碎、转瞬即逝、无定、无根无由，都被消除和治愈了。"[65]在杜布罗夫斯基那里，小亭的片段同样与玛德莱娜的片段紧密相关，不过，这个小亭（公厕），是"一个战场，——为获得身份而进行的战斗。假使我不能控制'入'（玛德莱娜-茶），我却是'出'（整个贡布雷……浮出）的主人。如果在玛德莱娜场景的开端，叙述者拒绝喝茶，随后又'回心转意'，在公厕的一幕中，他拒绝'干事'。取而代之，他将作出贡布雷。"（*Place*:49）如果说在里夏尔那里，欲望、感官的最终目标在于与世界和解，在杜布罗夫斯基笔下，欲望的目标则是通过与利比多和俄狄浦斯情结联系在一起的冲动，诸如摧毁、取代等（当然还有写作）而自我确立。

我们对普鲁斯特与新批评的关系的个例研究，结束于让-伊夫·塔迪埃。他是一位相当全面的普鲁斯特学者。他曾担任包含《普鲁斯特研究》（1973-1987）系列的《马塞尔·普鲁斯特丛刊》（新系列，1970-1987）的主编之一（另外两人是米歇尔·雷蒙和雅克·贝尔萨尼）。70年代初他编选了普鲁斯特小说接受与批评史资料汇编《阅读普鲁斯特》。尽管并未介入普学中的生成批评，他主持的伽里玛出版社七星文库87-89版的《追寻逝去的时光》（四卷本），以丰富的评注资料和大量手稿选载，为包括新批评与生成批评在内的普学学者和普通读者提供翔实、可靠的参考资料。1996年他出版长达950多页的《马塞尔·普鲁斯特》（传记），某些部分细化到小说家每一年的日常生活、写作与出版进展。

他的《普鲁斯特和小说》[66]（1971）出版于普学中新批评占据主导地位的年代，充分把握住了新批评的理念——对传记的拒斥，这一点首先体现在他将《追寻》视为一部小说，他指出："自从这本书问世，直到今天，读者和批评家被书中的第一人称所蒙蔽，以为这是一部私人之作（un écrit intime）、一部自传（une autobiographie）、至多是一部个人小说（un roman personnel）。"[67]他本人则通过比较普鲁斯特的生活和作品，以及普鲁斯特一再表达的并不看重日记、回忆录等自传性体裁的态度，坚信《追寻》是一部小说。既然是小说，那么所涉及的便是解释或重新解释的问题。解释的具体内容，则是小说的技巧。为此，塔迪埃对新批评所关心的热门话题做了全面深入的展开，比如在该书的前两章，他探讨了叙述者与叙述视角问题；第六章语言世界，研究了对人物话语的理解与解释技巧；第九章展开了小说的结构；第十三章探讨了与叙事技巧有关的一系列问题；最后的结论则肯定小说形式的决定性角色："想象世界的统一性为真实世界提供意义"。[68]全书以叙述者"我"和时间为主线，因为塔迪埃认为，普鲁斯特的小说创作建立在这两种基本形式之上，它们体现了小说家的感觉方式和其先验美学。[69]

五、新批评眼中的普学

（一）普鲁斯特接受与批评史

1971 年，普鲁斯特诞辰百周年，成为批评家对《追寻》进一步阅读的重要契机。这一年出现了两部关于《追寻》的接受与批评的史料汇编。其一，雅克·贝尔萨尼编选的《本世纪批评家与普鲁斯特》。该书以时间为线索——由 1912 年雅克·诺尔芒（Jacques Normand, 1848-1931）——"普鲁斯特的第一位批评家"对小说最初手稿的审读开始，直至热奈特的文章《普鲁斯特小说中的换喻或叙事的诞生》，汇集了从七十年代的角度（作者本人的角度）看不同时期《追寻》批评的"获奖作品"节选。作者特别推崇的是路易·马丁-朔菲耶（Louis Martin-Chauffier, 1894-1980）的《"普鲁斯特与四个人物的双重'我'"》[70]、让·鲁塞（Jean Rousset, 1910-2002）《形式与含义》中的一章"普鲁斯特，追寻逝去的时光"[71]和吉尔·德勒兹的专著《普鲁斯特与符号》，认为它们体现了新批评所代表的"注解的时代"（l'ère de l'exégèse）[72]的不同阶段。

其二，让-伊夫·塔迪埃编选的《阅读普鲁斯特》。这一选本与前者不同之处在于，其范围超出文学批评而纳入了公众与作家的反响以及传记作品。另外，就文学批评而言，作者对不同批评角度和方法进行了分类编排：心理学和精神分析学批评、伦理和哲学角度的批评、主题批评，以及技巧分析和文笔研究等。与此相应，其参考书目的编排也比贝尔萨尼选本更为细致。

两本批评文集的编者均高度评价德语批评家库尔提乌斯和斯皮策，认为他们与六、七十年代的新批评关系密切。贝尔萨尼视斯皮策为"'新批评'的先驱"[73]。塔迪埃关于斯皮策的文章指出："我们可以在这一令人赞赏的论著（它赋予库尔提乌斯的直觉以具体的内容）中找到，提前了四十年出现的、目前普鲁斯特批评的所有重大主题，不过是在文笔的核心。"[74]他们两位是普学中最早的文笔研究（la stylistique，或译风格学）的首创者。在列奥·斯皮策的《马塞尔·普鲁斯特的风格》[75]一文中，他沿用和发展他深为推崇的库尔提乌斯采用的批评方法。他首先探讨小说家的"句子节奏"，认为它是普氏风格的决定性因素；那些错综复杂的句段，是小说家目光的语言对应物，一种兼备"理智主义"和"印象主义"的眼光。接着他分析了句段的构成机制：延缓成分、连接手段。随后他探讨了小说家的语言，认为普氏的每个人物都有自己的话语，而人物的话语揭示了其人格。最后他转向小说的叙述者，将小说中第一人称的"我"分为"叙述者"（作者的代言人）和"行动者"；叙述者与行动者以及所有其他人物之间的距离由叙述者的语言造成。他认为，叙述者处于某种难以抵达的深度；换言之，作者与其描写对象保持距离，而这一点小说家通过"插入语"，"仿佛"、"也许"等表示多项可能性的词语，以及夸张所造成的幽默与反讽的效果等来实现。叙述者问题、句子分析、人物的话语、反讽的笔法等等，恰恰是新批评家们热衷的话题。

（二）"普鲁斯特与新批评"研讨会

上文中我们曾提到1972年（普鲁斯特去世五十周年），纽约大学巴黎分校和巴黎高等师范学院联合组织题为《普鲁斯特与新批评》的研讨会。出席这次会议的包括不少听众（也是参与提问者）和当时颇具影响的批评家巴尔特、德勒兹、热奈特、杜布罗夫斯基、里夏尔、里卡尔杜等。具有代表性的几种（新）批评理论汇聚于对《追寻》的阅读。《追寻》与批评的这一相遇为我们提供了七十年代普鲁斯特批评的概貌。

批评家们在与他人的认同和区分中阐明自己的立场和方法。他们十分关注普鲁斯特作品中"（主题与）变奏"的写法：相同的主题对象、场景等在变化中重复出现，以及与此相关的作品的统一性（l'unité）问题。

德勒兹从叙述者的特殊眼光的角度解释《追寻》中的重复现象。他将这一眼光划分为三个时段。而最后一个时段显示出与疯狂的切近关系。德勒兹并不否认《追寻》中存在着统一性。然而统一性只存在于叙述者作为"一只蜘蛛"的织网行为中。为此，他再次提出我们在上文中探讨过的不同于横向和纵向相连的维度——斜贯线。斜贯线联系起来的世界保持各自完全的独立性和封闭性。热奈特的批评从《追寻》本身的独特性（特别是对同一文本反复重写）出发，他认为这一现象迫使批评方法发生转变，从范式（隐喻）解释学过渡到意群（换喻）解释学：某些主题对象在小说中和小说的不断扩充中发生的位移、延迟、分离是有含义的。为此他提出："有意味的不是重复，而是差异、转调、变音，……变奏"。他将批评家的角色类比为音乐家，他们所做的便是"演奏变奏"。在重视普鲁斯特作品中分离与散失现象上里卡尔杜主动与热奈特认同。不过他以文本理论指导阅读，他对散失可能暗含原初的统一性的敏感与巴尔特对变奏可能暗含主题的敏感相呼应。他表示："总之，我感兴趣的是恶化统一性的问题：不只是间隔和散失，还有不可能的聚合：没有原初的统一性。"巴尔特显然十分欣赏热奈特关于批评家与音乐家的类比，但他避免任何与主题、中心的牵连，他所采用的批评，是一种"变奏写作、变奏的变奏"，一种"重写"。在巴尔特看来，如果批评家在分析变奏时试图寻找一个主题，那么他所采用的是解释学的批评；反之，如果批评家像他本人那样只要求"变奏写作"，那么他所采用的是符号学的批评。

与巴尔特的"重写"式文本批评不同，作为主题批评或者精神分析学的批评，里夏尔和杜布罗夫斯基热衷于揭示作家/作品的秘密。他们的批评显示为一种从主题或者关键场景出发的编织，前者希望编织一张"辽阔的意义网"，后者则试图建立一张"差异之网"。他们之间的差异在于批评观念不同。杜布罗夫斯基将《追寻》看成"一种以叙事形式出现的谵语"。他认为普鲁斯特"有点痴"，因为小说中的有些句子乍看起来符合逻辑，却经不起追问。为此他采用精神分析学的语言描述这类现象，因为"精神分析学是疯子的理想语言"。当热奈特强调变奏的意义，他所针对的是主题批评。他认为，这种批评往往将重复出现的主题对象加以堆积、确认，以便建立一张"理想的网"。主要从事主题批评的里夏尔对热奈特的说法婉转地提出异议。他认为，对象所包含的主题因素的意义不在于其重复和复制的能力，而在于其所拥有的朝着小说的所有其它对象进行无限的自我分化和重新分配的能力，从而与它们一道形成一张拥有"暗含的互相联系的网"。不过重建一个网状结构并非里夏尔批评的最终目标。

　　显然，无论是里夏尔本人还是在场的其他批评家，都意识到存在于他与他们之间的分歧。与会的批评家中只有他明确表示关注普鲁斯特作品本身所具有的统一性的观念。他指出："在我看来，在座的所有人之间存在着比较根本性的一致，或者至少一种汇合：普鲁斯特的写作实践被所有人从碎裂、断裂和间断的角度描述。可是在我看来，阅读普鲁斯特的文本，便会发现明显存在着一种关于作品的普鲁斯特的观念，它与所有这些描述背道而驰，一种非常鲜明、非常坚定、甚至有点沉重的观念，它充分肯定回声、类似的线条、旧事重提、回响、道路的划分、对称、视点、'星形交汇'；这一观念以《寻回的时光》的著名段落中一位人物的出现而结束，他将至此分散的线索连结起来。因此，这里似乎有一种明显的普鲁斯特的文本观念与你们对它的描述的不一致。"对于里夏尔的疑问，热奈特答道："大体上我们可以说他是一位 20 世纪的作者，但拥有 19 世纪的美学和文学观念。但我们呢，我们是且应该是 20 世纪的批评家，我们应该作为这样的批评家来读他，而不应像他读自己的东西那样。"在此，热奈特提出两个重要观点。其一，他将普鲁斯特的小说和他的美学文学理论划归不同的时代，暗示他的创作超越他的理论；其二，20 世纪的批评家对《追寻》的阅读应该与普鲁斯特本人的 19 世纪的阅读不同，因为他们掌握着新的批评理论。这种两分法在随后二十年的普鲁斯特批评中不断得到回应。

　　可以说，尽管参加圆桌会议的批评家之间存在一些分歧，但一个共同点在于，他们（里夏尔除外）都强调作品作为文本的特性。文本这一概念的引入，从根本上改变了作品和批评的角色及它们之间的关系。虽然与会的其他批评家采用各不相同的批评方法，然而文本理论同样渗透到他们的批评实践中。文本理论使某些特性成为所有文本的特性：离心、散失、断裂、变奏等，而对与之相反的观念则持拒斥态度，这些观念包括整体性、统一性、同一性、中心、主题等。阅读任何文本都意味着发现它与上述文本特性的关系，衡量它在什么程度上拥有这些特性。

结语　对普学中新批评的质疑与新批评的贡献

自 20 世纪 60 年代新批评开始在法国学术界发生影响，并引领普学达到第一个高潮和走向世界，50 多年过去后的今天，甚至更早些年，一些当代批评家开始反思与批评普学中新批评的方法。

首先是新批评对作者生平的悬置。而悬置作者生平，恰恰是普鲁斯特本人在《追寻》和《驳圣伯夫》中所一再以各种方式提倡的。在《追寻》第二卷《在少女花影下》中，他曾嘲讽圣伯夫的化身德·维尔巴里西斯侯爵夫人，由于她本人或她的父辈与某些作家有私交，便根据他们的为人评判他们的作品，结果是她对为后世所肯定的大作家夏多布里昂、巴尔扎克、雨果、司汤达颇有微词，却偏爱和她的家族交好的一些小有名气的作家。[76]与《驳圣伯夫》中的观点一致，在那里，普鲁斯特不无嘲讽地指出，如果 19 世纪的所有书籍遭焚毁而只留下圣伯夫的《星期一闲谈》，而我们对于 19 世纪作家的名次只能从圣伯夫的书中获取，那么司汤达会排在一批名不见经传的小作家之后。[77]

新世纪以来，对于普鲁斯特及新批评对作者生平的悬置，出现了不少质疑的文章。朱迪特·考夫曼的《〈驳普鲁斯特〉或传记体的回归：和安德烈·莫洛亚一起"追寻马塞尔·普鲁斯特"》[78]一文，在肯定莫洛亚的人物传记的同时，直接针对普鲁斯特和新批评对作者生平的漠视；因为考夫曼视上世纪 50 年代末以来的文化氛围不利于莫洛亚所从事的人物传记的写作："有必要承认，在一种（仍然）深受怀疑的年月（les temps du soupçon）[79]和六七十年代的理论恐怖主义（le terrorisme théoricien）影响的文化风景中，莫洛亚的言论很容易被视为学术上的不得体。"[80]考夫曼对莫洛亚的肯定，同样基于当今的文化语境，传记批评不再仅仅意味着以作者的生活解释其作品，而趋于成为作品的传记：对作品生成、作家的生活在作品中转化的深入探询。在考夫曼看来，这便是莫洛亚的《追寻马塞尔·普鲁斯特》与他前面的几部传记的区别。另一方面，一些当代法国传记研究者重新评价莫洛亚所代表的法国式的传记写作，并将其与"盎格鲁－撒克逊式的只叙事实的纪念碑式的传记"加以区分，法式传记写作，往往"选择'根据意义确立视域'。传记作者致力于构建一位心怀一重设计的人的'存在的旅程'（虚拟的和逼真的）。"[81]在传记作者与传主的关系上，与巴尔特所宣布的"作者之死"的年代大相径庭（那时所强调的是批评家与作者及作品拉开距离），考夫曼充分肯定莫洛亚在写作普鲁斯特的传记时，所采用的与作者、作品认同和密切交流的方法，而对这一方法的肯定，则以"诗性真理"为名义：

> 模仿、吸收、消化、浸渍：这一方法是成问题、可耻的，因为它将传记作者的主观性放在了首位，使他成为造物主——在另一些地方甚至涉及"占卜"——但这是最好的方法，因为只有它才使人进入这一最高的智力形式："诗性真理"。[82]

与传记相关，意味深长的是安托瓦纳·贡巴尼翁刊登在法兰西学院网站上的一篇论述巴尔特与普鲁斯特的关系的文章《普鲁斯特和我》[83]（法语版1994），在这篇文章的结尾部分，贡巴尼翁引用了小说中的著名片段"心灵的间歇"[84]，无论对于贡巴尼翁本人，还是巴尔特，这个片段都使他们深为感动，令他们想起自己故去的母亲。贡巴尼翁指出，这个片段不容置疑地源自普鲁斯特的亲身经历。在贡巴尼翁看来，这是《追寻》最感人的瞬间，也是巴尔特晚年所认为的普鲁斯特的小说所归。贡巴尼翁的结论是："这个瞬间，在任何体系、任何结构之外，在《寻回的时光》中将无法追回。巴尔特在此之后全神贯注于这一瞬间，我认为，由此他抵达了《追寻》的真理"。这意味着，无论对于小说家普鲁斯特，还是批评家贡巴尼翁或巴尔特，个人的生活的经历对写作与批评有着难以估量的影响。

对新批评方法的另一点质疑，涉及与"作者之死"相关的一系列观念。一些批评家在这一宣称中看到对作者的"贬低"。不可否认，"作者之死"隐含着对批评家的独立性与自主性的肯定——作者并非对其作品拥有最终的解释权。与此相关，在批评实践中，重要的是显示出批评家独特的眼光，乃至对作者的挑战。杜布罗夫斯基的《玛德莱娜的位置》是一个比较典型乃至极端的例子。一种和缓一些的看法，由热奈特提出，并引起大量的重复、共鸣和发展，那就是在《新批评与普鲁斯特》研讨会上他指出的"在普鲁斯特那里……有一种理论对实践的落后"。[85]如今一些批评家，如多利特·科恩和其同道若埃尔·乐禾，以"作者意识"和作品的"审美完整性"[86]为名对这一观点提出质疑。乐禾认为有必要参照韦恩·布斯在《小说修辞学》中假设的"不可靠的"（unreliable）叙述者，采用一种"'视角观的'（perspectivique）选择"[87]，对真正的作者普鲁斯特和虚构的叙述者马塞尔加以区分，将《追寻》中理论上的"不连贯、不合逻辑、不恰当"[88]归在马塞尔身上。而这一选择取决于对《追寻》文体归属的重新界定，也即，将其界定为"一部虚构的传记"[89]。由此，不难看出，体裁研究有可能再次带来普学的更新。

然而，不容置疑的是，不论采用什么方法、依据何种理论，新批评家们的根本性的共识，建立在对作品细读基础上。向作者挑战，将作品据为己有、对作品实施理论暴力等等，都不能抹去新批评对《追寻》文本与写作的多重阐释。正是这众多的阐释，连带着各种新的批评方法，以及凭借诸如德勒兹、巴尔特、热奈特这样的富有国际影响力的理论大家兼新批评的代表性普学家的名声，将普鲁斯特的作品推向世界，特别是各国的学术界。

如今新批评的遗产依然在发生影响。特别是普学中的各种后起的方法，如生成批评、互文性研究都沿用新批评倡导的文本研究与写作研究。即使是对新批评提出挑战的学者，仍然在新批评的概念范畴内进行思考，如关于体裁的争辩，即便采取一种中和的论调，认为《追寻》是一部虚构的传记，仍然基于新批评关于作者、叙述者、主人公等一系列细致的辨析。又如关于新批评推出的如此根本性的概念，文本（texte），尽管不断被添加上各种前缀，互（inter）、前（avant）、内（intra）、外（hors）、非（non）、超（hyper）[90]等等，不可替代的仍然是文本。

注释:

[1] Albert Thibaudet,《Propos sur la critique》, *Réflexions sur la littérature*, Gallimard, 2007, p.1204.参见Joël Loehr, 《Contre Mme de Staël, avec ou sans Homère》, *Poétique*, n° 169, 2012, p. 3.

[2] 详见刘晖《圣伯夫肖像》, 载《阿尔卑斯》第 2 辑, 河北教育出版社, 2012 年, 第 48 页。

[3] Gustave Lanson,《La méthode de l'histoire littéraire》(1910), *Essais de méthode, de critique et d'histoire littéraire* (rassemblés et présentés par Henri Peyre), Librairie Hachette, 1965, p. 31-60.

[4] Gustave Lanson,《Sainte-Beuve》, p. 428-429.

[5] Gustave Lanson,《Après Sainte-Beuve》, p. 452.

[6] Gustave Lanson, *Essais de méthode, de critique et d'histoire littéraire*, p. 14.

[7] 该词源自希腊文的hermêneutikos, 它的词源则是hermêneuein, 含义为 "解释"。解释学的对象包括哲学和宗教文本; 它也关乎对作为符号系统的言论现象的解释。——详见 *Le nouveau petit Robert, Dictionnaire Le Robert*, 1967, 1993, 2002.

[8] 该词源自希腊文的exêgêsis, 含义是 "注解"。指对意义和含蕴晦涩或值得探讨的文本进行的语文学的、历史的或学理的解释。——详见 *Le nouveau petit Robert*.

[9] 该词源自拉丁文的interpretatio, 基本含义包括解释、评注、演奏等。——详见 *Le nouveau petit Robert*.

[10] Voir Geneviève Henrot Sostero & Gennaro Oliviero,《 Les falaises et les siècles 》, *Europe, Marcel Proust*, revue littéraire mensuelle, N° 1012-1013/ Août-Septembre, 2013, p. 4.

[11] Guillaume Perrier,《 Proust et le siècle 》, *Europe, Marcel Proust*, p. 173.

[12] Jean-Yves Tadié, *Lectures de Proust*, Paris, Librairie Armand Colin, 1971.

[13] Jean-Yves Tadié, *Lectures de Proust*, p. 211.

[14] 关于普鲁斯特研究中心的成立(1970)与研究工作, 详见涂卫群《生成批评对普鲁斯特写作过程的研究》, 载《阿尔卑斯》第 4 辑, 河北教育出版社, 2014 年。

[15] 关于普学中的新批评与生成批评的异同, 将另行撰文探讨。

[16] 在此, 热奈特很可能指朗松所代表的文学史研究。

[17] Gérard Genette,《 Critique et poétique 》, *Figures III*,《 Collection Poétique 》, p. 9.

[18] Marcel Proust, *Contre Sainte-Beuve*, Préface de Bernard de Fallois, Gallimard, 1954.

[19] *Les critiques de notre temps et PROUST*, présenté par Jacques Bersani, Garnier Frères, 1971, pp. 11-12.

[20] 关于普学中的文本生成研究, 详见涂卫群《生成批评对普鲁斯特写作过程的研究》, 载《阿尔卑斯》第 4 辑, 河北教育出版社, 2014。

[21] Geneviève Henrot Sostero & Gennaro Oliviero,《Les falaises et les siècles》, *Europe, Marcel Proust*, revue littéraire mensuelle, No 1012-1013/ Août-Septembre, 2013, p. 4.

[22] Gilles Deleuze, *Proust et les signes*, Presses universitaires de France, [1964, 1970, 1976], 2010.后文出自同一著作的引文, 将随文标出该著名称首字和引文出处页码, 不再另注。

[23] Anne Simon, *Proust ou le réel retrouvé. Le sensible et son expression dans À la recherche du temps perdu*, PUF, 2000, Honoré Champion, 2011, p. 59.

[24] Jean-Yves Tadié, *Lectures de Proust*, p. 180.

[25] Anne Simon,《La philosophie contemporaine, mémoire de Proust ?》, *Proust, la mémoire et la littérature*, séminaire 2006-2007 au Collège de France, sous la direction d' Antoine Compagnon, Paris, Odile Jacob, 2009, p. 240. 中译本《当代哲学: 对普鲁斯特的记忆?》, 涂卫群译, 见本辑《阿尔卑斯》。

[26] 这类 "真理", 在汉语中, 习惯上称为 "真相、真情"。

[27] *Cahiers Marcel Proust 7, Études proustiennes II*, Gallimard, 1975, p. 105.

[28] *Cahiers Marcel Proust 7, Études proustiennes II*, Gallimard, 1975, p. 87.

[29] Adam Watt, *The Cambridge Introduction to Marcel Proust*, Cambridge University Press, p. 108.

[30] Antoine Compagnon,《Proust et moi》, http://www.college-de-france.fr/media/antoine-compagnon/ UPL18806_15_A.Compagnon_Proust_et_moi.pdf

[31] Anne Simon,《La philosophie contemporaine, mémoire de Proust ?》, *Proust, la mémoire et la littérature*, p. 237.

[32] 《Proust et les noms》(1967), pp. 121-134. 参见《罗兰·巴尔特文集：写作的零度》，李幼蒸译，中国人民大学出版社，2008 年，第 109-123 页。

[33] 克拉底鲁是柏拉图对话录（"克拉底鲁篇"）中的一位对话者，他认为名字的正确性取决于名字对事物的自然本性的揭示（通过词源学探讨人们可以达到对事物的原初命名——一种高于人的力量提供了这些原初命名，也即对事物的自然本性的认识）；他的对立面赫谟根尼则认为名字的正确性取决于惯例和公意。对话中苏格拉底先后扮演二人的角色以批驳对方的观点，但最终他试图超越二者的冲突，认为词源学探讨并不重要，要想认识现实的真相，还得超越名字，用心直接考查事物本身和与其不同的事物以便发现事物中隐藏的恒久不变的本质。

[34] Roland Barthes,《Une idée de recherche》, *Recherche de Proust*, Seuil, 1980, pp. 34-39.

[35] Roland Barthes,《Ça prend 》, *Magazine littéraire* (Le siècle de Proust : de la Belle Époque à l'an 2000), hors-série n°2, 4e trimestre 2000, pp. 56-57.

[36] Voir Roland Barthes,《Ça prend 》, p. 57.

[37] Roland Barthes,《Ça prend 》, p. 57.

[38] *Encyclopédie de la littérature*, Garzanti editore s. p. a., 1997, 1999, Librairie Générale Française, 2003, pour la traduction, l'adaptation et les articles nouveaux, p. 585.

[39] Gérard Genette,《 Proust palimpseste 》, *Figures I*, Seuil, 1966, pp. 39-67.

[40] Gérard Genette,《 Proust et le langage indirect 》, *Figures II*, Seuil, 1969, pp. 223-294.

[41] Gérard Genette,《 Métonymie chez Proust, ou la naissance du Récit 》, *Poétique*, n° 2, 1970, pp. 156-173, et《 Métonymie chez Proust 》, *Figures III*, Seuil, 1972, pp. 41-63.

[42] Gérard Genette,《La question de l'écriture》, *Recherche de Proust*, Seuil, 1980, p. 8.

[43] Gérard Genette,《 Discours du récit 》, *Figures III*, Seuil, 1972, pp. 65-282. 中译本《叙事话语》，王文融译，载《叙事话语、新叙事话语》，中国社会科学院外国文学研究所、二十世纪欧美文论丛书编辑委员会编，中国社会科学出版社，第 1-191 页。

[44] 以上观点，参照她在现代文本与手稿研究所主办的 "《追寻逝去的时光》，关涉战争的小说" 系列研讨会（2010-2011）上所做的关于会议主题的介绍发言（Présentation du séminaire），2010 年 10 月 18 日。网址：http://www.item.ens.fr/index.php?id=577265. ITEM:《À la recherche du temps perdu, roman de la guerre》 /2010-2011.

[45] Adam Watt, *The Cambridge Introduction to Marcel Proust*, Cambridge University Press, 2011, p. 110.

[46] Gérard Genette,《Discours du récit 》, p. 67. 参见《叙事话语、新叙事话语》，第 3 页。

[47] 《叙事话语、新叙事话语》，王文融译，第 4-5 页，引用时略有修改。Voir《 Discours du récit 》, pp. 68-69.

[48] Gérard Genette,《 Discours du récit 》, p. 75. 参见《叙事话语、新叙事话语》，第 10 页。

[49] Gérard Genette,《 Discours du récit 》, pp. 145-156. 参见《叙事话语、新叙事话语》，第 73-83 页。

[50] Gérard Genette,《 Discours du récit 》, pp. 206-207. 参见《叙事话语、新叙事话语》，第 129-130 页。

[51] Gérard Genette,《 Discours du récit 》, p. 223. 参见《叙事话语、新叙事话语》，第 144 页。

[52] André Maurois, *À la recherche de Marcel Proust*, Librairie Hachette, 1949 et 1970, p. 255. 参见中译本《普鲁斯特传》，徐和瑾译，浙江文艺出版社，1998 年，第 268 页。

[53] Gérard Genette,《 Proust et le langage indirect 》, p. 249.

[54] 这篇文章的第二部分，有由徐和瑾节译的中文版，《普鲁斯特和间接言语》，载《外国文学报道》1985 年第 5 期，第 11-19 页。

[55]　Gérard Genette,《L'âge des noms》, *Mimologiques* (Voyage en Cratylie), Seuil, 1976, p. 361-377.

[56]　《Rêveries onomastiques proustiennes à la lumière des avant-textes》, *Essais de critique génétique*, Paris: Flammarion, 1979, p. 69-102.

[57]　《普通语言学论著》, 第 66-67 页。——作者原注。

[58]　Jean-Yves Tadié, *Lectures de Proust*, p. 236.

[59]　Jean-Pierre Richard, *Proust et le monde sensible*, Seuil, 1974.

[60]　玛德莱娜这个专有名词, 在法国文化的语境中可以指称一系列对象: 首先是《新约》《马太福音》和《约翰福音》中见证耶稣复活的女子——玛丽·玛德莱娜 (也即抹大拉的玛利亚), 巴黎的 (玛丽·) 玛德莱娜教堂便是献给她的, 普鲁斯特少年时代居住的马尔泽尔布大道 9 号, 与玛德莱娜教堂数步之遥, 从他家出来, 便可以看见教堂美丽的身影。玛德莱娜广场位于玛德莱娜教堂边上。《追寻》第一卷《去斯万家那边》中触发不由自主的记忆的小点心也以玛德莱娜为名, 它同样充当见证 (记忆) 复活的角色。此外, 玛德莱娜, 也是小说中出现的两部小说中的两位女主人公的名字: 它首先是玛德莱娜点心的片段之前的马塞尔的母亲给他朗读的乔治桑的小说《乡野弃儿弗朗索瓦》中的女主角的名字, 其次在《追寻》最后一卷《寻回的时光》中, 普鲁斯特插入的他本人的仿作 "龚古尔兄弟的日记", 韦尔迪兰夫人被称为 "弗洛芒坦的 '玛德莱娜'", 后者指的是法国作家弗洛芒坦的小说《多米尼克》中的女主人公, 这意味着韦尔迪兰夫人是弗洛芒坦的女主人公的原型。从而这一先一后出现的 (小说中的) 两部小说中的女主人公, 都叫玛德莱娜。因此, 这个名字可以从多方面展开。

[61]　"玛德莱娜的位置", 用来翻译 La place de la madeleine, 杜布罗夫斯基在这里玩弄了一个文字游戏, 其中的 place 一词, 既有位置的含义, 又有广场的含义。La place de la Madeleine, 其中 Madeleine 大写, 用作专有名词, 指玛德莱娜广场, 它从玛德莱娜教堂得名, 广场位于教堂边上。由于杜布罗夫斯基将 madeleine 小写, 它指的应该是《追寻》中小玛德莱娜点心。

[62]　Serge Doubrovsky, *La place de la madeleine. Écriture et fantasme chez Proust*, Mercure de France, 1974. 后文出同一著作的引文, 将随文标出该著名称首字和引文出处页码, 不再加注。

[63]　Jean-Pierre Richard, *Proust et le monde sensible*, Seuil, 1974, p. 7.

[64]　详见该书封底。

[65]　Jean-Pierre Richard, *Proust et le monde sensible*, p. 14.

[66]　Jean-Yves Tadié, *Proust et le roman : Essai sur les formes et techniques du roman dans* À la recherche du temps perdu, nouvelle édition revue et corrigée, Gallimard, 1971 et 2003. 中译本《普鲁斯特和小说: 论〈追忆逝水年华〉中的小说形式与技巧》, 桂裕芳、王森译, 中国社会科学院外国文学研究所、外国文学研究资料丛书编辑委员会编, 上海译文出版社, 1992 年。

[67]　让-伊夫·塔迪埃《普鲁斯特和小说》, 第 1 页。引用时略有改动。Voir Jean-Yves Tadié, *Proust et le roman*, p. 17.

[68]　Jean-Yves Tadié, *Proust et le roman*, pp. 443-445.

[69]　Jean-Yves Tadié, *Proust et le roman*, p. 283.《普鲁斯特和小说》, 第 284 页。

[70]　Louis Martin-Chauffier,《Proust et le double "Je" de quatre personnes》, *Les critiques de notre temps et PROUST*, présenté par Jacques Bersani, Garnier Frères, 1971, p. 54-66. 中译本:《普鲁斯特与四个人物的双重 "我"》, 孙婷婷译, 见本辑《阿尔卑斯》。

[71]　Jean Rousset, *Forme et Signification*, José Corti, 1962, p. 135-170.

[72]　*Les critiques de notre temps et PROUST*, p. 55.

[73]　Ibid, p.40。

[74]　Jean-Yves Tadié, *Lectures de Proust*, p. 239.

[75]　Léo Spitzer,《 Le style de Marcel Proust 》, *Études de style*, Gallimard, 1970, 中译本《马塞尔·普鲁斯特的风格》, 涂卫群译, 载《风格研究、文本理论》, 史忠义、户思社、叶舒宪主编, 河南大学出版社,

2009。

[76] *À la recherche du temps perdu*, II, édition publiée sous la direction de Jean-Yves Tadié avec, pour ce volume, la collaboration de Dharntipaya Kaotipaya, Thierry Laget, Pierre-Louis Rey et Brian Rogers, Paris, Gallimard, 《 Bibliothèque de la Pléiade 》, 1988, p. 70. 参见《在少女花影下》，周克希译，华东师范大学出版社，2012 年，第 272 页。

[77] Marcel Proust, *Contre Sainte-Beuve*, Préface de Bernard de Fallois, Gallimard, 1954, p. 129. 参见《驳圣伯夫》，王道乾译，百花洲文艺出版社，1992 年，第 67 页。

[78] Judith Kauffmann,《<Contre-Proust> ou le retour du biographique : "À la recherche de Marcel Proust" avec André Maurois 》, *Marcel Proust 5 : Proust au tournant des siècles 2*, La Revue des lettres modernes, Paris, Minard, 2005, pp. 145-156.

[79] 作者在此翻用娜塔丽·萨洛特的著名表达式，她的一部论著的标题 L' Ère du soupçon (1956) (《怀疑的时代》)。

[80] Judith Kauffmann,《<Contre-Proust> ou le retour du biographique : "À la recherche de Marcel Proust" avec André Maurois 》, p. 145.

[81] Judith Kauffmann,《<Contre-Proust> ou le retour du biographique : "À la recherche de Marcel Proust" avec André Maurois 》, p. 151.

[82] Judith Kauffmann,《<Contre-Proust> ou le retour du biographique : "À la recherche de Marcel Proust" avec André Maurois 》, p. 152.

[83]   Antoine Compagnon,《Proust et moi 》, http://www.college-de-france.fr/media/antoine-compagnon/ UPL18806_15_A.Compagnon_Proust_et_moi.pdf

[84] 主人公马塞尔第二次前往巴尔贝克度假，在宾馆的房间里解开鞋扣的瞬间，突然热泪盈眶；因为在他第一次来此度假时，是外祖母为他解开鞋扣，而这一次，她早已离他而去。在这一瞬间，他突然意识到永远失去了外祖母。

[85] *Cahiers Marcel Proust 7, Études proustiennes II*, Gallimard, 1975, p. 112.

[86] Joël Loehr,《 Science critique et conscience d'auteur: Proust à l'épreuve 》, *Littérature*, n° 168, 2012, p. 120.

[87] Joël Loehr,《 Science critique et conscience d'auteur: Proust à l'épreuve 》, p. 103 et p. 120.

[88] Joël Loehr,《 Science critique et conscience d'auteur: Proust à l'épreuve 》, p. 103 et p. 120.

[89] Joël Loehr,《 Science critique et conscience d'auteur: Proust à l'épreuve 》, p. 103.

[90] Françoise Leriche,《 Rééditer Proust au vingt et unième siècle : intertexte, intratexte, avant-texte 》, *Genesis*, *36/13 : Proust, 1913*, textes réunis et présentés par Nathalie Mauriac Dyer, pp. 25-35.

潜入另一种文明的可能

余中先

克里斯托夫·奥诺-迪-比奥（Christophe Ono-Dit-Biot）的小说《潜》（Plonger），2013 年出版时就获得了当年的法兰西学士院小说大奖，次年，又获得了中国的"21 世纪年度最佳外国小说"，是一本既好看，又内容深刻的书。人民文学出版社和中国外国文学学会选中它作为年度最佳外国小说的法语卷，又委托我来翻译，确实是我的一大荣幸。而它的翻译过程，对于我也是一个十分宝贵的学习和实践机会。

一、小说情节

《潜》讲述了一个爱情故事。

《潜》探讨了潜入另一种文明的可能性。

初读之际，读者可能会觉得，这是一部历险小说，或者是一部侦探小说，一部游历小说，一部疑谜小说……

若是读得更细致一些，读者则会认为，这就是一部反映当代生活、尤其是艺术家生活的写实小说。

男主人公塞萨在巴黎的某家叫做"企业"的大型媒体工作，担任高管，是著名的记者。他对女摄影家帕兹一见钟情，并为她艺术上的成功摇旗呐喊。他想尽办法追踪帕兹，终于获得了她的爱，后来还小施阴谋诡计，偷走了帕兹的避孕药，让她避孕失败，从而有了儿子赫克托耳。后来，当帕兹离家出走后，他一个人苦苦地坚守家中，等待帕兹的消息。当帕兹溺毙海滩的噩耗传来，他迫不得已动身前往阿拉伯海岸，经过深入细致的调查，逐渐地弄清楚了帕兹的死因，同时还弄明白了她离家出走的原因……

女主人公帕兹是个天才的艺术家，一开始时专门从事沙滩摄影，获得成功后，多次举办个人摄影展。在塞萨的帮助下，她渐渐出了名，在媒体上大获好评。而在个人生活方面，她与塞萨相爱并有了孩子赫克托耳。后来，她一度转而做博物馆内的"人与艺术作品"的摄影，并获得惊人的成功，甚至在卢浮宫举办了个人展。帕兹觉得欧洲文明已是坟墓，不愿意生活在对欧洲辉煌往昔的崇拜和留恋中。就在个人的艺术生涯到达顶峰之际，她毅然决然地离开了欧洲，离开了事业，放弃了摄影，也离开丈夫和孩子，一个人跑到阿拉伯的某海滩，住到一个小棚屋里，下海潜水，探索海底世界的奇妙，关注鲨鱼的生存境地……最后，在一次潜水中不幸因缺氧而溺死。

二、小说人物

《潜》所写的，是塞萨和帕兹所熟悉、所经历的欧洲艺术家和记者的生活。由此，他们所经历的经济危机、恐怖袭击、天灾人祸，也就是一般欧洲人所遇到的社会现实和日常生活；他们在各自专业领域中的奋斗经历，也就是一般欧洲人为生存、为艺术、为人生价值的实现而做出的追求。

塞萨和帕兹这两口子对当代欧洲文明的认识上的分歧，大概是整部小说故事情节发展的动因。探究这个原因，恐怕也是我们探索小说《潜》主题意义的最好方法。当然，我们在此也并不想用三言两语来总结小说的现实意义，更不想学究气十足地归纳出作品的社会学意指。

塞萨代表了一种生活方式，他在巴黎的新闻界和艺术界闯荡多年，轻车熟路，游刃有余。对社会的种种弊病，他看得清清楚楚，但他同时更看到，欧洲尽管充满了危机、暮气沉沉，也还是尚可苟活着的唯一地方，世界的其他地方太乱，不是台风海啸等天灾，就是恐怖袭击类的人祸，那样的乱世景象，他见得多了。他曾经在泰国报道过 2004 年的海啸灾难，也曾在贝鲁特被伊斯兰抵抗组织逮捕和审问……在他看来，帕兹根本就不了解世界，而他是了解的，他比她要清醒。他知道，全世界都在恐怖袭击的威胁之下，因此，他干脆就不愿意离开欧洲一步，即便要陪帕兹去海滩，他也只想在欧洲的海滩转悠，尽管那里每年都会有一些"奇观"在不可挽回地永远消失。后来，当他不得不前往阿拉伯某地去辨认帕兹的尸体时，他简直就不想从机场的那道安检门越过一步去，仿佛那道门就是一个分隔开生与死、宁静与动乱、安全与危险的"鬼门关"：

> 我闭上眼睛，我穿过门。短短的十分之一秒，就像人们一口喝干一杯那样短，我度量我所离开的那一切，这个欧洲的美，我孩子的脸，还有那么像你母亲的这个里皮笔下的圣母的脸[……]。[1]

而帕兹，她显然不那么世俗，比塞萨要"野"得多。作者故意把她写成是一个西班牙女子，或者不如说是一个阿斯图里亚斯地方的西班牙女人，经历了当代西班牙社会曲折多变的动乱历史，无疑要比法国男人塞萨更多一些内在的"叛逆"气质。她的艺术创作在构思上就与众不同。海滩能给她一种启发，一种完全不同于普通人的观察视角，以至于当塞萨在报刊上撰文评论她的摄影作品时，会把她的艺术意图完全弄"反"。夜游卢浮宫，能给她以一种与众不同的无与伦比的灵感，启迪她创作出"人与艺术作品"的系列来。个人生活方面，她本来不想要孩子，避孕失败后，却坦然地迎接孩子的出生。当然，她最惊人的举动，乃是离家出走。而且，她很早就收养了一条鲨鱼，通过对小鲨鱼"努尔"的收养，她对欧洲当代文明逐渐形成了一种彻底否定的看法。在她看来，这一文明已经死亡：在她看来，"欧洲变成了一个大博物馆，一个旧时代的天文馆，一个持续很长时间的临时展览会"（*Plonger*:109）。她这样对丈夫塞萨说：

> "欧洲在死去，塞萨。欧洲在死去，因为它死死地包裹在了往昔中，恰如一瓶莫斯卡。我不愿活在钟罩底下，我不愿活在对往昔的崇拜中。正因如此，我离开了西班牙，历史遗产，往昔的荣光，征服……"

（*Plonger*:148）

可以猜想，塞萨和帕兹对欧洲文明的不同看法，体现出了作者奥诺－迪－比奥矛盾的心声，这恐怕也是大多数当代欧洲人的内心矛盾。小说并没有简单地否定欧洲文明，只是借人物的口，对这一文明提出了质疑，当然，小说也没有简单地否定非欧洲文明，更没有否定那里的美：

> 对那些地区堪与欧洲之美景媲美的美视若无睹，实在是太愚蠢了。
> 没错。我知道，很少有什么能比得上缅甸若开邦的偏僻小镇谬杭上空被太阳光穿透的精彩的薄雾，或者钦族姑娘脸上纹刺上的精美的蜘蛛网般的图案。
> 我还可以对你倾诉说，跃入到阿布－苏鲁夫温泉中实在是一种享福，是最有滋味的一种沐浴，它就在锡瓦绿洲的心脏，在利比亚的边境 [……]。（*Plonger*:171）

小说用一些统计数字和小插曲故事，道出了这个地球各处皆不安宁，为塞萨的观点提供证据。而在小说第三部分的"论战者"这一章节，不同身份的人物对当今世界种种敏感问题（经济危机、欧洲衰落、核电站泄漏、生态主义、恐怖袭击、海洋保护）亮出了不同观点，展开尖锐交锋，实际上很有代表性地反映出塞萨和帕兹不同的论据和论点。

三、小说主题

帕兹认为，只有在另一种文明中，即在海洋文明中，才能找到真正的宁静、和谐、生动。而鲨鱼（应该还有鲸鱼、海豚等其他深海动物）的生活价值更应该被看重，尤其因为鲨鱼正在遭到人类无节制的捕猎杀戮。

小说借帕兹、潜水教练马林等人物的言行，把人与鲨鱼的关系看得非常重要，甚至超过了人与人的关系。人与鲨鱼的关系，本来应该是和谐的，人不应该怕鲨鱼，因为鲨鱼并不咬人；人更不应该只为获得一点点有经济价值的鱼鳍而去猎杀鲨鱼。从马林的嘴里，我们甚至还得知："在某些文明中，鲨鱼不被人看作一个敌人，必须消灭，而是被当做一个神。在汤加群岛，它甚至是一个女神。在斐济，你要想成为一个男子汉，就必须亲吻一条鲨鱼的嘴，如此，它将赋予你它强大的力量。"（*Plonger*：410）在他们看来，这样的关系才是和谐的，理想的。当然，也是野蛮的。但野蛮的，就不一定不好。

这种海洋文明，在小说中被写成"蓝色"，用西班牙语来说是"azul"，用帕兹的法国式读法则为"assoul"。小说对海洋的描写体现在很多精彩的段落中，包括塞萨本人后来参加的两次潜水，那些细致描写的段落无疑是小说《潜》最好看的部分。但是，我们同样应该注意到，帕兹后来住在海边小屋中所从事的绘画，更具象征性地体现出一种对大海文明的追求和向往。在调查中，塞萨走进了帕兹生前住过的小房子，看到里面都是她创作的题为《蓝色》的绘画，整整一个系列。而这画，塞萨不久前才刚刚看到过：

> 白布上用蓝色颜料画了一幅很精彩的素描。线条粗犷，用力道劲，是一个躺着的女人，仰卧，赤裸，头发披散着，两腿分开，两脚撑着地面，两手放在身体底下，像是试图要解开束缚住她的看不见的绳子——底下，则是大大的一团黑影。（*Plonger*:372）

我在翻译这一段时，十分强烈地感到，那是海洋的一个形象，或者说这蓝颜色的女人就是海洋的象征。帕兹爱上了大海，为了大海，她宁可抛弃了自己的丈夫和年幼的儿子，同时也抛弃她的摄影艺术。

读者一定会问（其实男主人公塞萨就已经替读者们问过了），帕兹这样背井离乡，抛弃家庭，抛弃丈夫儿子，抛弃艺术生涯，抛弃已有的功名，难道她就不爱他们了吗。小说始终就没有从帕兹的角度回答过这一疑问，但在小说的末尾，有这样一句用西班牙语写的话："*No dije que no te quería. Dije que no podía querer*"（*Plonger*:418），小说还用法语重复写了一遍这句话的意思："我没说过我不爱你。我说我无法爱"（*Plonger*:418）。这一反复的强调，应该就是帕兹何以要不惜代价地主动寻求历险和流亡生活的答案。

小说中，塞萨自始至终就一直无法理解帕兹对所谓"野蛮"（也可以读作"海洋"、"孤独"）的需要，读者（在这方面，塞萨应该是读者的代言人）恐怕也无法理解，而直到读者读到这句话时，他们恐怕才真正找到了男女主人公之间内心的差距。无论如何，这一差距是可以看到的，可以找到的，也是可以消除的。只是，在小说中，一切都太晚了。

另外，《潜》中有专门的一章，写到贝尔尼尼创作的"雌雄同体人"赫尔玛佛洛狄忒的雕像。帕兹对这个融希腊男神赫尔墨斯和女神阿佛洛狄忒（维纳斯）的性别特征为一体的的赫尔玛佛洛狄忒十分地欣赏。由此，我们或许可以认为，帕兹离开丈夫和儿子，独自一人跑到天涯海角去过苦行僧那样清心寡欲的生活，应该是看上了赫尔玛佛洛狄忒的"榜样"。

这个雌雄同体人无疑是一种自身完美的象征。就"性"本身来说，赫尔玛佛洛狄忒是完美的，自身和谐的，而抛夫弃子的帕兹也是完美的，大海更是完美的。在小说，我们甚至还看到，一条叫西庇太的雌鲨鱼竟实现了孤雌生殖，由此联想到，帕兹已经收养了角鲨幼崽努尔，已经欣赏到了赫尔玛佛洛狄忒，从性爱和生殖的意义上，她可以完全不需要男人和儿子了，她已经完成了自我生成，或曰"复生"（reproduire）。而大海，以其包罗万象的繁复性，保障了她的生活的各个层面，当然，也体现了以帕兹为代表的人与自然的和谐。

四、小说题目

小说的题目是 *"Plonger"*。"Plonger" 这个词，在法语中作"浸入"（faire entrer quelque chose entièrement ou en partie dans une liquide）、"扎入"（enfoncer vivement）、"潜水"（s'enfoncer entièrement dans l'eau）、"跳水"（sauter dans l'eau）来讲，也可以引申为"远眺"（regarder du haut en bas ou de façon insistante）、"专心致志于……"（mettre brusquement ou complètement dans un certain état physique ou moral）等意思[2]。应该说，小

说选取这个词作为题目，涵义是十分丰富的。

Plonger在小说《潜》中有时指"浸入"或"专心致志地沉浸于"。在常人看来，女主人公帕兹的艺术活动和平常生活就处于一种"沉浸"状态：她总是特别地专注于摄影（后来则是绘画、刺绣），工作中总有一种居高临下的漠然傲视的态势。

后来，出现了"扎入"：帕兹一个人赶去阿拉伯海滩，属于某种从高到下的"扎入"，离开大都市的高楼那个"高"地方，迅速跃入到平展的海滩，以及海洋的水下那个"低"地方。

小说中还有很多的"扎入"：读者读到，塞萨和帕兹夫妇俩的第一次性爱是在阿斯图里亚斯的煤矿博物馆的旧矿井中，是一次真正意思上对"大地深层"的"扎入"。后来在威尼斯，孕育了未来儿子赫克托耳的那一次做爱是在"鲸鱼"的"深腹"中完成的。

连后来那一次在卢浮宫的夜游参观，也可以被看作是女主人公于"黑暗中"对艺术珍品的一种心醉神迷的"沉湎"。因为，在她身上，明显地有"一股热流潜入到皮肤底下"。

Plonger也指"远眺"，帕兹离开了家庭和事业，同时也离开了过于喧嚣、过于危机重重、过于垂暮的欧洲文明，去远眺蓝色的海洋。甚至在离开之前，她就已经在更专注地关心海洋动物的保护事业，关心鲨鱼的收养，她已经从电脑中通过互联网来远眺大海；而来到海边后，她更是在远眺，远眺一种野蛮，一种非现代文明的"文明"。这一点，我们在对主题的分析已经说过了。

Plonger当然还指"潜水"，帕兹最终死于潜水，塞萨最后也在潜水实践中解谜。整篇小说以"潜水"来贯穿始终，而且小说本身也有整整五章（"马林"、"海底"、"水人"、"最长的夜"、"强直静止"）以丰富的细节讲述主人公在海洋中的潜水。而且，潜水者的形象，甚至还被描写成了人类进化的最高象征。我们在小说最后一部分的"中心"那一章中看到潜水中心的一个教练，穿着这样一件黑色的T恤：

我的目光立即就停在了那T恤衫上：众所周知的人类进化的图标——用五幅图画来表示，一只猴子渐渐地站立起来，最后成为一个人——只不过这里多出来一个阶段，多出来一幅图画，在这里，直立人，然后是智人，不是垂直方向，而是水平方向行进的，头戴着棕榈树的叶冠，嘴里吐着泡泡。他成为了潜水者，按照T恤衫图案设计者的意思，这就是人类进化的最后阶段[……]（*Plonger*:359）

这里的指涉影射不言而喻。

小说满篇都谈到了Plonger。在第一部分的"找到帕兹"这一章中，当了父亲的塞萨告诫年幼的儿子："绝不要忽视你的肉体[……]加工它，让它变得漂亮、光明、矫健，让它到处潜入，抚摩一切可能的皮肤，浸泡在所有的水中。"（*Plonger*:42）

"在山上"这一章中，塞萨与帕兹做爱时，想到的是："我知道我潜入，再潜入，进入到她无限源泉的肉体那最细微的空隙中"。（*Plonger*:98）

例子太多，不胜枚举。

我最初把题目译为《潜水》，大致上不算有错，但是，在对"Plonger"的译法绞尽脑汁地费了一番考虑之后，我最终还是把它改译成了最简单、最广义的"潜"。但我还是觉得，有必要在此费一些笔墨，如上所述，把Plonger的种种涵义说个大致清楚。

五、小说写作

《潜》的写作特色不少，但我认为值得在此特别一说的，却只有寥寥一二。

小说的语言十分生动，用词讲究。全书的叙述用第一人称进行，也即男主人公塞萨的视角和说话口气。

从结构来看，小说是塞萨对儿子赫克托耳的讲述：除了讲述塞萨和帕兹的相爱、同居、生育、分离、孤独、寻找的主线故事之外，还描绘了巴黎（乃至法国和欧洲）的摄影、绘画等时尚艺术的日常活动和未来倾向，同时也涉及到了当代的国际形势、环境保护、人与自然的关系等重大现象，内容可谓包罗万象。

帕兹和塞萨所熟识的艺术界和新闻界在《潜》中得到了很好的反映，这无疑得益于作者克里斯托夫·奥诺-迪-比奥的记者身份，以及他对艺术界的关注。

小说对艺术家众形象的描写采取了虚构和纪实相结合的手法，书中提到的不少艺术家都是史有其人，尤其是，通过帕兹在塞萨的陪同下参加威尼斯双年艺术展的详细描写，小说写出了一些世界顶级艺术名人的实践活动和作品面貌。例如洛里斯·格雷奥及其作品《盖佩托馆》（即搁浅的鲸鱼），查尔斯·雷及其作品《孩子与青蛙》，等等，都有细节上的描写。而略略提及的艺术名人就更多了，如弗朗切斯科·韦佐里、托马斯·豪斯阿戈、胡安娜·瓦斯贡采罗等人。另外，小说中许多真人真事（如法国影后卡特琳娜·德纳芙在巴以前线的遭遇）都可以从奥诺-迪-比奥对黎巴嫩和缅甸的报道中得到佐证。而且在实际生活中，奥诺-迪-比奥的儿子就叫赫克托耳，而这部小说就是献给他的。这也就让人更容易猜测到小说中的自传因素。

这种把历史名人和当代名人写入虚构小说的做法，是当今小说家很时髦的手段之一，有人把这一类小说称作"vrai-faux roman"。记得米歇尔·维勒贝克的《地图与疆域》（2010）中就有类似的描写。这部龚古尔奖获奖作品，就把小说家弗雷德里克·贝格伯德和维勒贝克自己写入了小说，甚至还让作为小说人物的"自己"被人杀死。维勒贝克还让他的主人公杰德·马丁（也是一位画家和造型艺术家）为世界IT领袖比尔·盖茨和史蒂夫·乔布斯，为全球艺术大亨达米恩·赫斯特和杰夫·昆绘画。凡此种种，不一而足。

小说《潜》的叙述顺序大致按照历时性纪事方式进行。但也有一些小小的倒叙和插叙。例如，小说一开始，塞萨以一个年轻父亲的语气，回忆了儿子赫克托耳的出生。然后，时间一跳跃，塞萨就叙述起了自己如何接到法国使馆的报丧电话，坐飞机去阿拉伯某地辨认帕兹的尸体。

随后，故事的时间流逝和情节发展就很正常了，从塞萨第一次认识帕兹的物证"除尘喷雾器"谈起，讲到在小店铺中与帕兹的第一次见面，后来又如何买她的照片，为她的作品写评论，为追求她而特地跑去西班牙，在阿斯图里亚斯的旅行和求爱……然后就是在巴黎的艺术家生涯，他当他的记者，她拍她的照片。帕兹成名后，两口子不断出席各种展览会的开幕式，她也逐渐走向艺术生涯的顶峰……

但小说中的一些段落，作者特地用异体字体现，表示故事叙述状态的停顿，转入离题话，或是塞萨对在远方的儿子的谆谆教诲，或是他内心中的祈祷，或是对正在叙述的故事情节作事后的评论与回忆，总之，读起来一目了然，似乎也不必在此赘言评说。

还有一点，小说中，很多的句子不用主语，直接由动词开始，说明动作和行为与上一个句子是由同一人完成的，其间并没有主语的更换。因此，我的译文也保留同样的处理法，句子中不加主语。

其他方面，小说的写作就似乎没有太多的艺术特点了。

六、小说作者

小说作者克里斯托夫·奥诺-迪-比奥 1975 年生于海滨城市勒阿弗尔，现为法国《观点》周刊的副主编、记者，负责该刊的"文化"版面。已发表小说四部：是为《剥蚀》（2000）、《一切女人和雌性禁止入内》（2002）、《直接的一代》（2004）、《缅甸》（2007）。

其中《剥蚀》获得了拉罗什富科奖，《直接的一代》获得圣召奖和夜航奖，《缅甸》获得了联合文学奖。

2013 年的这一部《潜》不仅获得了法兰西学士院小说大奖，同时还获得了勒诺陀中学生奖。

有评论认为，《潜》是对生命和爱情的一种高调颂扬，同时也是对现实社会表象的一种深入，作品中透出了作者对古典文学的爱，对历史，对大海的爱。有评论还用两个词简述了这部阳光和黑暗的美丽作品：活生生地死去。

而在写作风格上，有评论认为，小说明显地受到菲茨杰拉德、端木松、萨冈、贝格伯德的影响[3]。

七、小说的翻译

关于《潜》这一小说的翻译，除了书名（上文已有论述），倒是还有几句话可说。

翻译的时间比较短，有些仓促，译文也不甚理想。从 3 月中旬到 7 月下旬，整整四个多月，包括了翻译和两遍校改。

初稿完成后，我就在博客上晒了一下翻译初稿的两个相对独立成章的段落："第一次潜水"与"夜游卢浮宫"[4]。目的是听取网友的意见。

反馈的意见虽不多，还是很管用。例如，有人提出，小说人物之一潜水教练Marin的名字译成"马兰"不好，有些女人味。于是我接受，就改为"马林"。

对小说原文的理解，我曾有三两处难点，始终查不到答案，需要直接问作者。于是，我电子邮件发去巴黎的伽利马出版社，结果被出版社的编辑挡驾，说是作者很忙，无空回答那么多译者的问题。好在，那位女编辑倒是耐心地解答了我的提问。我倒无所谓，只要疑问得到了解答，谁回答不是回答！

另外有一点要强调一下。小说的最后几章重点描写了在海中潜水的故事。我在翻译时感觉很亲切，其原因很简单，去年，我下海潜了一回水。那当然还是在翻译《潜》这部小说之前，当时，我在澳大利亚的大堡礁旅游，有自费的潜水项目，不知道我脑子里哪一根筋搭错了，全旅游团就我一个报名下了水。那一段潜水的经历，几乎与主人公塞萨的第一次下水一模一样，连细节都一模一样。于是在翻译时，我有一种似曾相识、如鱼得水的感觉。在此录一段译文：

> 当我重新睁开眼睛后，我发现了一个世界[……]短短几秒钟内，我就从大海的表面，从它单色画面的光亮，过渡到了一个充满了生命、运动和惊喜的世界，过渡到了一个如此纷繁复杂的地理环境[……]在我的脚

下耸立起一座岩礁和珊瑚的真正城市，一座座高塔拔海而起，挑战万有引力定律，托举起镶嵌有蓝色、绿色和黄色花边的，仿佛悬在那里的宽阔平台。一把把巨型的扇子，鲜红鲜红的，恰如在放出火光，波动在看不见的潜流中。一个个强健的大烛台淡泊而显紫红，由其枝杈自由伸展出无穷的分叉，其尖端最终交织成千奇百怪的玫瑰花窗。[……]我迷醉。被征服。被战胜。（*Plonger*:391）

翻译这个段落的时候，我自己当真觉得仿佛又潜了一次水。

至于潜水的装备，我则询问了比我资格老很多的爱潜水的出版人吴文娟女士，得到了她令人可信的解释。

《潜》写了一个最终死在阿拉伯的西班牙女人的故事，这使得小说作者有意地在法语原文中用了不少西班牙语和阿拉伯语的句子和单词。不懂西语和阿语的我，在翻译时就不得不求助于方家。好在朋友中有专家可请教，林丰民、杨玲、宗笑飞的解答给了我一个明白，也给了我翻译时的自信。

由此，回想起当年我翻译《复仇女神》的情景，作品中有大量的德语、俄语，我就请教了同一单位的杜新华、苏玲等专家。翻译外国文学，光懂一门外语，似乎是远远不够的，但若是有很多懂得其他外语的人可请教、可信赖，翻译也就可做了。

2014 年 7 月 19 日初稿于蒲黄榆寓中

7 月 24 日修改定

注释:

[1] Christophe Ono-Dit-Biot，*Plonger*，Editions Gallimard, 2013, p.30. 后文出自同一著作的引文，将随文标出该著名称首字和引文出处页码，不再另注。

[2] 见法语词典 Le petit Larousse 2001 年版中的解释。

[3] 见法国《观点》杂志的官方网站：http://www.lepoint.fr/livres/christophe-ono-dit-biot-grand-prix-du-roman-de-l-academie- francaise-24-10-2013-1747525_37.php。这位弗朗茨-奥利维埃·吉斯贝尔（Franz-Olivier Giesbert）的小说《美国佬》，也曾获得过中国"21 世纪年度最佳外国小说" 2004 年的法语篇。

[4] 参见 http://blog.sina.com.cn/yuzhongxianblog。

小说翻译中叙事视角的传译

——以《包法利夫人》的三个中译本为例

赵丹霞

内容提要 叙事视角在现代小说中是一种重要的叙事技巧。小说叙述者在行文中，往往会对视角进行多样化的调节，其中包括使用人物视角、运用摄像式的旁观视角等。传统小说翻译中就存在忽视原文叙事视角的问题，在翻译象《包法利夫人》这样以叙事视角为其艺术特色之一的小说中，忽视原文叙述视角的问题就尤显突出了，本文运用叙事学和文体学的理论，通过对比李健吾、许渊冲、周克希三位译者《包法利夫人》的中文译本，试图说明小说中译者应注意并准确传达原文视角的转换调节，避免呈现给读者"假象等值"的译文。

关键词 叙事视角 小说翻译 假象等值

一、叙事视角

叙述视角属于小说话语层面的叙述技巧。虽然小说作品中的一切全是作者的杜撰，但是叙述者（某种意义上说就是作者）可以佯装对他所讲述的故事有不同程度的了解，即他可以通过选择叙述故事的方式和角度，向读者描述人物，讲述故事和介绍背景等等。这就涉及到了叙事中的视角（le point de vue ou la vision）或聚焦（la focalisation）的问题。有三种聚焦方式可供叙述者选择：零聚焦（la focalisation zéro）、内聚焦（la focalisation interne）和外聚焦（la focalisation externe）。[1]

在世界小说史上，福楼拜之前的小说家们几乎都恪守一种叙述模式——即全知全能的"上帝"般的零聚焦模式。这种叙述没有固定的观察位置，叙述眼光就是作者的眼光，叙述者居高临下，俯瞰一切，既可以描写人物的外表，又可以窥视人物的内心。在这种叙述模式中，叙述声音(指叙述者的声音)与叙述眼光(指充当叙述聚焦者的眼光，他既可以是叙述者的眼光，也可以是人物的眼光)常常统一于叙述者，这使得叙述具有较强的权威性和主观随意性。

零聚焦叙述模式中作者的主观性，多多少少地制约了小说艺术多层次、多角度的表现，势必会造成新生代作家对它的反拨。在小说发展史上，率先扛起这面大旗的便是福楼拜。福楼拜首倡冷静、客观的创作原则，要求"作家退出小说"。客观性原则的运用使《包法利夫人》获得了巨大成功，而叙事聚焦的选择是使小说走向客观化的第一步。

《包法利夫人》的叙述视角丰富多变，主要采用的是(第三人称)人物内聚焦，这种聚焦方式并不固定在某一个人身上，而是分别有几个人承担。热奈特称之为"不定式内聚焦"[2]。叙述者常常放弃自己的眼光而转用故事中人物的眼光来叙事，这使得叙述声音与叙述眼光不再统一于叙述者，而是分别存在于故事外的叙述者与故事内的聚焦人物这两个不同实体之中。福楼拜在小说《包法利夫人》中根据具体的需要，灵活地调整小说的视点人物，他通过夏尔、莱昂和罗道尔夫的眼光写爱玛，又通过爱玛的眼光写夏尔、莱昂和罗道尔夫，还通过卢奥老爹的视点写夏尔等。

内聚焦模式同零聚焦模式相比，具有较大的客观性。从叙事权限上看，"内聚焦"的最大特点是叙述者不再扮演知晓一切的上帝的角色，他将自己的眼光限制在某一个或某几个人物的意识中，其活动范围和权力明显受到了限制。内聚焦叙事造成的显著客观效果是，小说不是靠叙述者"讲述"出来的，而是按照故事发展的自然流程"显示"出来的。

《包法利夫人》中除了大量运用不定式内聚焦外，还使用了零聚焦和外聚焦。它们的使用也使得作品在叙述视角方面呈现出一种内外互补的复数状态，扩大了整个小说的表现内容，更全面地展示了人物之间的复杂关系，更客观地描写了人物丰富的心理活动。

二、叙事视角对译者的挑战

对习惯了传统小说阅读与翻译的译者来说，他可能会自觉不自觉地将叙述者说了什么作为转述的重点，急于将故事内容转达给译文的读者，因而忽略了故事的内容是如何表达的，叙述是从谁的视角展开的；假如译者对于叙事视角有先入为主的看法，或没有给予足够的重视，或受到翻译传统零聚焦小说经历的影响，那么他在翻译过程中可能会不自觉地越俎代庖，将自己感受故事的方式传达给译文的读者；假如译者受制于语言转换的局限性，未能将原文叙述视角以及视角的转换很好地再现，那么，他可能仍然只是传达了"可意译的物质内容"，呈现给读者的可能同样也是"假象等值"的译文。

在人物视角的叙述模式中，通常不会有叙述者的明显介入，人物的眼光连同人物的意识被直接展现给读者，故往往没有"他看到"或"他心想"等转述性短语引导，这也导致了人物视角常常不易察觉。

《包法利夫人》的叙述视角的多变增加了视角辨认的难度，有时在一个段落里，视角就几经变换。自由间接引语的使用，更使得视角从叙述者到人物的转换难以察觉（关于自由间接引语的翻译，本文将在下一章专述）。布吕奈尔指出福楼拜的自由间接引语是一种"双眼的视觉"，他"拒绝那种进退两难的情况：即要么作为小说主人公的化身，要么以造物主的姿态控制笔下的人物。他选择了合二为一的方式；人物看到的一切似乎只不过是作家对景象的解释。"[3]另外，在《包法利夫人》中，视点的发出者有时显得很模糊。如热奈特指出的那样，有时"各个视点之间的区别也不总是像仅仅考虑纯类型时那样清晰，对一个人物的外聚焦有时可能被确定为对另一个人物的内聚焦"[4]，因此，如何辨认视点的发出者，怎样在译文中传达视点的模糊性，这都是需要引起译者重视的问题。

三、三个译本对叙事视角的体现

本小节中，本论文作者试从内聚焦、外聚焦、零聚焦等方面入手，通过对《包法利夫人》三个译本的对比来讨论视角传译方面的一些问题。三个译本分别是李健吾、许渊冲、周克希的译本。

1. 人物内聚焦

人物内聚焦，即以人物的视觉、听觉和感觉等为出发点，对事件进行的叙述。

a. 人物的视觉

视角的视觉范畴涉及的主要问题是：究竟谁来担任故事事件的观察者？是叙述者还是经历事件的人物？译者在阅读和翻译时必须注意叙述声音和叙事视角的分离现象。《包法利夫人》自从引入了夏尔这个人物之后，很多事件便是通过他的视觉来进行观察和感知的。请看下例（包括法文原文和三个中译本的译文）：

例1：

(1) Charles descendit dans la salle, au rez-de-chaussée. Deux couverts, avec des timbales d'argent, y étaient mis sur une petite table, au pied d'un grand lit à baldaquin revêtu d'une indienne à personnages représentant des Turcs. (2) On sentait une odeur d'iris et de draps humides, qui s'échappait de la haute armoire en bois de chêne, faisant face à la fenêtre. (3) Par terre, dans les angles, étaient rangés, debout, des sacs de blé. C'était le trop-plein du grenier proche, où l'on montait par trois marches de pierre. (4) Il y avait, pour décorer l'appartement, accrochée à un clou, au milieu du mur dont la peinture verte s'écaillait sous le salpêtre, une tête de Minerve au crayon noir, encadrée de dorure, et qui portait au bas, écrit en lettres gothiques : "A mon cher

papa." [5]（注：黑体字为本文作者所强调，以下同，不再一一注明。）

李译：

（1）查理下楼，来到底层厅房。里头有一张华盖大床，挂着印花布帐子，帐子上画了土耳其人物；床脚放一张小桌，摆了两份刀叉和几只银杯。(2)他闻见蝴蝶花和面窗的橡木高橱散发出来的湿布气味。(3)角落上，直挺挺排列几袋小麦，是谷仓装满剩下的。谷仓就在近旁，有三层石头台阶通到那里。(4)墙上裱糊的绿纸受潮，剥落了；黑铅笔的密涅瓦头像装饰着房间，挂在墙当中钉子上，镶了镀金框子，下面用哥特字体写着："献给我亲爱的爸爸"。[6]

周译：

(1)夏尔下楼来到底层的厅堂。一张小桌上放好了两副刀叉和银质的杯子，紧挨桌子就是一张有华盖式帐顶的大床，布幔上印着人物，画的是些土耳其人。(2)从面朝窗户的立柜里传来鸢尾香粉和带潮气的床单的味道。（3）墙角的地上，竖放着几袋麦子。走上三级石阶就是比邻的谷仓，这几袋麦子是谷仓放不下才搁在这儿的。（4）房间的墙壁起了硝，绿色的涂料在剥落下来，作为房间的装饰，墙壁中央的钉子上挂着一幅密涅瓦的炭笔画头像，画框是镀金的，画幅下方用哥特体写着一行字："给我亲爱的爸爸"。[7]

许译：

（1）夏尔走下楼来，到了底层的厅子里。两份刀叉，还有几个银杯，摆在一张小桌子上，桌子靠近一张华盖大床放脚的那一头，床上挂了印花布帐，帐子上画的是土耳其人。(2)闻得到蝴蝶花和湿布的气味，那是从窗子对面的高高大大的栎木橱子里散发出来的。(3) 在靠墙角的地面上，竖放摆了几袋面粉。那是隔壁谷仓放不下的，要放进谷仓去，还得爬三级石头台阶呢。(4) 墙上的绿色油漆一片一片地剥落在墙根下，在墙壁当中的钉子上，挂了一个装饰房间的镀金画框，框子里是用铅笔画的文艺女神的头像，头像下面用花体字写着：献给我亲爱的爸爸。[8]

　　这段描写的是夏尔第一次到贝尔托农庄，为鲁奥老爹包敷好伤口后，在鲁奥老爹"来一口"的邀请下，下楼看到的厅堂的布置。

　　从上下文来看，此段所在章节中对人物（爱玛、鲁奥老爹）和景物（农庄的外貌）的描写，都是循着夏尔的视线来展开的。

　　对比三个版本对第（1）句的翻译，可以看出，李译由于对原文语序的调整，使得原文的眼光移动的层次和动态效果发生了变化，而周译和许译则体现出原文中夏尔视线从近至远，由下而上的移动。

　　第（2）句中对原文中on的不同译法使得三段译文的视角产生了差异。李译中由于把on 明确地用"他"（夏尔）表示出，使得夏尔闻到花香这一嗅觉过程变成了叙述者对夏尔这一嗅觉体验进行的陈述，视点转向了叙事者。而周译的"传来……味道"和许译的"闻得到……"强调了"on"引导的句子的被动性，"花香被夏尔闻到"／"花香传到夏尔鼻中"如同屋内的陈设被（夏尔）看到一样，从而使嗅觉"视角"和视觉视角统一于夏尔，保留了此段视角的连贯性。

　　在三版本对第（3）句的翻译中，许译的"要放进……还得……"的运用，似乎出自一位对厅堂的布置了然于胸的人物的口吻，使原文的视角由夏尔向无所不知的全知叙述者转移。

　　在第（4）句中，李译再次将原文句序打乱（或许是为了符合汉语的行文习惯），由此使人物视线的移动起了变化。更耐人寻味的是，原文中的"une tête de Minerve"中的不定冠词"une"泛指的意思在李译中没有被译出，似乎让人觉得这幅黑铅笔的密涅瓦头像是叙述者和读者心知肚明的事，又一次使视角令人不易察觉地向全知叙述者转移。而周译和许译对此小节视角的传达是准确的。

　　例2：

　　---Qu'as-tu? qu'as-tu? répétait-il stupéfait. Calme-toi! reprends-toi! Tu sais bien que je t'aime!...Viens!

---Assez! s'écria-t-elle d'un air terrible.（Madame：294）

周译：

"你怎么啦？你怎么啦？"他惊愕万分地连声问道。"你冷静些，镇定一下！你知道我这是爱你呀!……来吧！"

"够了！"她神色吓人地嚷道。（Madame：166）

许译：

"你怎么了？你怎么了？"他莫名其妙地重复说。"静一静！定定神!……你知道我爱你！……来吧！"

"够了！"她不耐烦地喊道。(Madame：165）

李译：

他一惊之下，做声不得，一遍又一遍重复道：

"你怎么啦？你怎么啦？别急！想想看！你知道我爱你……来！"

她气势汹汹，大声嚷道："够啦！"(Madame：159）

爱玛在虚荣心的指使下，怂恿夏尔对伊波利特的跛足进行矫形手术。手术失败后，爱玛感到屈辱，后悔自己又一次把夏尔看错。原文对爱玛心情的描述是通过其表情"un air terrible"来体现的，而此表情是夏尔看到的，是从他的视角出发进行的描述。李译的"气势汹汹"和许译的"不耐烦"只是从情绪的角度去解释这一表情的背后含意（而且许译并不太准确），而忽视了原文视角的发出者。周译的"神色吓人"则将爱玛脸上的表情是夏尔看到的这一视觉效果传达出来。

b. 人物的听觉

人物的听觉范畴涉及的主要问题同人物的视觉类似：被听到的声音是通过叙述者讲述出来的还是从人物的听觉"视角"出发来叙述的？相对于人物的视觉来说，人物的听觉"视角"更加隐蔽，译者更需要仔细辨认。请看以下两例：

例1：

Puis, d'une voix tremblante:

——— Elle vous ressemblait un peu.

Madame Bovary détourna la tête, pour qu'il ne vît pas sur ses lèvres l'irrésistible sourirequ'elle y sentait monter.

——— Souvent, reprit–il, je vous écrivais des lettres qu'ensuite je déchirais. （Madame：358）

李译：

[莱昂]然后声音发颤，他说：

"她有一点像您。"

包法利夫人转过头去，因为她挡不住自己微笑，却又不希望他看见。他接下去道：

"我常常给您写信，写好了，又撕掉。"（Madame：199）

许译：

然后，他声音颤抖地说：

"女神有点像你。"

包法利夫人转过头去，免得他看见她嘴唇上的微笑，她感到笑意已经涌上嘴角，再也按捺不住了。（Madame：209）

周译：

随即，声音变得发颤了：

"她有点儿像您。"

包法利夫人转过脸去，她觉得唇边浮上了一丝无法抑制的笑意，不想让他看见。（Madame：210）

爱玛与莱昂久别重逢后，相互试探，表白心曲。原文中没有李译和许译中的"说"，虽然看似可有可无的一个字，其视点的发出却大有不同。多了一个"说"，被听到的声音就是通过叙述者来讲述的。而没有"说"，莱昂用发颤的声音说出的那句话就可能是从爱玛的听觉"视角"出发的人物的体验，周译很敏感地注意到这一点，准确地传达出原文的"听觉"视角。

例2：

Le jour blanchâtre des carreaux s'abaissait doucement avec des ondulations. Les meubles à leur place semblaient devenus plus immobiles et se perdre dans l'ombre comme dans un océan ténébreux. La cheminée était éteinte, la pendule battait toujours, et Emma vaguement s'ébahissait à ce calme des choses, tandisqu'il y avait en elle-même tant de bouleversements. （Madame：205）

李译：

玻璃窗映过来的夕照，漪澜成波，悠悠下降。家具待在原来地方，似乎越发死板了，阴影笼罩，好像沉入漆黑的大洋。壁炉熄了，钟总在敲打，爱玛心潮翻滚，看见事物这样安静，感到说不出的惊愕。
（Madame：97）

周译：

玻璃窗上泛白的光线，晃晃悠悠的渐渐黯淡下去。待在原地的那些家具，仿佛变得更加沉寂，消融在夜色之中，犹如湮没在黑黢黢的大海里面。壁炉里的火灭了，座钟仍在滴答滴答响着，爱玛恍惚间只觉着四周静的出奇，而她心里却充满着骚乱。（Madame：101）

许译：

苍茫的暮色透过玻璃窗，后浪推着前浪，慢慢地降临了。家具摆在原处不动，仿佛已经僵化，在阴影笼罩下，似乎落入了黑暗的海洋。壁炉里的火已经熄灭，挂钟一直在嘀嗒嘀嗒地响，艾玛模模糊糊地感到惊讶，为什么周围的环境这样安静，而她的内心却是一片混乱。（Madame：102）

这段话是描写爱玛在内心欲念和表面贞节的剧烈冲突下，跑去求助于神父来解脱，却失望而返的情景。福楼拜在此通过爱玛的视角对环境所作的描绘，意在使爱玛起伏的心绪和环境的死寂形成对比。李译的"钟总在敲打"似乎是爱玛在注意到"壁炉熄了"之后，又看到的座钟的状态，而周译和许译中"滴答"和"嘀嗒"这两个象声词作用于爱玛的听觉。看单句的翻译，我们似乎难以对三个译文做出评价。但是结合上文的描写，"下降，显得，笼罩，沉入"这些动词的使用体现的是事物一种阴暗、沉闷的状态，李译中"敲打"这一动词动作性很强，与上文动词的搭配显得有些突兀。若用钟声嘀嗒来翻译，一则与上文表示状态的几个动词有一个很好的衔接，更能显出环境的单调和枯燥，二则通过爱玛游离的目光所看到的景象（夕照、家具、壁炉）和耳朵被动接受的声音（钟声传入耳中，并不以人的意志为转移）的描写，更好地烘托出人物恍惚的心境。李译下文中的"看见（着重号为本论文作者加）事物这么安静"，虽与爱玛看到"钟在敲打"（这一动作只能看到）保持了连贯，但是从语法逻辑上来看，并不正确。安静是感觉到的，无法看到。另外，钟声总在敲打，似乎也无法与安静联系起来。原文中的calme是人物的一种感觉，相对于李译和许译的"安静"来说，周译的"恍惚间只觉着四周静得出奇"更传神地表达出calme在上下文中的意思。

另外，周译中象声词"滴答"与许译的"嘀嗒"在现代汉语中虽已通用，但"嘀嗒"似乎在老式文字中用得更多，"滴答"则更有一些当代话语的色彩。两者的选择似乎也反映了译者的不同用语习惯。

例3：

Ils s'y étaient promenés bien des fois, à ce même murmure des ondes, sur les cailloux couverts de mousse.（Madame：216）

李译：

　　他们有许多次在这里散步，石子遍体青苔，水波流过，照样潺湲作响。(105)

周译：

　　他俩一次次地在这河边漫步，听着微波荡漾的絮语，踩着覆满青苔的砾石。(109)

许译：

　　他们在这里散过多少次步，听着水波潺潺地流过长满了青苔的石子。(110)

从视角角度来分析，李译中的石子兀自作响，似乎与人物的听觉"视角"无关。周译和许译则注意到了这种关联，尤其是周译用"听着"和"踩着"两个排比句，既将人物的听觉"视角"表现出，又有一定的节奏美。同时，周译中用"絮语"来翻译murmure，烘托出爱玛与莱昂共度时光时亲密温柔的心境。

c. 人物的心理感受

由于人物视角涉及人物的感知、心理等层面，也就透射出人物在一定叙事情景中的情感态度、价值取向或性格特征。视角人物的情感色彩或心理因素通常是间接地向读者暗示的。人物视角叙述模式通常回避叙述者公开的评论，所以译者在选词时应避免使用带有强烈感情色彩的词语。

试看下面一例：

Alors elle se rappela les héroïnes des livres qu'elle avait lus,et la légion lyrique de cesfemmes adultères se mit à chanter dans sa mémoire avec des voix de soeurs qui la charmaient.（Madame：266）

李译：

　　她于是想起她读过的书中的女主人公，这些淫妇多感善歌，开始成群结队，在她的记忆之中咏唱，（141）

周译：

　　于是她回忆起从前看过的书里的女主人公，这群与人私通的痴情女子，用嬷嬷般亲切的嗓音，在她心间歌唱起来。（145）

许译：

　　于是她想起了书中的美人，这些多情善感的淫妇，成群结队，用姐妹般的声音，在她记忆中唱出了令人销魂的歌曲。(许译本：第145页)

　　这是在爱玛在和罗多尔夫互通款曲后，对爱玛狂喜心态的描写。此间的视角可以是全知叙述者的，也可以看成是爱玛本人的。无论全知叙述者用白描手法来描写，还是爱玛本人的自白，李译和许译中将femmes adultères译成"淫妇"一词都欠妥。"淫妇"一词在汉语中具有强烈的贬义色彩，爱玛本人不大可能把用亲切的嗓音在她心间唱歌的那些女子称为"淫妇"。若是视角属于全知的叙述者，福楼拜强调客观叙事，"让人物自己说话"的原则不会使作者使用具有较强感情色彩的"淫妇"一词。许译和李译的视角即不是叙述者的，也不是人物的，而是译者的。周译"这群与人私通的痴情女子"与上下文的语气相符，保留了原文视角的模糊性。

2. 人物外聚焦

　　有时，为了强化现实生活的原生性，追求文本的客观效果，福楼拜偶尔也采用外聚焦模式。热奈特称这种现象为"变音"[9]。它指的是叙述者站在一个不知内情的人物角度，只描写人物的对话和行动，而不揭示人物的思想感情。其特征是叙述者传达的信息少于人物所知道的。《包法利夫人》中为人熟知的赖昂与爱玛乘马车游览鲁昂城一段，就是外部聚焦的典型例子。

例：

Elle revint; et alors, sans parti pris ni direction, au hasard, elle vagabonda. On la vit à Saint-Pol, à Lescure, au mont Gargan, à la Rouge-Mare, et place du Gaillard-bois; rue Maladrerie, rue Dinanderie, devant Saint-Romain, Saint-Vivien, Saint-Maclou, Saint-Nicaise, ---devant la Douane, ---à la basse Vieille-Tour, aux Trois-Pipes et au Cimetière Monumental. (Madame : 372)

李译：

　　它往回走，漫无目的，由着马走。有人在圣波、莱斯居尔、嘉尔刚岭、红塘和快活林见到它；有人在癫病医院街、铜器街、圣罗曼教堂、圣维维安教堂、圣马克卢教堂、圣尼凯斯教堂前面、——海关前面、——夏老三塔、三烟斗和纪念公墓见到它。(210)

许译：

　　马车又往回走，车夫也没有了主意，不知道哪个方向好，就随着辕马到处乱走。车子出现在圣·波尔，勒居尔，加冈坡，红水塘，快活林广场；在麻风病院街，铜器街，圣·罗曼教堂前，圣·维维延教堂前，圣·马克卢教堂前，圣·尼凯斯教堂前，——海关前——又出现在古塔下，烟斗街，纪念公墓。(219)

周译：

　　车子掉头往回走；而这一回，即无目标又无方向，只是在随意游荡。只见它先是驶过圣波尔教堂，勒斯居尔，加尔刚山，红墉镇，快活林广场；随后是马拉德尔里街，迪南德里街，圣罗曼塔楼，圣维维安教

堂，圣马克洛教堂，圣尼凯兹教堂，——再驶过海关；——旧城楼，三管道和纪念公墓。（221）

李译中"有人"的使用明确地将外视角变成了叙述者的视角，周译中的"只见"体现出了外部视角的视线，但周译本中紧接而来的"先是、随后、再"等词的使用，似乎给读者留下了这样的印象：即马车的整个行走路线是被一个"不知内情的旁观者"从始至终跟踪下来的。而从原文看，看到这辆马车的on并不一定是指同一个人，而是马车所到之处碰巧看到它的散落在城里各个角落的人们。许译中的"车子出现在"各个不同地方的译法较好地体现出了不知情的散落在城市各个角落的鲁昂市民眼中马车无目的游荡的情形。

3. 零聚焦下的景物描写

福楼拜的小说中，从人物视角出发的景物描写，多是起着将人物内心活动投射于外部世界的作用，如上文"人物的听觉"一节中的例子对夕照、屋内环境的描写看为写景，实为写情。而零聚焦下的景物描写则更多地是起着交代场景的作用，给人以很强的镜头感。"评论家不约而同地赞叹福楼拜小说多么接近电影脚本，又是多么易于搬上银幕。"[10]纳博科夫也曾指出福楼拜常用一种"展开式"的手法，即"逐一展现连续的视觉印象，似乎有一架缓缓移动的摄像机"[11]。我们在下例中，试来分析三个译本对这种镜头感的传达。

例：

(1) Le château, de construction moderne, à l'italienne avec deux ailes avançant et trois perrons, se déployait au bas d'une immense pelouse où paissaient quelques vaches, entre des bouquets de grands arbres espacés, tandis que des bannettes d'arbustes, rhododendrons, seringas et boules-de-neige bombaient leurs touffes de verdure inégales sur la ligne courbe du chemin sablé. (2) Une rivière passait sous un pont; à travers la brume, on distinguait des bâtiments à toit de chaume, éparpillés dans la prairie, que bordaient en

pente douce deux coteaux couverts de bois, et par-derrière, dans les massifs, se tenaient, sur deux lignes parallèles, les remises et les écuries, restes conservés de l'ancien château démoli.（Madame：113）

李译：

(1)侯爵府邸是近代建筑，意大利风格，两翼前伸，三座台阶，连着一片大草坪，有几只母牛在吃草，一丛一丛大树，距离相等，分列两旁，同时一簇一簇灌木、杜鹃花、紫丁香和雪球花，大小不等，沿着曲曲折折的沙砾小道，密密匝匝，朝外拱出它们的枝叶。（2）桥下流过一条小河；人隔着雾，隐约望见零零落落几所茅庐散布在草地上；两座山冈，坡度不大，树木蓊郁，环绕草地；再往里去，绿阴翳翳，车房和马厩，平列两线：它们是拆毁的旧庄园的残余部分。(39)

周译：

（1）城堡是意大利风格的新建筑，两翼前伸，三座宽阔的台阶，毗连一片广袤的草场，有几头母牛正在上面吃草，两旁相隔一段距离便有几棵挺拔的大树，铺细沙的曲径边上，长着杜鹃花、山梅花和绣球花，大大小小的绿丛都修剪得圆滚滚的。（2）一条小河从桥下流过；透过薄雾可以看见平野上星星点点的茅舍，错落有致地点缀着两座翠岗的缓坡，远处的树丛中，平行地排列着车库和马厩，那还是旧城堡的遗迹。（41）

许译：

（1）城堡是意大利风格的近代建筑，房屋平面呈"凹"字形，中间是三座台阶，紧挨着山坡上的一大片草坪，有几只母牛在吃草，草坪两旁有一丛丛稀疏的大树，中间有一条弯弯曲曲的沙子路，路旁是修剪过的花木，杜鹃花、山梅花、绣球花，凸起了一团团大大小小的绿叶。(2)一条小河流过一座小桥；雾中可以看见几所茅屋，疏疏落落地散布在草地上，草地周围是两座坡度不大、植满了树木的小山冈，再往后走，

在树丛中，有两排并列的房屋：车库和马房，那是旧城堡没有拆毁的遗址。（40）

原文是由两个长句组成。从翻译的准确性来说，三种译文都传达出了原文字面的含义。只有许译中"中间有一条弯弯曲曲的沙子路"有待商榷，因为从原文中看不出这条沙子路是在草坪中间的。

但是从三位译者对原文的不同处理方式中，我们可以看到，由于译者摄影机的角度不同，画幅在读者面前展开的方式亦有很大不同。在第一个长句的翻译中，周译在对城堡进行了全景观照后，通过"毗连、在上面、两旁、曲径边"等方位状语词的引导，徐徐移动摄像机，将草场、草场上的母牛、大树、花木逐一纳入镜头，为读者展开了一幅全景画面。许译与周译用词不同，但画幅的展开方式与周译有异曲同工之妙：即都是通过方位状语前置的方式来组织译文。李译的画面展示方式则相反，他先是让观众看到大树和花木，然后再把镜头拉远，将它们在整个画幅中的位置显现出来，即"分列两旁"和"沿着沙砾小道"。在第二个长句表现的画面中，李译一如既往地先让读者看到"茅庐"和"山冈"，然后再点明它们分别是"散布在草地上"和"环绕草地"，而且由于把"on"译为"人"，制造出了"人在画中游"的效果。

4. 从on的翻译看视角的模糊性

本论文作者在对《包法利夫人》进行文本细读中发现，文本中的景物描写，一类可以很轻易地分辨出视角的发出者，如小说第二部分开始对永镇的描写很明显的就是全知叙述者的视角，而另一些景物描写的视角辨别却令人感到踌躇，如农业博览会一章中的景物描写，似乎很难区分出是人物的观察还是叙述者的描写，而这些段落中人称代词on的使用更增加了辨认视角的难度。

On做不定代词使用时的字典释义如下[12]：A.（表示泛指）人，人们，人家，大家，有人，别人；B.（表示所指的人是明确的，甚至说话时在场）1.代替Je；2.（俗）代替nous；3.（俗）（代替tu, vous），4.代替il, elle；5.（罕）代

141

替ils，elles；

从以上解释看，on作为代词，几乎可以指代任何人称。

通过下文中的一些例子，我们可以看出，译者对on的不同理解，导致各译本视角的微妙不同。

例1：

En écartant du coin le rideau de mousseline, on voyait glisser dans l'ombre la lumière de leurs lanternes.（Madame：121）

李译：

掀起一角纱帘，你就看见车灯的亮光，星星点点，在黑夜里消逝。（44）

周译：

撩起一角细软的窗帘，就可以看见车灯的亮光渐渐没入黑暗之中。（45）

许译：

只要掀开纱窗一角的帘子，就看得见星星点点的马车灯光，慢慢消失在黑暗中。（46）

这是沃比萨尔城堡舞会一章中，对舞会进行到曲终人散时的一段描写。从"掀起一角纱帘"的动作来看，这里on的观察角度应是从屋内发出的（掀开大厅窗户的一角纱帘）。从这一章中对舞会上人物和食物的描写来看，很多描写既可以看成是爱玛的观察，也可以看成是叙述者的叙述。究竟是谁掀起的纱帘呢？李译中把on翻译成"你"，是从全知叙述者的角度出发的：若是你（读者）现在在大厅里，如果你掀起一角窗帘，你就可以看见……。许译的"只要……就……"虽然在译文中没有明确出现"你"，但也是叙述者向读者说的话，同李译的视角相同，只是口气显得更加无所不知。而周译则谨慎地

142

使用了无主语句，保留了on的视角模糊性。

例2：

Le pré commençait à se remplir, et les ménagères vous heurtaient avec leurs grands parapluies, leurs paniers et leurs bambins. Souvent il fallait se déranger devant une longue file de campagnardes, servantes en bas bleus, à souliers plats, à bagues d'argent, et qui sentaient le lait, quand on passait près d'elles.（Madame：233）

李译：

　　草地上开始拥挤。管家婆挟着大雨伞，提着篮子，拖着孩子，朝你身上撞。还得经常回避一长列乡下妇人、女用人，她们穿蓝袜子、平底鞋，戴银戒指，你从旁边走过，闻见一股牛奶味儿。(117)

周译：

　　草坪上愈来愈挤，主妇们撑着大伞，挎着蓝筐，带着孩子挤来挤去，时不时会迎面碰到一长列乡下姑娘，得给她们让路，这些帮工的村姑穿着蓝袜子、平底鞋，戴着银戒指，从她们身边走过，闻得到一股牛奶味儿。（周译本：第121页）

许译：

　　草地上的人多起来了，管家婆拿着大雨伞，大菜篮，带着小孩子横冲直撞。你还要时常躲开一溜乡下女人，穿蓝袜子、平底鞋、戴银戒指的女佣人，你走她们身旁过，就闻得到牛奶味。(121)

　　三个译本的微妙区别在于对"on"的翻译上，李译和许译都将"on"译为"你"，与上文中的"vous"形成呼应。从而使这一段叙述成为从叙述者视角发出的叙述。连续两个"你"的使用，使读者有身临其境之感。周译小心避开了人称代词的使用，给她们让路的可能是读者"你"，也可能是爱玛和罗道尔夫，也可能是草坪上任何一个人，由读者来决定谁是"on"。如果把此段描写变为画面的话，在李译和许译中，读者成为了画中人，而在周译中，读者则成为手执画笔的画家。

例 3：

Les cheminées des usines poussaient d'immenses panaches bruns qui s'envolaient par le bout. On entendait le ronflement des fonderies avec le carillon clair des églises qui se dressaient dans la brume.（Madame：394）

周译：

> 工厂的烟囱吐出滚滚浓烟，随风飘散开去。铸造厂传来隆隆的响声，和着矗立在雾中的教堂钟楼清脆的排钟声。（237）

李译：

> 工厂的烟筒冒出大团棕色的烟，随风飘散。教堂的尖顶突破浓雾，清越的钟声有冶铸厂轰隆轰隆的响声伴奏。（226）

许译：

> 工厂的烟囱喷出一大团褐色的浓烟，正如没有根的羽毛，随风飘散。听得见炼钢厂的轰隆声，还有直立在雾中的教堂钟楼发出的叮当声。（236）

这是小说第三部分第五章中，爱玛到鲁昂和莱昂幽会时，对鲁昂城所做的全局描写中的一句。此例中，从表面上看，三段译文中都没有直接对应泛指人称代词on的译文。但是再进一步分析的话，周译中的"传来"和许译中的"听得见"都有隐含的"听众"在，而这"听众"暗指的就是原文中的on。周译和许译的"听觉"视角可以是爱玛的，也可以是当时和爱玛一起乘车的旅客的，也可以是某一位看到清晨中的鲁昂城的市民的视角。而李译的"清越的钟声有冶铸厂轰隆轰隆的响声伴奏"的翻译丝毫没有体现出某个人"听到"这一声音的意味，更像是叙述，因此，视角发出者更接近全知叙述者。

144

结 论

通过以上例子，我们认为从叙事角度来看，语言形式承载了匠心独运的叙事视角。译者在做文学翻译的时候对此不可忽视，应尽量避免译者眼光的介入，尽量避免对原文叙事视角的侵犯和变更，关注保留原文形式对表现原文主题和美学效果的重要意义。

注释：

[1] 王文融《法语文体学教程》，北京大学出版社 1997 版，第 190 — 192 页。

[2] 热奈特《叙事话语 新叙事话语》，王文融译，中国社会科学出版社，1990 年，第 133 页。

[3] 皮埃尔·布吕奈尔等《19 世纪法国文学史》，郑克鲁等译，上海人民出版社 1997 版，第 213 页。

[4] 热奈特《叙事话语 新叙事话语》，王文融译，中国社会科学出版社 1990 年版，第 131 页。

[5] Flaubert Gustave, Madame Bovary, Paris, Librairie Flaubert Gustave, Madame Bovary, Paris, Librairie Générale Française,1999, p.72.后文出自同一著作的引文，将随文标出该著名称首字和引文出处页码，不再加注。

[6] 福楼拜《包法利夫人》，李健吾译，人民文学出版社，2005 年，第 13 页。

[7] 后文出自同一著作的引文，将不再注明，只标出页码。

[8] 福楼拜《包法利夫人》，周克希译，上海译文出版社，2007 年，第 14 页。

[9] 后文出自同一著作的引文，将不再注明，只标出页码。

[10] 福楼拜《包法利夫人》，许渊冲译，译林出版社，2007 年，第 13 页。

[11] 后文出自同一著作的引文，将不再注明，只标出页码。

[12] 热奈特《叙事话语 新叙事话语》，王文融译，第 133 页。

[13] 冯汉津《福楼拜是现代小说的接生婆》，载《社会科学战线》1985 年第 2 期，第 290 页。

[14] 纳博科夫《文学讲稿》，申慧辉译，上海三联书店，2005 年，第 150 页。

[15] 《法汉字典》编写组编《法汉字典》，上海译文出版社，1984 年，第 871 页。

布尔迪厄的再生产理论述评

刘晖

内容提要 本文旨在阐述布尔迪厄再生产理论的建构及其意义。在布尔迪厄看来，在差异化社会中，社会空间的结构是经济资本与文化资本这两个基本区分原则的产物。行动者在社会空间中占据的位置是由他拥有资本的总量和结构决定的。他必须持有最有用、最合法的资本，才能保住社会空间中的位置，实现社会再生产。在当代资本主义社会中，文化资本在资本总量中取得优势地位，于是学校不仅成为文化再生产的工具，也成为社会再生产的工具。学校教育再生产与家族再生产互相结合，制造出真正的国家贵族。由此他揭露教育民主派的共和进步主义神话：尽管学校一直被认为是促进社会流动的民主工具，但它实际上具有使统治合法化的功能。

关键词 文化资本 象征资本 习性 文化再生产 社会再生产

按照布尔迪厄的总体社会学理论，在差异化社会中，社会空间的结构是经济资本与文化资本这两个基本区分原则的产物。一个行动者在社会空间中占据的位置是由他拥有资本的总量和结构决定的。他必须持有最有用、最合法的资本，才能保住社会空间中的位置。所以资本是布尔迪厄再生产理论的关键概念。无疑，资本概念来自马克思，但布尔迪厄扩大了资本的范围，在经济资本之外，还增加了文化资本、社会资本和象征资本。在他看来，经济资本包括收入、财产、物质财富等。文化资本与学校传授和家庭传承的智力资质相关，以三种状态存在：被归并的状态，表现为身体的持久配置即习性（比如口才）；客观的状态，表现为文化财产（比如古董、书籍）；制度化状态（比如学历）。社会资本主要是由一个人或一个群体拥有的社会关系构成的，包括建立和维护社会关系的活动，比如宴会、娱乐、赠礼等。社会资本能提高经济资本和文化资本的收益，增加行动者以个人身份持有的资本总量。象征资本是布尔迪厄的特有概念之一。这种资本指的是与名誉和认可相连的一系列仪式或惯例。象征资本不属于一种特定的资本类型，也不纯粹是象征的，它可以转化为物质资本，信誉和权威可以增加财富。不同种类的资本可以互相转换，而且资本的持有者必须进行资本转换，将他们拥有的资本转化为再生产工具中最有利的资本，才能实现社会再生产。

法国大革命推翻了王权，共和学校以自由、平等、博爱为旗号，致力于公民的精神和智力解放。教育成为社会上升的主要途径。然而1960年代大学的危机揭露了社会与学校关系的理想表象：由于大学生迅速增长，传统的资产阶级大学变成了中产阶级占支配地位的大学，旧大学的僵化体制无法适应"民众"高等教育的新需求。这些新学生对学业准备不足，对未来出路没有把握，深感自身的社会边缘化地位不可避免。学生通过教育改变社会地位的理想与现实之间的鸿沟似乎比以前变窄了，却加深了。在这种形势下，布尔迪厄对高等教育进行了深入的社会学考察。他在与帕斯隆合著的《继承人》（*Les Héritiers*, 1964）和《再生产》（*La Reproduction*, 1970）中依靠调查研究、统计和图表的成果，从不同社会阶级接受高等教育的不平等状况出发，分析学业成功的不同因素，揭示民众阶级被淘汰的机制。《继承人》可以说是经验研究的必要阶段，《再生产》是《继承人》的理论综合。《国家贵族》（*La Noblesse d'Etat*, 1989）则进一步揭示了学校教育再生产如何与家族再生产结合，制造出新的国家统治者——"国家贵族"。他指出，大学生数量的增加引起了就业机会的结构平移，同时维持了各个阶级之间的差距。教育系统虽然表面上保证学历与职位之间的对应关系，实际上却掩盖了已获学历与继承的文化资本之间的关系，它仅仅以形式平等的表象记录这种关系，为遗产继承提供了合法性。学校通过再生产文化资本的分配结构完成社会再生产的功能。社会再生产的机制由此发生变化，国家贵族代替了血统贵族。由此他揭露教育民主派的共和进步主义神话：尽管学校一直被认为是促进社会流动的民主工具，但它实际上具有使统治合法化的功能。他甚至把"救世学校"斥为人民的新鸦片，揭露教育制度维护社会等级制度的隐蔽作用，因为教育制度可以通过自身逻辑的作用使特权永久化，为特权服务，无需特权人物主动利用它:"学校是特别受资产阶级社会神正论重视的工具,它赋予特权者不以特权者面目出现这一最高特权。"(《再》:225)这样,学校成了不言明的统治工具并实施象征暴力:"作为象征暴力,教育行动只有在具备了强加和灌输的社会条件,即交流的表面化定义不包括的权力关系的时候,才能发挥自己的作用,即纯粹的教育作用。"[1]这种在当时惊世骇俗的观点令等级的捍卫者不快,进步的拥护者难堪。尤其这两本书在法国 1968 年 5 月学生运动的前后出版,恰逢其时。大学生们奋起反抗大学的压迫,反抗家长制和等级森严的官僚制度,反抗阻碍晋升的社会机制,对传统的阶级结构发出挑战,希望通过改造大学来改造社会。当时巴黎大学(索邦)大门口贴了一张大字报:"当下这个革命不但质疑资本主义社会还要质疑工业社会。消费社会注定得暴毙。将来再也没有任何社会异化。我们正在发明一个原创性盎然的全新世界。想像力正在夺权。"[2]我们可以看到布尔迪厄在《继承人》和《再生产》中对大学生们的激进态度和要求的理解和回应。在他看来,问题的症结就在于,学校教育机构对文化资本的分配和社会空间结构的再生产起决定作用,成为垄断统治地位的斗争的赌注,学校教育在斗争中作为一种资本发挥作用。因此,在实证研究的基础上,布尔迪厄自然而然地提出了教育社会学理论。首先,他把教育社会学整合到他的总体社会学之中。也就是说,教育社会学不是社会学的一个分支,而是他的社会学理论在教育领域的应用;其次,教育社会学不是实用型的末流学科,仅用来推进教学,而是知识社会学和权力社会学的重要组成部分:"教育社会学构成了关于权力和合法性问题的普遍人类学的基础,因为它能引导人们探索负责对社会结构和心智结构进行再生产的'机制'的原则;无论从发生上来看,还是从结构上来看,心智结构都是与社会结构连接在一起的,因而它有助于无视这些客观结构的真实性,并因此认可它们的合法性。"[3]很明显,教育社会学的研究对象与大学生们反抗的对象是一致的,那就是社会结构的合法性。

文化再生产与社会再生产

布尔迪厄对"教育系统"的功能提出了质疑。学校通常被定义为所有保

148

证文化传承的组织的或习惯的机制。他认为，这种观念把文化再生产从社会再生产的功能中分离出来，不考虑象征关系在权力关系再生产中的作用。学校不仅是文化再生产的工具，也是社会再生产的工具。为了实现社会再生产，学校配备了以否定这种再生产功能为基础的一个表象系统。首先是天才观念。作为共和学校的创立原则，天才观念认定学习成绩的好坏反映了天赋的差别，把低等阶级的淘汰归咎于他们不善于学习。布尔迪厄在这种天赋论中看到了韦伯所说的超凡魅力观念："隐藏在超凡魅力中的本质主义使社会存在论的作用成倍增加：因为学校中的失败不被视为与一定的社会环境有关，比如家庭中的智育氛围、家庭所用语言的结构和家庭所支持的对学校和文化的态度等，所以它自然归咎于天赋的缺乏。"[4]布尔迪厄则把社会条件放在首位，认为学习成绩取决于习性。那么，习性是什么？按照布尔迪厄的说法，"与一个特定的生存条件的阶级相关的影响产生了习性，即持久的和可移植的配置系统，即准备作为建构的结构（structure structurante）也就是作为实践和表象的生成和组织原则发挥作用的被建构的结构（structure structurée），这些实践和表象能够从客观上符合它们的目标，但不意味着追求有意识的目的和有意支配对于达到目标必要的活动；这些实践和表象在客观上是'有规律的'和'有规则的'，但丝毫不是遵守规则的产物，而且，与此同时，是集体上协调一致的，但不是一个乐队指挥的组织行动的产物。"[5]也就是说，习性是一个由受到客观条件作用的个人内在化了的配置系统。在某种程度上，习性也是资本。这种资本可表现为智力资质，比如较高的领悟能力和沟通能力，也可表现为学习环境，很早就能接触书籍、艺术品，旅行等。这些有利条件培养了习性，并伴随着整个学习过程。高等阶级的子女拥有从家庭继承的这类文化资本，他们的习性对学校教育是非常适应的。与"继承人"不同，与学校教育制度疏远的学生几乎没继承什么文化资本，一切都要从头学起，同时要经历脱离自身传统文化的过程，他们的习性与学校教育并不契合。这是由学校的性质决定的，学校可以说具有脱离社会生活的中世纪经院特征：不同阶级出身的大学生生活在特殊的时间和空间里，暂时不受家庭和职业生活的节奏的束缚。这种自由幻象使大学与社会相比，具有一定的价值和实践的自主性。这正是布尔迪厄所说的经院配置（习性）的形成条件："这段脱离实践事物和考虑的时间是学校教育训练和摆脱直接需要的活动的条件，学校（也是学园）从这段时间中开发出一种享有特权的形式，即用于学习的娱乐，这些活动包括体育运动、游戏、创作和欣赏艺术作品以及除了自身别无目的的一切形式的无动机思辨活动。"[6]所谓的无动机思辨活动涉及特定的知识。在福柯看来，学校是组织知识的机构，它对知识进行"挑选、规范化、等级化和集中化"。[7]特定的知识就是这样来的："大学通过事实上的垄断和权利来扮演挑选的角色，这使得不是诞生和形成于这个大致由大学和官方研究机构构成的制度领域内部的知识，不在这个相对浮动的限制之内的知识，在这以外诞生的处于原始状态的知识，一开始就自动地或者被排斥或者先验地被贬低。"[8]我们看到，由于出身环境的限制，民众阶级的学生对这种严肃"游戏"和知识颇为陌生，他们只对经济必然性有切身体会，对实用知识有兴趣，所以他们需要在学校里逐步培养这种与世界疏离的习性，而资产阶级学生则倾向于否认社会世界和经济必然性，所以更适应学校教育的这种无关利害的形式训练。但学校并不考虑学生习性差别，也就是社会差别，一律要求学生有良好的文化意愿，学校不传授的音乐或文学修养，这些对统治阶级的习性非常有利的资质。习性也是一种语言资本。学校"不把语言视为一种工具，而是视为一个观照、享乐、形式探索或分析的对象"。[9]上流社会的礼节要求高雅地保持距离、有分寸的自如，资产阶级语言具有抽象化、形式化、委婉化和理智主义的特点，与学校教育规范相符，而民众阶级直截了当，不拘小节，不讲形式，他们的语言有很强的表现力和个人色彩，表现出具体的和不正规的特点，不符合学校教育规范。所以，为了在学校教育系统中生存，被统治阶级被迫学会另一种陌生的语言，一种学院语言。否则，就会被学校排除出去。教育更通过其灌输作用使对统治阶级有利的文化专断原则以习性的方式内在化。也就是说，学校通过习性规定这种文化专断，向被统治阶级灌输统治阶级的文化，让被统治阶级承认统治阶级的文化，却贬低自身的知识和技能。由此，学校选择它认为最有天赋的人也就是对学校最顺从并具有学校认可的最多特点的人，通过分离作用认可并强化他们的习性。

"作为社会化了的有机体，行动者被赋予一整套习性——其中既包含了进入游戏和玩游戏的癖好，又包含了进入游戏和玩游戏的天赋。"（《国》：66）习性的重要性体现在两个方面，一方面，是结构上的，由于习性是生产最持久的学校和社会差异的本源，一个人与学校和学校传授的文化的关系，按照他在学校教育系统中生存的可能性，表现为自如、出色、吃力、失败。无疑，学校教育文化与合法文化之间的差别越大，学业成功的可能性越小。被统治阶级的文化与统治阶级的文化之间不存在同源性，被统治阶级很自然地就被淘汰了。另一方面，是建构上的，由于习性作为无意识的行动、认识和思考原则（模式）发挥作用，被统治阶级根据切身经验，按照他们的教育观念设想未来，不做非分之想，不把社会上升的希望寄托在教育上。只有继承人才会想到靠教育改变社会轨迹。无继承权的人甚至意识不到在文化上被剥夺，就把学校和社会命运的不济当成是天资缺乏或成绩不好的结果。所以说，学校对习性的要求体现了社会集团之间的力量关系。调查同样证明，大学里出身资产阶级的学生比出身低微的学生比例高，教育的民主化并没有改变各阶级进入学校教育系统的机会。由此，布尔迪厄得出结论：学校教育文化不是一种中立文化，而是一种阶级文化。教育行动无论从它施行的方式来看，还是从它灌输的内容和面对的对象来看，都符合统治阶级的客观利益，总是有助于阶级之间文化资本分配结构的再生产，从而有助于社会结构的再生产。由于没有看到教育和文化方面的社会不平等，天赋观念论者把学校教育不平等和社会不平等合法化了。学校以保证教育机会均等为借口，否定每个人的社会出身差别，把他们视为权利和义务上是平等的。悖论的是，"表面的机会均等实现得越好，学校就越可以使所有的合法外衣服从于特权的合法化。"（《继》：41）于是，学校教育等级成了被天赋观念掩盖的社会等级，学校教育遴选成了社会遴选。学校充当了社会不平等的合法化工具。但因为学校教育"可以把自己的权威委托给教育行动的集团或阶级，不用求助于外界压力，尤其是身体方面的强制，便能生产和再生产它在精神和道德方面的整合"（《再》：45），学校教育并不是赤裸裸的暴力统治工具，而是温和的象征统治工具。经过这番论证，很难不同意布尔迪厄的观点：学校不是为一种普遍的和理性的知识服务并促进个人晋升的中立机构，而是文化和社会特权再生产的根源。这就是说，学校远非具有解放作用，而是起到维持民众阶级的被统治地位的保守作用。这里我们可以看到布尔迪厄的知识观念与福柯的权力－知识理论的某种契合，知识可充当权力意志的工具，知识的传授遵循统治策略，使人和世界被更好地统治。但若把知识视为客观性和中立性的伪装，就会陷入认识论的悖论，这是福柯和布尔迪厄都不愿意看到的。尽管福柯持反启蒙的立场，布尔迪厄批判学校规定的知识专断性，但是他们无意走向绝对的相对论，把文化当作纯粹的阶级力量。

文化与跟文化的关系

为了厘清文化传授在法国教育中的地位和作用，布尔迪厄以系谱学的和比较的方法审视了法国教育的发展状况。法国现代教育继承了耶稣会学校的人文主义传统，要求以贵族社交的高雅超然完成职业使命，因而把最高价值赋予文学能力，尤其是把文学经验变成文学语言的能力，甚至把文学生活乃至科学生活变为巴黎生活的能力。正如托克维尔所说，法国教育的"主要目的是为进入私人生活做准备"。[10]勒南批判了法国教育的宗教传统："法国大学过多地模仿了耶稣会枯燥无味的高谈阔论和它们的拉丁文诗句，使人往往想到罗马帝国后期的演说家。法国的弊病是需要夸夸其谈，试图在演说中使一切发生变化。大学的一部分，还通过顽固地坚持轻视知识基础和只重视风格与天资，继续保持着这种弊病。"（《再》：183）确实，法国教育系统把口头传授和注重修辞放在首位。被学校鼓励和承认的那种与文化的关系，体现在不受学校束缚的知识分子的最无学究气的言辞中。其次，法国作文也是法国教育系统的产物。布尔迪厄把这种作文与中国八股文和英国大学随笔进行了对比。八股文是明清两代科举考试的专用文体，非常注重章法与格调。正如黎锦熙所说："明初八股文渐盛，这却在文坛上放异彩，本是说理的古体散文，乃能与骈体诗赋合流，能融入诗词的丽语，能袭来戏曲的神情，实为最高稀有的文体。"[11]英国大学随笔是散淡、轻松、幽默的。法国作文由生动而华丽地提出盖然判断的引言开始，不似随笔那般通俗和充满个性，与八股文托圣人之言，不发表个人观点相似。但它的智识抱负和文人情趣与八股文和随笔都是一致的。最后，学校贬低最有学校教育特点的价值，比如卖弄学问、学究气或死用功，而抬高自然、轻松的态度，学校厌恶专业化、技术或职业，欣赏令人愉悦的谈话艺术和高雅举止，如同韦伯所说的中国君子风范："语带双关、委言婉语、引经据典，以及洗练而纯粹的文学知性，被认为是士绅君子的会话理想。所有的现实政治都被排除于此种会话之外。"[12]在布尔迪厄看来，学校暗中推崇这种高雅就是要求科学文化服从于文学文化（修养），文学文化（修养）服从于艺术文化（修养），而艺术文化（修养）无限地推动高雅游戏。勒南指出，这是法国南特敕令的撤销（1598）在法国知识生活中产生的严重后果，从此科学活动受到遏制，文学精神受到鼓励。耶稣会教育进一步扩大了天主教国家与新教国家的知识分子精神气质的差异：新教偏重实验科学和文献考据，天主教偏重文学。（《再》：183）托克维尔在《美国的民主》中也指出了国民教育的这种弊端，强调现代教育必须是"科学的、商业的和工业的，而不是文学的"，才有利于社会流动性。[13]所以，法国制造的巴黎式文化不是知识，而是对文化的态度，与文化的关系。这种文化可充当上流社会的装饰或社会成功的手段，使人在优雅的谈话或散漫的讨论中卓然不群。

　　布尔迪厄还对法国考试选拔制度与中国科举制度进行了比较，发现两种制度都把社会选择的要求（分别是传统官僚制度的要求和资本主义经济的要求）变成纯粹的教育意向，以最大限度提高它们生产、控制和推进的职业资格和个人素质的社会价值。十八世纪，耶稣会学校把考试竞争当作教育青年贵族的主要手段。在那个自我保护和自我封闭的环境中，"通过对竞争进行系统的、使之具有魅力的组织，通过在游戏和工作中都很流行的学习等级制度的建立，耶稣会制造了一种等级人，把贵族对'荣誉'的崇拜按先后顺序转化为上流社会的成功、文学上的成就、学校里的荣誉。"（《再》：161）现代的法国考试（比如国家行政学院入学考试）也通过社会标志，如风度或举止、口音或口才、姿态或手势，以社会感觉的无意识标准对个人进行整体评价。

口试被视为"风度"的考察，重视形式超过实质："各种教育，尤其是文化教育（甚至科学教育），暗含地以一整套知识、本领、特别是构成有教养阶级遗产的言谈为前提。"（《继》：24）笔试也通过写作风格寻求相同的素质。用韦伯的话说，"教育的目标和社会评价的基础，不是'专业人才'，而是——用时髦的话讲——'有文化教养的人'"。[14]可见，体现在纯粹学校教育逻辑中的考试标准，暗中表达了统治阶级的价值观，主导着主考的判断。由此可以推断，考生出身的阶级的价值观与统治阶级的价值观离得越远，考试难度越大。在不同学习阶段被淘汰的大部分人在考试之前就自我淘汰了，这些人的淘汰比率随着社会阶级的下降而增高。这就意味着，学习成绩的判断标准暗中服从社会等级标准。这是社会不平等在教育系统逻辑中的特殊形式。这样，学校教育系统就把社会优势转化为学业优势，而学业优势可再转化为社会优势，如此循环往复。既然统治者的资格更多建立在文化品格而非专业知识基础上，那么，法国教育系统不是在进行技术选择，而是在进行社会选择。同样地，儒家传统也通过考试强化文人理想。我们不难看到布尔迪厄对韦伯的《中国的宗教——儒教与道教》的参照。韦伯认为，中国科举制度培养了独特的学生精神——君子风范，即合于准则的圆满与完美。体现士人风骨的书法之好坏也是取士的关键。当然，韦伯并不认为治理国家仅靠这种沙龙教养，"但中国的官职受禄者却通过其文书形式之合于准则的正确性，来证明其身份特质，亦即其超凡魅力。"[15]但布尔迪厄看到，两种制度也有不同点。中国科举制度对考试的组织和制度化比对学校教育更重视，它彻底地等同于其选择功能，考试成绩的名次直接决定社会等级。法国教育系统与科举制度不同，学业价值的等级不能完全决定社会等级和全部价值等级，但与其他等级原则相比，它越来越占有决定性的优势。于是，布尔迪厄得出法国教育系统运行与阶级结构永存之间的关系：通过继承耶稣会对学业等级的崇拜，法国教育系统灌输自给自足的、脱离社会生活文化的有效手段，试图利用自身的运行逻辑达到永久存在的目的。而且，教育系统"通过掩饰以技术选择为外衣的社会选择，通过利用把社会等级变为学校等级从而使社会等级的再生产合法化，为某些阶级提供了这种服务。"（《再》：165）表面上，特权阶级把选择权力完全委托给学校，是把世代传递权力的权力交给了完全中立的机构，取消了世袭权力的特权。实际上，在一个以民主思想为基础的社会里，学校成了保证法定秩序的再生产的唯一方式。有了学校实施的魔法作用和催眠功能，被统治者也就丧失了反抗能力。

教育系统的自我再生产与社会秩序的再生产

通过上面的论述，我们不要得出结论说，布尔迪厄认为学校只有保存和认可权力与特权的社会功能，而不具有生产和证明能力的技术功能。他只是强调前者是被忽略的月亮的黑暗面。也就是说，教育系统进行的技术选择和社会选择是不分彼此的。由此，他反对学校功能的二元论观点。比如某些经济学家认为学校只担负社会赋予的技术意义上的功能，某些文化人类学家认为学校只担负社会赋予的文化意义上的"文化适应"功能。有些人不考虑不平等在教育系统的特殊形式，把它简化为社会不平等，有些人则把学校当作独立王国。这些二元论观点产生了常识性的和一知半解的学术分析：要么把产生所有不平等的罪责归于学校教育系统，要么要社会系统对学校教育系统的不平等负责。布尔迪厄既反对教育系统具有完全的独立性，也反对把教育系统视为经济系统的一种状况或整个社会价值体系的直接表现。在他看来，教育系统具有相对的独立性，它在独立和中立的外表下为外部要求服务，掩盖它完成的社会功能。由于教育系统的社会功能体现在学校教育系统与其他分支系统如经济系统或价值系统之间的客观关系上，必须把它与既定时刻社会阶级之间的权力关系结构联系在一起考察。由此，他批驳了专家治国论者和韦伯的教育实用论。专家治国论者把教育"民主化"与经济"合理化"联系在一起，认为最合理的教育系统应以最小成本进行专门化教学，直接完成专门化任务，从而"以一种根据订货和时间限制按规格生产专门人才的教育，代替一种旨在培养雅士的文化教育"（《再》：196），其错误在于没有对学校的功能系统和阶级结构进行分析。另外，韦伯认为整个统治的官僚体制化促使向理性的求实性、职业化和专家化发展，对教育和培训方式产生了很大影响："我们大陆的、西方的教育机构，特别是高等教育机构：大学、高等技术学院、商贸学院、文理中学和其他中等学校，受到对那种'培训方式'需要的决定性影响，那种'培训'方式养成了对于现代官僚制度日益不可缺乏的专业考试制度"，[16]他是把选择和招聘手续的合理化归因于官僚制度的发展，是过高估计了技术功能相对于教育系统或官僚系统的独立性。在布尔迪厄看来，官僚制度逻辑无法解释学校教育系统，它仅以分层来描述制度运行和行动者实践的特点，没有考虑到学校教育系统的相对独立性。因为国家高级官员的实践和价值观并不完全是名牌大学教育的产物，名牌大学系统虽然保证毕业生对国家机器的垄断，但毕业生也会把他们的态度与价值观带入国家机器。毕业生的态度和价值观不仅受到学校教育的影响，还受到其出身阶级的影响。比如，出身上层的管理者由于他们随意、无忧、慷慨的精神气质，可能与工作角色保持距离，而出身下层的管理者由于他们廉洁、细致、严格的精神气质，可能崇尚守时和照章办事。韦伯只看到了通过官僚化形式表现的合理化的一个方面，即由于明确分工和专门化导致专家的出现，但他排斥了合理化的个人情感因素。所以，韦伯对官僚体制的特性的描述——"它成功地从解决职位上的事务中，排除爱、憎和一切纯粹个人的、从根据上说一切非理性的、不可预计的感觉因素"[17]，无疑属于一种理想型。

在教育系统的功能上，涂尔干的教育理论为布尔迪厄提供了思考的途径。涂尔干强调教育系统的自我再生产倾向，他把教育系统的相对独立性设想为一种权力，它再现外部要求并受益于历史机遇，以实现自己的内部逻辑。他认为学校教育机构比教会更保守，因为教育的保守主义社会功能比教会掩盖得更好。但是，布尔迪厄也看到涂尔干的偏差：涂尔干没有分析灌输方式与灌输内容完美配合的传统教育之可能性的社会历史条件，他把学校教育的内部功能与外部功能的结合归于教育系统自身的功能，即保存从过去继承下来的一种文化。他没有意识到这种文化的接受条件被统治阶级垄断，这种文化被简化为与文化的关系，这种关系最极端的形式就是教育保守主义，它把保持自己的现状规定为教育系统的唯一目的："教育工作，总具有保持秩序，即再生产各集团或阶级之间权力关系结构的功能。因为不管通过灌输还是排除，它都有助于把对占统治地位的文化的合法性的承认强加给被统治集团或阶级的成员，并使他们在不同程度上内化约束和检查。只有当这些约束和检查具有自我约束和自我检查的形式时，它们才如此出色地为统治集团或阶级的物质或象征利益服务。"（《再》：50—51）这就是说，与学校制度本身要求相关的实践在历史中反复出现，生产着被培养行动持续地、系统地改变的人，让他们获得共同的习性，即共同的思想、认识、评价和行动模式。于是，教育系统的灌输功能、保存文化功能和保持社会秩序功能达成了一致，教育系统相对于外部要求尤其是统治阶级利益的独立性完全是幻想。这种和谐若不被打破，教育系统就一直封闭无限循环的圈子里，生产自己的再生产者。悖论由此而来："它一方面无视其他所有要求，只知道自我再生产，一方面又最有效地促进着社会秩序的再生产。"（《再》：213）也就是说，它只需服从自己的规则，就能同时且额外服从外部功能的要求，它通过文化资本的世代传递满足再生产社会关系的功能，通过它的绝对独立幻象完成掩盖保守功能的思想功能。

总而言之，若要正确理解教育系统与阶级结构之间关系的性质，就必须回到布尔迪厄的习性理论，把教育系统的内部和外部功能的特点与传授者或接受者的配置，也就是与行动者的习性相联系，习性受到社会条件的制约、阶级出身和属性的影响。"只有把习性看作外在的内化和内在的外化的场所的一种恰当理论，才能够说明实施社会秩序合法化功能的社会条件。"（《再》：219）习性把结构与实践联系起来，习性是结构的产物、实践的生产者和结构的再生产者。阶级关系结构是生产习性差别的原始条件。由此，布尔迪厄强调，思考习性与学校教育的关系必须认清两点：一是教育系统无法通过灌输全面承担有教养习性的生产，二是灌输起到的区分作用并不是简单地认可和强化在学校外面形成的阶级习性。鉴于社会秩序合法化完成的关系网络如此复杂，把教育系统的思想功能简化为单纯的政治或宗教灌输是很天真的。所以，把社会结构功能论和社会决定论分开来解释学校的作用，犯了简单化错误。

学校教育分类与社会区分

很明显，在资本主义社会中，资产阶级权力不再以公开的和直接的方式传承，现今的资产阶级特权继承人，既不能享受贵族天生的高贵，也不能享受祖先奋斗的光荣，只好求助于文凭，文凭既能表明他的天资，也能表明他的成绩。他们通过文凭的认可作用变成新的特权阶级——国家贵族。国家贵族是国家机构成员，经由挑选的机制招募，获得了类似旧制度下的贵族爵位。为了垄断权力和实行统治，国家贵族建构了现代国家的所有共和神话：能力论（méritocratie），救世学校，公共服务。

国家贵族的产生首先依靠从认识范畴、思想模式出发的学校教育选拔。如前所述，与学习过程的社会效果相比，教育的技术效果是次要的。学校教育选拔首先是社会挑选，教育不只产生技术效应，比如被灌输的知识和技能，还产生启示和认可的神奇效应。人文科学教育传统浸透了人道主义、人格主义和唯灵论色彩，与贬低学校教育价值、崇拜个人表达方式的教学传统一脉相承。这在精英学校，也就是在负责培养进入统治阶级的人才的机构中非常明显。布尔迪厄在调查中看到，在名牌大学的预备班或在名牌大学里，各种激励、限制和控制机制把学生的生活变成了无休止的学习活动，目的是获得一种"应急文化"，即迅速开动脑筋的能力、得体地解决一切问题的本领。但这种本领不过是实用的算计和技巧，不求诚实和严密，不讲科学或艺术研究的方法和技术。所以，学校不重视取得知识的教育活动本身，赋予超凡魅力以特权，极力鼓吹早熟。早熟学生省去了普通学生认真学习、缓慢积累知识的过程，他们的有教养的自如，体现了获得知识的特别方式，即继承来的文化资本，这种"自由文化"（"学校文化"的对立面）与通过家庭教育的熏陶获得的文化密切相关。同样，教师也不是按照严格的技术能力评价学生的能力，而是以文学和艺术评论的形式，考察学生是否符合某种不可定义的理想的综合能力。这种评价甚至把带有社会标记的体貌特征考虑在内，比如服饰、举止和仪表等，把它们视为个人品质和才能的标记。由此，学校教育分类学按照品质等级建立起来：被统治者（民众阶级）平庸、粗俗、笨拙、迟钝，中间阶级（小资产阶级）狭隘、平常、严肃、认真，统治者则真诚、丰富、自如、优雅。在布尔迪厄看来，这种中立化、委婉化的分类学是一种观念和区分原则系统，它通过对优良品质的模糊定义，把统治者的品质认定为优良的，认可他们的生存方式和地位。低等品质，中等品质，比如清晰、博学、严密、精确，从来都是占统治地位的品质的边角料，只有与后者结合才能获得完整的价值，只有后者才能弥补和拯救苦学的成果，博学只有以高雅为装饰，才能得到认可。这就是所谓的"社交家"对"学者"的胜利。[18]在学校教育系统中，所有的人进行分类，所有的人也被分类，被纳入最高级别的人为初入者分类，在中学毕业会考、巴黎高师入学考试、大中学学衔考试、博士答辩这个流程中，最高级别支配着所有的分类程序。由此，这种分类学显示了行动者的社会属性与学校教育位置之间的对应关系，学校教育位置按照教学、学校、学科或专业的等级被划分了等级，处在被分级的学校教育位置上的行动者将继承的资本转化为学校教育资本。分类像一架机器，不断把社会等级转化为学校教育等级。但正如布尔迪厄强调的，分类行动是在实践逻辑的指引下进行的，其根源不存在于结构中，也不存在于意识中。这是他与结构主义和个人主义的区别。结构主义赋予占统治地位的意识形态和国家意识形态机器以自足的动力，把行动者排除于结构再生产之外；个人主义重新引入行动者，却把他们简化为可互换的无历史的纯粹意愿。两者都忽略了实践活动的逻辑，这种逻辑正是在习性与从历史继承的客观结构的关系中形成的。

如前所述，我们看到，学校与教会的关系非常密切。欧洲大学发端于神学院，无论建筑格局，还是课程目录、授课和辩论、考试、研修班、博士学位授予等制度，都堪称神学院的世俗样本。中世纪的理想讲堂在空气清新、环境幽静的房舍中，讲台最高处是授课者，优秀的学生集中在最尊贵的位置，贵族和上等人有其专属座位，每个人都有固定座位，不可变动。这个课堂反映的便是等级社会的理念。[19]无疑，这个讲堂既是一个布道场所，也是一个分离的场所，分离不仅体现在空间的隔离上，也体现在社会身份的差异上。所以涂尔干把学校比作广义上的宗教法庭，通过设立界限，学校把精心挑选的人与普通人区分开，并通过分离行为赋予这些人教士才有的特征。在布尔迪厄看来，学校的技术性活动与宗教上的制度仪式密切相关："选拔就是'当选'，考试即是'考验'，训练就是'苦行'，离群索居就是接受奥义传授时的避静，技能就是超凡魅力资格。"（《国》：170）借助竞赛和考试的学校制度仪式，类似于莫斯所说的社会魔法行为。学校通过这种分离与聚集的神奇活动产生被认可的精英集团并完成认可（或祝圣）功能。在末位中选者与首位淘汰者之间，仪式建立了本质差别。社会魔法行为改变了相关行动者，使他们知道并认可关于他们身份的预测，身份被转化为命运。社会身份就是社会差异，意味着被神奇界限分开的不同集团的不平等待遇。中选者不仅有权享受权力位置中的特定等级，还有权得到认可和尊敬，这是以获得普遍认可的称号为标志的。学校通过或多或少庄严的授予仪式颁发文凭、官方证书，影响制度话语的接受者对现实的表象，从而为被认可的行动者规定义务：是贵族就要行为高尚。所以，从根本上来看，学校教育制度的有效性依靠其命名权："证书就是权力机构颁发的能力证明，就是对证书持有者的技术能力和社会能力进行担保和认证的社会委任书，是以对发证机构的集体信仰为基础的信誉称号。"（《国》：204）文凭持有者成了某种社会品质或者某种能力的合法垄断者。但社会品质与能力往往并非严格对应，社会头衔相对独立于技术能力。"学位属于一种与骑士身份和教士圣品类似的司法－教会性卡里斯玛范畴。大学章程规定了学位拥有者必须具备的道德主体资格和法律身份。"[20]所以，最高等的文凭与其说是纯粹的技术能力证明，不如说是对良好名声和良好教育的保证。社会头衔既要求物质利益又要求象征利益，但象征利益未必与实际能力一致，而是与称号和称号保证的身份有关。所以，社会头衔不仅是入场权，还是某种终身能力的保证。而技术能力可能因为过时或被遗忘而贬值。我们凭经验就可以感觉到，在官方分类中，随着社会等级的降低，行动者越来越被按照其所作所为定义，也就是按照其职称保证的技术能力来定义，随着等级的提高，行动者越来越不需要技术方面的保证。总之，在象征性与技术性之间，名与实之间，存在着或大或小的距离。很自然地，统治阶级总会采取各种策略，把自己掌握的能力规定为必要的合法能力，并把自已擅长的实践纳入优异的定义中。马克思说："统治阶级的思想在每一时代都是占统治地位的思想"，[21]同理，统治阶级的能力在每一时代是占统治地位的能力。

名牌大学的分化与统治的再分工

从布尔迪厄的社会调查中，我们看到，法国大学入学率从 1960 年代开始明显提高，对权力的新形式和社会秩序合法化的方式产生了影响。统治的条件随之发生了变化。在布尔迪厄看来，入学率提高是各个社会集团为了获得学校教育资本和利益而相互竞争的原因和结果，它的作用是改变了权力再生产策略。符合学校教育合法性原则的支配事物和思想的新方式出现了。统治者鼓吹智识和科学的力量，放弃了公开的父权主义和说教主义的方法，试图通过对被统治者的规训及其自律，把他们塑造成完美的服从者。

根据布尔迪厄的分析，高等阶级的不同阶层在大学里拥有符合其期待和利益的学科。学生按照社会出身和不同学校对学校教育资本的要求分布，这种分布是行动者（教师或学生）选择的结果。由于学校教育空间与社会空间之间的同源性，学校教育场的作用是非常隐秘的：学校教育系统在原先存在的社会差异基础上，生产并扩大原有的社会差异。它在学生中建立了两条鸿沟：一条隔开了普通大学的学生与名牌大学的学生；另一条隔开了不同名牌大学的学生。前者被通俗地说成大门与小门的对立。大门里的著名大学（国家行政学院、巴黎高等商学院、巴黎高等师范学校、巴黎综合工科学校等）招收出身统治阶层的学生，而小门里的普通大学的文学院和理学院、技术学院、工艺美术学校等招收的学生来自统治阶层的较少。按照这种对立建立的大学场，造成了社会秩序中的主要对立，即高级管理者与中等管理者、负责构想的行动者与负责实施的行动者的对立，更进一步，脑力劳动者与体力劳动者、理论与实践的对立。这些对立还在现实中和人的头脑里再生产出来。这样，来自出身或经学校进行社会加工的差异，就变成了被认可的能力或智力的差异，储存在人们的记忆中。最终，人为的差异就被当作本质的差异或天赋。不难看出，这种差异类似于旧制度下的贵族与生俱来的、与业绩无关的差异。社会世界就这样一分为二，一边是聪明能干的人，一边是愚昧无知的人。于是形成了这样的循环：社会确立的差别系统把优秀学生建构成被分离的集团，进而将他们建构成被社会认可的贵族，贵族反过来要投身于区分意识强制下的某些实践，这些实践又倾向于强化这种差异。

无疑，权力场再生产的任务是由名牌大学承担的。在名牌大学场内的竞争是由这些大学的力量关系结构决定的，名牌大学为了保住或提高地位的策略依靠学校拥有的特定资本（包括社会资本和学校教育资本）的总量，还依靠特定资本的结构，也就是学校教育资本和社会资本的相对分量，学校教育资本的分量由学校担保的能力之稀缺性来衡量，而社会资本的分量与学校在校生或毕业生的现在或潜在的社会价值相连。在这场斗争中，对统治分工的重新定义构成斗争的赌注。随着第五共和国的建立，在纯粹学校等级中处于统治地位的巴黎高师和巴黎综合工科学校逐渐沦为培养教师和工程师的机构，而国家行政学院、巴黎高等商学院成为世俗等级中的成功者，占据了经济领域和政府机构的高级职位，尽管它们在纯粹学校教育等级中处于被统治地位。以往将巴黎高师与第三共和国联系在一起的伦理与政治关系，由专家治国论者与新国家贵族之间的同谋关系取代。巴黎高师和国家行政学院为了争夺文化生产的统治权并规定知识生活的方式而互相竞争。布尔迪厄敏锐地看到了这种变化对知识分子的影响：巴黎高师的象征衰落体现了知识分子"无私"、"无偿"价值观的破灭，国家行政学院的胜利可能导致萨特为代表的独立知识分子消失。巴黎政治科学学院和国家行政学院青睐的保守主义者雷蒙·阿隆则通过象征提升成了萨特的合法对手。阿隆的提升体现了专家治国论者的双重抱负，他们既要靠学校教育行使世俗权力，又要靠世俗权力行使知识权威。可以说，萨特与阿隆的冲突显示了20世纪七八十年代的政治转向，具体而言，就是阿隆对萨特、托克维尔对马克思、政治现实主义对知识分子乌托邦的反击。后果不言而喻："在文化生产场内部，经济权力和政治权力的拥有者越来越被赋予知识合法性的外表：他们在中间知识分子的支持下，在经济现实主义的迫切需要的名义下，凭着责任专家（通常为经济学家）按照美国模式发布的参数，说是要推行一种新的文化生产者的形象，这种文化生产者即使不会更实用，但肯定会更顺从。"（《国》：372-373）这就是威廉·克拉克所说的"象牙塔的变迁"，官僚化和市场化引起了文化生产场的结构变化，[22]大学甚至连韦伯所说的"价值中立"的表象都难以维系。

两种再生产方式

从布尔迪厄关于场的一般理论，我们可以推导出，权力场是不同权力的持有者为了争夺权力进行斗争的领域，也是一个游戏空间，在这个空间里，行动者和机构共同拥有大量在各自场中占据统治位置的特定资本（尤其是经济资本和文化资本），这样他们通过维护或改变彼此力量关系的策略互相对抗。不同种类的资本是在差异化和自主化过程中形成的特定场中发挥作用的特定权力。这些资本具有不同的特性，既是王牌又是赌注。不同种类的资本本身也是斗争目标，斗争的目的是争夺对在不同场中发挥作用的不同权力的相对价值和权力的决定权，也就是争夺一种特定的资本，这种资本能产生一种针对资本的权力。这种以争夺统治原则为目的的斗争，也是为了争夺统治基础的合法再生产方式的斗争。所以，权力的合法性问题是处在实践状态的，意味着互相竞争的多种权力本身的存在，而这些权力就是不同种类的资本。这些资本的拥有者用以维护或扩大其资本的再生产策略，必然包含着使其统治基础合法化的象征策略。如韦伯所说，"并非所有的支配皆使用经济手段，更少是以经济利益为标的。"[23]也就是说，统治集团要培养和开发其合法性，通过社会正义论制造自己特权的神正论。布尔迪厄以象征资本补充了马克思的资本论，与韦伯的合法化理论相结合，发展出自己的统治社会学理论。在他看来，关于社会世界的观点都是趣味系统的产物，而趣味系统则是来自于获利机会的结构的内在化。获利机会是人们持有的资本总量和结构中固有的，所以关于社会世界的观点按照需要合法化的资本种类及其在资本结构中的比例而分化，人们寻找各种理由为自己的合法地位辩护，比如封建贵族强调土地和血缘及其与暴发户的差别，新兴资产阶级精英则以才能与业绩对抗贵族的天赋与爵位。

布尔迪厄通过实证的方法，按照法国当时的状况，提供了一个权力场结构图。不同场在权力场内的分布符合资本种类的客观等级，即从经济资本到文化资本的次序。这就是从经济场到艺术场的次序，行政场和大学场处于中间位置。权力场按照交叉结构排列：按照主要的等级化原则（经济资本）的分布与根据次要的等级化原则（文化资本）的分布在某种意义上形成交叉。从结构上理解权力场，就会发现，权力场包含的每个场都是按照与它相一致的结构构成的，也就是一个极点上分布着经济上处于统治地位而文化上处于被统治地位的等级，另一个极点上分布着文化上处于统治地位而经济上处于被统治地位的等级。为了争夺统治权而斗争的逻辑，因为两大变化而改变：一方面，与经济特性相比，学历的影响得到了加强，即使在经济场中也不例外；另一方面，技术头衔式微，为某些新头衔的发展提供了机会。这些变化影响了主要的再生产方式，在权力型学校构成的场和权力本身构成的场中都可看到。资本总量和结构与再生产工具之间关系的任何变化，以及获取利润机会的系统的任何变化，都会引起投资策略系统的调整。为了避免资产贬值，作为趣味或志向转变的资本转换势在必行。在社会空间中，统治者必须不断转换资本种类才能保持资本价值，持有种类最完备的资本的行动者或集团最倾向于转换，也最有资格转换，而持有种类受威胁的资本的行动者或集团则倾向于绝望的保守主义策略，比如法国大革命前外省小贵族或 68 年五月危机前的语法教师、古典语言教师、哲学教师。同时，家庭再生产策略也随之变化。家庭再生产策略，取决于家庭按照实际能力在各种作为生产工具的制度化机制（经济市场、婚姻市场或学校教育市场）中投资的预期利润的相对价值。这些策略包括生殖策略（通过节育、晚婚或独身控制子女数目）、继承策略（以最小代价确保家产世代相传）、教育策略（生产有能力、有资格继承集团遗产的社会行动者）、预防策略（保证集团的身体健康）、狭义的经济策略（确保经济遗产的再生产）、社会投资策略（建立或维持社会关系）、婚姻策略（确保集团的生物再生产并维持集团的社会资本）、社会公正策略（确保统治及其基础合法化）。无疑，策略在布尔迪厄的意义上，不是理性计算或战略意图，它是由一个特定空间中的游戏意识产生的。"策略，就是每时每刻，往往在未经思考的情况下，做社会游戏要求做的，以便留在游戏中。这就意味着一种永久的创造，以便适应无限变化、从未完全类似的情境，与机械地遵守规则或规范毫无关系。"[24]但在实践中，什么属于深思熟虑的意志，什么属于习性的配置，是很难分清的。似乎这种分别对布尔迪厄而言没什么意义。

鉴于经济资本在权力场中起着主导作用，布尔迪厄对经济场中两种再生产方式进行了实证考察。由于学校教育的普及，在经济场中，出现了两种不同的、表面对立的财产传承方式，一种是继承权由家族完全控制的传承，另一种是完全由学校（和国家）控制的某种终身权力的传承，这种权力以学历为依据，与财产证或贵族封号不同，不能通过继承得到。但布尔迪厄强调，为了论述方便而使用的两种生产方式的区分，并不是一条明确的分界线，因为它们同时存在于经济权力场内部，代表了这个场中连续的两个点。具体而言，代表大公司领导者属性的空间围绕国营企业家与私营企业家建构。国营企业家是与国家紧密相连的大型企业（大型工业公司和大银行）的首脑，私营企业家是与国家联系不紧密的私营工商业公司和银行的老板。前者一般出身于高级官员或自由职业者家庭，持有丰厚的学校教育资本和社会资本，社会资本来自于他们继承来的社会关系或在国家官僚机构积累的社会关系，他们的学校教育和职业都打上了国家的烙印；后者是资产阶级大家族的继承者或商业手工业小资产阶级出身的暴发户，他们从水平不高的私立学校毕业，整个职业生涯都限于私营部门，通常是他们家族控制的企业；前者大部分担任过政府要职，并在权力型学校（国家行政学院、巴黎综合工科学校、巴黎政治研究学院）享有重要地位，往往是名牌大学的董事会成员，由于他们在权力场中的轨迹，以及他们制度化的和个人的特性，他们努力发展经济权力场与其他权力场的权力关系；后者地域色彩很浓，从未在经济场之外活动。但两种企业家有着千丝万缕的联系。从家族继承的社会资本在经济权力场的各个领域都在发挥影响。企业领导者的选择绝对不是只看学历，以及学历能够衡量的东西。这种遴选原则实际上就是资产阶级的资历，即家族再生产方式的典型形态。官僚主义化并不排斥特权的继承性移转，也不排斥任人唯亲。学校教育再生产方式很难抵御家族再生产方式的法定能力，家族继承权在企业领导者内部促成真正的"贵族之贵族"的特性。这种贵族具有几种特征：家族漫长的历史和声望，显赫的姓氏，高雅的举止。家族的历史和声望与其现有实业的历史联系在一起，其实业的名声也靠资历和人际关系衡量。工商贵族的所有头衔与学历带来的荣耀产生了巨大力量，迫使别人在人际关系市场上接受他们的认识和评价标准所承认的统治，人际关系市场就是协调个人行为方式、趣味、声调和举止的市场，个人的社会价值得到确定的地方。有个性的人就是场固有的实际要求和潜在要求的化身，也就是他在场中所占位置的固有要求的人格化。这个人若是企业老板，就是企业的代言人，他会把象征资本，即属于个人声望的东西，如信誉和荣誉、文化和修养、贵族称号和文凭，加入企业资本，他的个人特性为这些资源提供保证。因此，工商贵族能对企业和文凭新贵进行统治，比如加入他们的董事会，这种统治既包含象征统治的温和暴力，也包含经济权力的粗暴制约。所以，对工商贵族而言，一方面是职务的功能性，即职务的技术定义中包含的法定能力和技能，另一方面是通过象征行为叠加在职务上的东西，两者密不可分。由此，我们看到布尔迪厄对经济资本与象征资本关系的具体阐释。毫无疑问，正如马克思强调经济权力的特定地位，韦伯认为"在绝大多数的统治形式中，利用经济手段的方式决定性地影响着统治结构的方式"[25]，布尔迪厄也主张经济资本的首要地位，但他强调，经济资本若要延续、永存并再生产，并不单单通过时间的沉积作用（简单的原始积累），还需转换为更隐秘的资本，转化为象征资本，即认不出来但被认可的合法资本，这样才能发挥真正的统治效力。

与信任和认可有关的象征资本有不同于经济资本的积累法则。象征资本也是在时间中积累的。布尔迪厄对时间有独特的、非进化论的理解。显然，贵族集团的所有评判原则是个人在集团中的资历，资历代表了一种再生产方式，把天生的卓越作为无法模仿的行为模式赋予它产生的所有实践活动，天生的卓越是所有自行遴选活动的基础。如同贵族，资产阶级的内部划分也离不开时间的作用。时间问题就是存在方式问题，存在方式是在时间中逐渐形成的，它以从容不迫为标准。房地产商的投机与银行家的缓慢积累财富的对立体现了一种时间观念。前者的暴富显示了经济关系中原始而粗暴的真理，后者把高度委婉化的手段用在经济关系中，掩盖了经济关系的真理。资产阶级生活艺术的信条包括拒绝炫耀性消费、谨慎、克制、作风正派、衣着简朴等。资产阶级通过这些手段掩盖了自己的存在基础和权力基础。贵族之所以不喜欢暴发户，主要因为暴发户成功过于迅速，他们的不择手段或炫耀成功的方式，暴露了作为原始积累根源的专断暴力。可见，资历在特权集团中发挥的作用至关重要。所以，时间对再生产方式的重要性不言而喻。资本的永存必然伴随资本与其持有者之间关系的变化：开创者的艰难和局促变为继承者的富裕和自如。

由此，我们看到，即使学校教育生产方式能导向经济权力中的位置，但它仍受到家族再生产方式的冲击，在大官僚企业中也不例外，最古老的资产阶级家族特有的文化继承继续导向统治地位，此外，它还获得了特定形式的文化资本与社会资本，这两种资本无论有无经济资本相助，都构成了竞争的有利条件，使这种资本的持有者能够战胜拥有相同或更高文凭的竞争者。所以，在布尔迪厄不同意韦伯把家族统治（其统治原则建立在传统基础上）和官僚体制（其统治原则是其专家的专业知识的不可或缺性）对立起来并把它们视为历史发展过程的两个连续阶段。[26]在他看来，宣告家族企业必然灭亡、专家治国者必然战胜财产继承人的理论，不过把经济场中一直存在并起作用的对立归于不可逆转的进化逻辑。这就是以时间先后描述经济权力空间的两个极点，实际上，在两点之间进行的是政治斗争，政治斗争的赌注就是权力，它通过确定对各自最有利的政策来确定企业的两种统治方式和再生产方式的未来。这种进化论观点的错误在于把作为企业场结构和企业历史变革根源的力量关系的一种状态，描述为一个必然过程的一个阶段。也就是说，它把场的逻辑的某种客观趋势当成一场不可避免的进化，实际上，与进化有关的统计数据只记录了某个特定时间的政治斗争的结果。通过对力量变化的历时性分析，布尔迪厄得出结论：尽管学历对于获得经济场中最有利地位越来越必要，甚至对拥有法定继承权的人也不例外，但是与家族生产方式有关的企业家找到了绕过学校教育障碍的方法，他们的子女获得巴黎政治研究院、巴黎高等商学院、中央高等工艺制造学校的文凭增多，这些文凭在结构和功能上发挥了合法化工具的作用。

大资产阶级及其统治者金融寡头表面把能力定为最高准则，能力是效率和生产力的保证。但实际上他们采用的标准与专家治国论者宣扬的现代主义和理性主义前景相悖，在这个面向未来的精英集团中，真正的选拔原则及其特权的实际理由是基于现有权力的过去、历史和资格的。把权力场中的资历当作划分权力等级的原则，就是迫使新贵们完成一段必要的培养期，以适应经过长期接触才能掌握的行为方式，并通过婚姻和社交关系等手段，吸收这些行为方式并使自己被同化。这就是培养贵族的习性。然而，历史、资格或法定的等级秩序为新贵们的同化设置了无法逾越的障碍。时间障碍是很难克服的，因为所有社会集团都用时间维护继承顺序。时间是社会秩序的组成部分，把既得者与觊觎者、拥有者与继承者、前任与继任分开。正是再生产方式与占有资本和利润的方式的转变，制造了资本民主化、大企业的社会主义倾向化和学校教育民主化的神话，以及现在的、特别是未来的企业家表象：他们不再是坐享其成的财产继承人，而是最典型的白手起家者，他们的天赋和业绩决定他们靠能力和智力行使经济生产的权力。由于国营企业和私营企业互相介入，被自行遴选的逻辑修改的学校教育生产方式和家族生产方式共存，它们如今构成了一种高度委婉化、高度理想化的权力形式。在布尔迪厄看来，如索邦大字报那样的空泛揭露因为没有触及这种权力形式的信念基础，所以不可能对它有所触动。

通过上述分析，布尔迪厄指出，学校再生产方式和家族再生产方式之间的根本差异源于学校教育生产方式的纯粹统计学逻辑："与权力持有者及其指定的继承人之间所有权的直接移转不同，学校进行的所有权移转是以行动者个人或集体分散持有的股份在统计学上的集中为基础的，它能够确保整个社会阶层的财产的任何一部分都不被分割。"（《国》：498）这就是说，在学校教育生产方式中，所有"继承人"在理论上都有获得文凭的均等机会，但由于有文凭的"非继承人"数量不断增长，只有增加被统治阶级的不被淘汰者数量，这种淘汰才被接受和认可。于是文凭的生产过剩变成了结构恒量，逐步的、缓慢的、高代价的淘汰方式产生了。学校为了实现这部分人的再生产，就必须牺牲家族继承的再生产方式保护的那部分人的利益。但被牺牲的人不仅包括学业失败的资产阶级成员，还包括持有文凭但不属于资产阶级的人，后者缺乏社会资本，无法在市场上实现文凭的价值。如果说教育制度表面上对学生进行了最大限度的随意重组，以彻底消除他们的原始位置与最终位置之间的任何对应，但教育制度介入之前把学生分开的那个差别空间仍然存在。教育制度可能只为一小部分家庭出身与名牌大学的社会地位不符的学生打开了通道，并把一部分生来就有这种资格的人淘汰出去。但是学校教育推行的轻微修正又被更改甚至消除了："志向"逻辑促使出身低微的学生离开他们可能通过学业获得的权力位置，因为学校为他们建议的更现实的位置更有吸引力，而那些出身于经济资本雄厚家庭的学生则不断通过各种补偿策略，比如通过各种庇护性学校保持自己的权力位置，掩盖自己的学业失败，甚至把这种失败变成资本，最终恢复名誉、重返上层社会。旧制度的基础是父亲将家产直接而公开地传给儿子，而学校教育再生产方式则是再生产策略与再生产工具的组合。所以尽管学校教育制度表面上具有公正性，实际上它的作用相当接近通过直接继承所保证的作用。布尔迪厄要揭露的就是学校教育机构的深刻的二重性：学校以现代性和合理性的外表掩盖与最陈腐的社会联系在一起的社会机制产生的作用。

由此，布尔迪厄驳斥了救世学校的维护者。他们怀着对共和主义的崇拜，对学校制度的能力论消除旧制度的缺陷充满信心，但实际上这种能力论不过是乌托邦式的平均主义，所谓天赋和个人功绩的民主观念掩盖了出身和社会本质。归根结底，他们试图以学校教育贵族取代血统贵族，赋予他们作为统治集团的所有特性，使他们也享有出身于贵族的人的特权。

从学校教育贵族到国家贵族

正如布尔迪厄所强调的，世俗学校起到的分离作用类似于骑士受封仪式以及其他制度化仪式，它也建立等级，即与普通人分开的被认可的集团。这个集团虽不同于种族、种姓或家族，但具有三者的某些属性。它行使类似家族的职能，但其再生产方式与家族不同。其成员的学历与贵族爵位接近，所以他们能够拥有受到国家保护的垄断权。但学历虽然也是一种特权，由于它不是可以交易的和继承的财产，它仍与爵位不同，学历的获得和运用在不同程度上取决于专业技能。学历是国家魔法（magie d'Etat）的体现，因为颁发文凭属于证明或声明有效的行为，官方权力机构作为国家代理人，以此保证或认可事物的某种状态，也就是词与物、话语与现实之间关系的一致性。文凭是被公众认可的权力机关颁发的能力证明。但分辨这种能力的技术成分或社会成分是徒劳的。从权力意义上来说，特权或优先权的授予，以及学历给予其持有者的法定属性，如才能、文化等，都由于社会关系的自我超越作用而被赋予了普遍性和客观性，迫使所有人（包括学历持有者）都把这些属性视为社会保证的品质或本质中固有的，视为原本就包含了权力和义务的东西。所以，学校教育机构成为国家赖以垄断合法的象征暴力的法庭之一。既然学历与国家相关，学历是国家建立和保证的象征特权，那么，这种特权无论在历史发展还是运作过程中，都与国家有一定的联系。而且，学历是进入国家官僚机构的必要条件，这些机构有权保持学历的稀缺性并使学历持有者免遭贬值。

布尔迪厄对法国官僚制度进行了历史溯源。从历史上来看，在穿袍贵族与佩剑贵族、王朝议员与骑士之间存在着对立。在他们的斗争中，官僚场的自主化出现了，统治集团通过把新的统治原则和统治合法化融为一体而构建起来："国家贵族是一种建构的产物；这种建构必须既具有实践性，又具有象征性；它的目的是建立相对独立于已经建立的物权与神权（如佩剑贵族、教士）的官僚权力位置，并且创立行动者的继承集团：凭借学校教育机构所确认的能力（这样的学校教育机构是专门用来再生产这种能力的），行动者们便有了占据这些位置的资格。"（《国》：674）穿袍贵族这个集团通过创建国家创建自身，也就是说，为了建构自己，他们不得不建构国家，而且必须首先建构一整套关于公共事业的政治哲学。他们不像旧贵族那样把公共事业当成国王个人的，而是当成国家的或公共的事务，乃至以全体国民的共同目标为目标的无私活动。旧贵族的义务就是效忠于国王，旧贵族是一种命运，是自然而然地接受的授予，无需选择和努力。而公共事业或效忠于国家不是遗产，而是关于使命的深思熟虑的选择和有意识承担的职业，这种职业要求特定的习性和才能，以及通过学习获得的特殊技能。议员们通过斗争获得其集团的认可，他们表达了企图凭能力行使权力的集团的特殊利益。他们致力于创立公民责任的哲学体系，反对把公私分离的个人主义者。他们捍卫具有绝对政治意义的哲学：拒绝退入象牙塔，创立一整套符合以全民名义履行责任的人的公民义务，构建公共事业的官方表象——无私地献身于全体人民的共同利益。比如达格索大法官（Chancelier D'Aguesseau, 1668-1751）力图确立公共事业的自主性：以立宪主义传统获得相对于王权的自主性，以法学家的特殊技能获得相对于教会、相对于世袭贵族乃至相对于国家的自主性。1693年，另一位著名议员多尔梅松在"律师独立"的著名演讲中，试图通过赞扬公共事业建立一种新型资本和一种新的合法形式：public被设想为一个强大而抽象的单位，为法官的无私和法官行为的普遍性提供保证，这样法官能在一切实权面前证明其自主性。在布尔迪厄看来，多尔梅松的观点体现了专家治国论的雏形，集中了新的社会正义论的所有论题："功劳与天赋的结合，对贵族出身和唯利是图的批判，对智慧与科学的信仰，尤其是对大公无私和献身于根据完美的权力合法化原则创立的公共事业的颂扬"。（《国》: 683）现今的专家治国论者是穿袍贵族的结构上的继承人或后代。他们认为自己对众人利益之谋求是不可或缺的，他们确信，通过改革私营大企业的组织和决策程序，就能以管理革命取代所有权革命。他们觉得有责任思考社会前景，应该以国家行动者而不是商人的身份行动，以专家的中立性和公共事业的道德为依据做出决策。由此，为统治者利益提供长久庇护而又禁止资本继承的各个空间之间的关系，取代了简单的权力关系，这个过程导致了学校教育贵族与国家贵族的统治。

自主场的大量出现和权力场的多元化，消除了涂尔干所说的政治未分化状态和机械团结，以及把统治划分为少数专业职能的基本分工形式。权力不再通过个人，也不通过某些特定机构实现，只有在通过真正的有机团结联合的一系列场和权力中，权力才能实现。也就是，权力的行使是以看不见的方式通过某些机制实现的，比如确保经济资本和文化资本的再生产的机制，也可以说通过行动者和机构网表面上混乱、实际上有一定结构的行动和反应实现的，行动者和结构都处于周期越来越长、越来越复杂的合法交换的循环中。狭义的政治斗争的赌注是争夺对国家、对一般法则的权力，以及对所有重要程序的权力，这些重要程序能够决定并操纵权力场内的力量关系。无论对个人还是集团来说，甚至对于权力来说，都必须致力于自身的合法化。权力关系就是力量关系，任何真实的权力都作为象征权力起作用，但象征权力的根源在于否认，也就是让人认识不到它的存在理由。机构与相关行动者之间所有涉及物质利益和象征利益的明证关系被遮蔽时，认可行为的主体会得到更多人的认可，象征权力的作用达到最大。任何象征权力只要被接受并被视为具有合法性的权力，同时还能掩盖其暴力基础，那么它就将其特有的暴力即象征力量添加到基础暴力中。

结　语

布尔迪厄的再生产理论引起了争论和质疑。有人认为学校进行再生产的观点是僵化的和反历史的，这种理论无法解释社会变化，过分强调学校教育文化的专断性和严格性，把统治阶级的文化视为永恒的和普遍的，没有看到学校遴选和成绩好坏的标准的变化。它局限于学校的功用问题并预先给了答案：在一个阶级社会里，学校只能忠实地再生产社会秩序及其不平等。但历史证明，学校也具有生产力，小学教育的普及无疑促进了法国的文化一体化。有人认为再生产理论忽视了主体的角色，使得个人沦为社会逻辑的提线木偶。它无法解释主体的行为，不承认主体的自由。比如雷蒙·布东认为个人具有理性行动能力，解释社会现象只能依据个人及其动机和行动。再生产不过是个体之间互动的可能情形之一，主体的行动可能依照情形不同产生社会再生产抑或一种新的社会现象。所以不必参照社会结构就可解释受教育行为，这是行动者的理性选择。由此，学校教育前途被视为一系列选择的结果。[27]我们看到，布东的观点不过是方法论个人主义的变种，他没有看到理性选择的社会条件。布尔迪厄的习性概念可用作反驳的根据。具体而言，在学校场的结构、运行和效用中发现的逻辑必然性是历史进程的产物，是逐渐形成的集体成果，不服从有意的规划，也不听从某种内在的理由。所以，既不能像功能主义那样，在无主体的神秘机能中寻找社会机制和作用的逻辑的根源，也不能把这种逻辑归为个人或集团的某些意愿。社会机制也是无数个人选择的产物，但选择是在制约中完成的。制约来自于人们进行认识和判断的主观结构，也来自客观结构。任何被肯定的革新都应该符合客观结构，客观结构能够识别有能力在结构内部持续发挥作用的革新。这就需要对场的结构和原动力的实践把握，这种把握以主观结构与客观结构之间的直接协调也就是习性为基础。吕克·费里认为再生产理论无法证伪。人们无法证明再生产不存在。举个例子，如果在中学开设就业指导课程，有人就会从中看到公开的选择意图，因为这类课程的存在通过一种并非中立的指导规定了学生的前途。反之，如果没有就业指导课程，有人就会看到任由市场野蛮竞争宰割的企图，因为这种竞争有利于象征资本的最大受益者。由于无法被任何经验现实驳倒，布尔迪厄的话语只遵循其自身的逻辑，也就是意识形态的逻辑："带有社会选择功能特点的学校教育系统，无论主体的态度如何，都会再生产出来，而主体在这里不过是这个系统的无意识的和盲目的玩弄对象。"[28]甚至，"这样一种话语的科学弱点，可能暗藏着一种非常巨大且令人担忧的政治力量"。[29]有人说《继承人》让教师们非常沮丧，因为社会文化差距给了人们不行动的借口：由于社会出身，某些孩子注定无法取得学业成功，教育行动对此无能为力。

应该说，布尔迪厄对不同社会等级入学机会的不平等的揭露，并不是悲观论的和宿命论的。作者强调有可能通过真正合理的教学方法弥补教育不平等，逐步遏制文化特权："真正民主的教育，其目的是无条件的，那就是使尽可能多的人有可能在尽可能短的时间内，尽可能全面地、完整地掌握尽可能多的能力，而这些能力构成既定时刻的学校教育文化。"（《继》: 98）这就是说，要努力把学校教育变成传授知识和能力的主要机制，以系统学习的方式减少造成文化特权的偶然因素。事实证明，他们的研究是一项无可争议的社会学成果，对教育家和负责教育系统管理的政治家产生了很大影响。在《继承人》1964 年出版之前，教育问题在法国从未构成一个社会问题，也从未成为研究对象。从那之后，人们关于教育的看法和做法发生了转变。"一个新的科学对象建立了，一种研究学校教育系统的新方式创立了，一个社会斗争的新场所开辟了，没人能忽略其政治意义。"[30]学校采取许多措施帮助成绩不好的学生，采用积极的教学手段因材施教，国家为下层阶级的子女创办优先教育区。与此同时，教育科学研究得到了很大发展。这就是社会理论对实践的指导作用，理论改变了世界。

　　总之，布尔迪厄对于社会再生产机制的揭示不是为"存在的即合理的"辩护，而是出于同样的改变世界的目的："为了反对一些人在我对宿命般的社会法则的阐明中，寻找宿命论的或犬儒主义的弃绝之借口，应该强调科学的解释，提供理解的甚至辩解的手段，同时也提供改变的可能。"[31]他认为，值得庆幸的是，无论出于何种理由，统治者之间的斗争必然会促进普遍理性。权力的分化导致的进步有助于抵抗专制。被统治者能在当权者之间的斗争中得到好处，因为在统治者之间的斗争中，他们使用的最有利武器便是个人利益的象征普遍化，而这种普遍化不可避免地推进普遍概念（理性、无私、公民责任等）。

注释：

[1] 皮埃尔·布尔迪厄和让-克洛德·帕斯隆《再生产》，邢克超译，商务印书馆，2002 年，第 15 页。个别处有改动。后文出自同一著作的引文，将随文标出该著作名称首字和引文出处页码，不再另注。

[2] 安琪楼·夸特罗其、汤姆·奈仁《法国 1968：终结的开始》，赵刚译，生活·读书·新知三联书店，2001 年，第 132 页。

[3] 皮埃尔·布尔迪厄《国家精英》，杨亚平译，商务印书馆，2004 年，第 8-9 页，有改动。笔者认为 noblesse d' Etat 一词，译为国家贵族比国家精英更符合布尔迪厄的原意，他通过这个词说明新贵族的内涵，即不同于血统贵族但带有贵族特征的国家官员。后文出自同一著作的引文，将随文标出该著作名称首字和引文出处页码，不再另注。

[4] 皮埃尔·布尔迪厄和让-克洛德·帕斯隆《继承人》，邢克超译，商务印书馆，2002 年，第 93-94 页。后文出自同一著作的引文，将随文标出该著作名称首字和引文出处页码，不再另注。

[5] Pierre Bourdieu, *Le sens pratique*, Paris, Editions de Minuit, 1980, p.88-89.

[6] 皮埃尔·布尔迪厄《帕斯卡尔式的沉思》，刘晖译，生活·读书·新知三联书店，2009 年，第 6 页。

[7] 米歇尔·福柯《必须保卫社会》，钱翰译，上海人民出版社，1999 年，第 171 页。

[8] 米歇尔·福柯《必须保卫社会》，第 173 页。

[9] 皮埃尔·布尔迪厄《帕斯卡尔式的沉思》，第 5 页。

[10] 转引自雷蒙·阿隆 / 丹尼尔·贝尔《托克维尔与民主精神》，陆象淦等译，社会科学文献出版社，2008 年，第 168 页。

[11] 黎锦熙《国语运动史纲》，商务印书馆，2011 年，第 57 页。

[12] 马克斯·韦伯《中国的宗教》，康乐、简惠美译，广西师范大学出版社，2004 年，第 195 页。

[13] 雷蒙·阿隆《托克维尔与民主精神》，第 170 页。

[14] 马克斯·韦伯《经济与社会》（下卷），林荣远译，商务印书馆，1997 年，第 322 页。

[15] 马克斯·韦伯《中国的宗教》，第 195 页。

[16] 马克斯·韦伯《经济与社会》（下卷），第 320 页。

[17] 马克斯·韦伯《经济与社会》（下卷），第 298 页。

[18] Pierre Bourdieu, *La Distinction, Critique sociale du jugement*, Editions de Minuit,1979, p.74-76.

[19] 参见威拉克·克拉克《象牙塔的变迁——学术卡里斯玛与研究性大学的起源》，徐震宇译，商务印书馆，2006 年。

[20] 威廉·克拉克《象牙塔的变迁——学术卡里斯玛与研究性大学的起源》，第 230 页。

[21] 《马克思恩格斯选集》（第一卷），中共中央编译局编译，人民出版社，1995 年，第 98 页。

[22] 参见威廉·克拉克《象牙塔的变迁——学术卡里斯玛与研究性大学的起源》。

[23] 马克斯·韦伯《经济与历史·支配的类型》，康乐等编译，广西师范大学出版社，2004 年，第 298 页。

[24] Patrick Champagne et Olivier Christin, *Mouvements d'une pensée, Pierre Bourdieu*, Paris, Bordas, 2004, p.233.

[25] 马克斯·韦伯《经济与社会》（下卷），第 264 页。

[26] 参见马克斯·韦伯《经济与社会》（下卷），第 325 页。

[27] Cf Patrice Bonnewitz, *Premières leçons sur la sociologie de Pierre Bourdieu*, Presses universitaires de France, Paris, p.119-120.

[28] Luc Ferry et Alain Renaut, *La pensée 68*, Gallimard, Paris,1988, p.262.

[29] Luc Ferry et Alain Renaut,*op.cit.*, p.263.

[30] Christian Baudelot et Roger Establet,《Ecole, La lutte de classes retrouvées》, in Louis Pinto, Gisèle Sapiro, Patrick Champagne (dir.) , *Pierre Bourdieu, sociologue*, Fayard, Paris, 2004, p.192.

[31] Pierre Bourdieu, *Homo Academicus*, Editions de Minuit, 1984, p.14.

2012 年东欧文学年度报告

高兴

一、2012 年，进入欧美视野的东欧文学

小说之光：探究和追问

2012 年，进入欧美视野的东欧文学作品主要有小说、传记、诗歌和随笔。其中，一如既往，小说依然最为引人注目。而被译成英文的几部小说基本上都以记忆为线索，以存在为背景，对童年，世界，权利，人性，和社会等诸多话题进行了有力的追问和探究。

2011 年度，在欧美文坛影响最大的小说无疑是匈牙利小说家纳达什·彼得的长篇巨制《平行故事集》。无独有偶，2012 年度，又一部匈牙利长篇小说闯入欧美文坛，引起了广泛的注意。那就是拉兹洛·克拉斯纳霍卡伊（Laszlo Krasznahorkai）的《撒旦探戈》（*Santantango*）。英文版由美国新方向出版社出版，乔治·斯尔特斯翻译，274 页。小说故事发生在一个阴雨连绵、濒临死亡的小村庄。那里，地产冻结，牲畜典当，磨坊关闭，气象诡异，整个村子一派衰败景象，充满了腐朽的气息。显然，一场危机迫在眉睫。大多数村民都已远走他乡，但也有十来户村民依然留在村里，他们认为事情也许并非看上去那么糟糕，因此，有必要再稍稍等待和观望。这时，一个名叫伊利米阿斯的人和他的同伙佩特丽娜出现了。蹊跷的是，伊利米阿斯数月前已遭杀害。而此刻，人们却看到他和佩特丽娜正朝小村子赶来。这难道是神迹？因而，人们期待着他们的来临，相信这两个复活者能带领大家摆脱灾难，走出困境。小说标题具有多重含义。首先，它指小说中的一场舞蹈。当一切为

时已晚时，村民们聚集在湿淋淋的山洞里，喝得烂醉如泥，并开始狂舞。其次，它也指小说的结构：如探戈般不断地前后跃动，由一位幕后人操纵着。最后，它也是一种隐喻，暗示地狱和死亡气息。克拉斯纳霍卡伊的小说句子怪异，地点含糊，意思难以捉摸，情节跳跃性极强，结构常常呈放射性，叙事者总是模糊不清，结局充满神秘意味。字里行间还有俄罗斯作家果戈理和布尔加科夫那种黑色幽默感。他偏爱这些主题：搁置的时间，启示录般的危机感和衰败感。

拉兹洛·克拉斯纳霍卡伊（1954- ），匈牙利著名小说家和剧作家，出生于匈牙利居拉市一个律师家庭。大学期间，曾攻读拉丁文和匈牙利语言文学。大学毕业后，一直当自由撰稿人。1985年，出版第一本小说《撒旦探戈》，获得成功，从此登上匈牙利文坛。之后，又写出《抵抗的忧伤》（1989）等多部长篇小说。《撒旦探戈》和《抵抗的忧伤》均已被改编成电影，在匈牙利上演。他的作品艰深，主题阴郁，常常被归入后现代派小说。克拉斯纳霍卡伊酷爱旅行，喜欢体验异域生活，曾在法国、德国、英国、美国、西班牙、意大利、希腊、蒙古、中国和日本等不少国家旅行和生活。他还获得过无数国内外奖项，其中包括匈牙利最高文学奖科苏特奖。美国作家苏珊·桑塔格称他为"匈牙利当代启示录大师，令人想到果戈理和麦尔维尔"。德国作家和学者W.G.塞巴尔德如此评说："克拉斯纳霍卡伊视野的普遍性完全可以同果戈理的《死魂灵》相匹敌，远远超过了当代的众多作品。"可以看出，他是继凯尔泰斯、纳达斯、艾斯特哈兹之后，又一位引起欧美文坛广泛关注的匈牙利小说家。

《撒旦探戈》之外，罗马尼亚作家诺曼·马内阿（Norman Manea, 1936- ）的新作《巢》（The Lair）和阿尔巴尼亚作家伊斯梅尔·卡达莱（Ismail Kadare, 1936- ）的《错宴》同样引人注目。但与克拉斯纳霍卡伊不同，马内阿和卡达莱，一个定居美国，另一个定居法国，早已以东欧移民作家身份融入欧美文坛，作品得到广泛译介，并已获得极高的国际声誉，因此，他们的新作得到瞩目，似乎是理所当然的事情。中国读者，对于他们，同样已十分熟悉。

诺曼·马内阿的最新长篇小说《巢》数年前在罗马尼亚出版。其英文版2012年由耶鲁大学出版社出版，瓦娜·桑齐阿纳翻译，323页。三位移居美国的罗马尼亚知识分子显然是小说的主人公。他们是第一人称叙事者"我"、奥古斯丁·戈拉，以及彼得·加什帕尔。"我"在小说中突然出现，又突然消失，之后又短暂出现过几回。奥古斯丁·戈拉在冷战期间获得富尔布莱特奖学金，来到纽约，后以寻求政治避难为由定居美国。而彼得·加什帕尔是纳粹集中营幸存者的孩子，数年后，同戈拉的前妻一道来到美国。加什帕尔受雇在一所大学里担任助教。他应约撰写一篇有关谷斯敏·迪玛回忆录的书评。谷斯敏·迪玛显然以流亡美国的罗马尼亚作家和学者米尔恰·埃里亚德为原型。撰写书评，必然会涉及迪玛在回忆录中竭力回避的与纳粹主义的瓜葛。就在加什帕尔尚未完成书评之时，另一名罗马尼亚流亡者在校园洗手间被杀害。遇害者曾追随过迪玛，后又与之疏远。这一情节显然取材于埃里亚德弟子伊昂·库里阿努被杀事件。书评发表后不久，加什帕尔便收到一张死亡威胁明信片。至此，同加什帕尔一样，读者也被拽入一座复杂的迷宫。形形色色的人物在有意无意中都被牵扯了进来。这太像巴尔干错综复杂的历史了。从小说人物的内心世界，我们处处能感到大屠杀的阴影、集权统治的桎梏和自由世界的迷惘。这恰好也是作者马内阿人生经历中的三个重要阶段。因而，欧美评论界认为该部小说有着浓郁的自传色彩，实际上描写的正是作者的心路历程。马内阿曾在自己的随笔中提出反对简单化。《巢》是他这一思想的又一次努力。他在小说中同样抨击了美国文化的简单化和程式化，抨击了美国文化中存在的"实用主义暴政"。

几乎与英文版同步，中文版《巢》，由余中先翻译，也已于2013年1月由新星出版社出版。

伊斯梅尔·卡达莱的新作《错宴》英文版标题为《石头城沦陷》（*The Fall of the Stone City*），由美国格拉夫出版社于2012年出版，约翰·霍杰桑翻译，171页。《错宴》的人物其实只有一个，那就是大古拉梅托大夫。战争扰乱甚至颠倒了一切。曾经的异国同学却以占领者的身份出现。关键时刻，大夫宴请了这位同学，为了拯救几十名无辜的同胞。可宴会中，他们到底说了些什么，达成了什么协议？这始终是个谜，也成为大夫后来蒙冤的直接缘由。爱国者，最终，却背上了叛国者的罪名，成为悲哀的牺牲。这是历史的玩笑和误会，还是时代的荒诞和悲哀？也许，两者皆有。由此，一个看似简单的故事便在不知不觉中演变成了一种深刻的探究和有力的叩问：对人性、对存在、对专制、对政治、对社会。书评作者克里斯托弗·比德在《纽约时报书评》上发表文章称这部小说"充满了谜，充满了问号，凭借童年创伤之力量展现了日常智慧，是一部反对暴政的力作"。

而年轻的克罗地亚小说家米尔琴科·杰尔哥维奇（Miljenko Jergovic, 1966-）的小说《莱奥内老妈》（*Mama Leone*）（美国阿契佩拉戈出版社2012年出版，戴维·维廉姆斯英译）则以有趣的结构引起了欧美读者的兴致。小说的第一部分题为"当我出生时，一条狗开始在妇产科吠叫"，是个中篇小说，以第一人称叙述；而第二部分题为"就在那时，一段童年故事结束"，由十二个短篇小说组成。这一结构因而将小说分成主题和背景不同的两个段落。开头部分以叙述者的家乡萨拉热窝为故事背景。叙述者在那里度过了童年、少年和青年。而第二部分中的故事则发生在世界各地，主人公大多是逃离波黑内战的流亡者，试图在异国他乡开始新的生活。第二部分中，并非一个叙述者，而是一些相似的主题将这些故事统一在了一起。

《当我出生时，一条狗开始在妇产科吠叫》实际上共有二十一个短章。叙述者米尔琴科描写了童年最值得回忆的二十一个瞬间。这些短章以一个孩童的视角讲述了父母复杂的关系、非同寻常的生活安排、个性鲜明的家庭成员、学校中遭遇的问题，以及对人生的理解。在最后一章中，作者终于讲到了死亡主题。诞生和死亡是叙述者童年不断遭遇的两大问题。"从相对比较早开始，也就是当我五六岁时，我就得出结论：与死亡有关的一切具有可怕的吞噬力，因此，我决定暂时将死亡威胁搁置起来，直到有一天我相信了上帝的存在。"儿童视角和儿童语言中，夹杂着死亡的纠结，这就使得《当我出生时，一条狗开始在妇产科吠叫》成为一个层次丰富、内涵复杂的文本。欧美评论界由此认为，杰尔哥维奇无疑是最有前景的克罗地亚作家之一。

历史之重：纠结和复杂

在 2012 年出版的英文版东欧作品中，乔治·戈莫利和玛丽·戈莫利编选、英国阿尔巴出版社出版的《我曾在这片土地上活过：匈牙利诗人大屠杀主题诗歌》(*I Lived on This Earth : Hungarian Poets on the Holocaust*) 以其沉重的主题和不可估量的历史价值，引发了人们的关注。编者在封底介绍道："匈牙利犹太和非犹太诗人表达自己对大屠杀的思想。他们的思想，除去针对死亡集中营经历外，还针对纳粹统治在邻国的勾当。再者，制造大屠杀的意识形态瘟疫同样影响到其余世界，因为直接的刽子手也是第二次世界大战的一部分。这部选集，除了它的文学品质，还在于它的警示意义：在 2012 年提醒人们记住 1940 年代所发生的事情。"

诗选中的作品均用匈牙利文写成。两位编选者，同英国诗人克里弗·维尔默联手，将它们译成了英文。所选诗人包括拉德诺蒂，英籍匈牙利诗人乔治·斯尔特斯，瓦司，卡斯特罗和居基斯，拉卡托斯，佐尔曼，梅泽伊，费尔德玛尔，克索里，利博特，泽克里，罗伯茨和库尔迪，托特法卢斯，奥尔班，戈尔曼，K.米克洛斯，择拉吉，麦克肯德里克，达洛茨，贝伦加滕，苏蒙伊，波斯莱，图尔茨，门采尔，比林斯基，和博贝利。诗选汇集了老中青三代诗人的诗作。记住历史，反思历史，捍卫记忆，是该诗选的主要意图。

波兰著名传记作家和记者阿佳塔·图申斯卡 (Agata Tuszynska, 1957-) 的传记小说《被告维拉·格兰》(*Vera Gran : The Accused*) 由美国阿尔弗莱德·克诺夫出版社出版，查理·卢阿斯英译自伊萨贝拉·雅内斯－卡利诺斯基法译，305 页。这部传记更多地呈现历史和人性的幽深和复杂。小说主人公维拉·格兰是犹太人，二战期间曾在华沙犹太区一家高档酒吧当歌手。各色人等出入于这家酒吧，既有犹太贵族和知识分子，也有被纳粹收买的犹太线人。格兰的一名伴奏演员名叫沃拉迪斯拉夫·斯皮尔曼，后来写出一本《幸存者回忆》。波兰导演罗曼·博兰斯基将之改编成电影《钢琴师》。战后，斯皮尔曼就职于华沙电台。格兰觉得他欠她一大笔人情，肯定对她心存感恩，于是，就去找他，请他帮自己找份工作。但斯皮尔曼却对她板下脸来，冷冰冰地说了句："我听说你曾与盖世太保合作。"从此，整整一生，格兰都被这一谣言纠缠着，难以还自己以清白。

这时，作者在叙述中有意识地将各种事实和情节交织在一起，形成一幅幅模糊、幽深、真假难辨的画面。面对这一幅幅画面，读者很难对历史作出结论。

格兰认定自己清白无辜。她经历过三番五次的审问，没有一次能证明她有罪。然而，谣言依然在流传，影响并破坏她的生活和工作。在一组织威胁说要身穿集中营制服来听她演唱后，她的以色列之行被迫取消。最后，她不得不移居巴黎，但谣言很快接踵而至，导致她无法加入法国国籍。就在遇到华沙出生的女作家图申斯卡时，格兰，由于无法证明自己的清白，已变成一个苦难的隐士。谣言甚至使她不断陷入各种受难幻觉："他们从所有方面来追踪我。夜晚，他们闯进我的家，破窗或者撬锁而入。他们抓住每样东西。他们偷走我的相片，我的文件；他们随心所欲地拿走并销毁任何东西。他们对我下麻醉药，直到中午前，我都醒不过来……他们一天二十四小时都在拍摄我。"

随着时间的推移，许多事情渐渐地被人遗忘。但格兰却不能忘却和原谅。1980年，她自费出版一本回忆录，将矛头指向斯皮尔曼，指责他曾当过犹太警察。她曾见过他穿着制服，拽着女士的头发，迫害她们。图申斯卡承认，格兰的这一指控没有任何证据。也许，她只是想以此方式来反击斯皮尔曼。

历史之重，有时，恰恰在于它的纠结和复杂，难以澄清，难以描述。历史可靠吗？历史会不会有着众多的空隙，无意中掺入误解、冤屈和仇恨？维拉·格兰迷人而又悲剧的一生，无疑是对历史和人性最有力的追问。

而一位昔日波兰军官维托尔德·皮莱茨基（Witold Pilecki, 1901—

1948）的纪实报告《奥斯维辛自愿者：超越勇气》（*The Auschwitz Volunteer：Beyond Bravery*，阿奎拉·波罗尼卡出版社 2012 年出版，雅雷克·加尔林斯基英译，401 页）则试图见证一段惊人的历史。纳粹占领期间，皮莱茨基曾参与创办地下抵抗组织。1940 年，他有意陷入德军围捕，被送往集中营。他的这一惊人的选择是在波兰地下抵抗组织内部作出的。他深入集中营，主要为了了解战友们的情形，收集有关集中营的真实情报，并将这些情报传递给盟国和全世界。皮莱茨基的报告披露了奥斯维辛集中营许多令人惊骇的细节：波兰人的悲惨状况，纳粹对波兰人的残暴杀戮，战争进程中集中营的演变，等等。皮莱茨基在报告中指出，波兰人属于第三牺牲群体，排在匈牙利犹太人和波兰犹太人之后。1939 年至 1941 年期间，由于苏联和纳粹德国是盟友，波兰于是始终处于冲突的中心，受到来自两方面的威胁。就在皮莱茨基的华沙战友被抓进德国集中营时，另外一些波兰军官则被送进了苏联古拉格。1941 年 6 月，德国进犯苏联之后，有一段时间，集中营里，苏联俘虏成为最大的牺牲群体。他们受到百般虐待，常常成批成批地饿死，或被枪决。

自愿进入奥斯维辛，并在那里坚持了整整三年，是皮莱茨基一生中所做过的最英勇的事情。但他的这一英勇举动并未为他赢得应有的尊敬和荣誉，反倒给他招来了杀身之祸。1947 年，波兰当局下令逮捕了他，指控他为帝国主义间谍。在法庭上，皮莱茨基保持着自己的尊严，坚持声明他所做的一切都是在尽一个波兰人的义务。1948 年，皮莱茨基被处决。一代英雄就这样蒙冤离世。

欧美评论界认为，《奥斯维辛自愿者：超越勇气》是一份极为重要的历史文献，有着不可估量的历史价值，同时也让读者感受到一个人的道德勇气和精神力量。

域外关注：发掘和反思

值得注意的是，东欧之外不少作家长期关注东欧，并以东欧历史和现实为素材，进行文学创作和学术研究。他们或是东欧后裔，或是犹太血统，或长期在东欧生活和工作过，往往同东欧有着千丝万缕的联系。美国犹太作家菲利普·罗斯就写出过《布拉格狂宴》等出色的小说作品。他还曾于1974-1989年间为企鹅出版公司主编过"另一个欧洲的作家们"丛书，将米兰·昆德拉、布罗诺·舒尔茨等众多东欧作家介绍给了英语世界。加拿大匈牙利裔小说家塔马斯·杜博齐也常常从匈牙利历史中挖掘素材，创作了不少独特而优秀的短篇小说。这种来自域外的关注，在相当程度上，又刺激和鼓励着东欧作家和学者本身的创作和研究，形成了一种良好的互动。

美国女学者和女作家玛希·萧（Marci Shore）任教于耶鲁大学，二十多年来，一直在关注和研究东欧现状，对东欧有着深刻的了解。她本人同东欧有着千丝万缕的联结：曾在东欧上过学，当过老师；作为犹太人，探究过后大屠杀时期波兰犹太人状况，研究过斯大林主义盛行时犹太人的命运。她曾出版过一本传记，讲述自己和东欧的种种故事。2012年，玛希·萧出版《灰烬的味道：东欧极权主义的来世》（*The Taste of Ashes : The Afterlife of Totalitarianism in Eastern Europe*，皇冠出版社出版，370页）一书，试图呈现1989年剧变后东欧社会的情形。

1993年，玛希·萧来到刚刚分离的捷克和斯洛伐克，渴望接触那些曾为自由呼吁和斗争的人。她惊讶地发现，知识分子们从不考虑极权主义之后生活的实际。就连当上总统的剧作家哈维尔都依然继续在大谈特谈存在、真实、人性等哲学话题。另外，让她意想不到的是，那些前持不同政见者对"人民"表现出相当的蔑视，有人认为"大多数人为了活着，都同当局达成了某种妥协，就像套着狗链的狗，不想令主人不安"。

东欧历史比较特殊。在苏联势力渗透之前，东欧有段时间曾处于纳粹主义控制之下。在此之前，东欧不少国家的政权都带有某种法西斯主义性质。时隔数十年，法西斯的幽灵依然在这里徘徊。在罗马尼亚，作者就遇到不少铁卫队同情者。而铁卫队则是上世纪二三十年代罗马尼亚臭名昭著的法西斯组织。在波兰，一些反犹主义图书堂而皇之地摆在书店里。许多犹太人出于恐惧和自卫，不得不长期隐瞒自己的身份。有些索性寻找各种机会远走他方。

人们往往认为，专制垮台，一切都会好起来。这实在过于天真。而玛希·萧在自己的书中，通过大量的事例表明：每种专制都会培育出成千上万的专制者，专制垮台，但那些专制者却会长久地存在。

2013年4月28日《纽约时报书评》发表题为《影子王国》的书评，详尽介绍了玛希·萧的新书。书评作者亚当·霍希切尔德引用波兰著名报告文学作家卡普钦斯基的话说："想到任何专制崩溃时，我们不该产生这样的幻觉：整个专制制度，犹如一个恶梦，从此完结。"卡普钦斯基这番话是三十多年前针对伊朗王朝垮台时说的。但他的忠实的波兰读者心里明白，他说的一切都同样适用于波兰社会。"一种专制往往会留下一片荒芜的盐碱地。在这片盐碱地上，思想之树难以生长。"对照卡普钦斯基的话语，我们似乎更能理解玛希·萧所想表达的一切。

霍希切尔德在充分肯定此书的同时，也指出了此书的一些不足和遗憾。比如，缺乏一份科学严谨的索引；涉及的东欧国家过少，因而书中的不少事例是否具有普遍性，还值得商榷；有些结论有简单化倾向；等等。不管怎样，玛希·萧的新作还是为人们观察和了解东欧社会提供了不少线索和视角。

英国作家派切克·麦克圭尼斯（Patrick McGuinness）2012年出版的《最后的百日》（*The Last Hundred Days*，布卢姆斯伯里出版社出版，377页），以小说的形式，见证了齐奥塞斯库政权的瓦解。小说叙述者来到罗马尼亚首都一座大学里教书。课堂上发生了什么，他似乎并没有太在意。相反，他却十分关注他的罗马尼亚同事们的生活。他的一举一动其实都受到了严密监视。后来，他同罗马尼亚同事莱奥的友情，使他得以广泛接触到罗马尼亚社会各阶层人物的生活。不少故事也因此发生。其中就有叙述者和罗马尼亚某高官女儿恋爱的故事。恋爱故事之后又染上了政治色彩。正是通过这些故事和故事人物，作者呈现出了齐奥塞斯库政权晚期罗马尼亚社会的奇异画面。小说中还有描述齐奥塞斯库夫妇受审时的情节。当时，作者刚刚乘飞机逃离罗马尼亚，降落在贝尔格莱德，在电视上观看了审判。"我们只看到齐奥塞斯库夫妇，坐在一张小桌子旁，在特尔戈维希代一座地堡里。他们始终没有低头，但在礼仪上却出奇地温和。也许那是因为他们似乎已能坦然面对死亡：她扣好衣服，果断地抬起下巴；他抚摸着她的手，理了理自己的头发，挺起胸膛……给他们定了一系列罪名，从饿死他们的人民，到拥有太多的鞋子……"这样的描写显然只能出于一个英国作家之手。要是换了罗马尼亚作家，就很难不带有自己的主观情绪。

《最后的百日》有不少自传色彩。作者麦克圭尼斯上世纪八十年达末曾在罗马尼亚工作和生活。因此，他既是亲历者，又是旁观者。这一特殊身份使得小说既有无数生动真实的细节描写，又有许多客观准确的分析和思索。

弗朗希内·普鲁斯在《纽约时报书评》发表书评，介绍了麦克圭尼斯的这部小说。他夸赞麦克圭尼斯的文笔十分精彩，常常一段中就能让读者领略到不同的文体。智慧，精确，幽默，生动，富有洞察力和穿透力，所有这些都牢牢吸引着读者的目光。小说中有关齐奥塞斯库雕塑与萨达姆·侯赛因和金日成雕塑的比较，就十分有趣。他认为，这部小说的价值就在于，形象地刻画和记录了一个特殊的社会和特殊的时期，以及这一社会和时期中人们的心理世界和行为方式。派切克·麦克圭尼斯是诗人，牛津大学比较文学教授。《最后的百日》是他的第一部小说。幸运的是，第一部小说就以得天独厚的题材为他赢得了足够的影响力。

文学事件：出版和纪念

说到 2012 年东欧文学领域发生的重要文学事件，我们不禁会想到一本小说选的诞生，和一位女诗人的离世。

2010 年，旅居美国的波黑作家亚历山大·黑蒙（Aleksander Hemon）编辑出版英文版《最佳欧洲小说（2010）》（*Best European Fiction 2010*），获得极大的成功，甚至还引发了一场有关"欧洲"和"欧洲文学"的大讨论。据他本人介绍："读者、评论家和翻译家——这个文学项目的幕后英雄——的反响都十分热烈。兴奋、激动和鼓励接踵而至。《最佳欧洲小说（2010）》的出版好像一道闪电，照亮当代英语文学领域核心地带的一个缺口。"这显然给予他巨大的鼓舞。2011 年，他再接再厉，推出《最佳欧洲小说(2011)》(*Best European Fiction* 2011)。中国译林出版社购得此书版权，从 2011 年起开始出版中文版。这是本让人耳目一新的小说集，打破了所谓的"文学大国"称霸世界文坛的局面，让不少欧洲小国发出了自己的声音。我在评论这部小说选时说过这样的话语："'欣喜'两字已难以形容我的心情。我甚至感到了某种惊讶和激动，面对这独特的文学景观，面对这贴心的文学氛围和布局：平等和独立，以及在平等和独立中展现的丰富和复杂。我一直关注的东欧作家，在这部选集中，竟多达十余位，几乎每个东欧国家都有了自己的文学代表。你分明在走进一座小说共和国。而走进这座小说共和国，你又绝对能逢到那命定的作品。瞬间，小说欣赏演变成一种心灵默契，超越时空，让你感动，甚至让你震撼。"

2012 年，黑蒙又编选出版了《最佳欧洲小说（2012）》。集子共收入欧洲三十四名作家的短篇小说，代表着欧洲三十四个国家和语种的文学。其中包括来自波兰、克罗地亚、捷克、立陶宛、匈牙利、波黑、斯洛文尼亚、斯洛伐克、塞尔维亚、黑山等十名东欧作家的作品。除了一些功成名就的老作家，编选者更加注重发掘和推举目前活跃于欧洲各国文坛的年轻作家。美国著名青年女小说家妮可·克劳斯（Nicole Krauss，1974- ）为小说集作序。她在序中称赞《最佳欧洲小说》是一件天赐之物，让她看到了另一个世界的文学景观。她还借用米兰·昆德拉的话赞扬这部小说集"在最小的空间中展示出了最大的丰富性"。

亚历山大·黑蒙（1964- ），波黑裔美国作家，出生于萨拉热窝，曾就读于萨拉热窝大学。自 1992 年起，定居美国。目前活跃于美国文坛，已出版《我的生命之书》《爱与障碍》等 5 部作品。

2012 年 2 月，波兰女诗人、1996 年度诺贝尔文学奖得主维斯瓦娃·希姆博尔斯卡（Wislawa Szymborska，1923—2012）在克拉科夫去世。希姆博尔斯卡出生于波兰西部小镇博宁，1931 年随父母迁居克拉科夫，从此便在那里度过一生。她曾就读于克拉科夫著名学府雅盖隆大学。后长期担任文学编辑。她将诗歌写作当做"寻求魔幻的声音",极度重视诗歌质量,一直在以缓慢的节奏写作诗歌,在半个多世纪中,只发表了两百多首诗歌,出版过《呼唤雪人》《盐》《大数目》《桥上的人》《结束与开始》《瞬间》《冒号》《这里》等诗集。她善于以轻松和幽默的语调描述和揭示沉重和深邃的主题。她把宁静看得比什么都重要。在宁静中生活,在宁静中写作。最终在自己的公寓里宁静地离世。

在获得诺贝尔文学奖之前,希姆博尔斯卡的声望远不如波兰的其他几位诗人:米沃什、赫贝特和鲁热维奇。诺贝尔文学奖一下子将她照亮,既给她带来了荣光,也让她陷入了惶恐。绝不能让诺贝尔奖影响自己的正常生活,她发誓。她做到了。她轻盈而深刻的诗歌,以及她安静的生活方式,为她树立了极具亲和力的迷人形象。在她去世后,波兰文学界和出版界通过举办朗诵会、出版诗集来纪念这位和蔼可亲的女诗人。克拉科夫国家博物馆还组织并举办了希姆博尔斯卡展览,展览别开生面,极具特色,名叫"希姆博尔斯卡的抽屉",因为女诗人一生酷爱抽屉,家里共有六百多个抽屉,收藏着她喜爱的各种东西。打开一个又一个抽屉,参观者看到了女诗人收藏的明信片、打火机、工艺品等等。展览还展出了她的不少图书,和她用过的打字机、电话和沙发。只要拿起挂在墙上的电话,拨通她家的电话号码,人们便能听到女诗人的声音。

1996 年 10 月,当希姆博尔斯卡获得诺贝尔文学奖的消息传到美国时,绝大多数美国读者甚至都没听说过希姆博尔斯卡的名字。但诺贝尔文学奖让她变得家喻户晓。希姆博尔斯卡去世后,欧美许多报刊纷纷发表纪念文章、出版纪念专辑,高度评价女诗人的诗歌创作。《纽约时报》如此赞誉希姆博尔斯卡:"她的诗可能拯救不了世界,但世界将因她的诗而变得不再一样。"

二、2012 年,中国出版的东欧文学作品

2012 年,花城出版社正式启动"蓝色东欧"出版计划,成为我国外国文学翻译和出版领域一件引人注目的事件。

在我国，由于种种文学以外的原因，东欧文学译介一直处于某种"非正常状态"。正是由于这种"非正常状态"，在很长一段岁月里，东欧文学被染上了太多的艺术之外的色彩。直至今日，东欧文学还依然更多地让人想到那些红色经典。阿尔巴尼亚的反法西斯电影，捷克作家伏契克的《绞刑架下的报告》，保加利亚的革命文学，都是典型的例子。红色经典当然是东欧文学的组成部分，这毫无疑义。我个人阅读某些红色经典作品时，曾深受感动。但需要指出的是，红色经典并不是东欧文学的全部。若认为红色经典就能代表东欧文学，那实在是种误解和误导，是对东欧文学的狭隘理解和片面认识。因此，用艺术目光重新打量、重新梳理东欧文学已成为一种必须。为了更加客观、全面地翻译和介绍东欧文学，突出东欧文学的艺术性，有必要颠覆一下这一概念。

　　蓝色是流经东欧不少国家的多瑙河的颜色，也是大海和天空的颜色，有广阔和博大的意味。"蓝色东欧"正是想让读者看到另一种色彩的东欧文学，看到更加广阔和博大的东欧文学。这套译丛已被纳入"十二·五国家重点出版规划"，计划在十年内甄选出版近百部东欧经典文学著作。按照编选者意图，所选作品基本为国内首次引进，尽量从原文译介，也不排除在必要的情况下从英语和法语等权威版本转译，且邀请各语种的权威翻译家与具备潜质的青年翻译家来担任丛书的翻译，内容上除作品本身外更附加延伸阅读，以求优质、全面、清晰、立体化地将原作品呈现给读者。文体上，呈开放姿态，小说，散文，诗歌，传记，凡是有代表性的优秀的东欧文学作品，都有可能被纳入选题。

　　"蓝色东欧"第一辑于 2012 年出版，共推出六部作品，其中包括阿尔巴尼亚作家伊斯梅尔·卡达莱的三部长篇小说《错宴》（余中先译）、《石头城纪事》（李玉民译）和《谁带回了杜伦迪娜》（邹琰译）。此外，还有罗马尼亚作家加布里埃尔·基富的长篇小说《权力之图的绘制者》（林亭、周关超译）、波兰作家塔杜施·博罗夫斯基的中短篇小说集《石头世界》（杨德友译），以及《罗马尼亚当代抒情诗选》（高兴译）。从篇目可以看出，第一辑中，主推作家为伊斯梅尔·卡达莱。卡达莱是个复杂的作家，在阿尔巴尼亚社会主义时期，曾写过不少诗歌，歌颂阿尔巴尼亚共产党领袖恩维尔·霍查，同时又写了不少小说，抨击专制统治。他的小说精致，写作路径多元。在艺术手法上，一贯表现出朴素、简练、浓缩的风格。在主题上挖掘，在细节上用力，巧妙而又自然地调动起各种写作手法，兼具深刻性和可读性。卡达莱近几年在世界文坛声誉日隆，频频获奖，并曾多次被提名为诺贝尔文学奖候选作家。

《错宴》篇幅不长，却十分沉重。它表现的也恰恰是历史之重。翻译家余中先在翻译这部小说时，总会"莫名地想到卡夫卡的《审判》，正是一种无常、无解的谜一般的氛围，一种无情、无形的命运之神，让一个清白无辜者无端、无奈地一步步地走向规定的死亡"。他在译序中指出："卡达莱深刻之处，在于他把制度的错幽默地转化为了一个很自然的错，连牺牲者都觉得自己无法避免的错，因为，那个"错"是他自己"咎由自取"，是命运加在他的头上的。这与卡夫卡的《审判》确实有着异曲同工之妙。也正因为如此，读者会越发地感觉那不是古拉梅托大夫的错，这种荒谬感，恐怕是任何客观评论和理性分析都说不清的。作品的魅力就在于此。"在《没有真相的"错宴"》（载 2012 年 6 月 18 日《南方人物周刊》）一文中，青年学者和书评家云也退评论道："就像一盘盲棋没有棋谱，这场招来杀身之祸的'错宴'也是没有真相的。卡达莱本人习惯性地与故事的核心秘密保持着安全的距离，但是，这更让人对独裁的隐秘、予取予夺不寒而栗。它的淫威覆水难收，不得不永远依靠暴力、欺骗、语焉不详的律法条规来解决问题，无怪乎这一制度下的人们，总要感慨现实始终比小说更加荒诞不经，你身边随时都飘浮着肥皂泡，戳破一个又冒出一个，可你实在无法以看戏的轻松心态去面对它。"

《石头城纪事》则通过童年和少年目光来观察世界。这样的目光往往更能抵达本质。叙事也有特别的效果。小说涉及战争，战争中的人性，家庭，民族历史，爱情，革命，权利斗争、巴尔干历史问题等诸多主题。这些主题交织在一起，互相补充，互相衬托，互相辉映，让一部二十来万字的作品散发出巨大的容量。在艺术手法上，卡达莱巧妙而又自然地调动起回忆、对话、暗示、反讽、沉思、心理描写等手法，始终控制着小说的节奏和气氛，让意味在不知不觉中生发，蔓延。这是他的小说路径。这样的路径往往更能够吸引读者的脚步和目光。青年学者和书评家河西在《石头城纪事：阿尔巴尼亚苦难的缩影》（载 2012 年 5 月 29 日《新京报》）中称赞卡达莱"以文字和幻想的方式，建造了一座梦幻般的城市，这便是他的《石头城纪事》"。他极为欣赏卡达莱的小说艺术，认为："卡达莱用一种夸张、笑中带泪的手法写作阿尔巴尼亚人被侮辱和被损害的近代史，那些超现实的段落不仅没有让残酷的现实变得虚无，反而增加了它的想象维度和阅读快感。"

而《谁带来了杜伦迪娜》乍一看完全是部侦探小说。作家也确实采用了许多侦探小说的写法。小说中充满了一个又一个谜。而斯特斯上尉也努力地在破解一个又一个谜。但就在最后的一刻，当斯特斯上尉宣布一名死者（康斯坦丁）带回了杜伦迪娜时，小说一下子获得了艺术的深刻和升华。对此，作家赵荔红理解得特别精准，她在《承诺：一定带回杜伦迪娜》（载 2012 年 7 月 18 日《中华读书报》）一文中也点出了小说的主题："关键是一种'承诺'的信念，找回一种期待与希望，具体如何带回杜伦迪娜的细节并不重要。正如'基督复活'说法，关键是一种等待，一种信心，有了这样信念，哪怕是最远的罗马人，异乡人，都会得救。这是保罗从耶路撒冷直到罗马所宣扬的。保罗曾是追捕传播'耶稣复活'使徒的税吏，却变成最有力执着的门徒之一。小说中身为警察的斯特斯，一直不相信康斯坦丁复活之事，最后却宣布：杜伦迪娜确实是被康斯坦丁带回的。他相信，是所有人，透过康斯坦丁，带回了杜伦迪娜，无论生者、死者，只要有承诺在，都可以带回杜伦迪娜。承诺，是一种崇高力量，代代相传，成为一种传统，会突破生死，突破种族、宗教、政治、法律，能让阿尔巴尼亚在严峻的世界形势以晦暗不明的未来中生存下来。承诺，就是希望本身，就是家园和祖国。"而青年评论家胡传吉在《卡达莱笔下的罪与罚》（载 2012 年 6 月 17 日《南方都市报》）一文中则从罪与罚这一宗教角度评说这部小说："如果真有信仰在，罪与罚就无须论辩。《谁带回了杜伦迪娜》道出：人类的苦楚，恐怕就在于对原罪的无知无能。承诺是忏悔之道，信仰是得救之道。两者是矛盾不可分的悖论。卡达莱既谨从宗教，又冒犯宗教。文学家的不羁与尖锐，表露无遗。《谁带回了杜伦迪娜》的叙事灵巧，意识大胆，让人叹服。叹服之余，我在想，在没有原罪感的族群里，众生如何得救，众生的呼告，谁能听得见！文学家在没有宗教的世俗格局里，如何得知生命的真相？"

学者张宁和申霞艳在读了这三本小说后，对这位有着独特魅力的阿尔巴尼亚小说家发生了浓郁的研究兴致，分别在 2013 年第 3 期《世界文学》和 2013 年第 1 期《外国文学动态》上发表论文，对卡达莱的小说艺术做了比较全面的论述。在题为《卡达莱，欧洲的另一盏"明灯"》的论文中，张宁用比较的目光评点卡达莱，认为"在中国靠一场'先锋文学'运动才彻底引入并合法化的'艺术迷宫'式的表现手段，在卡达莱那里却先天就存在着，而且是那么朴素，那么引人入胜，不似中国许多先锋文学那般，充斥着人为痕迹和无病呻吟的矫情。这也为卡达莱广泛展示阿国历史画卷和民族心灵史，以及无意间通过叙述张力保留着原始的政治性，提供了广阔的空间"。申霞艳在题为《天堂的召唤与集权的恐怖》的论文中通过对卡达莱多部代表作的研读，得出结论："卡达莱的叙事让所有个体的生命事件发生在具体的历史怀抱中，同时对宏大历史事件的表现落实在家庭内部。这就让他的写作既有切身的生命经验，又有人类共同的感情；对神话、传说等民间资源的征用使小说显示出暧昧、隐约、苍茫的质地，并由此延展出更阔大的想象空间。"

在《权利之图的绘制者》中，罗马尼亚小说家基富试图用现代手法重述一个古老的主题：人与撒旦的关系。政府职员马太·帕维尔意外收到一封信，说有一笔数额巨大的遗产在等待他继承，前提是他必须在佛尔谢特等三个城市各生活一段时间，并且在规定时间内写出一篇关于权力和力量的论文。马太·帕维尔早已厌倦自己平庸的生活，自然要抓住这一有可能改变自己命运的机会，从此踏上了一条充满意外和悬念的探寻之路。最终，他发现原来是魔鬼撒旦在操控着这一切。财富探寻于是也就在不知不觉中转化为心灵探寻。学者史晓晨在题为《权利之图的绘制者：后现代撒旦和权利之图》的评论（载 2012 年 8 月 31 日《文艺报》）中指出："需要承认，加布里埃尔·基富在讲述传奇故事上是个高手，虽然他的目的并不是讲述一个故事。"书评作者认为"小说建立的是一座寓言化的丛林，它布满了象征"。同时，对小说最后结局的处理，书评作者也提出了自己的看法。

《罗马尼亚当代抒情诗选》收入罗马尼亚当代四十多名重要诗人的作品，其中包括卢齐安·布拉加、尼基塔·斯特内斯库、马林·索雷斯库等代表性诗人的作品，直接从罗马尼亚文译出，呈现出了罗马尼亚当代诗歌的基本面貌和发展脉络。这是我国翻译出版的第一部罗马尼亚当代诗选，出乎意料地受到了中国读者的青睐，短短几个月便全部售罄。诗人黄梵在阅读罗马尼亚诗歌时，有一种意想不到的亲切感："书中诗歌所具有的现代性、抒情性和自主性，既颇具启发也令人钦佩。我从中看到罗马尼亚当代的现代诗与中国当代的现代诗，具有几乎一致的立场和态度，大概是两个国家走向现代文明时共有一种文化体验，或者说，现代诗是现代国家无法回避的一种美学，就看我们如何再为它添加新的民族个性。"诗人蓝蓝发表评论《庄重的抽噎：语言重建意义》(载 2012 年 5 月 23 日《时代周报》)，指出了此书存在的价值："坚持抒情诗的写作，说到底是从人的感受出发，抵达语言创造的真实。在此过程中，人的情感方式、亲历体验，尽管会分化为抽象的观念和理念，但抒情诗能够携带生活复杂感受、由此及彼以及从特殊到普遍的特性，依然能够通过语言将它们细节化和具体化，从而再次返回人的想象力重视和感受之中。没有哪个诗人愿意为苦难写诗，但这并不是拒绝诗歌的理由。在此，诗歌承担的是记录和见证的责任，为了那些人性中最微观风暴的呈现和意义的建设，《罗马尼亚当代抒情诗选》无疑是一个文本上的例证。"作者还通过文本细读分别评论了斯特内斯库、米尔恰、索雷斯库等诗人的作品。在她看来，罗马尼亚诗人，连同其它东欧诗人，最大的贡献在于独特的诗歌语言："语言是生命的居所，是一切隐秘事物的幽居地，也是爱和意义的诞生之处。诗人的作用在于激发出语言的某种独特的形式，使无语中的事物开始说话和表达自身，这即如对生命和爱的呼唤，以便和人内心对爱的渴望和牺牲付出的愿望相对称。在这两者交汇的雷电中，生命和诗互相被照亮，洞彻我们晦暗不明的存在。"

　　《石头世界》收入了波兰作家博罗夫斯基最具代表性的中短篇小说，全都是集中营主题。作家本人曾被关进集中营，对集中营生活有深切的感受和了解。这些小说从多种角度揭露德国法西斯在集中营大规模制造死亡的滔天罪行。法西斯集中营不仅摧毁人的肉体，而且摧毁人的精神和道德。《石头世界》以极端冷峻和客观的笔调，揭示出了人性中普遍存在的恶。他说这样的写法是"探访某种道德极限的一次旅行"。正是在这一点上，《石头世界》获得了另一种深刻，超越了其他许多反法西斯作品。塔杜施·博罗夫斯基（1922-1951），波兰著名作家。1943年由于参加地下抵抗运动，被德国纳粹宪兵逮捕，投入奥斯威辛集中营，因为在那里当上了卫生员，才幸免于难，后又被转到德国境内的集中营，1945年被美军解放。由于长期抑郁，在未满二十九岁时自尽。

除了"蓝色东欧"第一辑六本书外，2012年，我国出版的东欧文学作品还有保加利亚作家安吉尔·瓦根施泰因的长篇小说《别了，上海》（余志和译，作家出版社2012年3月出版）、波兰女诗人维斯瓦娃·希姆博尔斯卡的诗选《万物静默如谜》（陈黎、张芬龄译，湖南文艺出版社2012年8月出版）和波兰作家维托尔德·贡布罗维奇的长篇小说《色》（杨德友译，人民文学出版社2012年12月出版）。

从书名就可看出，在《别了，上海》中，上海是故事的关键地点。那是在二战前夕和大战初期，德国一些受到纳粹迫害的犹太人，历经磨难，经由柏林、巴黎、土伦、热那亚、突尼斯和埃及，辗转来到当时世界上唯一开放的城市上海，幸运地活了下来。作者就从那段历史中汲取素材，以二战为背景，用蒙太奇手法和诗意的笔触，刻画了一组真实可信、栩栩如生的人物形象。艺术手法和谍战情节的自然融合，使得小说既具有画面感和音乐性，又具有相当的可读性。安吉尔·瓦根施泰因（1922- ），保加利亚著名电影编剧和小说家。曾编写过50多部电影剧本。上世纪九十年代转入小说创作，著有长篇三部曲《以撒五经》《远离托莱多的地方》和《别了，上海》。

2012年8月，就在波兰女诗人希姆博尔斯卡去世后不久，上海浦睿文化传播公司适时推出希姆博尔斯卡诗选《万物静默如谜》（湖南文艺出版社出版）。台湾译者陈黎和张芬龄将女诗人的名字译为：维斯拉瓦·辛波斯卡，一看就译自英文，而且对波兰文发音毫不了解。诗选收入希姆博尔斯卡各个时期的诗作七十五首。由于译文优美，装帧考究，推广得力，加上女诗人逝世这一契机，《万物静默如谜》很快便成为畅销书，销售量竟在半年之内达到10万册左右，成为诗选出版和销售史上一个奇迹，甚至在出版界引发了一股出版诗集的热情。其实，在希姆博尔斯卡获得诺贝尔文学奖后，中国国内曾出版过两个希姆博尔斯卡诗选中文版，直接译自波兰文，但反响并不尽如人意。当时，起码在中国，诺贝尔文学奖并没有特别照亮这位低调的波兰女诗人。没有想到，时隔十余载，她的诗作竟在中国受到如此的厚爱。这是翻译的胜利，是诗歌的胜利，还是商业营销的胜利？恐怕各种因素皆有。但不管怎样，这一出版事件在客观上推动了国内的诗歌出版和诗歌阅读，并且让不少中国读者重新打量和评价希姆博尔斯卡，因此，还是值得肯定的。

书评人吴萍认为女诗人最迷人之处恰恰是对日常的关注，因为"世间任谁都不能逃脱'单调的日常生活'的困锁，诗人所经历的，我们也必将经历。辛波斯卡笔下'日常'的普世性跨越了'国界'和'翻译'，即使是异国的读者，也无需注释和知识链接就能打开那只诗的宝匣，欣赏到藏于琐碎和残片下的诗意。同时，这也让辛波斯卡散发出很强的亲和力，拉近了与普通读者的心理距离"。"追踪辛波斯卡的创作，可以说深挖'日常'从未让她的话题泛滥浮空，也没让她在老之将至时突然地缄默不语。辛波斯卡遥遥的一生，视野一直低伏于这些日常的主题和瞬间，终由最简单的生命构成发现出了最不简单的诗意"（见《日常的，也是迷人的——读辛波斯卡的<万物静默如谜>》，载《书城》2012年第12期）。

就在2012年即将落下帷幕的时刻，中国读者读到了波兰作家贡布罗维奇的长篇小说《色》。这是上海九久读书人引进的"贡布罗维奇小说作品"中的一种。《色》是贡布罗维奇最重要的作品之一，其故事情节大致如下：战争期间，波兰，两位年长的知识分子遇到一对少年男女，看似某种强烈的性吸引力把他们联系了起来。实际上，这对少年男女并没有相应的情感。这令两位先生失望，因为他们渴望通过这美好的情感重返青春，因此不惜一切代价深入窥探，试图接近少年男女，并计划以共同参与的罪行建立亲密的关系，于是，他们策划了一场谋杀行动。小说的标题极容易让人想到色情主题的通俗作品。但读后，读者会发现，这其实是一部手法独特的严肃作品，探讨了理想丧失、心理崩溃、道德和价值危机等诸多重大主题。贡布罗维奇曾在自己的日记谈到这部小说："我最想指出的是'色'与形而上学之间有什么关系。"

　　由于贡布罗维奇在中国已有一定的影响力，同时也由于小说赤裸裸的标题，《色》的出版立即引起了读书界的关注。学者思郁在题为《当作家变成色情狂》（载 2013 年 3 月 11 日《21 世纪网》）的书评中，对此小说做出了比较令人信服的解说："这部小说同样没有任何色情的描写，它的色情是因为一种幻想。我们可以把它看作是一个色情狂的意淫之作，也可以看作一个窥阴癖和恋童癖的各种疯狂念头的媾和。这部作品之所以显得肮脏，恰恰因为它的纯洁。但是这种纯洁又有着一种癫狂的不安。小说中充斥着各种稀奇古怪的念头，这种念头的压抑与爆发是失序的必然结果。谋杀几乎是注定的，从开始的描写所携带的时代气息，我们似乎能感受到在战争与时代的裹挟之下各种扭曲的影子不安地流动着：'在许多污秽、压抑、羸弱、灰色、被疯狂歪曲的年代之后。在这些年份里，我几乎忘记了什么是美。在这些年份里，只有尸体的气味。'当我们刚刚经历了一个荒芜的年代，被压抑扭曲的心灵得到瞬间的释放，对快感的渴求最容易导致隐秘的欲望滋生。这是这部小说不安的源泉。"这一解说也许能帮助读者更深地理解贡布罗维奇及其作品。但有一点是肯定的，贡布罗维奇并不是为大众写作的作家，我们不必指望他的小说成为畅销书。

"文化百科全书"中的人间离合悲欢 [1]

涂卫群

内容提要 作为一部百科全书式的小说,《红楼梦》将中国文化的种种特色编织在作品的叙事方式和所有细节中,它使读者在丰富的审美体验中认识中国文化的世界。书中丰富的中国文化知识,如同百科全书的词条,反过来引领读者确切地理解小说的含义。小说中存在着两条交织在一起的线索,在大观园中展开的宝玉与黛玉、宝钗诸女子之间的情爱故事,以荣宁两府为中心展开的贾家由盛而衰的演变过程。爱情的失落与家族的衰微近乎同步。本文限于探讨大观园的线索,首先举例说明小说家如何采用中国绘画中藏与露的笔法,引用《诗经》中的典故,依据《易经》的变化观,描写情爱和其失落过程,然后再约略总结小说家的叙事谋略与写作目标。

关键词 文化百科全书 《红楼梦》 风月情 藏与露 八月之"观"

作为中国古典小说杰作,《红楼梦》区别于其他古典小说杰作,如《水浒传》、《三国演义》之处,在于它以更全面和更细致的方式,呈现了中国文化的众多方面,从衣食起居、室内布置、园林建筑、岁时礼俗、医药诊疗,到政治体制、文史地理、哲理宗教,直至审美取向、情爱表达等一切方面,堪称一部中国文化的"百科全书"。作为中国文学与文化的象征,《红楼梦》多次被搬上银幕,每次上映都成为一桩重要文化事件,引起众说纷纭的讨论。这样一部作品,对于他国读者的接受,往往障碍重重,其完整翻译较其他长篇作品亦历时更长,如法译《水浒传》(译者邓若凯,Jacques Dars)历时八年,法译《金瓶梅》(译者莱维安,André Lévy)历时七年,《红楼梦》由李治华和雅克琳·阿蕾扎艺思(Jacqueline Alézaïs)两人合译,历时25年。[2]

从 18 世纪中后期《红楼梦》流传起，便引起无穷无尽的诠释，并产生了"红学"这门"研究《红楼梦》的学问"[3]。冯其庸、李希凡上世纪 90 年代初编纂的长达 160 多万字的《红楼梦大辞典》[4]，分门别类地罗列了小说所涉及的各种知识，使读者和研究者对这部小说的百科全书性质有了一种直观的认识。

作为一部百科全书式的小说，《红楼梦》将中国文化的种种特色编织在作品的叙事方式和所有细节中，并且一切都非常生活化；可以说，文化由生活带出。生动、细腻的描写遍布作品，特别是纳入了中国文化的精华，其诗、画、园林艺术。它使读者在丰富的审美体验中认识中国文化的世界。另一方面，书中丰富的的中国文化知识，如同百科全书的词条，反过来引领读者确切地理解小说的含义。

小说中存在着两条交织在一起的线索，在大观园中展开的宝玉与黛玉、宝钗诸女子之间的情爱故事，以荣宁两府为中心展开的贾家由盛而衰的演变过程。两条线索交织在一起，家族为爱情提供小环境——物质与经济支撑，爱情的失落与家族的衰微近乎同步。在此，我将限于探讨大观园的线索。首先举例说明小说家如何采用中国绘画中藏与露的笔法，引用《诗经》中的典故，依据《易经》的变化观，描写情爱和其失落过程，然后再约略总结小说家的叙事谋略与写作目标。

一、曹雪芹的叙事技法

（一）藏与露：描写风月情的笔法

小说的另一书名《风月宝鉴》，表明小说的一个重要方面，在于讲述男女情爱故事。"风月"原指两种——风与月，或四种——风花雪月令人愉悦的自然景观，它们被借用来以含蓄的方式表达情爱关系。

曹雪芹根据不同的描写对象，以不同的笔法描写风月情。他特别借用了中国绘画和园林设计中所采用的隐显及明暗对比的技法，也即第四十二回宝钗论画大观园时指出的："该藏的要藏，该露的要露。"在描写贾宝玉与大观园中的少女们的情爱游戏时，他往往根据她们各自的身份（小姐、妾、丫鬟），及主人公与她们的关系，而采用或隐或显、或藏或露的笔法。[5]在笔法隐晦的情况下，小说家仍然遵循某种固定的模式，如在写同类故事时，他会采用类似的情境、比喻或象征物，从而读者仍然能够通过前后对比，有根据地"索隐"：读出宝玉与众女子之间关系的隐情。

在对宝玉与众女子的风月情的描写上，警幻仙姑对宝玉的描述"意淫"二字十分关键，这两个字设立了宝玉与园中女子关系的一个至清的水准，限于他与黛玉的关系。这个词首先表明，他们两人之间的情爱，是清白的、想象的、意念的，这一点从黛玉的判词"玉带林中挂"便透露出来，又得到她的《葬花吟》中的一句"质本洁来还洁去"的强调。与她的判词形成对照的，是宝钗的判词：金簪/钗[6]雪里埋，这暗示出宝玉与宝钗之间可能存在暧昧关系。再来看警幻本人对"意淫"的解释："二字惟心会而不可言传，可神通而不可语达"，这一解释将二字含义的重心放在了"意"上，因此"意淫"指的是内心的情感，尚未形成言语表达。这既可看成对二字含义的解释，又可看成对宝黛之间情感和交流方式的描述。特别是对宝玉心情的描述：他能够从内心感应黛玉的心情，却由于某种原因而无法用言语与她沟通。因此二字恰恰描述了宝玉对黛玉的态度。

"意淫"一词，同样可以用来形容小说家在描写宝玉的风月情时主要采用的藏而不露的笔法。最有代表性的是第五、六回小说家对宝玉与可卿和袭人前后相续的风月情的写法：与前者的私情发生在宝玉梦中；对于后者，小说家则直书宝玉与她"同领警幻所训云雨之事"。而第六回回目中的"贾宝玉初试云雨情"，表明后面还有类似故事。从写法上看，这是宝玉与十二钗之间性爱关系的由藏而露的写法的处于两端的模式。与可卿交合的写法，可名之曰"托梦"，这意味着，梦是借口，以梦来写作者希望写而不能直接写的故事；在曹雪芹那里，入梦常常意味着用曲笔或虚写、隐写。这也意味着，以梦为掩护，以似有若无的方式来写。这是"藏"的重要手段之一。

"意淫"的最后一重含义，与其作为藏而不露的写法呼应，可以用来形容读者和批评家对小说的阐释：展开想象索隐，特别是风月情之隐。恰如对曹雪芹所设置的读法的回应，生活于19世纪上半叶的评点派红学家张新之，将发生在宝玉与宝钗、湘云、平儿、香菱等女子之间的一系列插曲，如"绣鸳鸯梦兆绛芸轩"、"憨湘云醉眠芍药裀"、"喜出望外平儿理妆"、"呆香菱情解石榴裙"等都归入描写风月情的故事。

仅以最为隐晦的湘云的故事为例，小说家仅描写了醉后的女主人公"香梦沉酣"和梦醒之际的状态，"四面芍药花飞了一身，满头脸衣襟上皆是红香散乱"，对此，张新之评道："赠之以芍药"。张在此用了一个典故，此句实出自《诗经·郑风·溱洧》：

> 维士与女，
>
> 伊其相谑，
>
> 赠之以芍药。

根据东汉经学家郑玄的解释，"士与女往观，因相与戏谑，行夫妇之事。其别，则送女以芍药，结恩情也。"[7] 由此，对于熟悉《诗经》中的这首诗和其解释传统的人来说，赠芍药成为男女私情的一重象征。

就这一场景而言，如果不参照《诗经》里的这句诗和相关解释的传统，便很难读出其中的隐情，更何况在这一场景中，小说家并未提及宝玉的到场。不过如果我们参照上面提到的那几段插曲，那么不难发现，在这些故事中，或者出现了两人中一人梦醒的细节（绛芸轩的故事由宝玉梦醒之际所言"和尚道士的话如何信得？什么是金玉姻缘，我偏说是木石姻缘"宣告结束；这番梦话与宝玉与可卿交合的场景中宝玉梦醒之际喊出的"可卿救我"遥相呼应），或者出现了象征夫妻关系的物品（鸳鸯戏莲、白犀麈），或者以宝玉向相关女子赠送象征夫妻恩爱的花草（并蒂秋蕙、"夫妻蕙"与"并蒂莲"）收场。

比较这些场景，便大致可以确定，张新之关于宝玉与湘云之间隐情的推断不无道理。我们也可由此认定，曹雪芹更愿采用藏的笔法，而且，对于宝玉更为心仪的女子，小说家的笔法亦更为隐晦。从这一观点看，贾宝玉在湘云与宝钗之间，显然更爱慕前者。进一步说，透过曹雪芹对绛芸轩中一幕的描写，可以感到主人公宝玉对宝钗的深深的厌恶。当然，比较小说中不同场合小说家对宝钗的描写，不难看出这种厌恶更多地是针对宝钗的天性和人品，而非针对她的容貌与才学。作为女性美的品鉴者，贾宝玉有能力超越她们每个人身上的不足，而充分欣赏她们所拥有的独特的美。

顺便指出，关于小说家如何描写自己的化身所敬重的女子（这也意味着小说家本人心怀诚敬的小说中人物的可能的原型），普鲁斯特另有一番看法。他以一位想象中的小说家为例，他"描绘其他人物的性格，却竭力避免给予他所爱的女人任何性格。"[8]由此可见，两位小说家将自己对所爱女子的诚敬之心进一步寄托在小说中。[9]

所有这些或明或暗的爱情故事，伴随着家族的衰败、大观园的萧条，最终走向失落的结局。下面我们以十分简略的方式勾勒曹雪芹如何描写这一过程。

（二）八月之"观"：阳气渐消的大观园

让我们从大观园这一名称入手。从书中给出的命名依据，"天上人间诸景备，芳园应锡大观名"来看，"大观"意味着囊括天地万象的景观。而这一造园与作书的理想，无疑源自《易经》中圣人设卦观象的基本方法：仰观俯察。

从大观园内生活的演变来看，小说家按照《易经》中的变易规律，也即阴阳消长的规律来写。在此，我仅以一年十二个月中的八月为例，通过比较小说家一先一后重笔描写的两个八月园中气氛的改变，显示小说家对《易经》中的变化观的贴切运用。首先需要指出的是，我截取小说中的八月，解释小说家笔下的大观园的兴衰，原因有二。

第一，大观园中的"观"字，正是《易经》六十四卦中的一个卦名：观卦。"观"卦的六爻代表了六种不同的观的方式，特别是其中的六二，"窥"观，指的是女性的观的方式。而女性的视观，在曹雪芹那里，恰恰代表了与大部分男性所热衷的为官作宰、经济学问不同的艺术的和审美的视观。有意味的是，在观卦的六爻中，通常的解释将重心放在九五上，"大观在上"，曹雪芹却一反通常的解释，在他那里，大观恰恰意味着窥观。而窥观的对象，并非如观卦的六二所指的透过门缝看见的外部世界，而恰恰是指小说家创造的属于宝玉和他身边的女性的大观园的世界：情爱与文学艺术的世界。

第二，观卦是一个消息卦，是阴长阳消的时期，它代表了一年十二月中的八月。因此，八月之"观"，正可以作为大观园中阴阳消长的缩影。涉及宝玉与众女儿在大观园的生活，小说家两次细写八月。第一次在八十回的小说中间（37-42回），最后一次临近小说结尾（75-76回），对比前后两个八月园中的气氛，可以明显感到阳气渐消，园子走向冷寂。

第三十七回贾政[10]离家外任，随后便开始了园中儿女的一系列审美与游艺活动。这第一个八月，占据了六回。小说家描写了在五、六天的时间里，宝玉与众姐妹赏花、吟诗、成立诗社、宴饮、听乐、品茶、讨论画大观园等事件。这是一个众人和睦相处、其乐融融，充满诗情画意的时段。

八十回的小说中最后一次写到的八月的重要活动，是在一个八月十五之夜，贾母率众人在大观园内的凸碧堂赏月，凄凉悲怨的笛音令贾母堕泪，众人亦悄然散去。随后黛玉和湘云在凹晶馆联诗时，黛玉说出的最后一句是"冷月葬花（诗）魂"。不同手抄本中出现的"诗"与"花"的异文，恰恰巧妙地揭示了诗与花的某种相似性：它们都具有美的、非功利的、给人以安慰的特点。

对于园中少女来说，这个日子标志着一个结束。之后少女们纷纷离开大观园，小说结束于"重露繁霜"的时节（第79回），而根据《易经》中阴气最重的、相当于十月的坤卦的一句爻辞："履霜坚冰至"，阳气散去的大观园，不可避免地走向冷寂与颓败；一同消散的，还有梦里恩情与家族荣华。

正像在《易经》中，变化的缘由在于阴阳相互作用，在小说中作者通过湘云之口（第三十一回）表达他对阴阳相互作用的理解："天地间都赋阴阳二气所生，或正或邪，或奇或怪，千变万化，都是阴阳顺逆……阴阳两个字，还只一字。阳尽了就成阴，阴尽了就成阳"。后面这几句与理学家朱熹之言非常接近："阴阳只是一气。阳之退，便是阴之生。不是阳退了，又别有个阴生。"[11]阴阳（对于家族的演变而言，显示为盛衰）作为事物发展的阶段，互相衔接。在湘云对阴阳的解释中，叶子朝阳的一面为阳、背阴覆下的一面为阴；扇子的正面为阳，反面为阴。我们可以将此延伸至风月宝鉴的两面，正面为阳、背面（反面）为阴。道士指出，要想治病，只能看其背面。如果我们将整部小说看成一柄风月宝鉴，那么小说家建议读者看其背面则意味着，着重看书中所写的阴面；而实际上，他所着重写的也是家族之衰，同样可视为阴的阶段。之所以着重写衰，也许是因为社会地位的大改变，对于人从梦中猛醒扮演着重要作用，在这种特殊的状态里，人得以清醒地意识到"势败休云贵，家亡莫论亲"的现实。

更重要的是，就小说中所写的阳气消散而言，无疑曹雪芹更看重的是阴的阶段。因为它不是一个外向的积极活动的阶段，而是内敛和静修的阶段。身处家族衰败中的小说家、艺术家所能做的只是静观、回忆、思考、创作。正是基于《易经》中的思想，曹雪芹写兴衰带有一种不可逆转的趋势。受到这一根本性趋势的左右，人的行为成为十分有限的，仅仅起着加速或延缓这一趋势的作用，却无法从根本上改变它。

由此可见，曹雪芹在描写园中变化的过程中，巧妙的运用《易经》中的各种观念和阴阳消长的规律。

二、小说家的叙事谋略与写作目标

古今中外都发生着悲欢离合、兴衰际遇的故事。曹雪芹所讲的故事来自他所亲身经历的、属于一个特定时代的生活。他用了十来年的时间加工自己的故事。结合前面的探讨，可以将他的叙事谋略和写作目标简单归纳如下。

第一，小说家试图将他所经历的沧桑之变加工成一件艺术作品。为此，他有必要超越作者个人有限的生活环境和所处时代，以拓展小说的境界；而实现这一目标的一个有效手段，便是将作品植根于中国文化传统，并在此基础上"编新"与"雕今"。小说中大量出现的文化与文学参照，确切说，是一种艺术借境，以他人之境烘托所造之境，延伸所造之境的文化艺术内涵。

进一步说，曹雪芹的加工的一个目标在于艺术化人物。小说中的两位女主角黛玉、宝钗，并非简单的与宝玉构成三角恋爱关系的，互相争奇斗艳的对手。她们两人同样负载着中国的传统文化。她们不只表征了民间传说和诗文剧作中的两种类型的美丽女子：西施、赵飞燕、杨贵妃，杜丽娘、崔莺莺等等；小说家借她们之口谈诗[12]论画，进一步拓展了她们作为美才女的形象。有时读者不禁要问，曹雪芹的这番处理，究竟是为了美化人物，引入中华文化的精华：诗画，亦或借机泄露作书法？我认为，三种读法都能成立，正是这种兼备，也即风月宝鉴的多重照法，使作品不朽。

第二，小说家笔下的家族兴衰，与爱情的失落同步，显示为一个由热而冷的自然过程。他对兴衰的描写，处处与《易经》关合。而《易经》，正是中国哲学中两种最具代表性的思想体系，儒家与道家共同依据的典籍。从而曹雪芹的加工的又一个目标，在于以微妙、细致、生动的笔法，充分吸纳中国哲学思想。

最后，正是由于小说家在漫长的创作过程中反复加工，他的作品成为了一部百科全书式的小说。这意味着，阅读他的小说，读者可以获取关于中国文化的百科知识。作品中的或明或暗的引经据典，构成了他的文化百科全书的"词条"。可以说，在小说中，他为我们提供了中国文化的概念体系，如宝钗论画所涉及的藏与露的技法，对大观园的园名解释中所包含的《易经》的仰观俯察的认识世界的方式。与此同时，这一概念体系渗透在他的叙事中，换言之，他的写作向我们展示了他对这套概念体系的娴熟运用，正像他以明暗结合的方式，展开阳气渐消的大观园中的情爱故事和其不幸的结局。因此，阅读他的小说，读者有可能在不知不觉中渐渐进入的，正是中国文化与文学艺术的最为深奥、隐秘、精致的核心。评点派批评家，如张新之等人对小说的一些解释也许不免牵强附会，但却是基于对中国文化的深切感悟；没有这番感悟，便无法读出如此丰富的内在于这种文化的有意味的含义。

真正读懂《红楼梦》，意味着深切领悟中国文化的精髓和了解它的方方面面，包括绘画、诗歌、园林，乃至哲学、中医等独特成就。由于经过十多年的反复营造，作品既无一闲笔，同时又一笔多用；许多细节具备多重功能，既是故事的一个环节、用来前后照应，又可能揭示了小说的作法与读法，乃至作为艺术借境、唤起文学回忆之笔，等等。这样一部作品，既是我们中国人引以为自豪的一部文化百科全书、一部中国文学的集大成之作，也为真心希望进入中国的文化、文学世界的异国读者，提供了美妙、真切，艰辛却又会是卓有成效的途径。

注释：

[1] 这个题目同样可以用于普鲁斯特的《追寻逝去的时光》(简称《追寻》)。在这同一题目下，这一篇（关于《红楼梦》）与另一篇（关于《追寻》）构成同一探询的阴阳两面。

[2] Voir《Préface》, *Fleur en Fiole d'Or*, Pléiade, Gallimard, 1985, p. X.

[3] 《红楼梦大辞典》，冯其庸、李希凡主编，文化艺术出版社，1990 年版，第 1070 页。

[4] 《红楼梦大辞典》，冯其庸、李希凡主编，文化艺术出版社，1990 年版，第 1070 页。

[5] 参看小说中对贾瑞、贾琏、贾珍、贾赦等人与身边女子淫乱关系的描写，便可对曹雪芹"露"的笔法之粗放和犀利，获得深刻的认识。

[6] "钗"字出自《戚蓼生序本石头记》，其余诸本，如手抄本系列的，从《乾隆甲戌脂砚斋重评石头记》到《庚辰本脂砚斋重评石头记》，又如程伟元、高鹗的刻印本《红楼梦乾隆间程甲本》，及至周汝昌汇校的《八十回石头记》等，均为"籫"字。在此，我并不想讨论诸版本的高下，仅想表明，由于存在众多版本，而各版本之间有时差距不小，阅读《石头记》/《红楼梦》，有必要参以不同版本，以较为准确地判断何为作者手笔。

[7] 《十三经注疏·毛诗注疏》(上)，[汉]郑玄笺；[唐]孔颖达疏；朱杰人、李慧玲整理，上海古籍出版社，2013 年，第 446 页。

[8] Marcel Proust, *À la recherche du temps perdu* II, Paris : Pléiade, Gallimard, 1987, p. 248. 参见《在少女花影下》，华东师范大学出版社，2012 年，第 452 页。

[9] 从某种意义上说，这种选择，无论是出于本能还是经过了冷静的思考，都为他们的小说在漫长的时间里经久不衰地为人喜爱奠定了基础。从我们现在的观点看，读经典小说者，往往是趣味高雅、眼光敏锐、情感细腻的读者（无论是作为学者、批评家还是普通爱好者），而在这些人群中，女性的数目仍在不断上升；相应地，尊重女性感受的作者无疑会有更多的读者。

[10] 在《红楼梦》中，贾政代表了与诗相反的平庸、昏浊，甚至窒息性灵的力量。一方面在他外任后，园中的诗歌与艺术创作等审美活动成为可能，另一方面，在八十回的小说临近结束之际，正是他的回返（第 71 回），致使诗社的活动不再有下文。在第 70 回结束之际，林黛玉如同一位谢幕之前的女主角，宣布退场："我的风筝也放了，我也乏了，我也要歇歇去了。"

[11] 转引自吕思勉《理学纲要》，东方出版社，1996 年，据商务印书馆 1931 年版编校再版，第 96 页。

[12] 黛玉：词句究竟还是末事，第一是立意要紧，若意趣真了，连词句不用修饰自是好的，这叫做不以词害意。（第四十八回）

译 文

文本的呼唤

[比利时] 弗朗索瓦·埃马纽埃尔

刘晖译

"不顾一切地付出所有。

敞开从这里开始。"

罗伯托·华罗斯

"别提问,"皮埃尔·安萨莱姆写道,"你进入一个不属于你的世界。只管看,你只信赖在你眼前展开的这一切。别做任何欺骗动作的动作,别摆任何抗拒外物的姿势。让你的到来可能在顷刻之间打乱的次序在你周围重新恢复。因为,也许有一种顺序,你无法把握它的意义。有一种沉默,你只能在以后理解它的旨意……"

(《黑曜岩之夜》,北方空间丛书,第53页)

我想通过给《黑曜岩之夜》的年轻叙述者的这个提示,开始对诗歌教席的这个奇特的反思旅程。在小说的开头,皮埃尔·安萨莱姆,双目失明的老考古学家,邀请叙述者秘密登上北大西洋的一个岛,这个岛似乎集中了各种暗藏的旨意。邀请首先是间接的而且好像是勉强得到同意的:在这个岛上有某种无法预先说明的要看的或不如说要体验的东西,只是叙述者应该理解他被邀请到一片领地上,老人曾经生活在这里,他仍对这里着迷,但由于年龄,由于失明,而且也许由于一种他不想或不能说的创伤,他知道自己无法回到岛上。

"一开始我就怀疑，（皮埃尔·安萨莱姆）的理由不过是一项更大的计划的一个可见部分……有时他谈到光，谈到时间或死亡。把这个岛描述成今天我还觉得不真实的一种地理环境。'到安托埃斯去，'他说，'填充这片景色，永远不要让它离开你的记忆，没有什么满足人的虚荣的建筑有这么巨大的力量，让我们如此激动。到龙宏去，你站在岬角上面对大海，看鸟的舞蹈，它们发出类似人的声音，它们的羽翼遮暗天空。'一天，他给我看他收藏的一块黑曜岩…'祭司们用来捣碎骨头的'，他说……'一块夜与日之间的石头'，他微笑着，'有时我想多告诉你一些，但我不能，你会失去无知的恩赐。"

（同上，第20页）

小说的冒险对我而言从来不是别的：一个内在但陌生的领地，一个吸引我但我对它的边界一无所知的地方。呼唤，地点引起的诱惑，也许与一段往昔的经验，一个局部的闪念，一个被遗忘的时刻有关。有时候，某个人站在这些颤动的光线面前，他是发送人，鼓动者，第一个主宰，然后他的面孔变得模糊了。在岛的领地上，他规定："不要做任何欺骗动作的动作，不要摆任何抗拒外物的姿势"，而且这个提示在我的每一次小说创作中回响。对我来说，有必要毫不抗拒地沉浸在一个空间里，这个空间填充我和包裹我，迫使我对一切预先的意图发出挑战，有点像做梦的人，表面上是梦的主宰，却受制于梦，无法改变梦的过程，过后才努力恢复梦的次序："因为也许有一种顺序，你无法把握它的意义，有一种沉默，你只能在以后理解它的旨意。"

在我生命的所有情感中，对我而言最强烈的就是当我处在一个小说空间的起点，当这个空间远离诱惑形成，当我急于知道这里将要发生什么，当我知道自己要克制急躁，否则就可能加速事物的发展，最终什么也看不到。于是我感到一切都是可能的，一切都还是可能的，即使经验告诉我，叙述可能只有一条窄路可走。有什么重要呢，当剧院的灯光熄灭时，当演员们登台之前沉默忽然变得更凝重时，在这个时刻我感觉处在戏剧的最美、最高贵的时刻。或更确切地：我处在比其他所有生活更惊人、更强烈的一种新生活的开端。因此，鉴于我把《黑曜岩之夜》变成这次演讲的红线和我的小说方法的标志，再次谈到这部小说时，我回想起，当我发觉自己和叙述者一起站在岛的悬崖上，这些纯属预言的词句来到我的脑际时，我是多么急切而且充满了渴望：

> "巨浪在甲板下裂开了缝隙，将舷窗淹没在泛着泡沫的黯淡的潮水中。夜晚，一轮落日将云彩染成血红。在这锯齿形天空的管风琴下，悬崖的细带，如同一支微微发蓝的长蛇形风管，闪闪发亮。这是岛的第一个形象，这对我也是一个非常长久的震撼的时刻。"

（同上，第 27 页）

奢华的落日的确是美好明天的预兆。但叙述者提到的这种震颤，没让我本人感到知道自己处在无知之起点的震颤，我预感，我不知道的东西，将会出其不意地，且自相矛盾地，以一种神秘攫住我，这种神秘就是生活的恩赐，或许向我揭示与我不同的另一个人和另一个我。"要达到最近，到最远处去，要认识自己，走一条不认识的路"（同上，第 12 页）。在岛的入口，叙述者处于一种历险的开端，而我，作者，在一个要写的故事的边缘，这让我当时充满一种确实不稳定的、痛楚的、焦虑的欢乐，为只是一个诱饵，只是欢乐而焦虑。这是柏拉图的神灵附体般的迷狂意义上的神圣本质的欢乐：是借助所有这些乔装改扮、这些借来的身份、另一个我的这种斡旋，是脱离自我、听凭某种比自身更伟大的东西侵占的幸福，是忽然离开自己、抛开自己、暂时中止自己、按照一种悖论在宋朝青山惟政禅师的意义上找回自我的迷醉，这位禅师说："见山是山，见山不是山，见山还是山"。

在开始写作之前，我还记得从童年时代起进入阅读世界时我感受到的极深的快乐，可以随意进出，在这儿那儿停下，从书上抬起头来又不完全离开，细细地品味这种中间之道，从未完全放在读者书桌上或书包里的书的存在给他的生活带来的这种微微颤动。在这方面我的记忆自然而然地回到我的第一个关于岛的故事，我八九岁时读过的鲁滨逊漂流记，当我分享这位乔装的隐士的奇妙乐趣时，我在他营造生计的缓慢过程中发现了我的幸福。我还记得关于基督山伯爵的热烈发现，尤其在他巧妙地与死人掉换从监牢逃走的时刻。我们在秘密复活的书中生活、再生。对于看电影长大的我们，在黑暗的电影院里也是一样。为了停留在《黑曜岩之夜》的灵感范围内，我要提到安德烈·塔克科夫斯基电影中的这个时刻，跟踪妇女的行凶犯带两个游客到一个叫做区域的地方去，三个人全都登上了轻轨，这种架在轨道上的古怪的金属四轮车，同时景色渐渐由黑白变成了彩色。在旅行开始的这个时刻，敞开的世界是美丽的且隐隐令人担忧，接近但尚不可及，我们可以从中预感到一种更有力的真实，它比我们的真实更有表现力，预示着一种更强烈的经验，因为这种经验近乎想像，因为它创造了被掩盖的真实，因为它永恒的部分是敏感的，显露的。进入这个陌生的世界，我们的方位标越动摇，我们的缆绳越松弛，我们从这种经验中保留的痕迹就越多。

★

我在《黑曜岩之夜》的第一页写道："在我出发之前的时刻，产生了一种徒劳的颤抖，或每个动作、每种行动都将我抛向存在的荒芜，在这种荒芜中，我的声音和我的形象让我无法忍受，我以为自己到处撞在一个房间的看不见的墙壁上。"（同上，第11页）这些词句说尽了叙述者化身的这种沉重，这种沉重大概有点像是我的沉重，说尽了对我的身体的重压的这种过分强烈的感受。文本讲述它们自己，将它们的真实封闭在词句的中心，它们是词句的主题。当这些词句讲述存在的荒芜时，它们酝酿着解脱之感，一片陌生的土地、一个要探索的领地、一个岛的出现可能忽然预示了这种感受。说实话，与其说是像蓝色的蛇形风管一样闪闪发亮的一条悬崖的细带，不如说是出现在海平面上的一种内心的景色，这种景色会在它被封闭的真实里，讲述我，与作为叙述者、作者的我对话。

后来，在每次新的小说尝试的起点，一种相似的开端情形每次都重新开启这个过程。开始时，几乎总会有一种令人不安的、不可捉摸的突现，一种既近又远的东西，某种让人意欲走得更远、进得更深以求了解更多的东西。

因此，比如对《印度象棋赛》的叙述者而言，一切都以一种几乎被遗忘的回忆开始：人们让他想起，他曾经接触过一个叫沙利亚吉纳的人，这个人是他一晚的棋友，人们敦促他找到这个人。与印度象棋赛的棋友的这种接近，既是内在的又是不可能的："这就像一个触觉的影子，一种人们首先看到其感情色彩的梦的残余。在这种情况下，回忆流露出一种友爱力量的印象。我想到的第一个词就是兄弟。就是这样：我曾在菲利皮家里遇到过这个人，他在那儿非常亲近，非常友爱，不知不觉中他在我的生命里为自己挖了第一个洞。"（《印度象棋赛》，北方空间丛书，第 23 页）因而整部小说都是接近这个人物的一种尝试，他曾在一天晚上，在一半没入阴影的一场独特的印度象棋赛中，坐在叙述者对面。后来棋赛渐渐呈现出一种世界规模的追逐赛的态势，沙利亚吉纳爱的一个女人走上棋盘，成了替罪羊。但对反复摸索的小说家"我"来说，这是内在而遥远的另一个人的神秘，这隐匿的、无表情的另一个人的神秘，我认识却不了解的陌生友人的神秘，正是这一切成了展示一种叙述轨迹、一种逐渐消失的地理环境这个欲望的基础，从而让它的存在本质渐渐明确，尤其在一种逐步的剥夺、丧失的活动中，让它告诉我的我所不知道的自己渐渐明确。

在《萨文森受难记》中，让娜面对一个穿制服的男人，他颁布征用房产的命令，征用一词"不断重复，在其他奇怪地被强调的词中，在一种法语和德语的大杂烩中"格外突出，"乃至她花了好一阵子才理解它在这里不是为了没收多少担麦子，多少绘画或家具，而是为了没收地方，无论多么不可思议，没收地方，城堡，领地"（《萨文森受难记》，斯托克出版社，第 14 页）。对她来说，难以置信的是不久以后发现这次征用的负责人是一个谦恭、优雅的军官，他用相当纯正的法语对她讲话，还向她保证，他会给他的人下达非常明确的命令，让他们尊重她的隐私，隐私这个词本身也用奇怪的字母写成，因为涉及的恰恰就是这个：一个全副武装的人，一个敌人忽然出现在她熟悉的地方，出现在她成了惟一守护人的记忆家园，一个有血有肉的男人闯入了她充满欲望的身体的处女地。这第一幅画的负荷如此之重，让娜和军官之间的冲突如此令人惊愕，需要整部小说才能写尽这个内心战争的场面，我们会看到这个场面在征用这个含糊不清的词和以一口纯正的法语、从一个温柔的嗓音发出的隐私这个词之间展开。因此，征用隐私从书的开篇就被这个开始的场面确立起来，这个场面说的是惊人的相异性即爱情受难这个的确令人惶惑的问题。

在《屋中的风》中，从最初几页开始，进入爱丽丝的房子就预示着慢慢地、耐心地进入这个疯女人的空间，她从前被叙述者爱着，后来从叙述者的生活中消失了。一个女邻居误将雨果领进爱丽丝房子的起居室，在这里，一切都被破坏，然后，似乎在破坏之后被清理了。一个电话应答机任凭红色来电指示灯闪烁着，几件物品勾起人的回忆，这时他听到房子的某个地方传来一种类似野兽踩脚的均匀、低沉的声音——无疑一条狗在它窝里的四壁间发疯地转来转去。从前的这些回忆，这些洗劫的痕迹，野兽暗中的、隐藏的、仍旧活跃的存在：于是这些因素无与伦比地概括了掺杂着恐惧、欲望、或许还有迷惑的情感，疯女人在小说的第一页就唤起了我的这些情感。

在《声乐课》的开篇场景中，克拉拉走上科尔得利的舞台，演唱弗兰茨·舒伯特的《夜与梦》，但钢琴伴奏不得不重复两次引子，结果她发出一种绷紧的、"收缩的、幽灵般的声音，拼命唱完了整首歌。"观众还是鼓掌了，然后一切清理干净，舞台重新被"音乐会结束时众人的嘈杂声"覆盖。但这个场景将为克拉拉悄无声息的长期出走拉开序幕，它经常来困扰叙述者，她的声乐老师，他一定要了解这一天在众人的目光和舞台的灯光之下发生了什么，对克拉拉来说，被秘密中断的是什么。小说的整个焦点就在这里，挥之不去：弄清演出和演出前发生的事，抓住动摇的时刻，理解克拉拉的不幸，穿透这个能克制痛苦、拥有平静的且总是隐秘的美的年轻女人的外表。叙述者的眼睛是探究的，挑动的，长久地停留在年轻女人身上：

"我又看见她耳垂上的珍珠，她的头发，尽管被风吹乱了，还像一道水帘那么柔顺，还有其他无关紧要的细节，这些细节曾偶尔吸引注意力，但对其余一切在当中秘而不宣的详情无可奈何，将眼睛从她最初的、瞬间的存在移开，穿透苍白的脸，我在这脸上再也看不见什么。就是在这一点上，她仍旧让我震惊，那天我发现她第二次在我门口，带着她那令人倾心的惊恐神色，那时她一个人唱着咏叹调，盲目地站着，表情迫切，好像是为了压过高山……有时，就在她告别之前，我再也听不进她想对我说的任何一句话，当时她的目光投向我，她那紧张的面孔如此坦率，乃至这全部的美一下子让声音失色，让光芒黯淡。在这光芒中，她久久停留在我无法把握的一种言语的起点，无休无止：所以您要理解我，照我现在的样子看我，您永远不要将我的生活中不规则的片段连在一起……"

（《声乐课》，北方空间丛书，第66–67页）

因为声乐教师爱克拉拉的是她的形象和形象之外的东西，如同让娜被德国军官的美击倒，如同雨果仍旧爱着爱丽丝，如同印度象棋赛的叙述者通过丽萨感受到沙利亚吉纳阴郁而友爱的存在。这些开端情形中的每一个，都开启了与他者的一种不和、吸引的关系，一种由一段距离设置的爱情关系，叙述者或女主角的秘密的然而无法抗拒的欲望弥补了这段距离。就如同我自己的欲望一样。这个岛从一开始，在它成为另一个更常出现、更令人忧虑的人的岛之前，就是皮埃尔·安萨莱姆的岛，它质询《黑曜岩之夜》的叙述者的身份。他是在夜里摸索着前进的，某种东西推动着他或吸引着他，人物逐渐出现了，形象分离出来，一种新秩序强加给旧秩序。在这全部前进过程中，这个将他带到岛上的欲望将再次充满新的因素，这些新的因素将给予这个世界的神秘性和他在这个世界上的存在的神秘性以深度，激励他追寻下去。

保持这种处于紧张状态的欲望，无疑是小说创作的中心，我很难在这里谈论这个中心，因为它大部分是在我们不知不觉中进行的，与其说根据一种知识，不如说根据一种模糊的本领，依靠听童年时代别人讲然后在书上读故事时我们接纳的东西。这种脆弱的本领是通过尝试和错误、放弃和反复获得的。在不断地重新与小说的时间配合、顽固地在这时间中夺取位置的情形中，在快要固定的这个形象场中，有几个形象，或更确切地说，有几个关于形象的印象会经常出现，足以移植到文本之中，延伸文本，继续它的不妥协的陌生性的奇迹，乃至让人重读时产生一种真正的惊奇：一个世界敞开并重新展现，这段文字仅仅通过整个文本的呼唤力量加入到文本中。

这足以表明作者的阅读要求的重要性，作者努力置身于读者的时间中并直面文本的纯粹存在的这个时刻：他抓住文本了吗，他提出自己的阐释了吗，他处于流畅、准确之中，他要接着写吗？如果文本的读者感到，如同我，我自己的文本的读者，感到，某种东西"听起来不对"，经常无法知道为什么，除了勇敢地重写某个时刻之前的篇章别无他法，因为在这个时刻，对问题、绝境、不可能在不破坏看不见的线索的情况下以同样强烈的欲望、同样高贵的信念继续下去的感觉，才变成了意识。这看不见的线索，是一本书吸引我们并引导我们，有时迷惑我们，引诱我们或吓倒我们，让我们颤抖、哭泣和欢笑，在一个时刻把我们交给我们自己并让我们在它经过之后有点不同的东西。

为了让这种魅力在重读时得到施展，无疑也需要我们急着动手、规划、技法的忧虑不要太侵害正在形成的小说的时间、空间和意图。我马上就要谈到三个概念。

小说的时间显然不是第一意义上的时间，而是每部小说选择的并在开篇确定的时间性方法。众所周知，时间是小说的一件大"事"，某些小说将时间推向极致，它们为读者设立一种沉思的时间段，而其他小说则通过连续的跳跃，只抓住几个记叙事件的跳跃，而且为了向前发展，使用这种断然的手法。在起始速度上，小说当然有节奏地运用加速和中止时刻，不过，它从最初的几句话开始，好像在它的遗传密码中，就拥有一种只属于它的引线方法，一种对它而言自然而然的省略，这种省略与作者的声音共存，读者自然而然地与这种声音配合。时间的中断是这条线的中断，它表现得像初始连线上的一个凸起，一条缝合线。是不是曾有过文本的疲劳、急切、操纵或"粘贴"？于是某种自然省略之外的东西被感受到了，最好向后退，力图忘记不幸被确定的东西。

第二个概念是小说空间的概念。这个词要从它的位相定义之外来理解：每部小说都向一个拥有本身的法则、光线和景色的世界，开启它特有的一种处理真实的方法，而且往往鉴于构思阶段小说和小说家之间纠缠不休的亲密关系，开启一直渗入专有名词的一个封闭的语义场。的确，存在着偏离主题的整个小说传统，绝妙的长篇大论，但在我看来只有在小说的空间不可撼动的情况下，这种传统才有可能。所以，为了停留在这次演讲的封闭的场中，我要指出，每部小说终究都是一个岛，我们是这个岛的探险家，我们往往急切，胆怯，易变，趋向放任、无用的活动，空洞的言语。那么，让我们再次倾听皮埃尔·安萨莱姆的声音："只管看，你只信赖在你眼前展开的这一切。别做任何欺骗动作的动作，别摆任何抗拒外物的姿势。让你的到来可能在顷刻之间扰乱的次序在你周围重新恢复……"

第三个概念，在我看来更难下定义，这就是意图的概念。这里仍旧不是指主题意义上的意图，我们知道小说的灵感无法抵御任何过分强调的意愿，任何论证，在这里小说不是为了解释的，它仅仅展示，它邀人访问一个世界，听凭来访者选择他愿意选择的东西。这就是文学的真谛，如同它的全部贫乏：它丝毫没有人们归于它的东西。因而一部小说的意图比它想告诉我们的要少得多，也多得多，这是它的黑暗的中心，小说家往往事后才捕捉到这个中心，当他对他的创作提出疑问，或被迫谈论他的创作，试图巧妙和笨拙地向那些将麦克风别在他衣领上的人提起他的书的时候。换一种比喻，我们也许可以说，一部小说的意图是烛芯上的火焰，这种跳动的炙热随着翻过的纸页慢慢耗尽，它吸引作者的欲望，然后是读者的欲望，读者全身心都被更大的求知欲鼓动起来。"任何一本书都有一个吸引人的中心"，布朗肖在《文学空间》这本关于阐释的书的题词中写道。但在我看来，将他的题词用于一切虚构作品并非不可：

> "任何一本书，即使是片段的，也有一个吸引人的中心：一个不固定的中心，但通过书的压力和它的构造形势移动。也是一个固定的中心，若它名符其实，它是移动的，同时保持原样并总是变得更集中，更隐蔽，更不确定和更加必要。写书的人通过欲望，通过对这个中心的无知写书。已经触及这个中心的感觉可能只是已经达到中心的幻觉……"

（见《文学空间》，页码出版社，第9页）

这个意图往往是隐藏的，与文本的某些时刻处在同一平面上，无论我们是否愿意。因此，就《黑曜岩之夜》而言，今天我的印象是，它首先意味着与他者的关系并通过他者的目光，在他的目光之外，在摸索中建构一种身份。

皮埃尔·安萨莱姆，在第一次相遇时"……向我俯下身来并在我耳边说出对我最近生活的一种看法。这种看法显得非常准确"。（《黑曜岩之夜》，第12页）后来"当我们第三次会面时，他说，岛在他看来是一个非常遥远的世界，他愿意用我年轻的眼睛重新看到它"。（同上，第19页）还是后来，当叙述者在岛上被贾娜家接待时，后者立刻落入把他当成某个人的陷阱之中，这个人不再是皮埃尔·安萨莱姆，对这个人的回忆不知不觉地漂浮在房子女主人的目光里，在岛民无声的期待中，在他从紧靠房子的温室里发现的书信中："……你的目光"，女书简家写道，"跟随我并刺痛我。永远不要离开我，因为我随时都在担心失去你。你拿走了我的动作，你拿走了我的书，我的物品和我的回忆。不，你没拿走它们，在你伸手抓住它们之前我就把它们给了你……"。（同上，第41页）在书的结尾，在房子里跟这个温柔的女人亲密无间的时候，叙述者竭尽全力，赋予这个他者以外形和面貌，这个他者对他而言不过是一个名字，一种不明确的形象，他知道他取代了这种形象。于是出现了这段对话：

"——不，我说，我看不到。

——他喜欢在海里游泳，直到变成无边无际中的一个小点。与无边无际搏斗。用尽全力。你看到了吗？

——没有。

——当他从荒原回来时，他把植物带回来，在书上核对它们的名字。他手上的皮肤就像树皮一样。

——他有时也笑吗？

——几乎从来不对我笑。但在远处对辛佳笑，她揪他头发的时候。你看到了吗？

——不……我看不到，我什么也看不到，我想看到，很久以来我就想看到……

她笑了，她的眼睛闪闪发亮。她用手指碰了碰我的嘴唇。她说：

——因为我看着你。"

（同上，第 153 页）

"因为我看着你"：这里，就在这个地方，在安凝视叙述者的房间里，在她眼睛的闪光里，通过这种模糊的指示，意图是活跃的。在这些让他沉默的话语之外，他就像缺失的生活，不再存在，再也没有意图了。一切艺术，一切批评的直觉都是重新审视文本，与此同时保持对这种处于文本中心的生活的敬畏。这就使我今天重读这一段时，感觉回到了这一段中第一次对我产生的东西。好像我永远无法摆脱安的这种目光。但多亏了这本书才发生了某种东西，我赢得和失去了某种东西，借助写作过程，才有了一个从此停止、分离、固定的世界的沉淀（在这个词的化学意义上），准许我最终离开这些空间，也许转到另一本书，另一个要发现的岛。

因此，我不由自主地在这里谈到我与虚构之间的差距，试图在描写这些反倒需要忘记、如同揭露自己一样的过程之后，接近一点自我。比如，就《黑曜岩之夜》而言，今天我感到自己与叙述者接近，叙述者是一个年轻医生，如我那时一样——我不一定要给他一个名字，当作第一次鉴别。但我还是应该以扭曲的社会学突出这个岛的绝对的陌生性，在这种社会学中，一种极端的暴力支配着各种关系，在一种白色的、饱和的明亮中被把握的野蛮的、原始的形式回来了，这种回归让人怀疑这种真实性。这个世界当然离我生活的世界很远，但它存在于我身上的某个地方，它离得很近，有时在被我的梦想、我的情感投射、我的想像的光辉，即我可以接触的流动作品遗产驱散的无意识边界中，触手可及。我们也知道，通过一种不变的悖论，我们应该与自己保持一定距离，以享受一种稀有的发展自由。这就要远离自己，但不要太远，在一个更敏感的区域，但在一种让人自在、总体上符合我们音域的偏僻地方，这是个幽灵出没的地方，我们的声音能够自由舒展，不丧失它的气息和它的音乐性。适合我的虚构音域，若可以这么说——即使它从一本书到另一本书不自觉地发生变化——多半在中间。当我的写作离自己的生活太近的时候，音乐性就消失了，文本的自主性的缺失、不足压迫着它的色彩，它的和声的丰富。相反，灵感——气息——则枯竭，当我发觉自己写的故事太遥远，太有历史性、史诗性……久而久之，只孕育虚无的时候。因此，我要在每部小说的起点找到一个足够遥远从而让人激动、足够接近从而让人产生灵感的世界，一个嵌入一种小说情境、与我保持距离的意图，这个意图保证并询问我的整个存在。

　　显然，不用说，这个意图将存在于我的盲点之中。"让黑夜使你的眼睛黯淡"，伊夫·博纳福瓦在题词中对我们低语，我想到了雅各与天使的斗争，雅各彻夜战斗，直到拂晓，然后圣经上说，他大腿窝扭伤并得到了另一个名字，以色列。每部小说对我而言都是多少有点激烈地进入我的一处盲点，与人们在圣叙尔皮斯教堂德拉克鲁瓦的绘画中看到的这个无边的和好斗的庞大躯体的一种斗争。既然诗歌教席给了我这个机会，那么我会尽我所能，尝试在以后几个演讲中，稍稍进入《黑曜岩之夜》开创的这个盲目的或部分盲目的战斗区域，叙述者在这个区域的尾声中写道："即使我不再知道谁握着另一个人的手，安，你曾引导我进入一切事物的绝对存在之中，我与你一起拥有的是这个秘密的本质。"（同上，第159页）我只有回到文本的中心才能证明这个秘密，我意识到，我要重新写作、创造，一个关于我的文本的文本仍旧是一个文本，在这个文本中，比已经产生的还要真实的东西，最多像经过言语和形象之间的气息。

如果说，今天我选择《黑曜岩之夜》作为第一次演讲的红线，这不仅是因为我从中看到关于小说历险的一种比喻，还因为它对我来说是学写小说的小说。我必需一步一步地与它斗争，久久地在它的外围徘徊，部分地忘记之后，多次重新开始，试图织补第一稿往往过分诗意的脱线的料子。这就是说除了它的不成熟的缺陷，它是我最初尝试小说创作的地点，尤其是我从诗歌转向小说的证明。

因为我是通过诗歌之门进入写作的。在此之前有诗歌，音乐的女儿，有对词语、沉默和词语之间的串通的热爱，有对不知不觉地激发文本的东西的感知。还有这种能够在纸上或耳际玩弄微不足道的词藻，从而看到某种超越感性的东西突然出现的幸福。

处于我整个童年时代的视野中的昂利·博肖（Henry Bauchau）在《大好情形》中提到他回忆中的一幕，他崇拜在他身边的哥哥奥立维耶，奥立维耶戴着盔形帽，在阳光下闪闪发亮，他在木马上来回摇摆，完全投入到这个世界中，而他，小昂利，感到他不像他的哥哥一样自然而然地置身于存在，永远也不会那样。然后，落日好像奇迹般地照亮了昂利拿在手里的剑和"立刻被阴影召回的这道光线的时间"，他写道，"为了一个不可预料的但秘密地被期待的事件，我被呼唤、命名，或许被指定……对诗的依恋从这里开始。"于是这理想化的回忆将昂利·博肖写作的起始场景纳入他的内心神话中。夏尔·贝尔坦（Charles Bertin）曾在他临终之际出版了一篇题目为《微笑的马》的小说，我也倾向于从中看到步入写作的一种情形，这种情形也被出色地描绘，嵌入回忆之中，小夏尔试图躲到儒伊印花布的图案（一匹微笑的马）中，唯恐听到隔壁房间的声音，这声音让人联想到原始的性爱场景。

至于我，我从未发现我写作过程的起点与之有瓜葛的类似情形。但是，我不像昂利·博肖那样忠于童年，精神分析在我身上从未取得在他身上的地位，我只能模糊地说出一种个人传奇，这传奇在他身上则奇迹般地发出热屋子或冷屋子、梅兰丝（Mérence）或蓝色楼梯的回响。在我的回忆里，我觉得我很早就喜欢词语，我感受到文本的声音，我对文本代表的其他世界非常敏感，这是一种比父母的决定更有力的决定，尽管我感到父母的决定对我举足轻重，在一个大家庭中，给每个孩子安排一个前程——艺术家，工程师，知识分子——很常见。在这种情况下，就我而言：有人说我聪明，我父亲觉得我将来能做研究，我母亲觉得我将来能当教授，这是我无法完全避免的，因为我现在临时得到一个诗歌教席，因为我一生都在寻找某种东西，但也许不是新分子对登革热或锥虫病的作用。他们将目光投向我，我父亲的目光非常坦率，他总是出于天生的宽容，对他的孩子们怀有并保留一种既苛求又无条件的赞美，我母亲的目光更含蓄、更茫然，她有时似乎无法完全认出这些长大了的野儿子，在这些目光之外，我很早就有这种感觉，写作是我的秘密领地，多亏了写作，不知不觉中，借助诗歌，然后是戏剧，然后是小说，我才设法逐渐破坏并扭曲了我的班级第一的头衔为我指定的笔直轨迹。

13 岁或 14 岁的一天，我买了一个红色切口的灰布面小笔记本，准备写下我最早的诗，我打开第一页，通过内心的明证，我从直觉上感到，这个时刻是庄严的，因为我将写下我作为作家的第一个词。在这个时刻，整个天空都在看着我，全世界都在看着我，这有点像照亮小昂利的剑的阳光，是一种超自然的指定。后来，我不敢谈起当时感受到的这种确信，我要说，写作变成了我的信仰，而且今天，按照阿里·法尔卡·图雷这位去年去世的马里老诗人的绝妙说法，我会更有节制地把写作说成我的认识天赋。我们全都有一种认识天赋，也就是某种东西，某种特别的载体，如果它起作用，就会让我们获得一种更深的认识，以及智慧，这是非洲老音乐家的言外之意。好在生活是广阔的，我们每个人的天赋都是不同的，对这个人或那个人来说，这是火的神秘或树的葱郁，或旅行的习惯，或对花园的喜爱，或对音乐的感觉……对我来说，就是写作，我在童年意识的最深处感到写作的呼唤。如果需要与写作有关的原始场景，作为我孩子气的口是心非的一种补充证明，我可以拿出这篇发表在

《文学半月刊》上的小文章，这份刊物曾让几个作家描绘自画像。讲述的事实是真实的，但我觉得它们的真实比它们要求得到的真实更支离破碎。说到底，这篇文章的惟一功绩是让我和我的哥哥贝尔纳·蒂尔西奥坐在同一张桌子周围，他差不多是我的双胞胎哥哥，他生性强悍，是童年时代打仗的英雄，如今他以一种暴风雨般的美妙声音、多才多艺、手艺人和故事大王的丰富经历著称：

"我父亲讲故事。他的声音萦绕着家里的大饭桌，编造某个战争事实或某段回忆，激起当天来客的好奇心。我们孩子们虔诚地听着，紧紧靠在一起。这些是小抒情散文，闪烁着细节之光，半小说，半故事，一本书的若干篇章，这本书永远也不会写成，他谈话时兴之所致偶然翻到它。如果需要一个写作的原始场景，对我来说就是这个：我坐在家里的大饭桌边，我的父亲讲故事，我听着，我暗想他讲的什么是真的，天啊，什么是真的？我从未有过答案。我越长大，越觉得，或许一切都是假的，但比在我这个皱眉头的孩子的记忆力中捕捉的事物的真相更真实。但当时我没有这种智慧。听我父亲讲故事时，我窥探着顺序、结果、随机的替换或虚假的细节。我发挥不合常理的想像力，只为看到真实出现在奇闻的银幕背后，我决心有一天为父亲的伟大传说署上自己的名字，在他的字里行间写上真正发生过的事情的段落。动手写作有各种各样的途径，而且往往是不可告人的，我是通过敏感的、多疑的、校正的道路进入的。后来，当我到另一边去，被一个接一个打扰我和纠缠我的虚构故事抓住时，我意识到，真实的检察官，文本的监督员，若没有讲故事的人的声音，微不足道，讲故事的人在我身上写下的比他的坏脾气的替身好得多。另外，我现在知道了，他为我带来文本的音乐，我邀他到我的桌边，我喜欢他的声音萦绕着大汤钵和铺好的桌布的盛大布景，当沉默开启故事的尾声时，当我在家常饭的戏台上，看到他神秘地摆姿势，我兴高采烈地把头向后一仰，为了不漏掉结尾的任何一个词。"

（《童年自画像》，I）

他也总把有昂利·博肖这位远房叔叔的亲笔题词的书带到家里的饭桌上，往往是配有照片的诗集，《海关》，《无忧的石头》……诗集是邮寄过来的，罩着一种神秘的、窃窃私语的好奇的光环，这些诗虽简单，但对我这个孩子来说，总是难以理解的：

　　　　"用我的四方石

　　　　我要把你在一部作品中关闭

　　　　因为你是忧伤的信使

　　　　人

　　　　理应学会笑

　　　　在死之前"

　　　　（昂利·博肖，《无忧的石头》）

　　就像对讲故事的父亲一样，我也应该对昂利·博肖这个榜样般的且总是亲切的形象做出正确评价，他不时将诗歌的声音渗透到我童年时代的日常生活中。无疑是他无意中准许我跨越写作的门槛。贝尔纳和我 1971 年上演了他的《阴谋》，它后来改名为《从前的皇后》。从前，在姐妹们当中有一位皇后，她们致力于共同分享一个秘密，写作的目的是试图揭开这个秘密。我以后再谈我的母亲。然后，一旦完成写作的飞跃，一旦转入对力图属于我的一首诗的倾听和反复整理，我就悄悄进入诗歌劳作的这种时间和非时间。于是产生了后来以《神奇的女人》为标题发表的一组诗，之后我试图从诗转向小说。这是一段漫长的学习过程，尤其包括《黑曜岩之夜》第一稿的写作，当时这部作品叫做：《群岛》。

★

　　《群岛》以现在时第一人称写成，留出了一连串不自然的空格，如同许多条闪电照亮比后来的《黑曜岩之夜》更内在且更不明确的一段初步历程。

在这部作品中，梦想和真实的事件处在同一个平面上。空格之间、句子之间的省略，近乎诗的省略：无声背景下词语的响亮，降到最低的描写欲望，不变的动词现在时：

> "这个人过着野蛮的生活
>
> 他在森林里游荡，在河岸上奔跑。
>
> 他靠从萨安的垃圾箱和塞芒的农场偷东西生活。
>
> 人们在墓地旁警戒，因为他可能会回来。
>
> 据说，他睡在维谷那边的一个栖身之所，一个窝棚。
>
> 夜幕降下时叫声就从这里发出。
>
> 野兽的叫声，牛的叫声。
>
> 风从维谷吹来时，塞芒的居民听到了叫声。
>
> 孩子们看见他在一片海滩上在沙子上画符号。
>
> 疯女人回来了沾满泥土双腿间的裙子上带着血污。
>
> 她笑了，她指着叫声的方向。"
>
> （《群岛》，手稿）

我后来花了很多年并通过写《回到萨蒂亚》，才找回《群岛》最初的直觉，好将这些直觉融化在一个构建更精心的小说视角中，一个更植根于真实的空间中，一种更紧凑的省略中。但整个《黑曜岩之夜》已经在这首生硬的长诗中站住脚，这首长诗写于 79—80 年冬天在波兰弗罗茨瓦夫的耶日·格罗托夫斯基的实验剧场那一段非常独特的体验期间，这段体验对我来说如此丰富，深刻，开放，我必须在这上面停留片刻。

*

当时，且从我学医开始，我酷爱戏剧，尤其是演出。1979 年艰难地演出一场出自米歇尔·布托尔的《插画》之后，我想从事一次启蒙之旅，这次

223

旅行通过波兰弗罗茨瓦夫的耶日·格罗托夫斯基的实验剧场的奖学金形式实现。当时我中止了我的精神病学助理的培训，离开几个月。我不知道迎接我的将是什么，我读过格罗托夫斯基的书《走向一种贫困的戏剧》，我知道这是一种身体和声音的训练，我在这方面没有任何天赋。到底没人为我指过这个方向，肯定不是在一个车站的月台上遇到的一个半疯的老考古学家，他在我耳边悄悄地说："要达到最近，到最远处去。要认识自己，走一条不认识的路。"

耶日·格罗托夫斯基的全部手法都存在于俄国导演斯坦尼斯拉夫斯基提出的视角互换的影响中。对后者来说，演员的活动首先要求一种内心倾听的形式，一种不受文本、人物约束的形式。与其说制造幻想，擅长扮演这个或那个假借的身份，不如说以一个人自己最敏锐、最真诚的东西与角色相遇。耶日·格罗托夫斯基试图通过提出一种演员训练来加强这种自省的活动，训练的重点严格放在身体活动、形体和声音上。对格罗托夫斯基而言，戏剧行为还要归到演员本人，不要布景、戏装或灯光的矫揉造作，这是贫困戏剧鼓吹的信念。演员通过他的训练，他的声音和形体实践，脱离一切模仿的方法，变成他的内心地带的一个探索者，坚决地选择苛刻的和献身的圣人道路，对抗为金钱而付出无非是其一种形象的妓女的象征。在五场演出之后，格罗托夫斯基离开了戏剧，专心致力于演技的探索，他应该完全穿透了舞台的镜子。

1979-1980年，我在那里的时候，实验剧场只是偶尔演出它的最后一部戏，《启示录变相》，与其说它接近一场戏，不如说它接近一种即兴表演的提纲。演员们个人全部进步了而且呈现了性质非常不同但有共同来源的实习成果。这是身体和声音练习的时刻，接下来是即兴表演。练习的目的在于让身体变得灵活，开发身体的潜力，提高嗓音，让它变得响亮，鼓励演员发现一表达一个动作，一种属于我们个人的舞蹈，并与其他参与者接触，与一种最初的冲动发生联系，他们希望这种冲动尽可能是"与生俱来的"。我从这种活动中得到的要领：为了让身体真正说话，我们应该首先驱除陈词滥调，让我们摆脱一切意图，努力中止一切支配意志，让我们受到动作或声音的驱使。我们应该接受疲劳，甚至把它当成一种良好的状态，欢迎它，它有可能让我摆脱控制并偶尔帮助我们恢复活力。在整个训练过程中，我欣赏实验剧场的所有演员对能量、活力、独特的真实无限敏感的一种目光，我们每个人都通过自己的身体表达独特的真实。我热爱他们的这种艺术，他们以此唤醒我们、鼓励我们冒险、认出我们身上的降临时刻，而且从不使用最终确定和加强智力支配的词语。但在这种训练中，对我而言严格启蒙意义上的经验部分，属于放任、解脱，以及与解脱相关的发现，我发现在这个过程的中心有一种视角倒错：不是我在歌唱或跳舞，而是舞蹈和歌唱经过我。

我相信，所有的创作者都这样表达创作的秘密：作家，音乐家，雕塑家或画家，我们只是超越我们的东西的阐释者，只有我们的"方法"或我们的"声音"为作品留下印记，作品可能被承认并被归入伟大的遗产中。这种悖论也处于我们生活的秘密的中心（在自我退隐的时刻体验存在的降临），我曾以一种激动人心的方式，在身体和声音训练之后的即兴表演活动中体验这种悖论。经过一个兴奋、灵活的阶段之后，我们会发现一个饱含自由和惊人的人类丰富性的即兴表演场。在那时，只有在那时，在这个独一无二和转瞬即逝的创造空间里，我感到终于能摘下我的社会面具。到"那里"去促使我更新我在别处、在其他领域的经验，《黑曜岩之夜》的第一稿写于我在波兰暂留期间并不是无关紧要的。

或许小说的神话渗透还从身体和声音的训练达到的这些集体即兴表演的时刻获得了它的源泉。因为在这个从戏剧继承但好像摆脱了戏剧限制的奇怪舞台上，沿袭着以后很多年我与雷娜·米雷卡和埃娃·贝内什在撒丁岛重新发现的这些自发的戏剧手法，我们自然而然地在独特的节日或韵律悠扬的仪式上，重新创造礼仪，哀悼我们的逝者，庆祝我们的出生，在世界的道路上行走，分享我们的欢乐和苦难，这些节日或仪式让我们接近这个共同的人类基础，神话在所有时代都有助于接近和熟悉共同的人类基础。

*

在皮埃尔·安萨莱姆在《黑曜岩之夜》开头提到的从前的某些神话中，

死者被鹰啄食，据说他们的灵魂在通过另一个新躯体转世之前，将流浪七年。受到这些暗示的驱使，年轻的叙述者被送到岛上。他的眼睛看着，他的耳朵听着，他努力入乡随俗，他渐渐明白，他取代了名叫埃利·马卡内伊斯的另一个人，他被当成人们期待和害怕的这个人的继任者。在三个连续的范围即贾娜家的范围、整个岛的范围、埃利的情人安的身体的范围内，他越来越深入这个他者的地域，他的生活秘密，他的死亡悲剧，而且，他的这种认识越深入，他了解的越少，他接受的越多，这与其说是一种认识，不如说是一种约定。关于他取而代之的那个人的死亡的含糊真相断断续续出现时，比起当场直面安的目光："因为我看着你"，感悟没有那么重要。

埃利·马卡内伊斯曾与一个不会说话的小女孩非常亲近，他喜欢把她扛在肩上，在他仅存的一张照片中，她紧紧揪住他的头发，把他变成了一种巨大的怪物。当叙述者逐渐陷入岛的记忆中时，这个孩子在这儿或那儿一闪而过，她与狂热的形象混在一起，当叙述者被驱逐出岛时，她那野兽般的小小身子扑向他，当他跌到虚无里的时候，他感到她那尖利的手指抓住了他的头发。

坠落或飞翔。被送到鹰爪里。这本书难以置信之处在于想要忠于皮埃尔·安萨莱姆狂热地谈到的这个天葬和灵魂转世的神话。从高处，极高处，人们可以看到岛的两端，一端是城市的、工业的部分，与大陆相连，围绕着一个油库发展起来，另一端是未开化的、被破坏的部分，存在着一个蜷缩在自身信仰中的人类部落的残余。在他们彼此之间，在商人和偶像崇拜者之间，一种真实曾力图显示出来，而埃利的命运力图说明，一个人可以为他的不依附付出生命的代价。

无疑，《黑曜岩之夜》是我的第一部小说这个事实，阻止我看到这一点，即让缠在一起的三条线：叙述者的启蒙旅程、神话基础和政治寓意，永远保持紧张是多么疯狂、过分的野心。但无论我付出什么代价，我今天应该承认，这个文本带来了某种东西。无论如何，在经历体验之后，尤其在第三部分，当我作为叙述者在安的房间里的时候，我记得自己处于一种自由运用小说空间的状态中，小说好像通过我写出，轻松，无技术困难，我觉得认出了我的波兰朋友形容身体或声音的某种状态时所说的复活。

"从那里回来，我是一个空壳，但我身上存着无尽的活力。"（《黑曜岩之夜》，第159页）在小说放逐的尽头，我愿意这样谈论需要我接下来不惜一切代价找回的这种小小的死亡。为自己死是漫长而动人的举动。此后，我想到别处去，我要认识许多事物，急切地征服，耐心地学习，无限渴望做、重做、相信和重新开始。因为我在文本之外已经获得了一条途径，在那里文本几乎不为一切所动，只有最简单的词语的凸现，书的结尾提到的谜一般的、宁静的安的这种存在：

> "现在我在明亮的光中看着你。你的动作开始又停止。你的目光迷茫。永远地。"

（同上，第159页）

弗朗索瓦·埃马纽埃尔（Franois Emmanuel, 1952-），比利时法语作家，心理治疗师。主要作品有小说《黑曜岩之夜》（1992）、《印度象棋赛》（1994）、《声乐课》（1996）、《萨文森受难记》（1998）、《屋中的风》（2004）、《看浪》（2007）、叙事《人类问题》（2000）等。

歌德在法国 [1]

[法国] 费尔南·巴尔登斯贝尔热

李征 译

《少年维特的烦恼》[2]在 18 世纪末译介到法国，文学批评界几乎并未对那些以宗教或社会之名的保留意见感到不安。弗雷隆主编的《文学之年》认为《维特》"具有《奥德赛》的自然、纯朴与迷人，以及伟大的景致、飞跃的想象、含蓄的热情"。但是，同时指出该作品"没有情节，没有设计，人物或缺乏性格或性格过于夸张，细节过于精细繁冗，哲理性太少，思路模糊而不连贯，文笔夸张，频繁偏离主要目标，对形象、隐喻与技法的选择上存在错误。"人物性格招致最为强烈的抨击：阿尔贝特是"冷酷的高谈阔论者、乏味的恋人、轻率的朋友，而且思想狭隘"。绿蒂是"到处都可以遇到的女性中的一员，是带领一个家庭的可爱的女主人，但是在一部小说里却是令人无法忍受的人物。她是品德正派、乐善好施的女儿与姐姐，但是她的气质与品味都太过平常。"而维特，"他的爱情使他陷入幼稚的极端，他的情感在狂热中堕落，并陷入矛盾。可以设想一下，他强烈到狂热崇拜的爱情难道没有使他厌恶那个幸福的情敌，没有使他想要摆脱后者，而只是满足于绿蒂的出现并与之交谈？"相似的批注还出现在《智者报》以及拉阿尔普撰写的《古代与现代文学教程》中。

关于《维特》的悲剧结局，拉阿尔普认为"唯有自杀的片断引人注意"，弗雷隆的继承者们则赞扬文本这一最后部分的价值与哀婉动人。《法国信使报》肯定维特"能够引起人们对他的过激行为的恐惧，并警惕起来，反对一种如此剧烈情感的后果，尤其当人们全然投入这种影响到与少年维特的大脑同样天生富有激情的大脑的情感中时。"十年后，《法国信使报》重拾维特自杀这一主题，认为"思想、优雅、才能——所有这些东西装饰了绿蒂的情人，他是有罪的，一切都被毁灭：他所践行的道德伦理从未有过更加打击人的、更加恐怖的例证。《维特》是此种写作类型的佳作中的一本……"（1788 年 1 月 12 日）。

职业批评家与普通读者之间存在着永久的冲突！公众认为《维特》、歌德是有道理的。哪些公众？如果我们浏览当时的文献，这相当清晰。维特——这位忧郁的主人公的欣赏者首先是资产阶级；宫廷阶层和贵族对旧体制末期这一体现"生活的痛苦"的著名文本并未表现出与资产阶级或地方小贵族相似的理想主义倾向。J. J. 韦斯说，"所有在 18 世纪下半叶旧体制末期地位卑微却怀有渴望的、或简单纯朴或伟大高尚的人都接收到维特的光芒。"对于这些人来说，事实上，"经历了来得不太快的 1789 年法国大革命的人"在维特的狂热与敏感中发现了与他们自身的焦虑不安存在相似性的东西。维特的充满幻想的多愁善感使他在爱情小说永恒的读者面前令人喜爱，同时，构成他绝望顶点的思想也使他在那些因痛苦、失望而忧愁的人们那里得到尊敬。

巴古拉·达何诺[3]和洛伊塞尔·德·泰欧卡特[4]的作品中弥漫的多愁善感与隐约的忧郁在《维特》里被另一种不同的、令人感动的笔调所浓缩。最终使这个充满温柔爱情装饰的情感戏剧得以从 18 世纪下半叶这位温柔多情的德国天才编织的理想中获益。如果说批评界那些"冷静的头脑"对《维特》持保留意见的话，"敏感的心灵"则热情地接受了不幸的主人公的情感抒发，并对那些对如此狂热而又有德行的慷慨激昂充耳不闻的说教者与智者们发出诅咒。

对《维特》的狂热崇拜因被大革命最初的风暴所压抑，事实上仅仅经历了一个暂时的隐退。该小说在 1776 年征服了钟情于眼泪满足的一代，这一代人为他们所处的社会感到痛苦与身心疲惫。在经过最强烈的暴风骤雨之后，一些人走向沉思内省，另一些人陷入孤独，迷失方向，而他们都在《维特》中找到一种精神食粮。名字叫做拿破仑·波拿巴的炮兵军官非常乐于阅读《维特》，他在漠视即定价值观的主人公的话语中发现了一种与他的充满野心的幻想相一致的语言。1798 年当布里埃内为建立一家营地图书馆而要确定带上驶往埃及的军舰的图书清单时，拿破仑将《维特》几乎列在图书清单中小说部分之首。他读了七遍《维特》，并建议布里埃内再重译一遍。这是多么特殊且说明问题的关注！

在青年歌德的作品中，积极的、猛烈的、焦躁的、狂热的东西早期产生的影响较小，而且主要在感受到社会苦难的有文化的第三等级的年青人那里产生共鸣。这些元素在现实层面多于在想象层面产生的影响，而且与其他方面的影响相混合。1787 年 11 月，歌德在罗马收到一位法国读者的来信，这位读者感谢他通过他的书"使一位年青人的心灵恢复尊严与道德"，也许在大革命与执政府时期，维特还给了他一点点的信心、热情与野心。总之，歌德从 18 世纪末起，毋庸置疑地被称作"维特的作者"，而且长久地停留在这一状态。

维特所遭受的痛苦在于他在社会中完全找不到自己的位置，他既没有创造它的能力，又不甘心忍受，加入其中，既不能迫使别人接受自己，也不能克制自己的个性。斯塔尔夫人为《维特》辩护，认为其并不是自杀行为的教唆犯，而且她认为法国评论界对歌德小说所持的新观点是现实的。他们中的大多数指责该文本"反社会"的结局，是因为他们不像浪漫派一样追求自然、天性，作为受到命运压制的个体，他们宁愿逃避斗争。

……作为 19 世纪第一代中的一员，基内（Edgar Quinet）面向未来，在对已经部分地预感到的、却迟迟才出现的新时代的痛苦等待中，他清醒而激动地讲述了他们那个时代遭受的痛苦。"我在我周围既看不到一位值得我信赖的向导，甚至也看不到在我颤抖不安与焦灼时在前进的道路上有一位伙伴。我有种预感，在精神层面的东西将会有一个几乎全面的更新。由于我看不到任何人在为此努力，我就自认为是独自的一个。这种孤独使我难以忍受，当看到如此多的作品仍处于不为人知的状态，却已经默默地准备好被覆满尘土。虽然这种痛苦常常让人感到绝望，但是却与颓丧、烦闷以及上个世纪末我们称之为感伤潮流的一切全无相似之处。这是一种对生活的盲目的急躁、一种狂热的等待、一种对未来的时机尚不成熟的野心、对再生的思想的陶醉、一种在法兰西第一帝国的低潮时期之后的心灵的极度饥渴"[5]。作为基内的同代人，缪塞也感受到旧体制时期留下的空白，并为之痛苦到难以忍受。

在复辟时期，缪塞在《世纪儿忏悔录》中写道："三个元素出现在年青人的生活中：在他们身后是一个从未被摧毁的过去，仍然有其废墟遗迹，带着几个世纪的专制制度的化石；在他们前面则是辽阔的地平线上的曙光——未来的最初光芒；在这两个世界之间，有些东西与将老欧洲和年青的美洲相分离开的大西洋相似……"。

斯丹达尔说过，拿破仑曾使所有年青人感到热情激荡，留下无所事事与不安，在复辟的犹豫中，看不清将青春安放何处，于是走向自省，也有的使青春冲出现实与当下的束缚，追求理想的生存与自我发展的条件。即便在这种情况下，《维特》仍然是这一代人的一本可选之书。过去在旧体制下，敏感的心灵与焦躁的愿望使其成为这样的年青人的必读书，它曾经迷住并抚慰大革命的疾风暴雨以及法兰西第一帝国之前的体制的反复摸索与试验所震荡的温柔多情又惶恐不已的心灵。现在，这是最后一次《维特》以普遍的方式对法国产生影响，天真纯朴的、被不安所困扰的、执著地寻找人世间目标的人们反复阅读它。《维特》被指为一本危险的书，最严肃的那些报纸认为《维特》突显了非宗教的、反社会的特征，而这一切都是徒劳的，复辟时期它再度流行。巴黎的小剧院，嗅觉灵敏且迅捷地竞相给维特最真挚的情感披上讽刺、夸张的外衣。

1809 年 11 月 9 日，拉马丁在给埃蒙·德·威里约（Aymon de Virieu, 1788–1841）的信中写道："我也刚读过《维特》，它重新给了我精神，给了我工作的欲望。它也使我有一点忧郁与伤感。但是万岁这种忧愁！"戈蒂埃在《莫班小姐》的前言中称《维特》为"富于强烈情感"的小说。《维特》产生的影响在 18 世纪末、19 世纪上半叶相当深刻。这半个世纪的忧郁、这种有利于真正的诗意、几乎只属于它的诗意的忧郁——来自于韦茨拉尔忧伤的钟情小伙的隐秘。老年的拉马丁在 1866 年又一次谈到他过去对《维特》的阅读："我记得在少年时代，在我家乡冬季严寒的大山里，一遍又一遍地阅读《维特》，它带给我的印象从未被抹掉或减退。书中那饱含伟大情感的忧郁感染了我。随着它，我触摸到人类苦痛的深处……"[6]。

在相当长的时期里，报刊中常用的使用了半个世纪的歌德的代用语"《维特》的作者"被"《浮士德》的作者"所取代。这是在 1828 年前后，这部 1773 年诞生的小说失去了它对现实的有效性。当时，发生了文学上的论战，歌德作为戏剧《浮士德》的神秘制造者与令人困惑的哲学家，在一定时间里吸引了法国人的注意，但是相比《维特》持续五十多年的流行，对《浮士德》的评论却鲜有较为一致之时。法国文学界对《浮士德》的吸纳远不及《维特》深刻与广泛，且后者正如埃蒂安·让·德勒克吕泽所说，当之无愧地位于催生法国浪漫主义运动的最具影响力的作品前列。

费尔南·巴尔登斯贝尔热（Fernand Baldensperger，1871-1958）：法国大学教授，曾在斯特拉斯堡、里昂、巴黎的大学及哈佛大学执教，1921 年与保罗·阿扎尔一起创建《比较文学学刊》，系比较文学学科的创立者之一。

注释：

[1] 节译自 Fernand Baldensperger, Goethe en France : *Etude de Littérature Comparée*, Paris, Librairie Hachette, 1904。

[2] 下文简称《维特》。——译者注

[3] François-Thomas-Marie de Baculard d'Arnaud (1718-1805):法国诗人、小说家、剧作家。——译者注

[4] Joseph-Marie Loaisel de Tréogate(1752-1812)：法国感伤主义小说家。——译者注

[5] Quinet, *Histoire de mes idées*, pp. 240.

[6] *Cours familier de littérature*, t. XXI, pp. 9.

法国文学中对维特的反抗 [1]

[法国] 费尔南·巴尔登斯贝尔热
李征 译

  文学的比较研究常常局限于考查一个文本在一国之外所引起的思考、模仿以及带来的启示这些积极的活动。但是，在一些情况下同样有意义的是，研究"否定的影响"，如果我们可以这样说的话。一种来自于外国的思想引起的强烈反响，诸如反对、厌恶、隐隐约约的敌意以及开放的论战，所有这些抵抗的征象常常具有喜爱或偏见的意味，它们属于某一种学说、一个国家的偏好、一个时代的品味，亦属于一个流派的观照。《少年维特的烦恼》[2]在法国就遭遇了如此的异议与保留意见，在这里将它们汇聚到一起很有意思——歌德的小说在法国，尤其在某些时代所获得的赞誉已被用作研究对象，《维特》的影响——形式上的模仿或情感上的借用全然催生了一系列的文学作品[3]。

  最早的反对意见是针对美学方面的，那些"敏感的心灵"在法国，正如在他处，任凭自己为这个简单而悲伤的故事而痴迷，相反，那些"清醒而冷静的头脑"则不会不注意到美学品味与美学规则几乎都不能在这部故事性过少的小说中获益，它看起来含有太少的事件，奇遇与人物都不够独特新颖。尤其当这本小书在德国取得成功，而建立在旧的学说基础上的批评则有所保留。《文学之年》[4]中讲到，在德国"公众的意见表明歌德在风格的生动、行动的热情与想象的大胆上都可与克洛卜施托克相竞逐"，并认为《维特》具有"《奥德赛》中大自然的纯朴、恬静生活的怡人、伟大的场景、想象的激越、含蓄的热情，其中两三封信出自大师之手"。但是按照传统原则来看，在情节与人物性格上却只有缺点！"似乎歌德先生意欲描绘许多种情感，而不是青年维特的一种情感。唉，天才的大师作品可以使一个事件绽放出多种情感，并通过人物性格的对比与冲突使多种情感得到突显。"该文章进入到对人物性格本身的考察："阿尔贝特是清醒而冷静的喜欢高谈阔论的人、乏味的情人、轻率冒失的朋友、思想极其狭隘的人"，"绿蒂是贞洁正派、乐善好施的女儿与姐姐，但是天生在精神与品味上极其平常……"，最后说说维特，他并不具有"一种他应该具有的性格。他的性格倾向将其带向极端的幼稚，他的爱情在狂热中堕落，并似乎必然意味着矛盾。设想一下，带着这种狂热的想象、激烈的性情、深厚到崇拜的爱情，他怎能不厌恶那个幸福的情敌，不想把他赶走，而仅仅满足于绿蒂的出现及与其交谈？"结论就是，"这一德国引以为自豪的小说应远远位列《新爱洛伊斯》之下。它没有情节，没有布局，或缺乏或过于夸张人物性格，细节过于精细、繁复，哲学性太少，思想含混而缺乏条理，语调具有朗诵式的夸张，频繁的偏离，常常在形象、隐喻、技巧上作出很差的选择"。……拉阿尔普的评论尤其说明问题[5]，这篇由 1776 年的译本引起的文章在稍迟才发表，不过该评论是《维特》在法国传播的第一阶段中出现的。拉阿尔普谈到多位德国作家在法国的接受情况，"的确，我们批评了德国人在风格上的冗长，过多的细枝末节产生单调的效果，同时证明了创造的匮乏。他们持续的描写显得有些无聊……歌德的小说具有他的国家的作家们的缺点与优点"。之后是拉阿尔普对《维特》的一个分析："该小说的趣味无法在对一种不幸的爱情的发展中建立起来，因为它缺乏情节与事件。它使用书信的形式，这些信讲述一切，而爱情却在这里占有很少的位置。此外，风格也很模糊，缺乏条理与连贯性。在大量无关紧要的、冷冰冰的细节中遗失掉了一些真正的人物性格特征……"。

我们可以追溯 18 世纪末这种对于一部作品建立在传统观念基础上的反对意见，认为其结构与表现手法全然不符合旧的要求，尤其是情节太少。这是否是德国社会状况在文学上的一种反映？"德国作家鲜有小说受到其作者在创作它们时所处的大部分小圈子的影响。"[6]……我们知道，虽然古典主义批评明确表示保留意见，认为"情景勾画粗略"，"事件复杂性不足"，"爱慕的热情近乎发狂"，大众还是很快且长久地陶醉于《维特》的魅力中。亲切殷勤的绿蒂是如此平庸且有些愚钝的乡下家庭妇女，维特爱上她是因为她的天真纯朴与简单，但高雅优美的文笔使德国悲怆的爱情与抒发的幻想在该世纪末年青一代的眼中焕发出迷人的魔力。忧郁——在两个世纪之间的交界处，对于众生不安的心灵来说，激起了伟大的悲伤爱情。《维特》中的道德伦理是全新的，《法国信使报》认为"青年维特与卢梭带来的大量受害者都因这种道德伦理的影响而到距离自然的爱情与普通的社会道路之外的很远地方去寻找幸福。传教士的粗暴谴责反而大大渲染了这种道德伦理的效果"[7]。

……在浪漫主义最丰富多产的阶段，《维特》受到相当的重视。1825 年至 1835 年的一代读者最喜欢阅读这本书，书中的激情与毫无束缚的忧郁感染了浪漫主义文学中最动人的那些作品。1830 年，《维特》的声望与影响达到顶峰，在对歌德的熟悉中，法国精神可以与这位异国的维特共生。作为一个持久的、具有代表性的典型，维特在法国被公众与作家中的绝大部分所接受。他是特别的恋人，也是狂热、果敢、雄辩、敏感而恭敬的恋人，斯丹达尔认为，他与唐璜形成鲜明反差，同时，"维特式爱情开启了通向一切艺术、一切温柔浪漫感受的、月光的、森林之美、绘画之美的灵魂，一句话，它开启了情感与美的感受……"[8]。注意这里，无来由的忧伤、现实生活带来的痛苦似乎在维特的许多欣赏者的眼中逐渐被抹去，他一方面对于《查铁盾》的作者[9]来说因其忧郁而仍然是珍贵的，而另一方面对于其他读者，他不再仅仅是全心为爱而活并厌恶用资产阶级方式来思考情感的具有吸引力的典型代表。戈蒂埃说过，《维特》的历史决定了文学的多样性，"这样一部内心的小说、热烈而感人的小说，是德国人维特之父，是法国人曼侬·莱斯科之母"[10]。

《维特》的影响与记忆完全没有在接下来时代的作品中缺席，只是有所减弱或发生了细微变化。正如圣伯夫在评论古廷格（Ulric Guttinguer）的《亚瑟》（*Arthur*）时所写，"《维特》在这里不时地显现出来，但是带有某种谨慎的克制"。他在 1847 年他的《拉斐尔》中写道，应需要拉马丁那永远诗意的青春来"做维特"。这个年代的诗人常常喜欢在他们的里拉琴上添加一根支配着维特的痛苦情感的琴弦。"1830 年后，忧郁被雄心所替代。成为人文主义者的诗人们表现出控制世界的意图。1838 年左右，一种非常活跃的现象出现，忽然间诗人们被上帝的恩典所照亮，开始热衷于歌颂信仰……但是很快流行风尚再一次改变，年轻的缪斯们热衷上周游世界，也许依然还在赞颂爱情，但后者似乎在此时已经过了气，但至少还是简单容易的雅事"[11]。

维特并不仅仅是代表德国敏感性的典型，洞察力强的人们总是可以觉察到歌德小说所蕴含的世界性的、人性的东西，并继续从该小说中发现一流的心理学文献。巴尔扎克认为《维特》可以"带给您开启爱情中人们心灵的几乎一切状况的钥匙"[12]。尚弗勒里[13]在1853年写道："作品与人都从属于某一个时代，他们是它的孩子及它的反映……不是歌德创作的《维特》，不是塞纳库尔创作的《欧伯曼》，也不是贡斯当创作的《阿道尔夫》。我们已经在这些书中看到一个时代的情感表现，在这些主人公中我们看到将这些情感加以分类的智力工具"[14]。艾米尔·蒙泰居在1855年指出维特的历史意义，认为他是现代社会的"最初典型"之一[15]。《维特》的结局对于艺术家们（维特本身就是艺术家，或者说维特想要成为艺术家）来说，即是歌德本人选择的结局。通过努力地描写自己，如果说在这一工作中不是所有东西都达到了歌德能够达到的高度，至少这使他从痛苦中走出来，超越痛苦，并在不久之后再次拥抱热爱着的生活……。根据对该作品最终的判断及应赋予它的在艺术作品中所属的类型，《维特》的结局损害其主要部分，"它难以向我们不表现出故弄玄虚的效果"[16]。

也许对《维特》进行抵抗的不同阶段可以动摇我们常常用作研究对象的对《维特》的热爱，也为了归还给这本小书它不应长期被忽视的那些价值。"在所有时代，总会有很多无法解释的痛苦、令人不快的秘密、对生活的厌烦，在某些人那里，还有很多与世界的不相容性、与自然的冲突、与社会体制的冲突，如果《维特》在今天出现，它也会对这些有所感受。"这是歌德1804年与埃克曼谈话时所说的话。《维特》在法国的命运——爱情的魅力在那些天真的心灵上荡漾，正如拉图什在给乔治·桑的一封信中所说："您可以看到，《维特》是18岁想象中冲制的一枚纪念章，我们不希望看到它被改变，既不希望它变得澄明，也不希望它被镀上金边。戴着这枚纪念章于心上，带着痴迷与执着……在这本书里，只有关于相爱的人们的命运……"[17]。

注释:

[1] 节译自 Fernand Baldensperger, "La Résistance à Werther dans la Littérature Française", in *Revue d'Histoire littéraire de la France*, 8e Année, No. 3 (1901), pp.377-394。

[2] 下文简称《维特》。——译者注

[3] 除了 M.V.Rossel 的一般性著作外，还有 Hermenjat, *Werther et les frères de Werther*, 以及文章 "Werther en France au XVIIIe siècle" (*Revue des Cours et Conférences,* 9 juillet 1896)。

[4] *L'Année littéraire*, 1779, tome I, lettre XI (sur la trad. Aubry).

[5] La Harpe, Lycée, ou *Cours de littérature ancienne et moderne*, tome XIV de l' éd. de 1822, pp. 403-404.

[6] Abbé Denina, *La Prusse littéraire sous Frédéric II*, Berlin, 1790, t. I, pp. 114.

[7] Mercure de France, an IX.

[8] *Physiologie de l'amour*, LIX.

[9] 指阿尔弗雷·德·维尼。——译者注

[10] Préface de Mme de Maupin, mai 1834.

[11] Ch. Louandre, "Statistique littéraire", in *Revue des Deux Mondes*, 1847, IV, pp. 680.

[12] *Revue Parisienne*, 25 sept. 1840, pp. 345.

[13] Champfleury（1821-1889）: 法国作家。——译者注

[14] Le Réalisme :la littérature en Suisse.

[15] *Revue des Deux Mondes*, 1855, III, pp. 333 :Types modernes en littérature.

[16] *Revue contemporain*, juin 1855, et Caus. du lundi, XI, pp. 250.

[17] Notice placée en tête de la Valée aux Loups.

齐奥朗访谈录

［罗马尼亚］埃米尔·齐奥朗
树才译

布朗卡·勃加瓦奇伯爵（以下简称勃加瓦奇伯爵）：齐奥朗先生，你在《历史与乌托邦》里写到："为了让俄罗斯同一种自由制度和解，它必须变得衰弱，它的活力必须减退；最好让它丧失它的特有个性，深度地失去国籍。凭它未被损坏的内部资源，凭它几千年来的专制统治，它怎么能实现这一步呢？设想它一跃而抵达，它立刻就解体。"这几句话富于预见力。但是，写的时候，你想到过有一天这真会发生吗？

埃米尔·齐奥朗（以下简称齐奥朗）：没有。我把俄罗斯视作一个有未来的国家，跟你说这一点非常重要。目前的失败也许是不可避免的，但俄罗斯人不是一个衰竭的民族。而西方，是的。衰竭不是个准确的词，但西方在衰落。西方是由创造了一些东西的古老民族构成的，现在感觉到一种历史性的疲惫。这是历史中一个致命的现象，就像濒死状态也会持续很久。这不是一种过渡性的疲惫。这是文明的一种长期的磨损。而俄罗斯没有像西方损耗得那么多，所以这很正常，俄罗斯会比西方存活得更久，西方正慢慢熄灭。俄罗斯还有一段未来的历史。

勃加瓦奇伯爵：因此俄罗斯会接西方的班？

齐奥朗：这非常可能，甚至是无法避免的。损耗得最少的两个民族，是德国和俄罗斯。

勃加瓦奇伯爵：巴尔干人呢？

齐奥朗：巴尔干人有一种平庸的命运。他们会有某种发展，但没有一个伟大的命运。他们会有一些进步，但对一种文明来说，要有一个命运，这是很少的。可能会有某个经济发展时期，等等，甚至会有文学的勃兴，但这些民族不会在历史中扮演一个角色。至于罗马尼亚人，如果他们不能在未来的几年中确认自我，他们就完了。这将是一个失败的民族。现在的一个失败将是致命的。

勃加瓦奇伯爵：南斯拉夫的斯拉夫人之间发生的一切，你归因于什么？

齐奥朗：这是凶兆。这会灭绝他们。这是文明层面上的一种失败。依我看，这些民族有他们的短暂的命运，带着一些爆发力。要扮演一个重要的角色，得有一个历史性的机缘。这些民族并不笨，但他们从失败走向失败，而这是他们的进步，因为从一个失败到另一个失败，这中间有生命，有活力，但成就不了什么。这就像在一些个体生命中，你有朋友，他们开始时学业非常好，他们名列前茅，但他们没有真正的连续性。在某一点上出色，然后是一个空白，然后又出色，但最终没有历史的硬度。如果所有民族都有天赋，那将是灾难性的。不过，大多数民族是一些失败的天才，有时候出色，但在历史中不作数。拥有一种历史的连续性的民族，才会进入历史。而巴尔干人的那些民族，尽管有某种不可否认的活力，仍是从一个失败走向另一个失败。这些民族对未来有幻觉，他们有几个出色的时期，然后就平庸。主要的问题就是语言问题。这是一切的关键。因为有一些民族很聪慧，但他们的语言在暗淡之中。这是一个致命的问题。有一些语言不能持久，力道不足。它们成了一些外省语言。

勃加瓦奇伯爵：有一些语言美得不可思议，比如俄语。

齐奥朗：俄罗斯人是一个伟大的民族。别忘了，这是指所有方面。尤其在宗教方面，对他们来说这是首要的。俄罗斯的宗教根基没有丧失，这一点是异常重要的。在好几个世纪里，它扮演了一个非常非常重要的角色。说东正教的形态今天与以往不同，这是可能的，但说俄罗斯的宗教根基突然丧失，这是可以排除的。因为俄罗斯是通过宗教根基自我确立的。这是基础。不应该忘记俄罗斯历史上的那些宗教危机。这是很重要的。很严重的宗教争端周期性地爆发，这证明一个民族有一种以此为特征的本质。甚至在最糟糕的时代，信徒们遭迫害，俄罗斯的宗教根基也没有被完全摧毁，它不会在一夜之间丧失。俄罗斯的大作家都烙上了某种宗教色彩。其实其他作家也一样，那些无神论作家，如果说他们不信教，那也是因为他们曾经信教，但非其所愿。当然，也有一些人完全不信教。一般来说，什么教都不信的人，仍有一个宗教，这就是否定。否定，在俄罗斯，就是这个，曾经有一些特别反宗教的运动，但这也是一种宗教形态。那个不信教的家伙每天抨击上帝，所以上帝是在的。

勃加瓦奇伯爵： 在罗马尼亚，东正教的状况如何？

齐奥朗： 它以一种更加平庸的形态表现出来。宗教根基不深厚。

勃加瓦奇伯爵： 没像俄罗斯人那么深厚？差别就是这个？

齐奥朗： 是的，从内在体积的视角来看，是一种很大的差别。罗马尼亚人有一些宗教思想，农民们不反对宗教，但这些都走不远。

勃加瓦奇伯爵： 加布里埃尔·马兹奈夫（Gabriel Matzneff）这样写到你："在五十年代，他是那个时代最早、也最单独的几个人之一，他们揭露政治乌托邦这些可怕的幻景所带来的破坏。"就是说你很早就明白了什么是共产主义。

齐奥朗： 这真是一场灾难，因为自愿变成反宗教的人，也成了自我灭绝的一种存在。而最令人厌恶的，它始终与一种夸张而让人讨厌的骄横相伴。这些人的内部是空虚的。

勃加瓦奇伯爵： 你曾写到："只要人类被原罪击中，就会从低处建造天堂。"在你眼里，原罪是什么？

齐奥朗： 正是通过原罪，我们看到，人是从灾难开始的。一开始就是灾难性的，但同时，它也可以成为一种精神成就的出发点。因此，关键在于，人开掘了这个积极面没有。如果没开掘，那么这最初的争端就是致命的。不要忘记，大多数生命是失败的。

勃加瓦奇伯爵： 那些人不懂得利用这种可能性？这就是原罪？

齐奥朗： 不，原罪是本质性的，就是自出生起，就有一种污点。这是灾难的开始，但人能从中解救出来，或者正相反，黯淡下去。这是很奇怪的，在人类生命那里，马上就能看出，这些人有没有一种内在的本质，他们是不是空谈之辈，没有内部的延展，他们是不是活在失败之中。同样，马上就能看出，这些人是否有一种命运，有一种本质。

勃加瓦奇伯爵： 命运是什么？

齐奥朗： 命运，即是否前行。因为通常来说，大多数生命是贫瘠的。

勃加瓦奇伯爵： 知识分子也这样？

齐奥朗： 也这样，这是些木头人。就是说他们枯燥乏味，而其他人有一种命运，一种内在的召唤，所以他们前行，并因此避开失败。超越失败并前行的人是不平常的，不是奴隶。

勃加瓦奇伯爵： 就是这样，从原罪中出来？

齐奥朗： 是的，是的，因为大多数人克服不了失败。

勃加瓦奇伯爵： 但是，原罪从哪里来？谁发明了原罪？

齐奥朗： 它有一层很深的意味，人们从内部感知到它，但无法呈现。本质上，这是人类同上帝的争执。

勃加瓦奇伯爵： 对你来说，上帝是什么？

齐奥朗： 人能走到的极限。极致点。它赋予一种内容，一种意义。生命不再是一场冒险，它成了比冒险好得多的某种东西。生命中的一切都取决于我们获得的经验，它们是否拥有一种本质。如果它只是知性的，就没有价值。法国的知识分子，差不多就是这样。一切取决于内部的实质，而非知识。因为知性如它所是，就是虚无。如果没有内部的实质，一种想法就无法认知经验。

勃加瓦奇伯爵： 内部的实质，又是什么？灵魂？情感……？

齐奥朗： 是的。一种步伐，迈向人类生命的伟大实质。从拥有一种内部的实质的那一刻起，虚无消失。没有一种内部的实质的在场，一切都是表面的。

勃加瓦奇伯爵： 内部的实质的在场，是上帝吗？

齐奥朗： 严格说来，是。对我来说，重要的就是这种本质的在场，一种持存的事物，非常有力，主宰你，领引你。因此，是一种迷醉。普通的生命是一种无本质的生命。但是，这本质超越了日常的软弱。

勃加瓦奇伯爵： 为什么神秘主义者吸引你？

齐奥朗： 因为我没能像他们那样。在这个层面上，与他们相比，我是个失败者。你明白，他们吸引我是因为他们向前迈出了一步，很显然，不止一步。

勃加瓦奇伯爵： 你有点把圣徒从神秘主义者区分开来。我想了解他们之间的差别。

齐奥朗： 差别不是很大。可能是强度问题。神秘主义者走得很远。

勃加瓦奇伯爵： 你渴望像他们那样做吗？

齐奥朗： 现在不那么强烈了。但我同神秘主义者的关系是复杂的，很紧张。

勃加瓦奇伯爵： 但是，在某一时刻，你曾有过这种渴望？

齐奥朗： 某一时刻，是的。不管怎么说，这让我很感兴趣。但我不是一个神秘主义者。说到底，我生命的失败，就是因为我没走到底。我被神秘主义吸引，我走到了某一个点，但我没走到底。从精神层面上没走到底。

勃加瓦奇伯爵： 为什么人要发明宗教？

齐奥朗： 因为人的苦难，人的考验。仅仅因为人是从一个考验走向另一个考验。

勃加瓦奇伯爵： 在这些考验中，宗教有益于释怀吗？

齐奥朗： 宗教让人认知这些考验，照亮它们，让人思考他的痛苦，他的内部经验；它把人做成所是之人，赋予人一种内部的体积。

勃加瓦奇伯爵： 你写到："长远看，没有乌托邦的生命会变得无法呼吸，至少对大多数人是这样。在自我僵化的痛苦中，世界需要一种新的妄想。"因此我们需要乌托邦和幻觉？

齐奥朗： 肯定的，这是事实。对虚无的惟一回答就在幻觉之中。这几乎是生理性的。这是我们的存在本身。这不是幻觉，这是比幻觉更好的某种东西。但这也意味着，生命的危险在于严肃地夸张，走向很远处。个性问题。生命中还有令人不悦的东西，就是刻薄。刻薄者同恶意结盟，自以为高人一筹。

勃加瓦奇伯爵： 所有的自我呈现者、脱颖而出者（你说过），都有某种可怕的东西。

齐奥朗： 很不幸，这是真的。这是生命的过程。生命本身也有某种可怕的东西。甚至活着本身，也有某种可怕的东西。因此，这是致命的，人就是这样。这意味着没有纯粹的存在。魔鬼，在历史中曾经是持续的纠缠。为什么？这很重要。它从未被隔离开。人们尝试了，但不可能。我们可以说这是一个深邃的想法，原罪的想法。在人类之初，某种东西已经撕裂。从基础开始，某种东西没能成就，也不会成就，因为创造的纯粹是不可能的。所以，人自诞生起已经被击中。

勃加瓦奇伯爵：陀思妥耶夫斯基被魔鬼纠缠过吗？

齐奥朗：纠缠过，比别人更甚。我挺了解陀思妥耶夫斯基。我热爱他，这是我生命的一种激情。他可能是历史上最深邃的作家，最怪异，也最复杂。我把他置于众人之首，缺陷巨大，但闪耀着圣洁之光。

勃加瓦奇伯爵：你甚至把他放在莎士比亚之上？

齐奥朗：是的，甚至在莎士比亚之上。陀思妥耶夫斯基是给我留下最深印象的作家，他在人的考验中也走得最远，他知道开掘恶和善。他最深入地触及了恶，如同人的本质，但同时，灵感在他那里是双重的。对我来说，他才是作家。

勃加瓦奇伯爵：你说作家永远在写自己。作家怎样才能在自己身上找到这一切？

齐奥朗：因为他经历了诸多痛苦，他说出这些。这就是见识。是通过痛苦，而不是阅读，我们赢得了这份见识。在阅读中，有某种距离。生命是真切的经验：我们承受得起的所有失败，以及发现这些经验的思考。不是内在经验的一切，都不深刻。你可以阅读成千上万的书，这不是一所真正的学校，与苦难的经验正相反，与深深触动你的一切正相反。陀思妥耶夫斯基的生命是一个地狱。他经历了所有的考验，所有的紧张。他无疑是内在经验最深刻的作家。他走到了极端的边界。

勃加瓦奇伯爵：陀思妥耶夫斯基之后，你喜爱的作家有哪一些？

齐奥朗：尼采，因为他也走到了他能抵达的极限。从他过分的方面来说。

勃加瓦奇伯爵：这是他疯狂的原因？

齐奥朗：他没有倒在疯狂中。但是，可以肯定，那些突然崩塌的人，也是给人印象最深的人。尤其是诗人。应该读诗人们的传记。

勃加瓦奇伯爵：比如波德莱尔的传记。你说过你经常读波德莱尔和帕斯卡尔。

齐奥朗: 有几位诗人和作家,他们到处陪伴你。日常的在场。我们不需要重读他们。他们一直在那里。帕斯卡尔是最伟大的法国作家。

勃加瓦奇伯爵: 你认识米肖,你们一起度过了很多时光。

齐奥朗: 米肖超级聪慧,有天赋。他不是巴黎人,他特别让人愉快,人们可以同他谈论一切,不管什么。这是一种异乎寻常的聪慧。

勃加瓦奇伯爵: 贝克特呢?

齐奥朗: 贝克特是个让人惊叹的人,但他的议论无趣。他完全是他自己,他用法语什么也没追上。古怪的家伙,从这个词的法语的意义上讲,他没修养,但他有某种深刻的东西。

勃加瓦奇伯爵: 对一个流亡者,书是他祖国的替代品吗?

齐奥朗: 从某种意义上讲,每一个作家都是流亡者。

勃加瓦奇伯爵: 你想念罗马尼亚吗?

齐奥朗: 说真的,不想念。从这个意义上,我了解这个国家,我的根。因为我生在卡尔帕特(Carpates)地区,一个我非常喜爱的美丽村子,我在那里度过我的少年时期。那个地区有一些斜坡,一些荒野的墙垛,向上延伸。我村子的一大半都是如此。当父亲告诉我(从小学放学后),我得去锡比乌城(Sibiu)继续学业,我为要离开这个村子而感到绝望。三、四年后,我喜欢上了那座城市,因为它让人愉悦,各民族混居,语言和文化各异,很有趣。我感觉挺好。但是,再后来,我只有一个念头,那就是离开罗马尼亚。

勃加瓦奇伯爵: 你没有想要回到你的村子吗?

齐奥朗: 没有。理由很清楚,我对它有非常准确的记忆。

勃加瓦奇伯爵: 你说过,现代时期发端于两位歇斯底里的人物,堂吉诃德和路德。

齐奥朗: 这些人有一种另外的命运,他们与众不同。他们几乎是被放逐的人……

勃加瓦奇伯爵: 你把自己也变成了被放逐的人。

齐奥朗: 是的。

勃加瓦奇伯爵：你喜欢西班牙人吗？

齐奥朗：非常喜欢！我对西班牙有一种崇拜。我喜欢西班牙的全部疯狂，男人们的疯狂，这是无法预测的。你走进一家餐馆，有人就来同你说话。我对西班牙的一切都着迷。这是堂吉诃德的世界。

勃加瓦奇伯爵：有一段时间你很喜欢哲学，后来你就抛开它了。

齐奥朗：是的，哲学让你充满傲慢，给你一种错误的想法，关于你自己，关于世界。我读康德、叔本华和其他哲学家时，我感觉成了一个神，我有了魔鬼般的某种东西。哲学引起对哲学之外的人们的一种藐视，所以在这种意义上它是危险的。应该了解它，以便超越它。最重要的，就是同生活的直接接触。

勃加瓦奇伯爵：你说："丢勒是我的先知。我越是沉思这几个世纪，我就越相信，能把意义揭示出来的惟一的形象，就是《启示录》的舞伴的形象。"你喜欢过别的画家吗？

齐奥朗：我喜欢过很多画家，我对其中的一些画家更感兴趣。

勃加瓦奇伯爵：在各门艺术之间，你告诉过我你更喜爱音乐。它在你的生命中扮演了一个重要角色？

齐奥朗：没有音乐，生命就没有任何意义。音乐深深地感动你。表面上它不是有形的，但它触及让我们深深感动的某种东西，尽管我们不能总是意识到。在我的生命中，它扮演了一个极其重要的角色。极其重要。一个对音乐不敏感的人，我绝对不感兴趣。是零。

勃加瓦奇伯爵：你写过："美不创造，因为缺少想象，而恨创造，并且持续。在恨中存在着这种不安和不适的秘密，我们称之为生命。"为什么恨比美更有创造力？

齐奥朗：因为恨更有活力。它触及深度。然后，它创造内部的事件。

勃加瓦奇伯爵：让我惊讶的，是人的野蛮，人无法从中解救出来。我们感到，人眼看着自己凶暴却不能摆脱他的暴力。而你，你努力在你的作品中自我报复，就像一种复仇。对此你怎么解释？为什么人无法超越这种野蛮？

齐奥朗：这始终存在，很自然。现在，它愈演愈烈，因为进步，一切都更严重了，有某种残忍，人一直是疯狂的，只是层面不同。因此必须有持续的怀疑，以便活下去，以便避开不幸。因为人是一个动物，他生来如此。刚一降生，就已腐败。这是一个无药可救的动物，同时又非常狡猾。这是一个与生俱来的缺陷。什么是历史？人的非人性的演示。不洁之物，卑劣之物。我认为无药可救。我们可以看到现象，但无能为力。现在我老了，我活到足以看出，人是坏到无药可救的一个动物。为了医治他，什么也做不了。只有一些时期，动物，人，保持平静。总的来说，历史是一种肮脏，无药可救。

勃加瓦奇伯爵：因此，你不像卢梭一样，认为人生来就善。

齐奥朗：这是一个根本性的错误！这完全错了。瞧那些孩子，他们多坏！我认为必须接受，因为我们没有选择。人知道这一点，人能感觉到，人甚至比动物更糟。

勃加瓦奇伯爵：你说善是人最不了解的那种情感。

齐奥朗：这一点也不能证明，我们有善的情感，它也存在，但从根本上说，不。这就是为什么（可惜就是这样），不应该遮掩幻觉后面的事实。这很坏，也危险。最好从一开始就跟孩子们说："当心，当心！"，而不是活在谎言中。人活在谎言中。总是有欺诈。生命的大失望就来自这里：我们把生命做成了一个虚假的形象。然后，人的另一个根本性的情感是妒忌。依我看，这是最幽深的情感，我们无法将它连根拔除。我离开罗马尼亚有五十年了，有人最近告诉我："你不能想象有多少人憎恶你，因为你生活在巴黎！"罗马尼亚人的妒忌：对他们来说只有巴黎，巴黎对他们有一种可怕的吸引。

勃加瓦奇伯爵：你说过好多次，在生活中不应该吹牛，仅仅是由于妒忌。

齐奥朗：绝对！永远不要自吹自擂。人们更喜欢怜悯。同情心就是这样引起的。富人，穷人，这都一样。我已经说了，人是无药可救的一个动物。首先，永远不要因为任何一点小成功自吹自擂。这至关重要。即便在一个非常精致的社会里。我有好几年经常同巴黎社会往来，同一些相当优雅聪慧的人士。我注意到一件事：比如晚餐时，有些人没坚持到最后就走了。他们一出门，马上成了留下来的那些人的靶子，这就是为什么，我总是最后一个走人。这事让我震惊，这些人有教养，很精致；尤其这是在一位很富有的女士家里，她经常请我，我从中明白了，人是一样的，富人和穷人。这甚至算不上个人的恶意，但是，人厌恶人。这些是伪君子。我们吃得挺好，气氛愉悦，但有人一出门就遭清算了。所有这些人，本身并不坏，但他们保留了灵魂的这项本能，犯错误的这种需要，贬损别人的这种需要。没办法的。我认为向来如此。也许在僧人们中间会好一些……所以，人习惯了他的恶意，尤其是抹黑别人的那种需要，而这是在所谓的上流社会。对我来说，这是一种揭露。自然，我在罗马尼亚早已见识过这些肮脏，但我没想到在法国也一样。但我们可以失去这些幻觉，照样活着。

勃加瓦奇伯爵：这些人活该被人议论他们的恶吗？

齐奥朗：活该，也不。这些都是很富有的人，他们有很多缺陷，尤其是无知。在这些社会中，我们看到他们往上爬，发了财。特别是，有些作家两个月内就变成了富人。

勃加瓦奇伯爵：你也说过别人的坏话吗？

齐奥朗：啊，说过！

勃加瓦奇伯爵：该说吗？

齐奥朗：是有一点夸张，但不全错。法国人的本质特点是虚荣。在很有教养的人那里，也一样。这是民族性的伤口。我想补充：你说他坏的那家伙，他自己也知道。这就是社会。世间。原罪。恶比善更活生生。宗教里最深邃的东西，就是这原罪。你当然被原罪烙下印痕，你做努力，那是白费，一点没用，它存在。

勃加瓦奇伯爵：你对政治人物没好感。你认为，他们都很坏，我们没法去搞政治，除非成了骗子。

齐奥朗：部分是真的。一个天真的人无法搞政治，因为他没办法成为一个流氓。一个政治人物幼稚，这对他的国家是一个灾难。平庸的政治人物就是幼稚者，他们抱有幻想，而这会引起害人的结果。如果政治人物幼稚，那是危险的。这些事情表面看简单，实际上很重要。奇怪的是，生活的经验表明，那些自以为聪明的人多么容易受骗上当！真正的政治人物不抱任何幻想。否则，他们会害人，他们对国家就是危险的。这就是为什么，一个干净的政治人物是极其稀罕之物。

勃加瓦奇伯爵：依你看，人是被预先判定的吗？

齐奥朗：人是被预先判定的。只可惜，有时候环境掺乎进来。比如，你在某个领域有天赋，但你生活在条件对你不利的一个国家。但也有一种运气概率在起作用。它给你留下烙印，你不是你自己的主人。当然，如果你有一份天赋，会更容易成功。有很多人，本该拥有一个更好的命运。很多才华因此流失。我在罗马尼亚有一些朋友，还有一些法国犹太人，他们本该拥有一个更好的命运。尤其在罗马尼亚，但生活把他们辗碎了。起作用的还有，战争，失败的革命，偶然性。没有法则。心理学几乎是某种幻想。

勃加瓦奇伯爵：你对上帝的态度，是我特别感兴趣的一个话题。你信上帝吗？

齐奥朗：不，我不信。我经历了各个阶段，没有变成信徒，但宗教在我身上的在场，也是真的。

勃加瓦奇伯爵：如果你不信，那么，同上帝的这场持久的斗争来自哪里？

齐奥朗：是这么开始的：我父亲是东正教神父。这很重要。每一次，当他不能解决某个困难或帮助某个人时，他就很痛苦。我父母很痛苦，他们瞒着我。我父亲做祷告时，我就溜出去，因为我看见他很痛苦。他注意到了，我避开他的祷告。我呢，我对自己说：如果那么痛苦，如果总是受害者，有信仰又有什么用？他们看清楚了，这在我身上行不通，我不开心。我弟弟，尽管我父亲费尽努力，还是坐了七年牢。我父亲是很慷慨的。命运对他进行迫害，穷追猛打。我弟弟遭受了巨大痛苦。

勃加瓦奇伯爵：是这些让你怀疑？

齐奥朗：这个理由足以让我怀疑了。这也是罗马尼亚的一个讨论话题。我曾经有个很出色的哲学老师，非常聪慧，非常细腻，很有魅力。他是信徒，他知道我根本不是信徒，但对宗教感兴趣，而且我读神秘主义者的书，它们很深刻，一定会感动你，不管你有没有信仰。然后，我在罗马尼亚目睹了太多的可怕的不公正，我就思忖：我们不能说，这个世界有一位上帝照看着。我察觉到，我生来不是为宗教的。但宗教始终让我感兴趣，只是我不信。我的老师是一个宗教的精神体，但很开放，他出版一份哲学日报，尽管他没钱。我们是好朋友。他听我说，回应我，带着点讽刺。他非常理解我身上发生的一切。他是一种奇妙的混合，就像巴尔干人会发生的那样，在每一个个体中，会有三、四甚至五个不同的个体。一门闻所未闻的心理学！

我父亲和我母亲是完全不同的人。我在罗马尼亚经历了不同的时期，我已经充满了矛盾。然后我明白了，必须离开罗马尼亚，必须去国外，无论如何得离开。但那对我是困难的，我必须找到一份奖学金。我结束了大学学业，我很幸运地遇见了一个人（M.D.），他关心我，他给了我巨大的帮助，他是布加勒斯特法国学校的头头，负责颁发去巴黎留学的奖学金。我之所以在这里，都是幸亏他。从罗马尼亚回国后，他被任命为索邦大学的教授。他非常聪慧，但像教授一样乏味。一年内，我去听他的课，出于感激。但那是要命的受罪：他不是笨蛋，但他没个性，很无趣。一年后，我对自己说："够了！感激耗尽了！"不可能继续下去了。

勃加瓦奇伯爵： 在法国出版你第一本书之前的十年间，你是怎么活的？

齐奥朗： 我靠奖学金，凑合着活。

勃加瓦奇伯爵： 你决定不靠职业去活，换句话说，自由地活，但你为此写到："试着自由地活：你会饿死。除非你逐渐变得奴性和专横，否则社会不会容忍你；这是一座不设狱卒的监狱，但想从里面逃走，就得冒生命危险。"

齐奥朗： 绝对的，社会不会原谅你成为自由者。我曾住在离这里几步之遥的地方（他站起身，从窗户指给我看"王子先生街"），巴黎市中心。这是一座失败者的城市。你知道为什么吗？因为大家来巴黎都带着一个明确的成功的心念。但这个念头，这项"任务"，持久不了。因为失败了。对我来说，这很简单：我决定不靠职业去活。我生活中的大成功，是活下来了，成功地不靠职业活下来了。在一座失败者的城市里，我遭遇了无数的人，一些怪人，有点可疑，各色各样的人。我在小旅馆里过日子。这地方，是失败的丰富多样，是失败之城。

勃加瓦奇伯爵： 谁把你从失败中拯救出来，你？

齐奥朗： 在罗马尼亚我已经写过东西。在那边，在某个时刻，是它救了我。我意识到，我绝对必须写东西，因为它是一种释放，因为这是一种爆发，不影响到别人，它总比去痛打某个人要好。

勃加瓦奇伯爵：你狂怒，冲着谁？

齐奥朗：冲着人类，冲着建立秩序的那些人。这是一种内部的紧张，必须不遗余力。你没法在大街上吵闹。我的治疗法就是说人类的坏话，污辱人间，说上帝的坏话，当然也说上帝，这，人家拿我没办法，这是一种奇特的治疗法。如果你说上帝和众人的好话，你就完了。写作，就是内部的解放。

勃加瓦奇伯爵：那么，同法语的相遇，用法语写作这件事？

齐奥朗：对于我，那是一种考验。我早已习惯多种语言，因为在锡比乌城（Sibiu），人们讲德语、匈牙利语、罗马尼亚语。法语，表面上是一种容易的语言，没有本质，没有生命，但实际上，这种语言不是什么都承受得了。事实上，法语不容易，它表面上的容易是骗人的。这真是一场战斗。有人认为，尤其罗马尼亚人，他们了解法语，只要掌握了一些概念。我开始用法语写作的时候，这真是一场战斗，一种长期的艰苦。

勃加瓦奇伯爵：你觉得，这是真的吗，使用的语言不同，人的思维就不同？

齐奥朗：完全是真的。我会德语，说德语时，我就进入了另一个世界。语言强加给你另一种意识。刚到时，我用德语比用法语写得好。

勃加瓦奇伯爵：你写到："我从来没有被由单一的文化形态封闭的精神吸引过。不要扎根，不要归属于任何团体，这曾经是，现在也是我的座右铭。转身向另一些地平线，我永远努力去知道别处发生了什么。"

齐奥朗：降生在一个被叫作弱小的文化空间的优势，就是有一种好奇，推动我们去学得更多。这就是为什么我说，拉丁美洲人和东欧人比西方人了解得更多，也更有学问。对我们来说，这是一种必需。

勃加瓦奇伯爵：对你，写作意味着什么？

齐奥朗：在生活中我总得干点什么，既然我没有职业。它也不比这更复杂。我试图不工作，我读了很多，写了很多。我写的一切，都是在抑郁的时候写下的。我写，是为了从自我释放出来，从我的纠结中释放出来。这使我的书有自我的一面，它们或多或少是隐匿的忏悔。写作是倒空自己的一种方式。这是一种释放。否则，人自身携带的东西会变成一个情结。

勃加瓦奇伯爵：你还写作吗？

齐奥朗：我两年前就停止写作了。我根本不知道发生了什么。但这是一个过程。我烦了，因为在法国人人都问："下一本书什么时候出？""永远不会出了，结束了！"有一天我这么回答。人人都写书，它最终让我恶心。因此，我停止了这场喜剧。突然，这么问我了："你为什么停止写作？""因为我烦了——老说上帝和人间的坏话！"

勃加瓦奇伯爵：经历了一个很漫长的文学时期，你能就作家的条件对我说几句吗？

齐奥朗：这个问题总是被提出来。一切取决于我们的信念的深度，如果什么都能接受，羞辱，因为写作而缺钱，把写作置于其他事情之上，接受所有可能的挫折（永远会有挫折），尽全力做自己的主人。必须接受自己，不受制于他人：你是你自己的主人，这是你投身的一场战斗。别人不会了解，但他们会透过你的书来了解。为什么出版一本书？为了呈现这场战斗。不应该夸大，这是你投射到外界的你自己的事情，它必须出来，不应该保存，因为这不好。应该把它看作一种治疗。写作是把自己从情结中释放出来的一种方式；否则它们会变成悲剧性的。

勃加瓦奇伯爵：文学是一种释放，还是一种反抗？

齐奥朗：一种释放。不对劲的一切，应该爆发出来，应该说出它，这是一种爆发。表达，毕竟是人们最有效的卸下重负的方式。永远是有益的。如果有一种从考验中卸下重负的方式，不要退却。

勃加瓦奇伯爵：为什么你选择片断的方式来写文学？

齐奥朗：这很复杂，因为骨子里，我不是为了出版书而写作。只是为了把一种即时的情感表达出来。它不是写一本书这样一种想法，而是我生命中的一个片刻。我生命中的一页。

勃加瓦奇伯爵：你始终抵制文学奖。

齐奥朗：虚荣是一种很深的恶习，部分是遗传的，尤其对生命在巴黎的那些人。每个人都有他的策略。在我的生活中，我经历过贫困、灾难的时刻，有人建议给我一个奖时，我会说："我不当众领钱。"一方面这是骄傲，但也是对广告的拒绝。我没有挨饿，也不全对，因为我过的是大学生的生活，直到几年前。领受荣耀是最惨烈的惩罚。

注：该访谈在巴黎完成，1992 年 4 月发表于贝尔格莱德的一家文学杂志。

埃米尔·米歇尔·齐奥朗（Emile Michel Cioran，1911-1995），法藉罗马尼亚哲学家。出生于罗马尼亚乡村一个东正教神父家庭。1937 年获得奖学金，赴巴黎留学，撰写博士论文（但他从未动笔）。此后，他一直在巴黎隐居，先住小旅馆，后住小阁楼，极少参加社交活动，有意识地与孤独相伴。为了生存和表达，齐奥朗抛弃了罗马尼亚语，改用法语写作。齐奥朗用简洁、清晰、深邃的法语写出了一系列作品，《历史与乌托邦》是其中很重要的一部作品。

致波拉尼奥

[西班牙] 豪尔赫·埃拉尔德

魏然 译

罗贝托·波拉尼奥之死，在我国引起了非同寻常的震动，惋惜、义愤之声不绝，这是少有先例的事。在最杰出的作家与批评家之中，不少人将他视为这一代拉美作家里的佼佼者。就在几周前，在塞维利亚拉美作家的聚会上，最年轻的一代，也即弗雷桑（Fresán）、博尔皮（Volpi）和甘博阿（Gamboa）这批青年作家，将波拉尼奥选作无可争议的领袖，用罗德里戈·弗雷桑的话来说，波拉尼奥是他们的灯塔、他们的图腾。不仅在西班牙，也在整个拉丁美洲，尤其是智利和墨西哥，波拉尼奥也获得了如潮的好评，人们扼腕叹息，这位艺术家竟在巅峰时期过早离世。

他的逝世在其他欧洲国家也引发了强烈反响，在这些国家里，翻译波拉尼奥作品的势头越发迅猛了。他辞世时，已在十个国家签下了37项出版合同，其中有意大利、法国、荷兰和英国。甚至一些美国报刊也为他的逝世而哀叹，虽说截至到去世时，波拉尼奥在美国还是个不知名的作家；不过到今年九月，他已名声鹊起。在新方向出版社（New Directions）刊印的《智利之夜》（*Nocturno de Chile*）英文版的扉页上，有五位批评家和作家的评语，其中，苏珊·桑塔格的句子显得突出而荣耀：《智利之夜》是最为真实、最为独特的作品：一部注定在世界文学中长久占有一席之地的当代小说。"桑塔格本人，在 10 月 25 日奥维多的一场新闻发布会上，借领取阿斯图里亚斯王子文学奖的机会，抨击了那些假作家、那些"市场写手"，进而褒扬了她所尊重的波拉尼奥，"在我近年来阅读的书目里，罗贝托·波拉尼奥的作品让我欣喜。他过早离世让人悲痛。波拉尼奥已经写下很多，而且正在被译成英文，但他未能写下的还有多少啊……"

法国最近两年已迅速出版了他的五本书，波拉尼奥已被认定是最伟大的作家之一。这里只消引用一句评语就能说明情况：加布里埃尔（Fabrice Gabriel）在法国文艺杂志《摇滚》（Les Inrockuptibles）上以《一位离世的兄弟》为标题，撰文道，"长久以来，我们都不知晓还有这样一位对我们来说堪称完美的智利作家：巴洛克风格却行文简洁，博学却不卖弄辞藻，饱含悲剧感的形上哲思却风趣谐谑，为诗痴狂，叙事技能却也全无破绽……他是介乎伍迪·艾伦和洛特雷阿蒙，塔伦蒂诺和博尔赫斯之间的奇景，"一位"能将读者转化为热忱信徒"的作家。在文章结尾处，他写道，"波拉尼奥不爱赘余的激情和浮夸的话语。唯一对他的纪念，就是从今往后阅读他的作品，继续与他相聚。"

上述概括堪称完美，但我还想稍作修正：不止是法国读者原来不了解这位作家，许多西班牙语读者对波拉尼奥也是浑然不识。虽然他已取得巨大成就，但除了《荒野侦探》（*Los detectives salvajes*）这个例外，波拉尼奥还是一位小众作家。现在，借着他逝世的爆炸消息，不少读者才满怀激动地发现了这位小说家。常说作家身后多受争议之苦，但眼前的情况却无不悖谬地与此说相反。

《荒野侦探》

全心投入写作多年之后，波拉尼奥在 90 年代中期崛起，96-97 年，相继发表了三部小说，或者说，三部启示录风格的作品：《美洲纳粹文学》（*La literaturanazi en América*）、《遥远的星辰》（*Estrella distante*）、《电话呼叫》（*Llamadas telefónicas*）。这三本书引起了最敏感的批评家和最求新的读者的关注。

不过，直到 98 年 11 月，《荒野侦探》面世才引发了不可遏制的阅读狂潮。几个月后，作家获得了我国的小说奖和罗慕洛·加列戈斯小说奖，赢得了批评家的一致好评，其中包括西班牙的埃切瓦里亚（Ignacio Echevarría）、罗德纳斯（*Masoliver Ródenas*），阿根廷的曼佐尼（Celina Manzoni），乌拉圭的甘多尔夫（Elvio Gandolfo），墨西哥的多明戈斯－迈克尔（Christopher Domínguez-Michael），智利的平托（Rodrigo Pinto）和埃斯皮诺萨（Patricia Espinosa）。此外，还获得了一批作家们即刻的、无条件的拥护，诸如比拉－马塔斯（Enrique Vila-Matas）和比略罗（Juan Villoro），在智利，则有爱德华兹（Jorge Edwards）、科里耶尔（Jaime Collyer）、布罗德斯基（Roberto Brodsky）。

赞誉之词甚多，难以尽数，中心观点或可归纳为，《荒野侦探》是《最明净的地方》（*La región más transparente*）之后最好的墨西哥小说，或者《火山之下》（*Bajo el volcán*）问世后，关于墨西哥最出色的小说（这让人想到关于《洛丽塔》的那句评语：一个俄国人写出了最伟大的美国小说）。但假如我们跳出墨西哥，因为这片土地对波拉尼奥来说未免太过狭小，则会发现，还有另一种主要观点认为，《荒野侦探》可以比作《跳房子》（*Rayuela*）这部标识了一代人的小说，恰如罗贝托也以同样的力量标识了他的同代人。

我要再引述两条我认为特别有道理的评语。第一条是埃尔维奥·甘多尔夫的话："《荒野侦探》延续了一种拉美文学的亚文类：伟大的乱序小说（Gran Novel Despeinada），这一文类在阿根廷由马雷查尔（Leopoldo Marechal）的《阿丹·布宜诺斯艾利斯》（*Adán Buenosayres*）开启，尤其是科塔萨尔的《跳房子》，可谓开山之作。"另一条评语来自伊格纳西奥·埃切瓦里亚："这是那类博尔赫斯愿意写的小说。"

我还记得在某处读到这样的评论，说小说核心段落就好比《哈克贝利·费恩历险记》（*Huckleberry Finn*）的密西西比河，是种种故事强有力的发动机。

波拉尼奥、诗人及狂怒却受辱的浪漫主义的狗

罗贝托·波拉尼奥始终被认为是一位诗人。直到 1990 年前后，他特别宠爱的儿子劳塔罗降生之后，波拉尼奥才开始写小说。很明显，他当时思量，仅凭写诗，怕是没办法养家，写散文也不够。90 年代初，他艰辛求生的技

能，通过参加各类地区征文大赛而表露无遗。那些"水牛文学奖"（*premios búfalo*）成了初出茅庐的"红番作家"（*escritor piel roja*）少不得要争夺的猎物。征文大赛的主题就是短篇小说《圣西尼》的核心，这则故事是献给流亡西班牙的阿根廷小说家安东尼奥·迪·本内德托（Antonio Di Benedetto）的，正是本内德托把这项求生把戏传授给了波拉尼奥。

我知道波拉尼奥在西班牙出过诗集，如《浪漫主义的狗》（Lumen出版社）和《三》（Acantilado出版社）。后来，去年七月，波拉尼奥逝世后，卡洛丽娜又交给我一册非常有意义的诗集。这本书 1979 年在墨西哥编辑出版，名叫《火焰彩虹之下的赤裸少年：11 位拉美青年诗人诗选》（*Muchachos desnudos bajo el arcoiris de fuego, 11 jóvenes poetas latinoamericanos*），诗集前面还有一句题记：献给那些火焰彩虹之下赤裸的少年们。正文前又有一句提示语："此书不仅应从正面阅读/还要从侧面阅读/让读者像飞碟一样。"

在上面提到的波拉尼奥编辑的诗集里，出现了三位"现实以下主义"诗人（infrarrealistas）：波拉尼奥本人、马里奥·圣地亚哥（Mario Santiago）——也就是《荒野侦探》里的阿尔图罗·贝拉诺（Arturo Belano）和乌利塞斯·利马（Ulises Lima）——以及布鲁诺·蒙塔内（Bruno Montané），智利最年轻的诗人——在小说里化名费利佩·缪勒（Felipe Müller）。"现实以下主义"的源头很清晰地来自法国。埃曼努尔·贝尔（Emmanuel Berl）将这一流派的发明归于超现实主义者菲利普·苏波（Philippe Soupault）："他和朋友们成立了绝望俱乐部，确立了一种绝望的文学。"现实以下主义（在小说中实际上是一种内脏致病论）是一场没有宣言的文学运动，（用波拉尼奥自己的话来说）是一种墨西哥的达达主义，其成员突然闯入联合抵制他们的文学场合，而抵制者也包括奥克塔维奥·帕斯（Octavio Paz）本人。卡门·波略萨（Carmen Boullosa）在进行一场诗歌演讲之前，由于可能出现一批"现实以下分子"，便在对话中向波拉尼奥表达了她的恐惧，"他们是文学世界的骇人之物"，波略萨说。令人恐惧，但也令人绝望，总是身处边缘。

在一首诗里，波拉尼奥写道："真正的诗人纤弱之极/总是卷入最凶暴、最奇异的灾难，/他们对灾祸毫不在意/而是肆意燃烧灵感/将灵感奉上/就像丢弃石头和花束的人们。/听着，诗人，众人对他说，/你给黎明通电。"

另一首诗里，有这样的句子："有些事不可避免，/譬如一百次爱上同一个/姑娘。"最后在另一首诗里写道，"一场精确的死亡，身姿匀称，提前到场。"从这些诗节中，或许能读出罗贝托·波拉尼奥身上生命与死亡的浓缩结合及不幸遭逢。

这本诗集呈现出马里奥·圣地亚哥的天赋，他在波拉尼奥之后成为最出色的诗人。特别需要指出的是，圣地亚哥的一首诗题名为《一位马克思弟子写给一位海德格尔信徒的忠告》(Consejos de un discípulo de Marx a un fanático de Heidegger)，而波拉尼奥的第一本小说借用了这个名字。他的第一本小说与博尔达 (Antonio G. Porta) 合著，名叫《一位莫瑞森弟子写给一位乔伊斯信徒的忠告》(Consejos de un discípulo de Morrison a un fanático de Joyce)。在上述那首献给"罗贝托·波拉尼奥和琦拉·加尔万——两位同志和诗人"的诗里，马里奥·圣地亚哥记述道："命运：另一位不可收买的反诗人和流浪者"，并且表达了"一些啃咬和被啃咬的蓬乱的欲望。"

两位诗人都向大师尼卡诺尔·帕拉 (Nicanor Parra) [1]致敬，他们的意愿都是成为浪漫主义的流浪之犬，有时是义愤中烧的狗，当然，也经常是受辱挨揍的狗。

攻讦者波拉尼奥（在兰波、达达与德波的印记下）

正像作品里表现的那样，罗贝托·波拉尼奥浸润在法国文学中。例如收入《杀手妓女》(Puta sasesinas) 一书的短篇故事《照片》(Fotos)，作者的另一个自我，阿尔图罗·贝拉诺迷失在非洲，他想到，"说到诗人，还得是法国人。"（补充一条显而易见的旁注：阿尔图罗·贝拉诺，显然来自阿蒂尔·兰波。）除了崇尚法国文学与诗歌的巅峰成就，或许也不该忽略，在法国还存在一种远为边缘，但广为操练的文类，那就是攻讦咒骂的艺术。

（试举攻讦艺术的著名案例，从波德莱尔、阿尔弗雷德·雅里 [Alfred Jarry]，到阿蒂尔·克拉万 [Arthur Cravan] 及他的《现在》杂志 [Maintenant]，俯仰皆是；很自然地，还可加上特里斯坦·查拉[Tristan Tzara]起头的达达主义，他曾说过，"莫里斯·巴雷斯[Maurice Barrès]是我在政治生涯中遇到过的最蠢的一头猪；从拿破仑以来，此公是我在欧洲碰见的最恶劣的无耻之徒。"他还刻薄地补充："我对正义没什么信心，即便是达达口授之正义。跟我信奉这条至理吧，总统先生，我们就是一群混蛋，因此，细小的差别，不管大混蛋还是小混蛋，其实没什么分别。"超现实主义者中间也是如此，譬如路易·阿拉贡[Louis Aragon]就曾冷酷地质问："你已经掴了死人的耳光吗？"不过，最可怕的口诛笔伐者出现在情境主义国际[Internacional Situacionista]的成员当中，他们的最后一期杂志是以富于破坏力的克劳德·伽利玛[Claude Gallimard]的一组信件往来收束的。克劳德·伽利玛太善于"毒舌"，恰如他的父亲加斯东和其子安托万。早在 1952 年，字句主义国际（InternacionalLetrista）团体脱离情境国际之前，卓别林访问法国之时，众生喧哗间，他们以最扫兴的方式欢迎卓别林："回家去吧，卓别林先生，你这欺诈感官的骗子，勒索痛苦的能手。"谩骂信件选集里，最咄咄逼人的，当属 Champ Libre 出版社刊印的两卷本《书信集》，出版社受到居伊·德波[Guy Debord]的强烈影响。自然地，这位作家在《对热拉德·勒布维奇遇刺的思考》[*Consideraciones sobre el asesinato de Gérard Lebovici*]里，写道："攻击羞辱的信札作为一种文学文类，在我们这个世纪占据了显耀位置，这并非毫无道理。我想，在此方面，没人比我更有发言权，我从超现实主义者那里学到了不少，尤其是阿蒂尔·克拉万。写作咒骂信件的难点不在乎风格，唯一困难的事，就是要确认，针对特定的通信人，作者是否有权力写出这些信来。永远不要有失公道。"我想，波拉尼奥从没写过咒骂信件——不过，在他最后完成的那篇名为《克苏鲁神话》（*Los mitos de Cthulhu*）[2]的学术报告，在这本残酷的小册子里，他复兴了尼卡诺尔·帕拉的遗产，即"主张不讲缘故的抨击，折磨耐性"。波拉尼奥做出了铭文式的极端苛刻的裁断：我以为，不管讲不讲道理，抨击永远算不上不公正。因此，波拉尼奥坚持跟从德波创造的信条。跑题的话就说到这里。）

广为人知的，波拉尼奥在智利最受争议，他最苛刻的读者也在智利。这个国家，对 90 年代智利新小说的成员怀有刻薄的评价，而且语带轻蔑。读者们给这些作家起了个绰号，叫做"诙谐家"(donositos)，这个说法也可指代某些拥有众多读者的智利小说家。

不妨举出伊莎贝尔·阿连德（Isabel Allende）这个意味深长的例子。阿连德无疑是国际畅销书作家，而波拉尼奥抨击她是"蹩脚作家"（escribidora）。阿连德曾在西班牙《国家报》（*El País*）的一次访谈（2003 年 9 月 3 日）里回击道："这话对我没什么伤害，因为他说所有人的坏话。现在他去世了，我也没觉得他成了个更好的人。真是一位让人生厌的先生。"阿连德的恼怒很容易理解：把一位女作家称为"蹩脚作家"仿佛是彻头彻尾的否定。但波拉尼奥仅仅是攻讦身为作家的阿连德，而阿连德却进行了人身攻击，后者有失客观公允。

波拉尼奥，一位涉猎广博、标准严苛的不知疲倦的读者

伊萨贝尔·阿连德的断语，邀请我们列出一份受到波拉尼奥赞誉的作家们的名单（不仅对波拉尼奥本人，他所欣赏的作家佩雷克[Perec]也一定会喜欢这份名单）。那么我们可以举出博尔赫斯（Borges）、比奥伊·卡萨雷斯（BioyCasares）、布斯托斯·多玫克（Bustos Domecq）[3]、西尔维娅·奥坎波（Silvina Ocampo）、罗道尔夫·威尔科克（Rodolfo Wilcock）、科塔萨尔（Julio Cortázar）、曼努埃尔·普伊格（Manuel Puig）、科比（Copi）、尼克诺尔·帕拉、恩里克·林（Enrique Lihn）、贡萨罗·罗哈斯（Gonzalo Rojas）、豪尔赫·爱德华兹（Jorge Edwards），有时候是何塞·多诺索（José Donoso）、胡安·鲁尔福（Juan Rulfo）、塞尔西奥·毕托尔（Sergio Pitol）、卡洛斯·蒙西瓦斯（Carlos Monsiváis）、胡安·马尔塞（Juan Marsé）、阿尔瓦罗·蓬勃（Álvaro Pombo）、里卡尔多·皮格里亚（Ricardo Piglia）。都是引人瞩目的名字，没错，但却画出了一幅精确的地图，有些作家囊括在内，有些排除在外：这一选择，一部分是出于文学热情，另一部分，正如他对马丁·阿米斯（Martin Amis）所说的，是为了对抗陈词滥调。

但，可能更有意义的是，波拉尼奥对同代人诸多作家的热情而广泛的阅读。有些同代作家甚至比他本人还要年轻。他认为这批90年代用西班牙文写作的作家们体现了"断裂的意志"。让我们列出一些名字：费尔南多·巴列霍（Fernando Vallejo）、塞萨尔·艾拉（César Aira）、阿兰·保罗斯（Alan Pauls）、罗德里戈·弗雷桑（Rodrigo Fresán）、罗德里戈·雷伊·罗萨（Rodrigo Rey Rosa）、胡安·比略罗（Juan Villoro）、达涅尔·萨达（Daniel Sada）、卡门·波略萨（Carmen Boullosa）、豪尔赫·博尔皮（Jorge Volpi）、恩里克·比拉－马塔斯（Enrique Vila-Matas）、哈维尔·玛利亚斯（Javier Marías）、佩德罗·莱美贝尔（Pedro Lemebe）、罗贝托·布罗德斯基（Roberto Brodsky）。这幅文学图像更加清晰了。

面对这份系统阅读青年作家的热情的名单（对许多作家而言，这份名单并不怎么常见），论争也随即出现。或许未来将论证这份名单的准确性（至少目前还没有显示出偏差），但这些非议遭到了波拉尼奥有力观点的批驳，就像作家自己指出的，"这些争议全无根据，不过是一阵阵喷嚏。"

值得一提的是，某些名声远播的西班牙文坛的"圣牛"，也不能逃脱波拉尼奥的文学评论。《荒野侦探》的中间段落就有这样的批评，形式隐蔽，但仍然明显；随后是许多篇访谈，最后以《克苏鲁神话》告终——那篇学术报告附在他最后一本书的结尾。[4]有些蜚语流言，说波拉尼奥既没有上升空间，也没有私人仇怨，撰写中伤他人的评论实在于己无益。不过，显而易见，公开场合臧否人物比私下说话话危险得多，而这项游戏许多作家（或非作家）常乐此不疲，我辈亦不能免俗。

人们有种印象，认为波拉尼奥像卡夫卡那样写作，我想，这句话应该这样表述，"像已然死去那样写作。"这句话又让我想起雅克·里戈（Jacques Rigaut）告诫朋友的话，那是一批不甚极端的达达主义者，"诸位皆是诗人，而我站在死亡一边。"（Vous êtes tous des poètes et moi je suis du côté de la mort）。所谓已死者，倘别无其他，至少意味着坦诚。

自我传奇里的波拉尼奥

不过，此刻让我们忘记喷嚏连连的先生们和他们放出的瘴气，并一次次阅读、重读罗贝托·波拉尼奥吧。作家比拉－马塔斯说，"波拉尼奥的离世开启了一个传奇。"即便仅凭着《荒野侦探》一本书，这则传奇也受之无愧。罗德纳斯赞誉这部小说的质量，并归纳主旨，说它是"当代最佳墨西哥小说，由一位居住在加泰罗尼亚的智利人写就。"这位智利作家一生仅持有智利护照，虽然这总让他不舒服，使他办事不利，但波拉尼奥却别具色彩地说："许多地方可以说是我的祖国，但护照仅此一本，显然，这本护照就是写作的质量。"

罗贝托·波拉尼奥，一条浪漫主义的狗、一头频频受辱的狂怒之犬，从未放弃他"焚毁全世界的愿望"；据他所钟爱的诗人尼卡诺尔·帕拉撰写的墓志铭，还是一位"甜蜜王子"。罗贝托·波拉尼奥，以自撰墓志铭的笔调写道，"世界活着，而所有生者都无从解救，这就是我们的命运。"这句话绝望、明晰、满含嘲弄，但也是一个智利作家传诸久远的标志，一份全球文学的骄傲。

宣读于智利书展的给波拉尼奥的致辞，

2003 年 10 月 29 日

豪尔赫·埃拉尔德（Jorge Herralde, 1935-），西班牙作家、Anagrama 出版社的创立者和负责人，被认为是西班牙语世界最优秀的出版人之一。1994 年获得西班牙文化出版业最佳工作奖。许多优秀拉美作家，如塞尔西奥·毕托尔（Sergio Pitol）、阿兰·保罗斯（Alan Pauls）和波拉尼奥，经由他的介绍而为人所熟知。

注释:
[1] 尼卡诺尔·帕拉·桑多瓦尔，智利著名的"反诗歌"诗人，1914 年出生于智利南方。
[2] 克苏鲁神话，由美国小说家霍华德·菲利普·洛夫克拉夫特的小说为基础，多位现代作家创造、扩充而成的现代神话体系。其共同主题或可概括为，宇宙中人类的价值毫无意义，并且所有对神秘未知的探求都会

招致灾难的结局。

[3] 博尔赫斯与比奥伊·卡萨雷斯联手写作侦探小说《堂伊西德罗·帕罗迪的六个难题》时所用的笔名。

[4] 《克苏鲁神话》是波拉尼奥最后一部评论集《不堪忍受的高乔人》的最后篇什。

作为符号学事实的艺术 ★

[捷克] 扬·穆卡若夫斯基

杜常婧 译

　　集体意识越来越明显地渗透至个体意识的最深层次。这使得对符号和意义的研究日益成为更加紧迫的问题，因为每一个超越个体意识界限的精神产物已然获得符号的传达性质，成为既成事实。一如现代语言学（参见布拉格学派，亦即布拉格语言学小组的研究）已扩展至语义学领域，从这一角度而言，它关涉到语言体系的一切要素，甚至包括语音都必须作为语言语义学的成果，根据自身的特性分门别类地应用到所有其他的符号序列之中；符号学（索绪尔称之为"semiologie"，布勒[1] 称之为"sematologie"）同样务必在它所涵盖的全部范围内展开研究。此外还存在对符号问题格外关注的学科群体（同对结构和价值问题的关注类似，顺便一提，这些问题与符号问题是密切相关的，比如艺术作品同时也是符号、结构和价值），这便是所谓的精神科学（"geisteswissenschaften" [2]，"sciences morales" [3]），这类学科通过材料处理一切问题，或多或少具有符号的明确特征，此乃基于它在感性世界和集体意识中的双重存在。

　　我们既不能将艺术作品等同于其创作者的精神状态，也不能将其等同于它在感受者身上唤起的任何一种精神状态——如心理美学所希望的那般。显然，每一种意识的主观状态都具有某些独特的、一闪即逝的东西，这使得它在整体上难以捉摸、难于传达，而艺术作品的使命便是在创作者和集体之间建立联系。再有一种可能便是"物"，它是艺术作品在感性世界中的映像，代表着可以感知的任何事物。然而我们也不能将艺术作品简化为这种"作品—物"，因为会发生这样的情形，一旦变换了时空，这种"作品—物"的面貌和内部结构随即变得面目全非。比如若我们将同一首诗歌作品时间不同的若干译本互相进行比较，这种变化便昭然若揭。因而"作品—物"只起到外部象征（标志，索绪尔的术语为"能指"）的作用，唯有"作品—物"在某一集体成员身上所唤起的意识具有普遍的主观状态，它才与集体意识中的特定意义（我们偶尔称之为"审美客体"）相符。有一种与这一以集体意识为核心的观点不同的理解，认为对艺术作品的每一次感受行为中还存在主观的心理因素，它近似于费希纳[4]概括的术语"共同因素"，这是审美感知的"共同因素"。然而只要这些主观因素的普遍质量或数量在集体意识中居于核心地位，它们也可以被客观化。以任意个体为例，印象派画作在其身上唤起的主观精神状态与立体派画作所引发的状态完全是两回事；倘若论及量的差异，显而易见，超现实主义诗歌作品所触发的主观想象和情感的量值要大于古典主义艺术作品；超现实主义诗歌给读者留下难题，令其去猜想所有主题之间的关联，而古典诗歌以一丝不苟的表达几乎完全扼杀了主观联想的自由。通过这种方式，感知主体心理状态的主观因素于客观上获得符号学的特征，它类似于词语的"引申义"，而且它是间接地通过居于核心地位的社会意识生成的。

我们还必须作些补充，才能够结束对这几个普遍问题的讨论。假如我们拒绝将艺术作品与主观心理状态等同起来，那么我们同时便否定了每一种享乐主义的审美理论。因为艺术作品所引发的愉悦，至多作为"引申义"间接地波及客体，而且这是一种潜在的可能：我们无法声称每一个艺术作品都必然被感知；虽然在艺术的发展中存在这样的时期，产生过引发这种愉悦的趋势，但也存在漠视这种愉悦，甚或追求引起相反效果的其他时期。

依照一般的定义而言，符号是一种感性现实，这种现实与它所呈现的另一种现实息息相关。因此我们不得不提出一个问题，艺术作品所替代的另一种现实是何等情形。我们可以满足于声称艺术作品是**自主的**符号，虽然这是事实，不过我们只能这样来进行描述，它是同一集体内成员之间的中介物。然而这么一来，我们所针对的"作品—物"与现实的关联问题并没有解决，而只是被搁置到一边；假如存在这样的符号，它同任何形形色色的现实均不相关，那么尽管社会环境中总有些什么被自然而然地联系到符号，这种符号应该被理解为既是信息的发送者，亦是它的接收者。不过对于自主的符号

264

而言，上文所说的"什么"是没有明确指出的。那么艺术作品所指向的这个并不明确的现实是什么呢？它便是我们所说的社会现象的整体语境，比如哲学、政治、宗教、经济，等等。这就是为什么比起每一种社会现象，艺术更多地被描述和想象为当前"时代"的原因；也因此在很长时期之后，从更广泛的意义上讲艺术史可能会直接与教育史混为一谈，与此相反，通俗历史将借助艺术史的转折点来参考对自身阶段的划分。某些以社会现象为整体语境的艺术作品看上去十分松散随意，例如所谓的"受诅咒的诗人"，其作品对当今的价值秩序敬而远之。然而他们恰恰由于这个原因被逐出文学圈子，集体只有在他们能够表达出社会语境的发展面貌时，才会重新接纳他们。为避免产生任何误解，我们还必须作出以下说明：我们所说的艺术作品以社会现象为语境，绝非声称可将艺术作品视为理解社会现象的直接依据或对社会现象的消极反映。一如每一个符号都可能和它所表示的意义所指向的物具有一种间接关系，例如隐喻关系或者其他的间接联系，因而它不会终止对此物的指向。从艺术的符号特征来看，在任何地方都不能将艺术作品用作历史或社会文件而不对它的记录价值预先进行解释，即它与作为当前语境的社会现象的关系如何。假如要对我们目前所做的论证作一个基本概括，我们会说，艺术是现象的客观载体，我们必须将艺术作品视为符号，由艺术家创造的具有意义的象征物，这种"意义"（=审美客体）根植于集体意识之中，与它同指示物——作为整体语境的社会现象——的关系密切相关。意义的第二要素为作品自身的结构。

*

不过艺术的符号学问题尚未探讨透彻。艺术作品除具有自主的符号自身的功能以外，还具有其他功能：符号的交流或**传达**功能。比方说，诗歌作品并不仅仅是艺术作品，因为它同时也作为"言语"在表达精神、思想、感情等状态。在有的艺术门类（诗歌、绘画、雕塑）中，这种传达功能极其显著，而在另一些艺术门类中，这种功能是隐蔽（舞蹈）甚或无形的（音乐、建筑）。我们暂且将音乐和建筑里可能存在或完全不存在传达元素这个棘手的问题放到一边——尽管我们是倾向于承认存在这种较为分散的传达元素的，去看看音乐的旋律和语言的语调之间的相似度吧，它们的传达力是显而易见的——我们仅仅讨论确定无疑地作为传达符号而发挥作用的艺术作品。某些艺术门类里存在"题材"（主题，内容），在这类艺术样式中，乍看上去是题材在为**传达**作品的**意义**而服务。实际上艺术作品的每一个部分，从那些"最形式化"的部分开始，都包含意义，具有自身的传达价值，这一点与"题材"无关。譬如尽管缺少完整的题材——参见康定斯基[5]"不受任何限制的"绘画或某位超现实主义画家的作品——画作的色彩和线条均意味着"某些东西"。事实上，不含题材的艺术样式的传达力正是基于"形式"成分的符号性质，我们称之为分散性。说得更确切些，它关系到艺术作品的整体结构所具有的意义以及作品所传达的意义。作品的题材单纯地承担着提纲挈领的任务，如果没有题材，意义便是不确定的。因此艺术作品具有两种符号上的意义，自主性和传达性，而含有题材的艺术样式基本对传达性有所保留。也是由于这个原因，我们会看到在这些艺术样式的发展中，呈现出自主符号的功能和传达符号的功能之间的辩证矛盾。小说（长篇小说、中篇小说）史尤其能为这一点提供典型的例证。

然而一旦我们从传达的角度来看待艺术与指示物的关系问题，这个难题便会迎刃而解。这种关系不同于每一种作为自主符号的艺术样式与社会现象的整体语境之间的关系，因为作为传达符号，艺术指向一定的现实，比如指向具体的事件，指向某一位人物，等等。在这一点上艺术与传达符号完全相似；然而它们的本质区别在于，艺术作品与指示物之间的传达关系并没有存在的意义，即便在它反映了什么问题的情况下也是如此。只要我们将作品作为艺术产物来评价，就不可能对艺术作品题材的真实性提出要求。这并不是说对于艺术品而言，变更与指示物的关系没有意义：这也作为其结构的因素在起作用。对于当前作品的结构而言，知道应将自身的题材视为"真实的"（有时甚至当作文件）、"虚构的"，还是摇摆于两极之间，这一点极其重要。我们甚至会发现同时与现实存在两种不同关系的作品，其中一种关系具有存在价值，另一种则完全是对实际情况的传达。比如画像或雕像便是这样的例子，它一方面是艺术作品，具有单纯的存在价值，一方面也在传达它所塑造的人物的信息；在文学作品中，历史小说和传记也具有这种双重性。在含有题材的每一门艺术的结构中，与现实关系的变更起着重要的作用，然而围绕这些艺术门类的理论研究从不会放弃对题材真正本质的考量，题材的本质在于它是意义的统一体，而非现实消极的复制品，即使在"现实主义"或"自然主义"作品中也不是。我们的结论为，只要艺术的符号性质没有得到充分阐释，艺术作品的结构研究必然是不完整的。没有符号学的指引，艺术理论家会一直倾向于将艺术作品视为纯粹的形式构造，甚或作者心理或生理状态的直接镜像，或是作品所反映的形形色色的现实，比如当下环境中的意识形态、经济、社会、文化形势。这将致使艺术理论家只去关注艺术发展中的一系列形式变化，或者完全否定这种发展（在某些心理美学学科中会出现这样的情形），或者将其评论为不利于艺术的外部世界的消极发展。唯有符号学的视角能够容许理论家认识到艺术结构存在的自主性和本质上的动态性，将艺术的发展理解为一种固有的运动，它与其他文化领域的发展处于持久的辩证关系之中。

★

以上我们简要指出了艺术符号学研究的要点，旨在：1. 对自然科学和精神科学中可以一分为二的某些方面进行部分阐释，这也是本届大会分组讨论的一个议题；2. 强调符号学问题对于美学和艺术史的意义。最后，请允许我们通过以下形式对本文的思想做出概括：

A. 符号问题是除结构和价值问题以外的精神科学的基本问题之一。精神科学通过材料来处理一切问题，这些材料或多或少都具有符号的性质。因而语言符号学研究的成果应该被应用在这些学科——尤其是那些带有最为明显的符号特征的学科——的材料上，然后根据这种材料的特征来因地制宜。

B. 艺术作品具有符号的性质。它既不等同于作者或感知这一作品的主体自身的意识状态，也不等同于我们所谓的"作品—物"。它作为"审美客体"而存在，根植于整个集体意识之中。"作品—物"仅仅作为一种非物质的外部象征而被感知；只有在所有个体具有共同的感受时，"作品—物"所唤起的意识的个别状态才能作为审美客体的代表。

C. 每一个艺术作品都是自主的符号，具有以下几层意义：1. 作为意义象征的"作品—物"；2. 居于集体意识之中，起着"意义"作用的"审美客体"；3. 与指示物之间的关系，艺术作品并非指向标新立异的存在——因其为自主的符号——而是指向当前环境中社会现象（科学、哲学、宗教、政治、经济等）的整体语境。

D. 包含"题材"（主题、内容）的艺术还具有符号的另一种功能，即传达、交流功能。由此意义的象征自然而然得以保留；意义也被加诸于全部审美客体之上，然而在这一客体的各个成分之间有一个秘密的载体，它使其他元素分散的传达力凝聚成形，这便是作品的题材。每一个传达符号与指示物的关系均指向不同的存在（事件、人物、事物等）。艺术作品的这一性质与传达符号完全相似。然而艺术作品与指示物之间的关系并没有存在价值，这是它与传达符号的本质区别。只要我们将艺术作品作为艺术产物来评价，便不得向艺术作品的题材提出真实性的要求。这意味着艺术作品与指示物关系的变更（即"现实—虚构"的各种不同阶梯）可能是没有意义的，指示物仅是其结构的因素之一。

E. 符号的两个功能——传达功能和自主功能——共同存在于含有题材的艺术样式之中，它们一同构成这门艺术发展中的基本辩证矛盾之一；这两者也实现了艺术在发展中与现实的长期偏离关系。

扬·穆卡若夫斯基（Jan Mukařovský，1891—1975），捷克文艺理论家、美学家。他曾任布拉格查理大学教授，是布拉格学派的核心人物之一，在结构主义文艺理论方面颇有建树，著有《捷克诗学论文集》（1941）、《扬·穆卡若夫斯基美学研究文集》（1966）、《循着诗学与美学之路》（1971）、《诗学研究》（1982）等。

注释:

[1] 选译自 Jan Mukařovský, *Studie z estetiky*, Praha: Odeon, 1966, pp. 85-88. (扬·穆卡若夫斯基:《美学研究》, 布拉格: 奥戴昂出版社, 1966 年, 第 85-88 页。)

[2] 卡尔·布勒 (Karl Bühler, 1879-1963), 德国心理学家, 语言学家。

[3] 德语, "精神科学"。

[4] 法语, "精神科学"。

[5] 古斯塔夫·西奥多·费希纳 (Gustav Theodor Fechne, 1801-1887), 德国哲学家, 实验心理学家。

[6] 瓦西里·康定斯基 (Василий Кандинский, 1866-1944), 俄罗斯抽象派画家, 美学理论家。

《新科学》

暨《关于各民族共同性质的新科学原则》节译

[意大利] 乔瓦尼·巴蒂斯塔·维柯

徐娜译

第二卷 诗性智慧

第二部分 诗性逻辑

Logic（逻辑）这个词的词根来自lógos（逻各斯），lógos的最初本义是神话传说（favola），衍生出意大利文的favella，即语言，话语，说话的能力。在古希腊文里fàvola神话传说，也叫做mûthos，这个词派生出拉丁语的mutus，即缄默或哑口无言。因为在不发声的时代它的诞生是思想，精神，心性上的。斯特拉博（Strabo）在一段名言里说，lógos意味着想法，理念和话语两层涵义。而在宗教时代，万事万物的运行都是依照神的既定意志，这样一种永恒而深入人心的法则，使得当时的人们把默想看的比说话更重要。因此，在语言被创造出来之前的哑口无言的时代，原始的种族最早使用的语言必然是以手势，动作，及身体这些与他们所要表达的理念有着天然联系的方式开始。因此lógos对希伯来人来说，也可以指发生过的事情，对希腊人来说，也可以指实物。Mûthos的最初本义是"真实的叙述，真实的话语，天然的话语"，柏拉图和杨姆布里科先后都曾认为这种语言是在世界上某一时期确实存在，而且被使用过的一种自然语言。但这毕竟只是他们两人的一种揣测，所以柏拉图在《克拉提卢》Cratilo对话录里想找出这种自然语言的企图终归徒劳，遭到了亚里士多德和贾伦的批驳。因为神学诗人所说的那种最初的语言并不是一种符合所指事物自然本性的语言（像当初由亚当所创造的那种神圣的语言，上帝曾赋予亚当以神圣的命名功能，即按照每件事物的自然本性来给事物命名的功能），而是一种围绕生命实体的想象的语言，其中大部分是被想象成神圣的。

异教时代的先民就是以这种方式来表达语言，例如天帝约夫(Giove)，地母库伯勒（Cibele）和海神涅普敦（Nettunno），他们最初是不发声地用手指着来解释天空，大地和海洋的实体，想象这些实体都是有生命的神，因此凭借人类感官的真实，相信神的存在。通过这三种神，根据上文所述关于异教时期先民的诗性特质，神学诗人们解释了所有从属于天空、大地和海洋的事物；以此类推，其它各类事物，他们都选用其归属的神祇来指代，如用花神（Flora）来指一切花，用果神（Pomona）来指一切水果。然而今天我们涉及精神事物时的用法截然相反，如欲望、品德、罪恶、科学、艺术等观念的形成更多具有女性化人格，用反推的方式，把所有的原因、属性、效果都归回到其对应人格上。因为我们想要表达对精神事物的领会时，就需要求助于想象作为工具来解释，就像画家假想人物形象。可是神学诗人不能够运用其理解力，就采取了相反的而且较卓越的方式，赋予物体感觉和激情，如上文所述，宽如天，广如地，博如海。之后，逐渐将想象缩小，而着力于抽象。从而变成一些细小的符号。而这种转喻修辞法一度与无知联姻直到掩埋了真实的人类起源制度。天帝约夫变得细小轻盈以致由一只雄鹰背起来遨游天际，海神涅普敦坐在精美的马车上游行海域，库伯勒则骑在一头狮子身上。

因此，神话必然是用神话传说所特有的语言，如上文所讲述，神话故事是想象的类概念，那么神话必然是与想象的类概念相应的寓言故事，后者的定义是"不同的或另一种说法"。按经院学派的说法，同一性原则不表现在比例上，而在于同类对象的共同属性，意味着同种下出现的不同类或个体。它们应该具有一个明确的单义，包涵一种通用的道理，普世的价值（如阿喀琉斯指一切强大汉子所共有的勇敢，尤利西斯指一切先贤圣人所共有的谨慎）。因此神话传说，神话故事所传达的寓意应该是诗性语言的词源，这使得文词的起源具有单一的意义。而凡俗语言的起源更多地具有类似意义。"词源"这个词本身的意义是"真话"（veriloquium），就像神话故事的定义是"真实的叙述"（veranarration）。

第二章
关于比喻，怪物，诗性变形的推论

　　早期的比喻（Itropi）都是来自这种诗性逻辑的推论，而这其中，最卓有成效最光辉的范例当属比喻里的隐喻（metafora），因为它最常用，最有必要，也是最受赞赏的，因为它赋予无生命的物质以感觉和情欲。根据上文的玄学推理，最早的诗人给予物体有生命实质的存在，并以自身作为考量标准，尽其所能的赋予物体感觉和情欲，从而创造神话故事。所以每一个隐喻就是一个微型的神话原型。这条标准就成为了判断隐喻在什么时期出现在语言里的依据。所有从物体中提取出相似性用来表达抽象观念的隐喻都必然出现在哲学思想初萌芽的时期，依据就在于：在每种语言里精美艺术和深奥科学所需用的词条都有其粗野起源。

　　值得关注的是，在任何一种语言里，大部分涉及无生命事物的表述都是通过人体及其各部位，人类的感觉和情欲的隐喻来实现的。如"首"指顶或开始，"额"或"背"指代前与后，螺钉有"眼"，事物开口的地方叫"嘴"，瓶或壶的边缘叫"唇"，犁、锯、堤坝、梳子都有"齿"，根茎叫"须"，海"舌"，江河入海口叫"咽"，地有"颈"，河流有"手臂"，钟的指针叫"手"，海湾叫海的"胸脯"，"体"侧，侧"面"，中心，深处叫"心"（对应拉丁语的"Umbilicus"）；"脚"表示末端、终点，"拓，脚掌"表示基底，果实的"肉"与"骨"，岩石、矿、水的"脉络"，葡萄的"血"为酒，地的"腹部"，天、海"微笑"，风"吹"，海浪"呜咽"，身体在重压下"呻吟"，拉齐奥地区的农民常说田地"干渴"、"分娩，产出"果实，让粮食"肿胀"了，而我们当地乡下人常说植物"在谈恋爱"，葡萄树"疯"长，流脂的树在"哭泣"；在任何一种语言里都可以信手拈来这种不胜枚举的例子，却尽是由那条公理所衍生的：无知的人们把自己当做权衡宇宙一切事物的标准，在上述事例中人把自己变成了整个世界，因为，形而上玄学推理所说，人通过理解一切事物来变成一切事物，如此，这种充满想象的玄学推理揭示出人凭不了解一切事物而变成了一切事物。这后一命题也许比前一命题更具真实性，因为人在理解时就展开他的心智，把事物吸收进来；人在不理解时，通过臆想对事物进行主观变形，并将自己变形成事物。

II

根据上文推理的这种形而上玄学逻辑，最早的诗人应该凭借最具象而感性的观念来给事物命名。这便是转喻（metonimia）和举隅法（sineddoche）两种修辞手法的来源。作者选择在文中使用转喻，是因为作者比作品更具有主格意义；用主题代替形状和属性的举隅法的使用，如上所述，是由于缺乏把抽象形式和属性从主体中抽离出来的能力；当然举隅法这种修辞在每个事例上都会形成一个微型的神话故事，原因被想象成穿着各种效果外衣的女人，如丑陋的贫穷，悲惨的暮年，苍白的死亡。

III

举隅法通过将具化的物体提升推广至共相，或把某些部分和形成总体的其他部分相结合时，举隅法就演变为隐喻。例如"终有一死的"最早特指凡人、人类；"头"特指人在拉丁俗语里是很普遍的，因为从远处望去，在矮树丛里能看见的只有人的头。而"人"这个词条本身就是抽象词条，在哲学类学科里，理解为身体和身体所有组成部分，头脑和其所有神经功能，心灵及其一切习性。同理，在用麦秸秆和稻草盖茅屋的时代，"木梁"，"稻草"就确指柱子和茅屋顶，而其后城市出现并兴盛的时期，意思又指向所有建筑材料和组件。又如"屋顶"后来就指整个屋顶，因为在早期原始时代，头上有遮盖物的地方就足以栖身，称之为房屋了。这样，PUPPIS指船只，因为早先它是船上最高的部分，从岸上最早望见的部分，又如让我们再回到野蛮时代，人们说"帆"来表示整个船只，用"尖"指整把刀，因为这是抽象词条，作为一个类别，它包含刀柄，柄上圆头，刀锋和刀尖，而刺中人，使人感到害怕的是刀尖。同理，材料可以指代其塑造的整体事物，如"铁"指代刀，因为没有能力把形式从材料中抽离，提取出来。转喻修辞和举隅法运作的纽带用拉丁语表述为：

Tertia messis erat（那是第三次收割）

毫无疑问由自然的需要产生的，因为人类需要近千年，各民族才能诞生星象学方面的词条"年"，鉴于直到现在，佛罗伦萨农民常说"我们已经收割多次"来表示"好几年"。而双重举隅法(替换)加上一重转喻修辞的运用表述如下：

Post aliquot, mea regna videns, miraboraristas

（过了几次收割之后，我会看到我的一些王国而感到惊喜吗？）

原始初期村野时代备受指责的贫乏不完善的表达方式中，"许多麦穗"并不是具象的特指多次收成，而是指"许多年"，而正是这种贫乏欠缺的表达，被当时的语法家高估的评价为过于艺术化。

IV

讽刺（ironia）产生于人类开始进行反思活动之后的时期，因为讽刺是反思之后形成的戴着真理面具的假道理。由此推论出一个人类社会的大原则，这个原则同时确认了诗的起源：异教时代的先民单纯又天真，就其天性来说是质朴而本真的，那个时期的神话故事是不存在虚构的，所以就应该如上文对它的界定"真实的叙述"。

V

总结上文论述，所有的比喻（可以归纳为四种），在当时都被认为是作家的精妙创作，是早期的诗性民族用来阐释和表达的必要方式，从起源上来看，具有其先天的属性，可是，随着人类心智的进一步发展，重新找到一些能表示抽象形式的词条，或包括各个种类，或把各部分联系到整体，这样异教时代诗性民族的语言就演化为了比喻性的。这就推翻了语法学家的两点普遍错误：一种认为散文语言才是语言，诗性语言不称其为语言；第二种认为先有散文语言，后有诗性语言。

VI

怪物和诗性变形来自于人类早期的天性需要，正如上文论述，异教时期的先民没有能力从主体中抽离出形式和属性，而按照他们的逻辑，应当通过把主体排列在一起来实现将其形式排列在一起，毁坏主体才能从其相反的强加的形式中分离出主体的原始形式。这种遣词造句的逻辑产生出了若干诗性怪物，如在罗马法中，安东尼·法布罗所提出的巴比内亚法律条例，一条关于淫人的诗的奇形怪物，鉴于淫人同时具有人的天性和兽性，由没有身份的流浪汉或者没有稳定婚姻关系的姘居妇人所生，罗马法第十二条规定（品德良好却没有经过正式结婚隆重婚礼的妇女所生的）婴孩被审判为投入台伯河溺死。

VII

观念的区分会产生诗性变形，如从古典罗马法所保存的事例中，在英雄史诗时期古代罗马人保留拉丁语 "fundumfieri"（成为基地）来替代 "autoremfieri"（授权，批准，成为主权），因为正如地基支持土壤，庄稼，在其上播种的作物，植物，以及其上承建的房屋，这样，就可以说批准者支持一条法律条文，如果未经批准，条文就无效，因为条文一经批准，就会自发的获取一种固定的状态，而非之前的松散随意的状态。

第三章
原始民族中诗性性格语言的系定理及相关推理

依照上文我们思辩的诗性逻辑话题，在这么长的一段历史时期里，诗性神话传说，就像奔流的大江大河涌入海洋，流动的水总能保持甘甜，我们在公理中，援引过杨姆布里科的话："埃及人把所有对人类生活有用的进步发明都归功于霍弥斯"，为了证明这一点，我们还援引了另一条公理：儿童们依据初次见到的男人，女人或事物的名字，概念等印象，先入为主地理解以后出现与他们有些类似关系的男人、女人或事物。这正是诗性人物性格巨大的自然来源，最初的各民族自然地根据这种诗性人物性格来运用思想和语言。如果扬姆布里科对人类制度的这种天性做过反思，并结合他援引的古埃及人的习俗，我们说他自然不会在埃及的凡俗智慧秘密里混入杨氏的柏拉图崇高智慧。

根据上文阐述的儿童的天性和古埃及的习俗，我们说，诗性神话传说，因其诗性性格的内在因素，对古代世界可能产生许多重要发明。

I

梭伦(Solone)是一位具有凡俗智慧的哲人，在雅典贵族共和政体时代担任平民党的一位领袖，古希腊历史确实保留着这样的记载，早期的雅典城被有权势的人占领，在本书中我们将会论述这在英雄时代的一切政体中是一种普遍情况，这些英雄或者贵族，自信是神的子嗣，拥有神的高贵天性，坚信他们自己就是具有神性的，因而天神的占卜权也是属于他们的，凭借这些，贵族们将英雄城市中所有公共权力和私有权利都纳入到自己的势力范围，对于平民，他们相信这些人源自野兽，因此推论这些人没有神性，也就得不到占卜权，贵族阶层只出让给平民自然的自由权（这是本书自始至终都在讨论的关于各种制度的一条大原则）。梭伦却告诫平民去反思，重新认识自己和贵族们拥有相同的人类天性，因此他们应当在民权方面与贵族阶级平等。梭伦自己也是雅典平民。

古罗马也一定有这样一位梭伦在他们中间，因为在平民与贵族的英勇斗争中，像古罗马史实公开记述的那样，讲述：罗慕路斯用来组建元老院的那些元老（贵族是他们的来源阶层）"并非从天上掉下来的"，也就是说贵族并没有他们所吹嘘的什么天神血统，天帝约夫对一切人都用平等的公道。这就是"Iupiter omnibus aequus"（朱庇特对一切人都平等)这句箴言的民政历史。

后来学者们从这句话看出的要义是：所有的心智都是平等的，他们的差异来自身体组织和民政教育的不同，根据这样的反思，古罗马平民开始从贵族阶层特权里争取民政自由。直到把罗马共和政体从贵族制变为平民制，这在前文的时历表注释里有过这种假设的描述。下文我们还将指出，不止在罗马政体里，而是在所有其他古代共和国都曾发生过。我们将举出理由和凭证来说明：根据梭伦提出的这个重要反思，各民族的平民阶层着力将共和政权从贵族制改变为平民制。

因此梭伦被看做是"认识你自己"这句脍炙人口的名言警句的作者。它对雅典人民产生过重大的民政利益，因此被书写在这座城市的各个角落；后来学者们却倾向于把它看做一个形而上和伦理范畴的伟大忠告，而事实上也确实是，梭伦也就以长于玄奥智慧而被公认为希腊七大哲人之首。用这种方式，因为这个"认识你自己"的反思潮在雅典引发了一连串法律和制度的民主建树。加上异教时代的先民所惯用的诗性人物性格，这种思维方式，雅典的一切制度和法律都归功在了梭伦身上，就像埃及人把一切对民政制度有利的发明创造都归功到伟大的霍弥斯身上一样。

II

同理，古罗马先民因其诗性人物性格将所有关于社会阶级的法律条文都归功于罗慕路斯。

III

所有神圣事务和宗教仪式(后来罗马宗教在鼎盛时期曾以此而显得赫赫有名)的法律都归功到伟大的努玛身上。

IV

一切关于军队纪律的法律制度，都归功到图路斯·赫斯提里身上。

V

古罗马时期的人口普查，财产调查，这项民主共和政体的基础，以及其他许多有关民众自由权的法律都归功给塞尔维乌斯·图里乌斯，塔西伦称其为 **"praecipuus sanctor legum"** (首要的立法者)，因为赛尔维·图里奥的人口普查，财产调查是贵族共和政体的根本，根据这条法令，平民从贵族手里争取到土地的凭占领时效的所有权，这就使平民有机会来创立护民官，用来保护他们手中那部分自然的自由权。在之后的一段时间，护民官维护并步步为营地替平民们争取所有的民政自由权。就这样，因为赛尔维·图里奥的人口普查财产调查作为一个契机，使得这场权利争夺战得以开始，并且发展为罗马人民共和国的根本制度的户籍制，正如上文注释对巴布利里亚法律的假设性论述，下文还会对其进行事实性论述。

VI

所有标志性的徽章和旗帜，都归功于塔克文·普里斯库斯，在随后罗马最辉煌的时代，它帮助罗马帝国树立神圣庄严瞩目的形象。

VII

那么，值得关注的是古罗马十二铜表法，我们将会证明在之后的时间有大量的法律条文被归入其中；就像我们在《普遍法律准则》里充分证明的，因为罗马公民所有权法乃平民从贵族手中争夺民政权力的首部载入史册的法律，（这也是创立十大保民官的唯一意图），之后，凡是公开文字记载下来的关于平等自由权方面的法律都被归功于十大保民官。以古希腊奢靡的葬礼仪式为例，保民官开始是禁止罗马人去效仿的，可是后来在与达林敦人和皮洛人的战争中，罗马人接触到了希腊人，最终还是沾染上奢靡葬礼风气。所以西塞罗发现这条拉丁文律法其实是按照原在雅典所理解的文字翻译借用来的。

VIII

德拉柯（Dragone）也是这样，他用鲜血著述了法律，正如上文希腊史告诉我们，雅典曾经被有名望地位的贵族阶层占领，如我们后面看到的，在英雄贵族时代，同样的古希腊史讲述埃拉克里德人散布在整个希腊，甚至到了阿提卡城，他们最终留在了伯罗奔尼撒半岛，并在斯巴达建立了自己的王国，当时的政体无疑是贵族共和制，德拉柯就像是被钉在珀尔修斯盾牌上那戈尔贡女妖美杜莎顶上的蛇发，意味着法律的权威，这面盾牌和戈尔贡女妖那令人毛骨悚然的刑罚——能让看见她的人都变成石头，正如在圣经里，类似的律法都是刑罚的范例，被称作"血的法律"，密涅瓦（对应希腊神话智慧女神雅典娜）的盾牌，（后文会做更加详尽的解释）；中国汉字，直到今天还保有象形文字的特征，东西方遥望的两个古老名族，相距这么长时间，这种诗性思维和表述方式的异曲同工可以说是一个奇迹。龙（Dragone）是民政权威的标志，而德拉柯（Dragone）在希腊史上再没有其它任何记载。

IX

这个关于诗性人物性格的发现使我们确信伊索的时代要远比希腊七哲人早，正如在时历表的注释中在这个时间段的预言。因为这个语史学真理是由下列人类思想史来论证的：希腊七哲人之所以受人景仰，缘自他们用名言警句去表达伦理教义和民政学说，如梭伦的"认识你自己"，在上文我们已经论证，这句格言最初是属于民政学说的范畴，之后转变为形而上玄学和道德伦理范畴的警句。可是，伊索在此之前就提出过类似的劝告，而较之更早的诗人们用它来表达自己。人类思想就是按照这样的顺序发展：首先观察类似的事物来表达自己，然后用来证明，而证明又首先援引事例，只要有一个类似点就够，最后需要多个事例来进行归纳。苏格拉底是希腊七哲人之父，他用归纳来引入辩证法，之后，亚里士多德用演绎推理的三段论来完善辩证法。三段论法没有一个共相就无法进行，但是对于欠完善的心智，一个类似点就足以将其说服。就像伊索创作的一个寓言故事，麦内纽·阿格里帕（Menenio Agrippa）的故事，就可以使造反的罗马平民归顺。

伊索是一位具有诗性人物性格的英雄时代的家仆，受人尊敬的斐德罗曾在他的《寓言集》前言里用先知的洞见揭露出来：

请静听一会儿，我来揭示寓言故事的艺术怎样开始。不幸的奴隶们被拘禁起来服劳役，不敢向严酷的主子们直说心事，但是借寓言的伪装来遮掩，设法表达自己的思想和情感，并避开了他们主子的盛怒。伊索就是这样办的，我开拓了他的道路。

就像伊索寓言的《狮子公社》就对我们证实了这一点，因为平民们被叫做城邦英雄们的伙计或家奴（soci），需要承担战争的劳苦和风险，却不参与分享战争的战利品和奖励。伊索就是这样的一个奴隶，因为平民原是指英雄们的"家人"，这点在下文将会论证。而且伊索被描述为丑陋的，因为文明之美在当时被认为来自只有英雄才举办的隆重婚礼，同理，特布特斯 也被描述为丑陋的，因为他也是在特洛伊战争中服侍过英雄们的一个平民。尤利西斯用阿伽门农的王杖打过他，就像罗马贵族们用权杖打平民们裸露的肩膀，"用国王的气派"。奥古斯的《上帝之城》援引萨鲁斯特（Sallustio）所说，"直到博乐兹法律的出现，才使得罗马人的肩膀不再挨杖责。"

维柯（Giovanni Battista Vico，1668-1744），意大利伟大的哲学家、语文学家、美学家和法学家，在世界近代思想文化史上影响巨大，其代表作有《新科学》、《普遍法》及《论意大利最古老的智慧》等。维柯是第一个承认利益在社会中的历史作用的人。认为利益在社会的发展进程中起了很大的作用。其《新科学》的出版标志着历史哲学的诞生。

注释：

[1] 举隅法，（sineddoche）提喻法，替换，以部分代整体。
[2] 戈尔贡女妖美杜莎的魔法使看见她的人都变成石头，珀尔修斯用盾牌的反射斩杀了她。
[3] 古罗马神话中的智慧女神，珀尔修斯用密涅瓦赐予他的盾牌，斩杀了戈尔贡蛇发女妖美杜莎。
[4] 荷马史诗中的一个丑角。

普鲁斯特与四个人物的双重"我" [1]

[法国] 路易·马丁-朔菲耶

孙婷婷 译

纪德对普鲁斯特谈起自己的《回忆录》时，后者曾说："什么都可以讲，只要永远不直接说'我'"。

"这个问题与我无关。"纪德回复道。[2]

《日记》的作者没有额外补充：上述的建议之所以独特，是因为给出这条建议的的作家正是以第一人称写就了自己的宏篇巨制。纪德十分清楚，普鲁斯特不想勉强使用的"我"，那个不允许什么都讲的"我"，就是卢梭笔下和《如果种子不死》中的"我"，这个"我"声称并希望自己是直言不讳的，以同一个签名混淆了真人[3]和作者，把真人从其天然的卑微和刻意的隐没中解放出来，使之成为某个真实故事——他的生活——的主人公，这个"我"不仅努力将"已经发生的事件"还原回真相，还力求把它描述成事实，这个"我"以一段往事为由，对自己的记忆颇为自信。反之，普鲁斯特绝对没有排斥的"我"，却像一块展开的屏幕那般使人迷惑，他在屏幕后面保留了所有移动、伪装与改造的自由。《阿道尔夫》、《背德者》、爱德华[4]的日记以及《寻找失去的时间》中的"我"，都是一个虚假的"我"，一个托词，一种假象——是艺术的创造。

虚假的"我"：这种说法过于简单了。因为普鲁斯特的"我"是双重的。写作回忆录的纪德与卢梭以不同的准确度致力于达到真人、作者和小说人物之间的混淆——不是在敏锐也不是在真诚上，而是在严格的服从方面（"虚构不是谎言"，《一个孤独漫步者的遐想》中的漫步者如此宣称），而在普鲁斯特这里，混淆被四种性质截然不等的要素之间的明确区分代替，四要素之间的斗争与联系把我们从回忆录的领域带到小说的领域。

四种要素，而不是三种。只要主人公不再与真人和作者混淆，或者趋向于不与他们混淆，为了应对由这种区分而导致的新情况，一个新的人物便会诞生，就像生活的复杂促使一个现代国家提供多种服务一样。这个新的人物就是叙述者。他从作者那里接到代替作者完成一项任务的指令，也就是说，在他的任期内表现并突出变成虚构的主人公，主人公并非叙述者的臆造，后者也不仅仅是前者的目击证人，更是到达了终点的前者本身。写下"我"的就是那个虚构的人物，与我们看到的在他笔下生活的是同一个人：在此，我们权且把他称作马塞尔，他的名字一旦固定，马塞尔·普鲁斯特本人也就保留住了自己在户籍上的姓名，作者则可以简称为普鲁斯特，以便让后人指称这位天才。

　　从行动与时间来看，这个写下"我"的虚构人物自己也具有双重性。与回忆录类似，拿起笔书写的"我"与读者目睹其生活的"我"，尽管在时间中判然有别，却倾向于合二为一，他们共同奔赴未来的某一天：其时，行动中的主人公走到变得再无时间间隔也再无记忆的叙述者所在的桌前，后者邀请前者坐到自己身边，两人共同写下那个词：剧终。

　　然而回忆录的作者承担着一种风险（其他的风险也很多，但与本文主题无涉）：当他讲述已经发生的事情时，他也知晓随后将要发生的事情。作弊的诱惑因而很大（尤其因为，作家们几乎总是为了文过饰非，才会写作回忆录）。他不是对盲目的人生，对几乎总是缺乏逻辑的行动，对代替或推翻算计的偶然，对一种根本的荒诞做一番酷肖的描摹，而是有条理、有深思、有选择、有篡改、有舍弃地勾画出命运的轨迹，这种勾画既可以是对艰难获得的成功的褒奖，也可以是对不应得到的失败的尖刻和充满报复心理的揭露，他称之为智者在晚年获取的经验。然而，构成这种经验的未被理解和未被解决的失足、误解、积怨和虚荣如此之多，构成这种经验的牺牲如此之多，以致被他认为是激发起来的回忆，一点儿也不是对充满活力的真实生活的回顾，而是以平和或者怨恨的心情用力刮擦下来的生活的残渣。的确，既然逝去的东西已经不在他的身上，他又怎么能够重新赋予消逝的事物以生命？回忆不会让死亡的事物重生，因为死亡就是遗忘。留下的，是一些痕迹，一段他已经忘却的往事的痕迹。面对这些无法辨识的遗迹（假设他注意到了它们），他追问自己，却没有答案，于是他毫不停留地走过，或者臆造出答案。忠实？为什么不呢？想象是意识缺席的证明。但是如此一来，现实给予他或者为他保留的东西，那些"业已发生的事情"，那些残留的确凿的记忆，不但不会成为他的助力，反而变成他的牵绊（如果他对别人的回忆抱着审慎或者怀疑的态度的话），诱使他偏离真实，用所谓的逼真（vraisemblable）来代替自己不能理解和无法想象的事情。年老而盲目的作者回到过去，以勘察往事为名，把自己曾经的足迹搅乱，他沉浸于往昔，却用一个入侵者的在场把它填满。谎言与错误不是小说创作。忠诚的誓言导致了背叛。

　　然而，所有对于回忆录作者构成风险、牵绊或者圈套的东西，对于虚构的叙述者来讲，都成为自由、简单和艺术。他的"我"没有属于自己的记忆和过去。他不必确保忠诚。他可以把祖母座椅上布满花枝图案的绒绣换成暗红色的丝绸，把祖母换成舅公，把座椅换成英式马鞍，他可以更改童年待过的地方，将在厨娘怀里失去的贞操改为与表妹的两情相悦。他无所不能，因为这一切都是为了让他为所欲为而借予他的。

　　谁借给他的？作者。作者又是从哪里得来的？从真人那里。既然如此，这种借贷与改造的原则何在？小说便产生于此。

　　首先产生于此的是艺术作品。因为作者对叙述者的这些恩赐并非无缘无故。给予后者的自由是有条件和受到监控的。从回忆录明确要求的忠实过渡到小说的虚构，由此得来的这份自由需要予以正确的使用。也就是说，从模糊甚至相当贫瘠的材料中提炼出一份真实、生动、成熟而意味深长的艺术作品。

　　回忆录的作者每走一步都要磕磕碰碰，他掉入黑暗的陷阱，走在一条布满自己尸体的道路上，遇到这些情况，叙述者则拣选、激励、发明、梳理。他并不孜孜于营建一个维奥莱-勒迪克式的专断而矫饰的工程，而是进行创造。按照创造的普遍原理，他创造出一个属于自己的独特的世界。他的使命是通过尊重、阐释、启发普遍的真理，通过逐步加深对人的理解（以发现或者增强其投射的方式），达到艺术的真正目的：充分地表达自我。

他应该用抛掷给自己的荒诞生活的零散碎片，制造出另外一种生活，也许同样地荒诞，但是这种荒诞却经过了重新思考，是有意为之和理当如此的荒诞，并成为一把钥匙。另外一种生活：一切尽在其中。

作家普鲁斯特在这另外一种生活中具有典范的意义。不仅因为天才出类拔萃的魄力与创新，而且得益于两个明显无足轻重的人物。作为普鲁斯特链条上的两端，他们一个是原材料的平庸的提供者——真人马塞尔·普鲁斯特，一个是消磨时间、碌碌无为的主人公马塞尔。在此期间，叙述者马塞尔和作者普鲁斯特独占了所有的荣光，前者追寻逝去的时间并最后找到了它，后者在叙述者马塞尔受到这一发现的鼓舞而决定提笔讲述漫长、细致和一直意识不到的寻找历程时，早已经找回了逝去的时间。

言说"我"的是叙述者马塞尔，成为"我"的是主人公马塞尔，从不以"我"自称却不断干涉小说的叙事、一切都指挥、无事不知晓、视情况而让叙述者区分轻重缓急、监视他的发现并用来丰富自己、对确定的目标矢志不渝的是作者普鲁斯特，最后，还有生活中的真人马塞尔·普鲁斯特，他的风雅、善良、礼貌、情绪、疾病和怪癖为敏锐、冷静和讲究规范的作家普鲁斯特提供了一块屏幕，让作家隐于其后酿造蜂蜜，也为他提供了需要改造的那些小物品，作家可以熟练地使用这个社会弃儿——他注定要抛头露面和为了生存而可悲地焦虑——所有身体的、道德的、人际交往的缺陷，以达到内心的平静和完全的自由。勘探者，投影，创造者，表象。一个伟人的复杂人性有许多构成要素，它们之间的性质上的差别大概从来没有这样孤立一位天才作家，这样揭示出他的几乎独立于自己的寄主[5]的本质，或者致寄主于死地的特点。

马塞尔·普鲁斯特的生活与普鲁斯特的作品无法相比。我们最好看看作品与信件在性质上的不同，通常，私人信件是连接作家与真人两岸之间的桥梁，执笔写信的手也是使用同样的语言写下许多杰作的手。马塞尔·普鲁斯特的信件，即使对作家写作的习惯、好奇心的形式、某方面的性情、甚或他的隐秘有所透露，主要还是展示了一个上层社会人物所戴的面具，这面具温柔、敏感、风雅、做作、讨好人也格外地戏弄人：然而，这面具就是他的真实面孔，熟悉他的人从中辨认出友爱的一面。

对立不仅仅是属性上的，也几乎是本质上的。因为，当普鲁斯特受到把他从一个追赶时髦的、病态的、有钱的闲人转变成艺术家的"启示"的时候，他的本质得到了圣恩的完善：而这张透明的面孔——迄今为止，只是一种对应于他的卑微存在的表象——成为一副起保护作用的面具，其中什么也没有改变（除了使用的频率以外），在面具的鬼脸、微笑和温柔下面，他可以隐藏自己目光中新增的残忍，以及变得麻木的面部表情。

然而，就是从他的人生经历（而且是完全变形了的人生经历）中抽取的这段最没有意义、最缺乏价值、最逼仄的生活，催生了将焦距对准人性的认知、心灵的真实乃至社会现实的作品，迸发出法国文学史上大概最具有穿透力、最灿烂夺目的光束。

但是，对照这种可悲的生活，我们发现主人公马塞尔的一生也同样贫乏和卑微。而且更加混乱。因为我们把握不住时间的顺序，我们始终不知道这个男人该有多大年龄：他可以在香榭丽舍大街上与吉尔贝特玩耍，同时又试图为《两世界杂志》撰写一篇论文，他迷住了贝高特，没有女仆的陪伴足不出户，如果母亲晚上不来吻他并祝他晚安，他会躲在床上哭泣，他把家具送给自己经常光顾的一家妓院的老鸨。他有什么样的魅力，能够征服贝高特？能够征服吉尔贝特、斯万、奥黛特以及盖尔芒特一家？我们看不到他的夺目之处，也看不到让书中人物圣-卢钦佩的他的才智。对我们来说，主人公马塞尔从来没有被精心刻画过，对他的介绍从来都不真实可感。书中唯一缺少的肖像，就是他的肖像。而格外生动的，是对他的情感的分析，是从特殊到普遍的过渡，是他邂逅的各色人等，是这些人组成的社会——这个社会不为所察地让他们得到永生，而他们更是无意识地成为这个社会的代表。主人公马塞尔并不在场，在场并充满活力与创造性的，是叙述者马塞尔，他既是作者的替身也是作者的助手。

主人公马塞尔不在现场，就像马塞尔·普鲁斯特从现实中缺席一样。然而区别也正在这里。马塞尔·普鲁斯特一度缺席，是因为没有存在，没有一种值得人注意的存在，直到有一天，对自己天赋的领悟给他的人生赋予了一种意义，同时，也给他带来了生活的意义和永恒的概念（因为取缔了时间而实现的永恒），作家普鲁斯特于是得到启示，发现了自己的天才、表达方式与奋斗目标，马塞尔·普鲁斯特则由此沦入一种自愿而不可救药的缺席之中：因为生活没有任何当前的意义，处于日常生活和可见关系中的人——鉴于创造者不容置疑的决定——今后要变得永远平庸和善良，要被迫登上舞台娱乐观众，让他们忘记"主角并不在场"。而在主角没有来到的时候，这个角色被他演绎得十分完美。

主人公马塞尔的缺席是因为他的缺席必须让人可以察觉。他的缺席是深思熟虑的结果，是艺术作品的首要前提之一。他应该无足轻重，这正是他的角色。他的无足轻重不像受到启示前的马塞尔·普鲁斯特一样自然而无辜，而是他必须如此。因为叙述者在开始对他进行描绘之前，就已经得到了启示：他知道。（虚构的）传记不是人生，而是一个故事：它有自己既定的轨迹，有自己的目标和写作方法，它是人生的反面；甚至可以说，它是逆转过来的人生，是颠倒的人生的前景。主人公马塞尔负责表现一种没有获得意义的虚无的生活，表现一个人的彷徨——他因为急于找到自己存在于世的理由，不断地弄错目标，眼睁睁地看着自己专注的一切毁灭在手中：爱情、俗世和时间……要么枯燥乏味要么虚妄空幻。他耗费了自己的时间，更耗费了全部的时间，迷失了自我。吉尔贝特或者阿尔贝蒂娜的情人，贝高特、埃尔斯蒂尔、圣-卢和夏吕斯的朋友，盖尔芒特一家的熟人，孙子或是儿子……这些都不要紧。较之那些他觊觎、拥有和失去的财物，主人公不是更重要、更真实、更有阅历。他越是模糊、淡薄、无能，就越是性格鲜明，因为按照作品的计划，这就是他的性格。他只是各种感觉的集散地，而他对这些感觉却并不了解。

　　真正重要的，是叙述者，是他发现了这些感觉的奥秘，并由此出发，对自己的艺术而不是生活进行了梳理，整合了一个世界而不是书写了一部传记，以某种生存方式提供的材料为基础，从真实中发掘出普遍的原则，而不是简单地对这种生存方式加以描绘。情感的分析，情感的忘却，被新事物激发起来的与原来的情感十分相似的回忆，前后出现的许多"自我"的解体——这些"自我"连同那些被他们赋予了生命，同时也让他们固定了一段时期的物体，都被同一股激流卷走了——还有人性的解剖，上层社会乃至整个社会生活的浮夸，转瞬即逝的声誉，被时间打上死亡烙印的那些废物……这种彻底的绝望，这种对人生的痛恨，远比虚伪地描绘一个缺乏真实的人物内心深处的柔情、野心、愉悦、兴趣、挣扎、痛苦和焦虑重要得多。

　　不过，让主人公马塞尔成为牺牲品的这种绝望，被持有秘密的叙述者马塞尔的无比乐观弥补和改变了。虽然他不喜欢生活，他却喜欢对生活的超越，喜欢通过轻快地谋杀"自我"而让生命永存。整部作品汇集了种种失败，展示出上述的绝望，但是这种轻快的语调一刻也没有中断，在清新的空气的吹拂下，在永恒的太阳的爱抚中，这些柔软的、盛开而繁茂的、从肥沃的土壤中喷薄而出的、纯粹而精确的句子——茎干修长，其中满蕴的汁液分泌自一片饱受滋养的墓地——始终没有停止颤动。这种风格的发明，其前后一致的准确表达是愉悦的标记和结果，这种愉悦主导着一部看起来如此幻灭的作品，像大地回春一样勃发，是百花的盛开，是骤然开始的复苏，是永恒对于短暂的胜利。普鲁斯特之所以热衷于摧毁迎合习俗与让人迷惑的一切，是想通过舍弃有限的生命，为终于找到的不朽保留自由的空间，他不是一个谋杀者，而是一个净化器。在几乎完全避世的情况下，他像别人重视健康一样小心呵护着自己的疾病，变得更加孤立，但他现在开始明白：人生不是用来经历、而是用来梦想的，脱离了时间、被时代潮流撇在一边的他大概永远不会消化掉生活酿造的威猛的毒药；通过梦想与童话，我们接触到真实，确切地理解真实，表达出其实质，并确保它的永恒。诸神接受了马塞尔·普鲁斯特的献祭，他的牺牲获得了丰硕的回报。

但是，普鲁斯特的愉悦不仅仅是由于找到自我而感到的确定无疑的、光彩照人的极乐。它也是寻水源者不断膨胀的陶醉——手持魔术棒，探索找回的时间，不断有新的让他最先赞叹的发现和奇迹。世界被一劳永逸地创造、建构，向他提供解释，但对他来说总是充满惊喜。他的作品是一种持续的创造，一种无法枯竭的增殖（毋庸置疑，在创作的全盛期，有时他会对重新找到自己的道路感到困难，或者忘记需要继续走下去）。他几乎不做删减，而是增添，他的手稿、打字与印刷的校样上面写满了补充的内容，是人生得到充分实践的证明。因为这个一度不知道如何生活、而后又藐视生活的人具有一种不可思议的思想活力。阅读自己的作品，对于他更像是一种开始而不是完结，思考和梦想催生出崭新的思想、全新的画面、尤其是新型的关系，像在别人那里，一个行动导致了另一个行动。在麻木混沌的生活之后，他确实经历了童话般的第二种生活。但是这第二种生活既不属于主人公马塞尔也不属于真人马塞尔·普鲁斯特，而是追求创新的作者生命活力的投射。

于是在现实与虚构之间的分界面上，我们又看到四个人物之间的一种相互影响。当"我"——叙述者马塞尔——假装回忆的时候，驰骋想象的其实是作家。进行回忆的，是马塞尔·普鲁斯特，或者说，是他保存并坦率地交付出来各种感觉——经由一种不可预期的共鸣，这些感觉的回忆逐渐让普鲁斯特发现，那个微不足道的主人公、他的可见与可感的影子人，浑然不觉地把打开世界和重建时间的钥匙还给了他。

然而，"我"之所以假装回忆，并不是撒谎，而是一种算计。叙述者"我"谋划全篇，让阐明和解释一切的最终启示变得顺理成章。换句话说，围绕着这个惊喜安排好一切，以便让它显著突出而给人以强烈的印象。读者和主人公都被蒙在鼓里，但是，随着情节的推进，也连续不断地涌出许多标记，没有受到提醒的人们注意不到这些标记，事后却会意识到它们的预兆意义。消磨时间而看不到出路的主人公马塞尔并不知道，启示的工具已经各就各位。早在盖尔芒特家门前那些高低不平的铺路石、上浆的餐巾以及小勺敲打杯子发出的叮叮声让乐队开始演奏之前，玛德莱娜小点心的味道、马丁镇钟楼的远景、卡尔科城的三棵树之谜，以及听到拉贝玛演唱时的失望、在巴尔贝教堂前消失的喜悦，或者从吉尔贝特（没有人注意到，在吉尔贝特的签名中，Gi 两个字母的弯曲，以及末尾字母 e 被无限拉长、变得歪歪扭扭的写法，都暗示了当时尚未出场的蓬当夫人的侄女的名字）的灰烬里诞生的阿尔贝蒂娜……就已经奏出了耳朵无法听到的序曲，这些序曲被巧妙地分散开来，以便不引起注意和在事后才能发现，就像命运的某些预警——只有当它们预示的危险发生的时候，才会引起我们的注意。

然而，马塞尔拥有的这些极为重要的感觉——从它们中将产生普鲁斯特的美学，或者几乎可以说是普鲁斯特的形而上学——是由马塞尔·普鲁斯特提供的。提供时只是初具雏形，在马塞尔接收到它们之前，这些感觉已经得到启示的改造。不过，受到启示的并非马塞尔，是普鲁斯特让叙述者马塞尔负责筹备启示来到之前的惊喜，也就是撰写一部主题预设的虚构作品。这个主题就是一种个人经历，类似于宗教中圣恩的眷顾或者圣灵的降临。假借"我"的名义写就的小说实际上是直接的证明。为了让这种直接的证明更真实、更具有普遍性，并在深度上更酷似原物，普鲁斯特没有采取《忏悔录》或者《墓中回忆录》的形式，而是选用了这个给予他创作、发明与超脱的自由的虚假的"我"。必须要自我感觉相当地自由——首先要摆脱自我——才能如实地呈现真实，这就首先要求我们了解真实，其次，要有说出真实的愿望，最后，我们要采取措施，剔除掩藏真实的一切，并在混淆中移开遮掩真实的障碍，以凸显真实。

但是从本源上讲，这个虚假的"我"与真实的"我"紧密相连。不同于那些自称是寓言中的神祇后裔的古代帝王，马塞尔诞生自马塞尔·普鲁斯特感受到的那些相当真实的感觉，产生于这些感觉给他带来的断续的、无法捕捉的、深切的愉悦，直到普鲁斯特感受并领悟到：它们的重复涂抹掉了时间，让自己发现了现实生活的秘密。真人马塞尔·普鲁斯特的角色也就局限于此，他是奇迹得以发生的盲目而感性的工具。这足以让普鲁斯特——不声不响地让这个发现从一开始便结出所有的果实，专心于描述这种发现——承担起为自己的叙事保留个人形式的义务，哪怕是通过换人：如此创造出来的世界是一种内心的世界，其中，真实绝不存在于物体，而是存在于它们的感知和变体上。它只能用直接的语言表述自我。

　　因为某些完全属于物质层面的原因，我们不得不删除文章的最后一个部分。在指明"叙述者马塞尔如何重建往事——不是通过向它索要证人，而是通过向它推荐模特——之后，路易·马丁-朔夫耶有力地强调了作家、也就是"普鲁斯特"的创造才能："当前的'我'，艺术家生动的'我'，照亮了过去，并赋予过去他看似从中得到的东西。"前后的统一因此重新形成。于是经过论证，作为作品主旨的"四个人物的双重'我'"的原则就分离出来：

……马塞尔·普鲁斯特和马塞尔这两个位于终端的人物，负责原样提供或接收原始材料，却并不对之加以使用。但是，富有想象力的创造天才借用化合-魔术的方法，将这份变得无法识别的材料进行改造，以便为它打开普鲁斯特世界的大门，这方法并不把普鲁斯特的世界投射到构思了它的生物以外，不给他以过着独立生活的表象。我们十分明白，这里涉及的只是表象；众所周知，所有伟大的作家创造出来的世界都是他们的直接表现、他们的画像，比他们所谓的生活更加真实、更有启发性。不过，在巴尔扎克那里，这个世界是性情与思想的双重爆发的产物，在司汤达那里，是对因为搞错了方法与目标而长时间受挫的（文学的、政治的、英雄的、爱情的）野心的补偿。而在普鲁斯特这里，这个世界完全是剧烈而主观的，服从于一种给与了它形式和原则的个人的精神历险。在这两个躯壳——作为"老者"的马塞尔·普鲁斯特和代表他的马塞尔——之间，普鲁斯特为叙述者口授了圣灵降临节的故事，并由此生发出整个世界。虚假的"我"成为真正的我，因为，如果世界是对现实的诗意的看法，故事就是真实的。

路易·马丁-朔菲耶（Louis Martin-Chauffier, 1894—1980），法国作家、记

者。1957 年获得法国文化部设立的国家文学大奖。1922 年，本文作者仿效普鲁斯特对于巴尔扎克、福楼拜等人的做法，撰文戏拟普鲁斯特的风格，并获得后者的赞赏。随后，普鲁斯特就《寻找失去的时间》的艺术形式、文本意义与马丁－朔菲耶进行了深入的探讨。马丁－朔菲耶的恰切评述构成了普鲁斯特作品阐释这座"大厦"的奠基之作。

注释：

[1]　选自 1943 年《影响》杂志以"小说问题杂谈"为主题的专号，第 55 至 63 页，以及第 69 页。

[2]　安德烈·纪德的《日记》，1921 年 5 月 14 日。

[3]　在本文的语境中，特指作家在现实生活中的为人。——译注

[4]　纪德的小说《伪币制造者》中的主人公。——译注

[5]　即为作家提供写作素材的、作家所依附的真人马塞尔·普鲁斯特。——译注

当代哲学：对普鲁斯特的记忆？

[法国] 安娜·西蒙

涂卫群译

是否应惧怕普鲁斯特？是否应如萨特1947年所主张的那样，"摆脱"普鲁斯特[1]？这是任何一位敬重自己的工作的哲学家可能正当地提出的问题，因为普鲁斯特曾嘲讽，如若不是哲学实践本身，那么至少是某些人物和理论，首当其冲的便是唯心主义（l'idéalisme），在他所处时代与所受教育中充当指路明灯的学派。以一种无论如何是出人意料的方式，唯心主义被比作"闲言碎语"，借口是唯心主义能够告知我们关于我们自己或第三者的某些事情："它阻碍心灵昏睡于它所认为的事物的合成的视观——而它不过是事物的表象。它将事物的表象翻转过来，带着一位唯心主义哲学家所具有的神奇的巧智，并迅速向我们显示布料背面的不曾意料到的一角。"[2]

这位灵巧如魔术师的哲学家先前被形容得仿佛介入了外部世界，那是他竭力论证并不存在的世界："我清楚地知道，唯心主义，哪怕是主观的，并不妨碍一些伟大的哲学家保持好胃口或执拗地参选进入（法兰西）学院。"[3]

至于对那位挪威哲学家（大概是瑞典人阿尔郭·鲁尔）的极为滑稽的描写，仍保持这种刻薄劲头："作为形而上学家，他总是边说边想着他要说的，这对于法国人，都会造成语速缓慢。"[4]

涉及这小小的哲学巡视，并非无足轻重的最后一点是，门徒们也未能幸免。这便是德·康布勒梅尔夫人，工程师勒格朗丹的姐姐的情形，她和一位侯爵结了婚：

> 假如她很有学养，正像一些注定要发福的人吃得很少，且整日行走，还是眼看着长膘，康布勒梅尔夫人徒劳地深化……一种越来越玄奥

的哲学……她撇开这番研究，却是为了策划一些计谋，以使她得以"切断"与一些资产者的旧交，并结成新关系……放下斯图亚特·密尔的书，只是为了拿起朗什里埃的。伴随着她对外部世界的现实不再那么相信，她更加百折不挠地寻求，去世前在那里赢得个好位置。[5]

这几段摘要暗示出形而上学的教条和哲学家人物（专业的或业余的），在《追寻逝去的时光》中受到多么严厉的谴责。由此我们可以思量 20 世纪后半叶的一些法国哲学家，对一位对他们的行业如此有失温和的小说家的着迷了。

普鲁斯特确实并未将婴儿连同澡水一齐倒掉，而且他确实认为形而上学的发问是正当的：也许没有什么比为他的小说奠基的主题，从传统意义上看更为哲学的了。将叙事的重心确定为我们与时间的关系的肉体的和精神的曲变，对空间的思考（如最终连结在一起的梅泽格利兹和盖尔芒特两边，描绘出一重弯曲的空间，或者乘汽车和火车让人看到岔开的空间），对梦，对遗忘与记忆的悖论，或者对究竟何为"现实"（《寻回的时光》的核心术语）进行的追问——所有这些话题都可看成自古以来的哲学的老生常谈。从而并非先验地在普鲁斯特所处理的主题的层次，他显示为对哲学的一重危害。

无论如何，对于一位像萨特这样的哲学家来说，最好还是摆脱一个危险的幽灵，我们将看到，这个危险的幽灵有可能确实是在他本人的哲学实践脉络中的一个隐秘的主题。"现如今我们摆脱了普鲁斯特"句中的"我们"当然不能指所有当代思想家。出于多种原因，认识论的、版本的和政治原因[6]，战后普鲁斯特不断回返，尤其是以不同的方式萦绕着哲学家们——正是这种不同构成了我的话题的主轴，普鲁斯特的小说在众多关注他的哲学家的十分不同的作品里，显示出令人惊异的可塑性。当然，在此并不涉及提供一份或多或少提到过普鲁斯特的思想家的名录，而是建立一种在目前的哲学中普鲁斯特作品的接受及其"命运"的类型学，它们介于单纯的运用、爱、恨、据为己有或背叛……之间，而这最后一种态度也并非最不忠实。实际上，根据普鲁斯特的看法，背叛总是挚爱的反面：或者，愿意的话，亵渎总是一种诚信行为，哪怕是颠倒的。证明这一点的，有对凡特伊小姐的施虐行为（那是她唯

293

一的与她"坦诚和善良的本性"[7]抗争的方式）的分析，或者还有《追寻》中的对重新找回的时光的初次体验，它象征性地发生在公共卫生间里，而不是在一条壮观的河流前（赫拉克利特），在大教堂的立柱后（对克洛岱尔而言的上帝）或者在读一部小说的过程中（利科）。另一方面，对普鲁斯特而言，背叛是一种创造性的阅读方式，因为它与偶像崇拜相反，偶像崇拜阻止人赶赴那场"重要的、迫切的约会"[8]，《寻回的时光》中提到了这一约会，那是唯一有价值的约会：与自我的约会，它理所当然从姿态上经由从读者到写者的过渡。

因此，这篇文章的目标在于，从影响了我们时代的几位思想家的具有代表性的姿态出发，显示身为哲学家的读者，阅读一部小说的几种不同方式。普鲁斯特当然在当代哲学的记忆中，或者更确切地说，在其多重记忆中，它们介于着迷、记忆复苏、抑制，乃至强迫放弃之间。由于这涉及的是一种行动的记忆，与其说它回忆，不如说它创造其对象。这种回想与创造之间的联系仍然是普鲁斯特的话题：哲学家们构筑和再造"一些"《寻找逝去的时光》，而这种多样性也许是给予普鲁斯特的最美好的致敬。

作为哲学家的普鲁斯特的多幅肖像

为什么上世纪后半叶的哲学家们总是以普鲁斯特的而非其他人的小说为样本（究竟是可憎的或诱人的样本并不重要）？20世纪的小说家，从柯莱特，经由塞利纳、吉奥诺、杜拉斯或佩雷克，到克洛德·西蒙，仅举几个例子，有很多可让哲学家们感兴趣的呢。

答案的首要因素，可能出自在导言中提到的普鲁斯特作品中的古典哲学的重大主题的余辉。这并非出于偶然。普鲁斯特在孔多塞中学修了达尔吕的哲学课，达尔吕是《形而上学与伦理学杂志》的创立者；之后1895年普鲁斯特获得哲学学士学位，当时的哲学学士学位课程是百科全书式的。[9]他选修了同时代的一些著名教授的课程，特别是信奉唯心主义的教授的课程，这些人倾向于为了夸大心灵的价值而贬损身体和感觉。特别是，由于热衷于这种学理，1908年前后，当他尚不知自己正投身于《追寻》的庞大工程之际，他思忖着他究竟是应该写一部风俗研究（关于同性恋），一部哲学论著，一部批评研究还是一部小说。我们手中有这一起始询问的结果。但是，选择了小说不该使我们迷惑——万桑·德孔布[10]，正像阿兰·德·拉特尔[11]突显了这一点：在这位作家那里，有一种纯属小说的、纯属叙事的——我要说甚至是一种风格上的探究哲学的方式。这种在不同体裁之间的游戏，——论著的体裁、小说的体裁，必然引起战后的思想家们的注意，他们考量了他提出的所有问题。他们要么是为了摆脱这种游戏，不无细微差异和对叙事散文的爱好；要么相反，为了与它比照并将它纳入他们自己的生产行动的思想（la pensée en acte）的方式中。

假使以一种略带幽默的方式来表明对普鲁斯特作品的可能的哲学阐释和重构的多样性，无论是由哲学家还是文学批评家做出的，那么他的作品在亨利·伯奈看来出自唯心主义作家，在让-保罗·萨特看来出自资产者，让·里卡尔杜或米歇尔·利法泰尔认为出自形式主义者，吉尔·德勒兹认为是蜘蛛的作品，罗兰·巴尔特认为是一位写作探险家之作，莫里斯·梅洛-庞蒂和阿兰·德·拉特尔认为是现象学家的作品，安娜·亨利认为是叔本华分子之作，保罗·利科认为是一位形而上学家的作品，爱德华·毕祖布认为是实验心理学家之作，或者伊丽莎白·莱德森认为是女同性恋者的作品……这种多样性的原因无法归结为小说家在作品中纳入了哲学家人物——巴莱斯也是这样做的，或者纳入了地道的哲学主题。另一个能够展开的原因则是，《追寻》的作者，从他的19世纪的根基和当时流行的不同的唯心主义理论起步，而实现了真正的20世纪入场[12]。且想想在《1908年的记事本》上对康德信徒达尔吕的否认："没有任何人曾对我产生过影响（除了达尔吕，而我承认这种影响是糟糕的）"[13]——礼赞行为本身便包含了对其否决。事实上，在《追寻》中形成了一种间断，一方面是"唯心主义的教诲"[14]（叙述者承认接受了这番教诲）类型的令人诧异的用语，或者某些柏拉图学派哲学的参照；另一方面则是对这些用语的处理，它们常出现在反讽的、调侃的[15]或滑稽的背景上——我指的是导言部分举出的几段摘要。

《追寻逝去的时光》中涉及的社会群体有时让人忘记普鲁斯特写作的时代，正是爱因斯坦、弗洛伊德、伯格森和胡塞尔写作的时代。他在以下诸方面的追问，关于人与时间、空间、他人关系的相对性，关于无意识，关于性向的复杂性，关于我们与世界的肉体的和时间化的关系，正是当时的认识型（l'épistémè）特有的追问。普鲁斯特并未提供和这些思想家一样的回答；但是所有人都处于欧洲思想的同一块土地上，或者，采用福柯的术语，处于同一种普遍的和流行的话语格局中。我们理解法国的现象学（作为关于显现和我们所感知的本然的世界的言论）何以在普鲁斯特那里找到了一种将智性和文笔不可分割地联系在一起的模式，因为它拒不接受底里世界（arrière-monde）的概念，并努力描述我们肉身的得失——哲学的得失，因为我们拥有无法与之分离的身体。

　　另一方面，对于普鲁斯特，正像对于与他同时代的另一些不断被 20 世纪下半叶的思想家重新采用和评论的作者，稳定的主体、本质的自我的观念一劳永逸地终结了。萨特不想理解这一点，当他写道，普鲁斯特信奉一种"理智主义的心理学"[16]，机械论的和本质化的心理学……不过他感到了这一点。普鲁斯特捕捉到，自我是一种不确定的建构，直至死亡，一种由行动实现的建构。行动，在他那里意味着写作——写作一种比乍看上去远具政治性和历史性的作品：安托瓦纳·贡巴尼翁，在他 2006-2007 年间在法兰西学院讲授的课程上，重提普鲁斯特的小说与回忆录体裁的关系，而回忆录从来就不是对既定的社会状况的单纯的描述。关于主体，普鲁斯特对我们说了些什么？他陷于世界中，乃至被其粘牢，借用于连·克拉克的精彩说法。[17]普鲁斯特还对我们说，这个肉身的主体受着一重复杂的时间化的折磨——一重非线性的时间进展的折磨。自我的时断时续，我们不断地自弃的事实，并非仅只涉及我们与爱的关系。[18]更具普遍性的是，变化与遗忘建构着我们，如若不是与记忆相同便是更甚于记忆——除非不把记忆当成它们的对立面，既然记忆也可以依据演变和消失的辩证关系来定义。在《追寻》中的一场想象的与伯格森的论辩中，叙述者思忖："什么是想不起来的记忆？"[19]

　　主体性的这种无法确定的特点，可以触及他人和自我。有两个"认不出"的场景为证，这两个场景触及了小说中的两个最重要的人物。先是叙述者的外祖母，他不经意间发现她坐在沙龙里，并不知道有人在看她：

> 对我而言，我外婆还是我自己，以前我只是从我心灵深处看见她，总是在往昔的同一个位置上，穿过相邻的和叠合在一起的记忆的透明体，突然间，在我们的沙龙里，这沙龙属于一个新的世界，时间的世界，在那个世界里生活着我们说"他们确实老了"的陌生人，第一次而且仅只在一瞬间，因为她很快就消失了，我看见在沙发上、灯光下，满面通红、臃肿而粗俗、生病的、发呆的、从一本书上抬起的略显惊恐的眼睛游移不定，坐着一位我不认得的疲惫不堪的老妇人。[20]

不过外祖母并非唯一受牵连者。三十来页之后，《盖尔芒特家那边》中醉酒的叙述者，看到了镜中自己的影像，"一个特别的人"[21]，一个"令人生厌的陌生的醉汉，正看着（他）"，而他不过是他的"可恶的自我"。这一视观造成的"悲哀"，与其说出于叙述者发现自己成了一重外在化了的卑劣的受害者，不如说他意识到大概"再也不会"遇到"这个陌生人"了，不论他多么消极，这个陌生人，不是别人而是他自己——或至少是他自己的一个侧面。

因此普鲁斯特在他的小说里纳入了一些插曲，在这些插曲中，最亲近和最熟悉的成了陌生人。《追寻》的开头几页强调了这一事实：我们具有多重性，在我们的睡梦、冥想、遗忘和习惯中，我们自己的众多侧面构成了我们自身，却不为我们所知。因此自我被多次提到如同是逃逸的，它只能在反省和写作活动中找到或建构。由此，普鲁斯特使陌生化、移位，乃至创造，成为那始终处于变化中的主体的正当的认识模式：

> 严重的不确定性，心灵每每感到无能为力；心灵，既是寻找者，又是它应寻找的晦暗世界，在那里它的所有知见都毫无用处。寻找么？不仅如此：还需创造。它面对着某种尚不存在的东西，只有它能够使它变为现实，并将它带入光明之中。[22]

这某种东西，当然是那个/那些个我。罗兰·巴尔特非常清楚的一点，并因为他没有实现这一点而感到灰心：虚构性的写作，恰恰是唯一的并非达到自我而是杜撰一个自我的方式，这个自我在着手实施之前，或从字面上讲，写入作品之前并不存在。这种人格的可塑性，将普鲁斯特嵌入娜塔丽·萨洛特[23]所提到的怀疑的时代中，它也解释了何以自1950年代始，他的小说在哲学接受上的惊人的可塑性。因为这种柔顺在某种意义上由《追寻逝去的时光》所规划，它从题目起便以那个推进性的"À"，将寻找设立为实际的运动，并从最初几页起便向我们展示了一个同时拥有不同年龄的主人公，套装的年龄，它将时间定义为如同是套娃，甚至是麦比乌斯带。实际上，一位变老的叙述者，也许是《寻回的时光》之后的叙述者（不过这也相当不确定），书写他的失眠；成年时失眠便折磨着他，也让他在这个时期回想起他的童年和他小时候对未来的愿望——特别是书写有关"一个哲学的主题"的愿望，这个主题将能够孕育出"一部伟大的文学作品"[24]，主人公随后证实这重愿望是荒谬的……尽管最终创作出一部含有典型的哲学主题[25]的书。《追寻》的时间的迷宫……

对普鲁斯特的哲学阅读的类型

因此时间本身便具有可塑性（plastique）。而与plastikos同族的词，在希腊语中用于表达模塑的概念，并由此而表达造就、创造和想象。可以理解哲学家们为何对《追寻》中时间的令人不知所措的韧性感到困惑。此外，混合的体裁将《追寻》纳入同时是诗性叙事[26]、成长小说、心理-探案调查、仿作[27]、回忆录、风俗论等的范围。可是，我们已看到，20世纪下半叶的思想家都在重新思考哲学与文学的富有成效的紧张关系，思考它们的如若不是异质的至少也是不同的运转模式。基于它们的代表性价值，六种对立的姿态值得论及，它们表明了思想家如何在他们的活动中采纳文学性——更甚于文学。我们将看到，普鲁斯特可以被看成是旅伴、陌生人、知己、对立的伙伴、变了形的副本，甚至一个盲点。这一分类不具等级性：其次序取决于相关思想家所由出发的前提和他们与普鲁斯特的明显的关系。我的目标实际上并不在于评判这些姿态，而在于突显它们的多样性。

第一种态度，视普鲁斯特为旅伴，可由梅洛－庞蒂代表；也许，以一种更为复杂的方式，由列维纳斯代表。[28] 普鲁斯特本人曾将他喜爱的作家喻为"友善的柴薪"[29]，他们陪伴小说家走一段路程，向他指出一些路标，这些路标则暗示他走在正道上，但是他们绝不能取代旅行者本人。事实上，普鲁斯特的散文与思想支配了梅洛－庞蒂的散文与思想的神经体系，以至在一篇表面看来与《追寻》完全无关的文本的转折处，哲学家重又拾起小说家的一些用语，却未明确指出。在此，并不涉及剽窃，而是一种手套翻面，露出的背面是现象学的，而其衬里，则是普鲁斯特的小说：

> 可见而灵动，我的身体属事物之列，是事物的一员，它被织入了世界的织物，它的附着力是事物的附着力。但是，由于它能看、能动，它将周围的事物环环在握，它们是它的附属品或延伸，它们嵌入它的肌肤，是它全部特性的一部分，而世界由身体的织物构成。[30]

我们还记得《追寻》的名句之一：

> 一个睡着的人，将自己周围时辰的线索、岁月和世界的序列环环在握。醒来时，他本能地查看它们，在一秒钟之内便读出了他在地球上占据的一点，他醒来之前流逝的时间；但它们的序列可能是混合的、断开的。[31]

我们也还记得，在普鲁斯特那里，习惯改变着我们日常生活中的物品，正像将一个门把或一张床，变成了我们自己的附属品和延伸物。

正像梅洛－庞蒂在《意义与无意义》[32] 中所明确指出的，小说家成功地赋予哲学家倾向于以抽象和论证的形式加以分析的对象以生活的形式和结构。

在此，涉及两种不同的寻找真理的方式，一种并非先于另一种，而是互相营养；真理，并非本质而是关系的真理，并非形而上学而是境遇的、内在的真理。在《意义与无意义》之后梅洛－庞蒂甚至走得更远，因为以《可见与不可见》或者《眼与心灵》他试图将隐喻全面纳入哲学的实践与章法中，隐喻不是装饰，不是在现象学的蛋糕上的一粒樱桃，而是其隐秘的脉络，而是没有它、所表达的将无法用其他方式表达的东西。

自此，在梅洛－庞蒂那里，正像在普鲁斯特那里，所涉及的问题与其说是运用语言，不如说是向语言发起攻击："唯一的维护法兰西语言的人……是那些向它'发起攻击'的人。"[33] 就这样，梅洛－庞蒂试图达到创造一种迂回的文笔，能够表达我们与真实世界的关系的复杂的视野：他将自己与语言的关系建立在对普鲁斯特作品中的符号的分析基础上，指出之所以意义从未与感性的（茶水）或肉体的（拉贝玛的身体，音乐家的身体）支撑分离，不过是因为象征体系本身是现实的一部分。

与建立在共谋、主体间性和（为什么不呢）某种智力上的神合的第一种姿态相反，普鲁斯特可以被视为陌生人，受到重视和深深的赞赏，但仍然是陌生人。这便是在我看来保罗・利科[34]的立场：从而哲学的任务在于减弱文学的怪异，将其以炼金术的方式转化为清晰的概念。

对利科而言，普鲁斯特参与了形而上学的根本性的追问。他把《追寻》解释为一部关于真理的小说，而真理与其说存在于所经历的生活，不如说存在于生活所抵达之处：一种通过叙事的力量和对智性的含义与感性世界的关系的深化（求助于隐喻的力量）而寻回的时间。关于这一主题，利科在《活隐喻》（1975）中写下了一些关键的篇章，这是他分析普鲁斯特的最有趣的一本书，哪怕哲学家从未引用他：他指出，隐喻将现实的异质的场域建立联系并互相渗透，而这些场域人们先验地认为互不相干（一垛干草和一座钟楼[35]），借助于一位以"活的"方式看见世界的作者，人们突然发现它们是相关联的。

从而利科试图以明显的方式，将哲学与文学之间的差异建立在一重等级划分之上：《活隐喻》的最后一章，正像《时间与叙事》，肯定文学文本（它在出现的顺序上当然是在先的）不能显示其纯属哲学的基础（因此文学文本并不自知，它被写出来却不知所写的内容……）。因此得由哲学家来发展理性的秩序和发现其中利科所谓的隐蔽的"概念"。文本（le texte）属于哲学，托词（le prétexte）属于文学。普鲁斯特显然不会同意利科的立场，他肯定道："由理智形成的思想只是一种符合逻辑的真理，一种可能的真理，对它们的选择是任意的……只有印象，其材料看起来如此羸弱，其痕迹如此难以捕捉，却是衡量真理的标准。"[36]

我们再次发现，在普鲁斯特那里，真理（vérité）的概念总是与现实（réalité）同韵……而从不与形而上学（métaphysique）同韵。

第三种姿态，知己，可由这位从未被定义为哲学家的人代表：罗兰·巴尔特。1978年，他在法兰西学院的讲座中断言，人们可以改变哲学或信仰，但是，假如人们想要一重"新生活"，那么还有必要改变"写作实践"[37]。这重改变，在巴尔特那里，与他和普鲁斯特的关系的演进紧密相连。实际上，在很长时间里，可以说直至1970年代中期，巴尔特好像是带着同样的眼镜阅读普鲁斯特，他对其作品的参考没有多少变化。那时他用普鲁斯特充当一个优选的例证，以突显作者之死或写作的冒险，乃至一件批评的武器。这样，在新古人与新现代派[38]（les nouveaux Anciens et les nouveaux Modernes）之争的时机，巴尔特以普鲁斯特作为保人向他的对手发出攻击，他提到愚笨的诺布瓦－皮卡尔（曾批评巴尔特的《论拉辛》的大学教员）否决革新者贝高特－巴尔特。

《罗兰·巴尔特论马塞尔·普鲁斯特》，经罗兰·巴尔特转化的马塞尔·普鲁斯特，在我看来是巴尔特在先于那个大逆转的年代里的主题，引起那个大逆转的，则是他母亲去世后，他对自己的必死性的意识。在那时人们看到他与创作，正像与普鲁斯特的关系的一重变化。从此转入这场被一辆小卡车截成两段的伟大的冒险，这便是《马塞尔·普鲁斯特论罗兰·巴尔特》的故事的草稿。普鲁斯特实际上成了既是写作的楷模，也是生活的楷模："普鲁斯特可以是我的回忆，我的文化，我的语言；我可以在任何时刻想起普鲁斯特，正像叙述者的外祖母随时想起塞维涅夫人。"[39]

普鲁斯特属于"《圣经》查阅"范围，他的"智慧"浸润着我们最为当下的生活。从此，普鲁斯特寄居于巴尔特的行文中，以至于他不再需要（如同《情爱絮语》的作者所为）引用普鲁斯特："一项研究之所以有趣……只有当它暗含了并让人猜测出一种眼光时；因为通过眼光它不再是一种单纯的技巧，并在历史中（也即在死者与复活的水流中）就位。"[40]

这个句子当然萦回着对《寻回的时光》的记忆复苏，尤其是这一名句："文笔……并非技巧而是眼光问题。"[41]

《普鲁斯特和我》[42]，这便是巴尔特 1978 年在法兰西学院所梦想的：让那个连词成为表示状态的系动词（《普鲁斯特，是我》），让一个人的"实践"能够启动另一人的"实践"。当然，没有什么比将阅读当成一重激发的观念[43]更具普氏特色的了。还需努力完成任务并走出偶像崇拜："（看着普鲁斯特世界的照片，我爱上了朱莉娅·巴尔泰、吉什公爵。[44]）"守护知己快要成为自我实现的障碍了，也许更应将巴尔特比之于早期普鲁斯特，崇拜拉斯金的普鲁斯特，或者不事生产的审美家斯万，而不是《追寻》的小说家。安托瓦纳·贡巴尼翁曾指出：准备着一部小说，梦想着一部小说，巴尔特也许没有觉察到，他"生就"，如果可以这么说，是要写诗的。[45]更有甚者，他生就，又何必分体裁的高下，是要写论著的……及对它解构。

与这些承认与普鲁斯特相关联的立场对立的，是萨特的立场，它摇摆于否认与认同之间。[46]普鲁斯特被视为敌人，敌人并不指一处陌生的空间，而是一种令人忧虑的熟悉。萨特与普鲁斯特的关系，也许和萨特与福楼拜的关系相去不远：在 1967 年的一次电视访谈中，他这样明确表示，在思考了十年福楼拜之后，福楼拜"不再是典型的敌人，而有点像是对立的伙伴……"。[47]涉及普鲁斯特，萨特自少年时代结束之际便开始怀着激情阅读他，在 1924 年，将他视为"一种强身剂、一种兴奋剂"[48]因为小说家"在[他]身上嵌入了他的方法"，他还写道："每次阅读对我都是一场奥义传授"。尽管如此，他仍几次表达对普鲁斯特的不信任，有时他倾向于停留在普鲁斯特文本的字面

302

意思上。

于是普鲁斯特看起来一会儿是榜样，一会儿是内在的敌人（无疑因为是个副本而更要与之作斗争），因为资产者普鲁斯特召唤资产者萨特；还因为萨特以他自己的家系的和家庭的幻想为尺度阅读普鲁斯特：《文字生涯》可被看成既是对"贡布雷"的描摹，也是对"贡布雷"的回答。事实上，在这两种情况下，都涉及破译儿童世界的伪善，而且两部作品发展了相似的主题：社会的伪善与恶意，象征的和家庭的暴力，虚假的保护性的仪式，封闭在女性氛围里和对男性氛围的心怀矛盾的理想化，对书本和创造世界的着迷。因此萨特比他公开承认的更多地以普鲁斯特为伴。实际上我们在他们两人那里都发现了不容忽视的自我封闭的诱惑或危险性[49]，它被表述为一种视目光为冲突的观念：两个主体之间的冲突，他们远非分享同一感性场域的同谋者，而是从他们那相互陌生的内心深处，互相侵犯，互相物化，互相监督和窥视。且让我们想想面对阿尔贝蒂娜的审美进步叙述者的评论，从某种意义上说是他以对感性世界的艺术观照塑造了阿尔贝蒂娜。这一进步远非分享的契机，叙述者对其体验如同遭受了一重剥夺："阿尔贝蒂娜在欣赏（由于她的在场妨碍了我去欣赏）冬日里蓝幽幽的水面上点点红帆的倒影，和远方的一处隐蔽的瓦房，如同亮闪闪的远景中一支孤零零的虞美人……。"[50]

让我们再想想《存在与虚无》中的那个著名场景，窥视者在通过锁孔看时，被人看见。这一场景可以比照曼维尔发生的可悲的笑剧，在那个场景里，夏吕斯通过半开的房门窥视莫莱尔，发现年轻人同时也看见了他在看自己。实际上，楞症的莫莱尔看着男爵在镜中的目光，循着一种地道的令人目瞪口呆的和极度心烦的三角关系[51]，萨特在写《禁止旁听》时，可能忆起了这一场景。

最后，第五种姿态，普鲁斯特在某种意义上被消化了，他的相异性和他的陌生感被吸纳进一种完全不同的思想中。变了形的副本，普鲁斯特在德勒兹那里，至少在《普鲁斯特与符号》中，不是一位旅伴，而是一重自我投射，一种表达他本人即将踏上的哲学路途的手段：《追寻》成为一面镜子，反射的不是普鲁斯特的世界，而是德勒兹的世界。德勒兹对于自己与小说世界的关系的立场，与巴尔特相反，是明确的：

> 待在哲学里，也是走出哲学的方式；但走出哲学，不是说干别的事，为了这个就得走出同时待在里面，不是干别的事，不是写本小说，首先我可能做不到，哪怕我能做到，我相信这对我完全不意味着任何，我想要的，是通过哲学走出哲学，我所感兴趣的，是这个。[52]

德勒兹（这一分析对其他哲学家的方法也会有效）将《普鲁斯特与符号》呈现的如同是一种对《追寻》中采用的哲学的客观的、外在的分析，但是我们很容易将这种分析名之为据为己有。实际上，就《普鲁斯特与符号》而言，我们所面对的究竟是针对普鲁斯特的还是德勒兹的符号所作的分析？比如涉及审美符号，哲学家摇摆于一种二元论的理论和一种所指与能指的融合的理论之间，这种对抗源自他的哲学家底，而非普鲁斯特的犹疑——小说家显然倾向于后者。而这却标志着德勒兹思想的丰饶，对他人的吸纳本身并不对应于一种解释上的弱化，而是恰恰相反，丰富了我们对普鲁斯特的阅读。不管怎样，当这种据为己有离开了近乎是中性分析的场地时，变得更有趣了。实际上，是在《普鲁斯特与符号》之外，德勒兹－普鲁斯特的关系无疑最富成效，如在他去世后发表的对谈《识字读本》中——它也是对普鲁斯特的崇高的致敬，以及在《差异与重复》中——它们正是《追寻》写作中的两个核心概念。普鲁斯特将人世与社会定义为脉络和网络，或者将被爱的女子形容为掩藏的风景，只能得到德勒兹对根状茎或欲望的定义的丰富。

第六种和最后一种姿态，我只简单地提一下，指的是没有对普鲁斯特的真正的参照，在 20 世纪后半叶的认识论的语境里，这种缺席如若不是难免可疑的，至少是令人惊讶的。实际上，有一种隐姓埋名的普鲁斯特[53]，在某些当代思想家那里……加斯东·巴什拉尔——研究与感性世界的关系的哲学家，正像德里达，都很少提及普鲁斯特。尤为特别的是，米歇尔·福柯有一种将普鲁斯特归结为摆弄"文学"的作家的倾向，"文学"，也即一种与鲜活的或受禁的话语对立的制度化的言论。不过福柯解释说，存在着这样一些作者，"他们建立了言论的无边无际的可能性"，"他们不是为自己而是为其他事物开辟了道路，而这其他事物仍属于他们所创建的事物。"[54]福柯所探究过的多个领域——疯癫、性、施虐狂、不可见的全方位监控和生命政权、将一种社会场域的言论引入另一种社会场域（想想普鲁斯特作品中的语言错误和蠢话）、表面看来不配纳入制度的话语的重要性——正是普鲁斯特从始至终在他的作品中测量的领地。那么，普鲁斯特被某些当代哲学家的记忆所遗忘或驱逐了？在此存在着一条不确定的但却值得充分挖掘的路径：普鲁斯特完全有可能成为"言论创建者"[55]之一，这些人得到福柯的盛赞，因为科学或言论"与他们的作品"的关系，"正像与一些基本坐标"[56]的关系……

注释：

[1] "现如今我们摆脱了普鲁斯特"，《境况》，第一卷，《批评论著》，伽里玛出版社，1947 年，第 32 页。

[2] 《所多玛与蛾摩拉》，《追寻逝去的时光》（以下简称《追寻》），第三卷，让-伊夫·塔迪埃主编，巴黎，伽里玛出版社，七星文库本，四卷本，1987-1989 年，第 435 页。

[3] 《盖尔芒特家那边》，《追寻》，第二卷，第 501 页。

[4] 《所多玛与蛾摩拉》，《追寻》，第三卷，第 321 页。

[5] 同上，第 315 页。简单说来，斯图亚特·密尔是经验论者，朗什里埃是唯心论者。

[6] 参见雅尼夫·盖兰《进步左派与普鲁斯特分析家》，载《马恩河谷大学学术工程及研究》，特刊《围绕普鲁斯特》，2004 年 11 月，第 169-186 页。

[7] 《去斯万家那边》，《追寻》第一卷，第 160 页。

[8] 《寻回的时光》，《追寻》第四卷，第 564 页。

[9] 参见吕克·弗莱斯《四足亚里士多德：一位哲学学士的文学前程》，载《普鲁斯特与今日哲学》，莫罗·卡伯纳和艾雷奥诺拉·斯帕沃利主编，比萨，ETS 出版社，2008 年，第 59-78 页。

[10] 万桑·德孔布《普鲁斯特：小说的哲学》，巴黎，午夜出版社，1987 年。

[11] 阿兰·德·拉特尔《普鲁斯特作品中的现实学说》，巴黎，约瑟·科尔迪出版社，1978-1985 年，三卷。

[12] 参见安托瓦纳·贡巴尼翁《两个世纪间的普鲁斯特》，瑟伊出版社，1989 年，及安娜·西蒙《普鲁斯特或寻回的真实》，法国大学出版社，2000 年，奥诺雷·尚皮翁出版社再版，2010 年。

[13] 《1908 年的记事本》，载《马塞尔·普鲁斯特丛刊》，第 8 期，菲利普·科尔布校订、介绍，伽里玛出版社，1976 年，（第 40 页，背面），第 110 页。

[14] 《寻回的时光》，《追寻》，第四卷，第 489 页。

[15] 见上书，第 477 页，在那里，叙述者在将所爱的女子与柏拉图的理念建立联系之后，遵循柏拉图在《会饮篇》中的理论，倡导……"愉快地在我们的生活中聚集神灵"。

[16] 《境况》，第二卷，伽里玛出版社，1948 年，第 19 页。亦见《境况》，第一卷，前引书，第 71 页。

[17] 于连·克拉克[1980]《视为终点站的普鲁斯特》，布鲁塞尔，联合出版社，1986 年，第 19 页。

[18] 关于与爱的关系，参见例如《所多玛与蛾摩拉》，《追寻》，第三卷，第 14 页。

[19] 同上，第 374 页。

[20] 《盖尔芒特家那边》，《追寻》，第二卷，第 439-440 页。

[21] 同上，第 469 页。

[22] 《去斯万家那边》，《追寻》，第一卷，第 45 页。

[23] 娜塔丽·萨洛特：《怀疑的时代》，伽里玛出版社，1959 年。

[24] 《去斯万家那边》，《追寻》，第一卷，第 177 页。

[25] 关于《贡布雷》的奈瓦尔式的复杂性，参见安娜·西蒙《从〈西尔薇〉到〈追寻〉：普鲁斯特与奈瓦尔的启示》，《浪漫主义》，第 95 期，1997 年，第 39-49 页，以及《普鲁斯特和奈瓦尔，与让-伊夫·塔迪埃交谈》，《欧洲》，第 935 期，2007 年 3 月，第 154-158 页。

[26] 让-伊夫·塔迪埃《诗性叙事》，伽里玛出版社，1994 年。

[27] 让·米伊《普鲁斯特的仿作》，阿尔芒·科林出版社，1971 年，以及阿尼克·布亚盖《马塞尔·普鲁斯特：互文游戏》，尼载出版社，再版，2001 年。

[28] 在我看来，列维纳斯混合了前两种姿态，神合者和旅伴，陌生人和相异者。

[29] 《驳圣伯夫》，贝尔纳·德·法卢瓦主编，伽里玛出版社，《册页丛书·论著》，1954 年，第 306 页。

[30] 莫里斯·梅洛-庞蒂《眼与心灵》，伽里玛出版社，1964 年，第 19 页。

[31] 《去斯万家那边》，《追寻》，第一卷，第 5 页。

[32] 莫里斯·梅洛-庞蒂《意义与无意义》中《小说与形而上学》部分，纳杰尔出版社，1948 年，第 54-55 页。

[33] 马塞尔·普鲁斯特，致斯特劳斯夫人的信（1908 年 11 月 6 日），《马塞尔·普鲁斯特通信集》，菲利普·科布编纂，21 卷，普隆出版社，1970-1993 年，第 8 卷，第 276 页。

[34] 对于这一点的发展，参见安娜·西蒙《普鲁斯特和利科：不可能的解释学》，《心灵》，"利科的思想"，第 3-4 期，2006 年 3-4 月，第 122-137 页。

[35] 也可参见热拉尔·热奈特《普鲁斯特作品中的换喻》，《修辞格》，第三卷，瑟伊出版社，1972 年，第 41-62 页。

[36] 《寻回的时光》，《追寻》，第四卷，第 457-458 页。

[37] 《长时间以来，我很早躺下》，在法兰西学院的讲座，1978 年 10 月 19 日，《作品全集》，第三卷，瑟伊出版社，1995 年，第 833 页。

[38] 关于这些概念，参见安托瓦纳·贡巴尼翁《理论的精灵》，瑟伊出版社，1998 年，以及《现代性的五个悖论》，瑟伊出版社，1990 年。

[39] 《罗兰·巴尔特反成见》，载罗兰·巴尔特《作品全集》，第三卷，见前引作品，第 74 页。

[40] 为弗朗索瓦·弗拉奥的《中间话语》所作的前言，载《作品全集》，第三卷，前引作品，第 851 页。我标出了普鲁斯特的术语。关于这些词汇与文笔的重叠，也请参见《评介》[1979 年]，载《作品全集》，第三卷，第 1000 页，在那里闲言的例子，尽管并未提供《追寻》的参照，显然出自《所多玛与蛾摩拉》，《追寻》，第三卷，第 435 页。

[41] 《寻回的时光》，《追寻》，第四卷，第 473 页。

[42] 《长时间以来，我很早躺下》，前引文章，第 827 页。

[43] 参见《阅读的日子》（1905 年以《论阅读》为题发表），《仿作与杂集》，伽里玛出版社，《七星文库本》，1971 年，第 176 页。

[44] 罗兰·巴尔特《明亮的房间》，载《作品全集》，第三卷，前引作品，第 1190 页。

[45] 安托瓦纳·贡巴尼翁《巴尔特的小说》，《批评》，第 678 期，2003 年，第 799 页。

[46] 对萨特的正式的和私下的定位的差异的分析，参见池英来《萨特，普鲁斯特的秘密欣赏者》，《创造精神》，第 46 卷，第 4 期，2006 年冬，第 44-55 页，以及肖恩·戈尔曼《萨特与普鲁斯特：不由自主的回

忆》，同上，第56-58页。亦可参见雅尼夫·盖兰，前引文章。

[47] 《未出版的萨特》，1967年8月15日的访谈，加拿大广播电视台，玛德莱娜·戈贝耶-努埃尔和克洛德·朗兹曼执导，2005年。强调字体由我标出。

[48] 《米迪记事本》中的"普鲁斯特"条目，引自池英来的前引文章。

[49] 参见罗兰·布雷厄尔《特异与主体：对普鲁斯特的现象学阅读》，格勒诺布尔，热罗姆·米雍出版社，2000年。

[50] 《女囚》，《追寻》，第三卷，第680页。

[51] 参见安娜·西蒙《〈所多玛与蛾摩拉〉中的目光与窥视》，《篇章》，第23期，2001，第181-193页。

[52] 《吉尔·德勒兹的识字读本》，"C"，与克莱尔·帕尔奈对谈（1988），皮埃尔-安德烈·布堂和米歇尔·帕拉尔执导，索达佩拉伽制片厂，1995年。

[53] 这个用语是克洛德·安贝尔暗中告诉我的，我在此感谢她。

[54] 《何为作者？》[1969年]，《所言与所写》，第一卷，伽里玛出版社，1994年，第804-805页。

[55] 同上，第804页。

[56] 同上，第806页。

安娜·西蒙（Anne Simon），毕业于法国巴黎高等师范学院，现为法国国家科学研究中心研究人员，持有指导研究资格，负责艺术与语言研究中心普鲁斯特研究项目。结合文学研究和人文科学，她的研究领域包括20与21世纪叙事文体中的身体、生命体、动物性。出版有专著《普鲁斯特或重新找回的真实》，2000年PUF版，2011年Champion再版。近期完成一部关于普鲁斯特与20世纪下半叶的法国思想家的专著（即将出版），以及一部关于普鲁斯特的论文集（将由Classiques-Garnier出版社出版）。她还组织了第一场《普鲁斯特：思想、情感、写作》系列研讨会。

（本文译自安托瓦纳·贡巴尼翁2006-2007在法兰西学院主持的研讨会《普鲁斯特，记忆与文学》，让-巴蒂斯特·阿马迪约汇编，奥迪尔·雅各布出版社，2009年，第221-242页。Anne Simon《La philosophie contemporaine, mémoire de Proust?》, in *Proust, La mémoire et la littérature*, sous la diretion d'Antoine Compagnon, textes réunis par Jean-Baptiste Amadieu,《séries collège de France》, pages 221-242, © Odile Jacob, 2009. 本文的翻译与出版得到安娜·西蒙和奥迪尔·雅各布出版社授权，特此致谢。）

著译者简介

陈中梅 现为中国社会科学院外国文学研究所研究员，从事古希腊文学及相关理论研究，近年来发表的论文有《荷马史诗里雅典娜的若干名称考释》（载《世界文学》2010年第3期），《历史与文学的分野：奥德修斯的谎言与西方文学经典表述样式的初始展现》（载《外国文学评论》2011年第3期），《表象与实质——荷马史诗里人物认知观的哲学暨美学解读》（下篇，载《外国美学》第20期，2012年），《哲学的诗歌成因：从荷马史诗开启对西方认知史的研究》（载《阿尔卑斯》第3辑，河北教育出版社，2013年），《Mûthos词源考——兼论西方文化基本结构的形成及其展开态势》（上、下篇，分载陈思和、王德威主编《文学》2013春夏/秋冬卷，上海文艺出版社，2013/2014年）。

陈众议 生于浙江省绍兴市。毕业于墨西哥国立自治大学文哲系，获博士学位。现为中国社会科学院外国文学研究所所长、研究员、博士生导师，中国外国文学学会会长。主要研究方向为西班牙语文学、文艺学。专著有《拉美当代小说流派》、《加西亚·马尔克斯评传》、《博尔赫斯》、《西班牙文学——黄金世纪研究》、《塞万提斯学术史研究》等，其他著述有随笔集《堂吉诃德的长矛》、《亲爱的母语》、《生活的意义》、《游心集》等，及短、中、长篇小说若干。

杜常婧 就职于中国社会科学院外国文学研究所，研究领域为捷克文学、文学理论，近期发表文章有《掩藏于神秘纱幔背后的梦呓——解读<过于喧嚣的孤独>之神秘色彩》，载《阿尔卑斯》（第二辑），河北教育出版社，2012年；《穆卡若夫斯基诗学述略》，载《跨文化的文学理论研究》（第5辑），北京大学出版社，2013年；《"生活在别处"——昆德拉小说世界之个中三昧》，载《阿尔卑斯》（第3辑），河北教育出版社，2013年；《文学的本质与价值——穆卡若夫斯基文论追思》，载《跨文化的文学理论研究》（第6辑），知识产权出版社，2014年。

高兴　诗人，翻译家，中国作家协会会员。现为《世界文学》主编。曾以作家、学者和外交官身份在欧美数十个国家访问、生活和工作。出版过《米兰·昆德拉传》、《布拉格，那蓝雨中的石子路》等专著和随笔集；主编过《诗歌中的诗歌》、《小说中的小说》等大型外国文学图书。2012年起，开始主编"蓝色东欧"系列丛书。主要译著有《凡高》、《黛西·米勒》、《雅克和他的主人》、《可笑的爱》、《安娜·布兰迪亚娜诗选》、《我的初恋》、《梦幻宫殿》、《托玛斯·温茨洛瓦诗选》、《罗马尼亚当代抒情诗选》、《水的空白：索雷斯库诗选》、《十亿个流浪汉，或者虚无》等。编辑和研究之余，从事散文和诗歌创作。作品已被译成英语、俄语、孟加拉语、波斯语、罗马尼亚语、塞尔维亚语、亚美尼亚语、荷兰语、波斯语、越南语等。现居北京。

顾钧　北京外国语大学海外汉学研究中心教授。近期发表的论文有:《曾经风流——汉学中心在北京》（《读书》2014年第8期）、《〈怀旧〉的三个英译本》（《鲁迅研究月刊》2014年第3期）。

李川　中国社会科学院外国文学研究所助理研究员，主要从事先秦两汉文学、古希腊文学的研究。发表过《〈山海经〉至上神之推测》、《〈天问〉"文义不次序"简论》、《赫西俄德其人其诗》等论文十余篇。

刘晖　中国社会科学院外国文学研究所副研究员，研究方向为法国现当代文学理论，最近发表的作品有译著[法]布尔迪厄《自我分析纲要》（中国人民大学出版社，2012年）、论文《布尔迪厄文学社会学述略》（《外国文学评论》，2014年第3期）等。

涂卫群　中国社科院外文所东南欧拉美室研究员，主要从事普鲁斯特小说研究、普鲁斯特学术史研究，以及《追寻逝去的时光》与《红楼梦》的比较研究。近期出版物包括论文《普鲁斯特的文学观与百年普学》（载《世界文学》2013 年第 5 期）、《 Combray et ses deux côtés revisités : l'opposition et la "diversité concordante"》(*Bulletin d'informations proustiennes*, N° 43, 2013, Éditions Rue d'Ulm)、《生成批评对普鲁斯特写作过程的研究》（载《阿尔卑斯》第四辑，河北教育出版社，2014 年），专著《眼光的交织：在曹雪芹与马塞尔·普鲁斯特之间》（译林出版社，2014 年）。

魏然　中国社会科学院拉丁美洲研究所助理研究员，博士毕业于北京大学中文系比较文学与比较文化研究所，译有《一桩事先张扬的凶杀案》、《天使游戏》等作品，近期发表《当代智利的"民族相册"：帕特里西奥·古斯曼及其纪录片》等拉美文化研究论文多篇。

余中先　中国社会科学院外国文学研究所研究员，《世界文学》前主编，中国社会科学院研究生院教授，博士生导师，中国作家协会会员，翻译工作者协会理事。北京大学西语系法语语言文学专业毕业，曾留学法国，在巴黎第四大学（Paris-Sorbonne）获得文学博士学位。长年从事法语文学作品的翻译、评论、研究工作，翻译介绍了奈瓦尔、克洛代尔、阿波利奈尔、贝克特、西蒙、罗伯-格里耶、格拉克、萨冈、昆德拉、费尔南德斯、勒克莱齐奥、图森、埃什诺兹等人的小说、戏剧、诗歌作品四十多部。并有文集《巴黎四季风》《左岸书香》《是禁果，才诱人》《左岸的巴黎》《余中先译文自选集》等，曾被法国政府授予文学艺术骑士勋章。

赵丹霞　中国社会科学院外国文学研究所《世界文学》编辑部编辑。文学博士，研究方向为 20 世纪法语文学。近期发表的译作有《小人物传》（选译）（载《世界文学》2013 年第 5 期），《理夏．米耶短篇小说两篇》（载《世界文学》2011 年第 3 期）。

树才，原名陈树才　浙江奉化人。诗人，翻译家。文学博士。1987 年毕业于北京外国语大学法语系。现就职于中国社会科学院外国文学研究所。著有诗集《单独者》、《树才短诗选》、《树才诗选》，随笔集《窥》，译诗集《勒韦尔迪诗选》、《夏尔诗选》、《博纳富瓦诗选》（与郭宏安合译）、《希腊诗选》（与马高明合译）、《法国九人诗选》等。2005 年获首届"徐志摩诗歌奖"。2008 年获法国政府授予的"教育骑士勋章"。

李征　中国社会科学院外国文学研究所东南欧拉美室助理研究员，近期发表文章《坚守的力量——蒙田对现代性问题原初的思考》，载《中国社会科学院研究生院学报》2014 年第 1 期，pp.104–107。

孙婷婷　中国社会科学院外文所助理研究员，文学博士，近期发表的论文有《玄怪文学在法国的兴起》（《国外文学》，2014 年第 1 期）。

徐娜　中国社会科学院外国文学研究所东南欧拉美研究室，研究方向：意大利二十世纪文学，中古文学，近两年发表作品有论文《解析卡尔维诺的非线性小说叙事》载《外语教学》2013 年 6 月刊，《在别处的青烟人与上帝之虚无——论帕拉柴斯基作品中"自我"与虚无》（《阿尔卑斯文集》2011 辑），译著【意】加布列拉·安贝利莎《哭泣的耶路撒冷》（2013 年 6 月，北京接力出版社），报告文学《意大利文学十年回顾》，载《外国文学动态》2011 第 5 辑，《安德烈·赞佐托——欧罗巴心脏诗人》（《文艺报》第 3381 期）。

图书在版编目（CIP）数据

阿尔卑斯. 第5辑 / 涂卫群主编. — 北京：商务印书馆, 2015
ISBN 978 - 7 - 100 - 11072 - 3

Ⅰ.①阿…　Ⅱ.①涂…　Ⅲ.①欧洲文学 — 文学研究 —
文集②拉丁美洲文学 — 文学研究 — 文集　Ⅳ.①I106-53

中国版本图书馆 CIP 数据核字（2015）第026041号

阿 尔 卑 斯

（第5辑）

涂卫群　主编

商 务 印 书 馆 出 版
（北京王府井大街36号　邮政编码 100710）
商 务 印 书 馆 发 行
山西人民印刷有限责任公司印刷
ISBN　978 - 7 - 100 - 11072 - 3

2015年7月第1版　　　　开本 787×1092　1/16
2015年7月第1次印刷　　印张 20
定价: 55.00元